广 雅

聚焦文化普及，传递人文新知

广大而精微

·【宋】《摹顾恺之洛神赋图（第二卷）》（局部），藏于辽宁省博物馆

·【元】赵孟頫《洛神赋》，藏于故宫博物院

洛神賦

黃初三年余朝京師還濟洛川古人有言斯水之神名曰宓妃感宋玉對楚王說神女之事遂作斯賦其詞曰

余從京域言歸東藩背伊闕越轘轅經通谷陵景山日既西傾車殆馬煩爾乃稅駕乎蘅皋秣駟乎芝田容與乎陽林流眄乎洛川於是精移神駭忽焉思散俯則未察仰以殊觀睹一麗人于巖之畔乃援御者而告之曰爾有覿於彼者乎彼何人斯若此之豔也御者對曰臣聞河洛之神名曰宓妃然則君王之所見無乃是乎其狀若何臣願聞之余告之曰其形也翩若驚鴻婉若游龍榮曜秋菊華茂春松髣髴兮若輕雲之蔽月飄颻兮若流風之迴雪遠而望之皎若太陽升朝霞迫而察之灼若芙蕖出淥波襛纖得衷脩短合度肩若削成腰如約素延頸秀項皓質呈露芳澤無加鉛華弗御雲髻峨峨脩眉聯娟丹唇外朗皓齒內鮮明眸善睞靨輔承權瓌姿豔逸儀靜體閑柔情綽態媚於語言奇服曠世骨像應圖披羅衣之璀粲兮珥瑤碧之華琚戴金翠之首飾綴明珠以耀軀踐遠遊之文履曳霧綃之輕裾微幽蘭之芳藹兮步踟躕於山隅於是忽焉縱體以遨以嬉左倚采旄右蔭桂旗攘皓腕於神滸兮采湍瀨之玄芝余情悅其淑美兮心振蕩而不怡無良媒以接歡兮託微波而通辭願誠素之先達兮解玉佩而要之嗟佳人

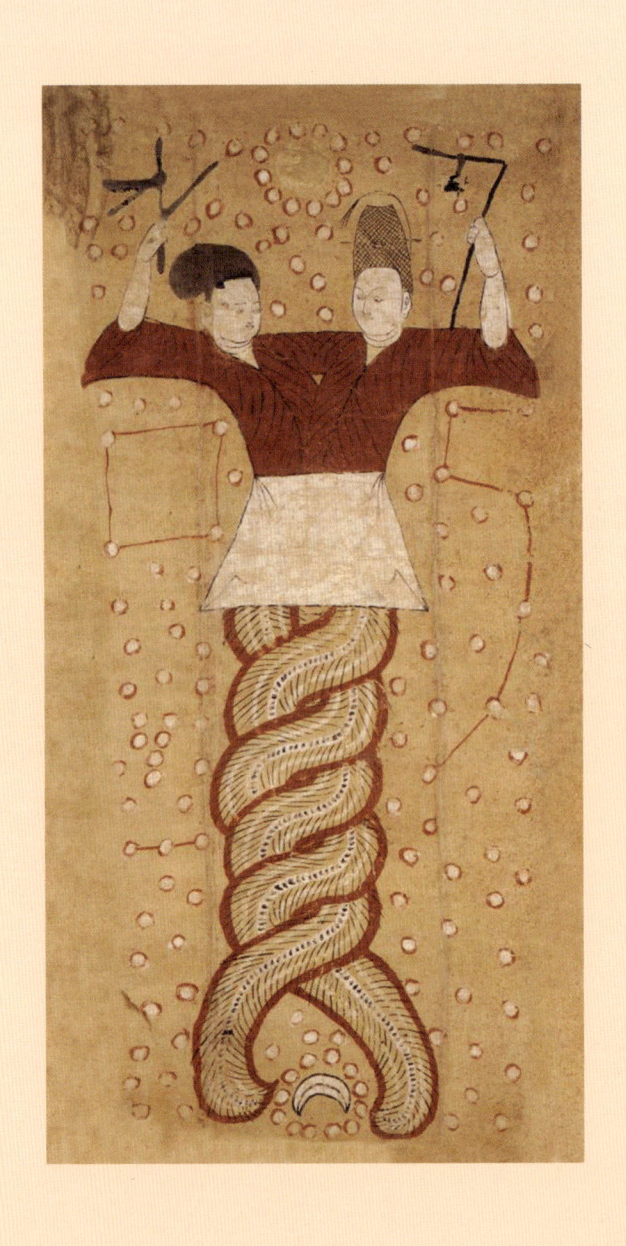

·《伏羲女娲像》，1963年4月出土于新疆吐鲁番阿斯塔那古墓，现藏于故宫博物院

·【明】仇英《帝王道统万年图·神农》，藏于台北故宫博物院

·【明】仇英《帝王道统万年图·伏羲》，藏于台北故宫博物院

·【宋】马麟《夏禹王像》，藏于台北故宫博物院

·【清】谢遂《仿唐人大禹治水图》，藏于台北故宫博物院

·【明】石芮《轩辕问道图卷》，藏于台北故宫博物院

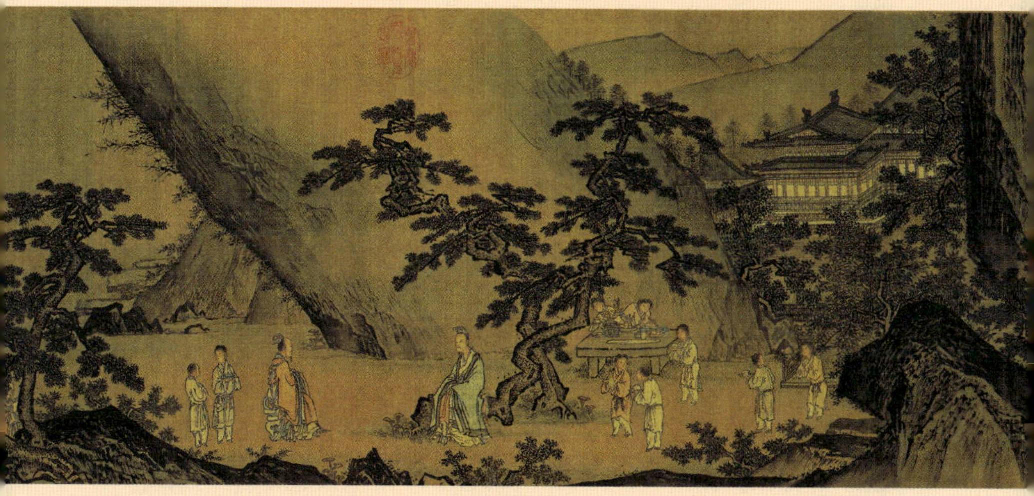

・《舜帝感天》，出自俄勒冈大学乔丹・施尼策美术馆所藏《二十四孝图册》

·《娥皇女英》,出自【清】周培春《古代美人图》

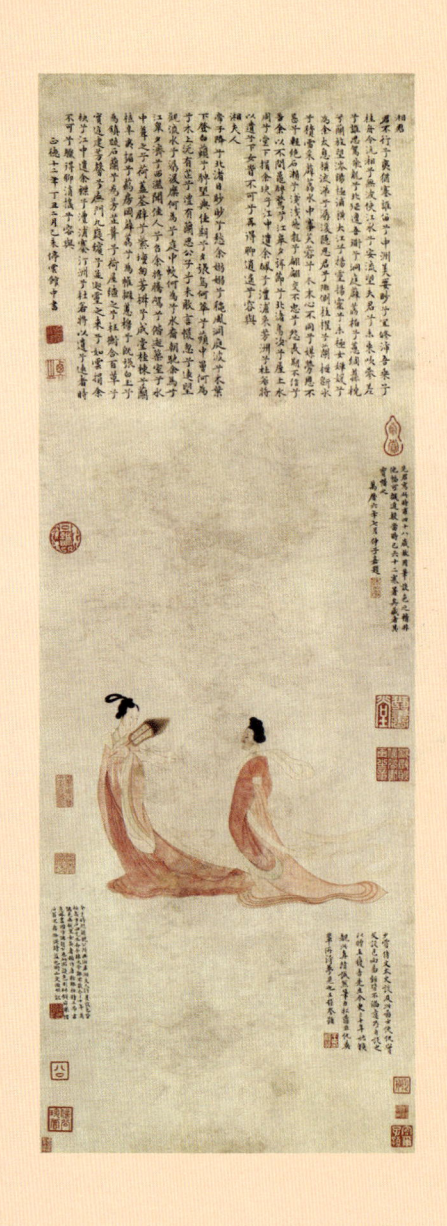

· 【明】文征明《湘君湘夫人图》，藏于故宫博物院

- 【明】唐寅《嫦娥奔月图》，藏于台北故宫博物院

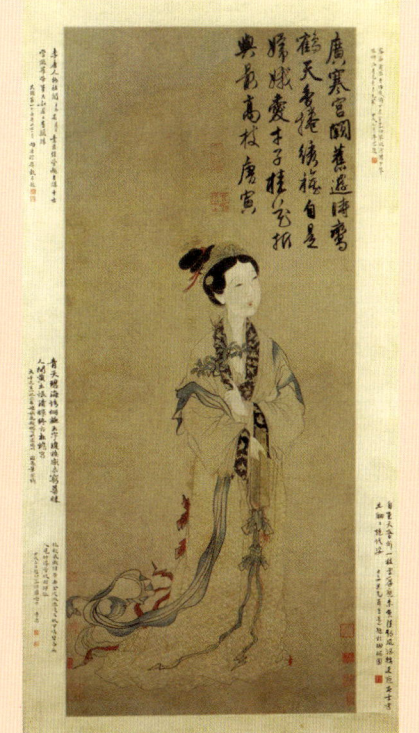

- 【明】唐寅《嫦娥执桂图》，藏于美国大都会艺术博物馆

·【民国】徐悲鸿《愚公移山》，藏于中央美术学院美术馆

·【明】仇英《乞巧图》（局部），藏于台北故宫博物院

·敦煌莫高窟 249 窟南披西王母画像

·【清】金廷标《瑶池献寿轴》,藏于台北故宫博物院

涅槃

中国神话的文学之路

宁稼雨 等 编著

广西师范大学出版社

·桂林·

涅槃：中国神话的文学之路
NIEPAN: ZHONGGUO SHENHUA DE WENXUE ZHI LU

图书在版编目（CIP）数据

涅槃：中国神话的文学之路 / 宁稼雨等编著. -- 桂林：广西师范大学出版社，2024.8. -- ISBN 978-7-5598-7043-8

Ⅰ.I207.73

中国国家版本馆CIP数据核字第20248ZV851号

广西师范大学出版社出版发行

（广西桂林市五里店路9号　邮政编码：541004）
　网址：http://www.bbtpress.com
出版人：黄轩庄
全国新华书店经销
广西广大印务有限责任公司印刷
（桂林市临桂区秧塘工业园西城大道北侧广西师范大学出版社集团有限公司创意产业园内　邮政编码：541199）
开本：880 mm×1 240 mm　1/32
印张：12　插页：8　字数：300千
2024年8月第1版　　2024年8月第1次印刷
定价：89.00元

如发现印装质量问题，影响阅读，请与出版社发行部门联系调换。

本书撰写者

宁稼雨　　赵　红　　颜建真　　孙国江
杜文平　　姜乃菡　　雷斌慧　　王林飞
张　慧　　徐竹雅筠　杨沫南　　任卫洁
祖　琦

目录

中国神话的文学再生与繁荣（前言） / 001
弁言 / 007

甲集　肇造区夏，润泽千秋

第一章　盘古：开辟鸿蒙，垂死化生 / 004
第二章　伏羲：圣人启智，进诸文明 / 011
第三章　女娲：补天、造人与女皇 / 018
第四章　神农：稼穑发端，功垂医道 / 040
第五章　炎帝：火神・日神・南方神 / 053
第六章　黄帝：从天神到圣王、华夏始祖 / 062
第七章　西王母：日益现世化的昆仑主神 / 082
第八章　祝融：火神与灶神 / 106

乙集　舍己济世，穷且益坚

第一章　夸父：英勇无畏还是自不量力？　/ 114
第二章　羿：射日英雄的形象演绎　/ 127
第三章　鲧：取息壤以治洪水　/ 138
第四章　大禹：圣王·天神·真仙　/ 145
第五章　精卫：英雄精神与悲情命运　/ 161
第六章　愚公：坚韧不拔还是匹夫之勇？　/ 191
第七章　望帝：从杜宇到杜鹃的悲剧命运　/ 201

丙集　现世烟火，美好寄托

第一章　洛神：千古文人的诗意女神　/ 212
第二章　鲛人：织锦泣珠的至诚象征　/ 222
第三章　鲲鹏：自由与理想的图腾　/ 235
第四章　湘君：一支玉笛吊水神　/ 248
第五章　嫦娥：升仙与下凡的双重奏　/ 261
第六章　舜帝：逆境家庭走出的传奇帝王　/ 274
第七章　牛郎织女：从星空走向凡间的浪漫　/ 285
第八章　董永：孝子楷模的美满人生　/ 304

丁集　刀兵不祥，用之有道

第一章　蚩尤：难以翻案的叛神、恶神形象　/ 324
第二章　刑天：挥舞干戚的不屈灵魂　/ 331
第三章　共工：触不周山、折天柱、绝地维　/ 335
第四章　玄女：从天而降的上古战神　/ 354

编写告白　/ 362

中国神话的文学再生与繁荣（前言）

神话是人类童年的珍贵记忆，是世界各民族历史文化宝库中的珍贵遗产，它不可复制、不可替代，成为认知各民族早期历史和文化起源的凭据。然而，神话的价值不止于此。除填补历史文化记录空缺的作用外，神话的其他价值还没有得到广泛认同和发掘。比如，神话作为文学的种子，是启迪后人好奇心和想象力的重要渊薮，对后世文学创作产生了深远影响。儿童时期的鲁迅听到一位长辈说起有一本叫作《山海经》的书，里面"画着人面的兽，九头的蛇，三脚的鸟，生着翅膀的人，没有头而以两乳当作眼睛的怪物"之后，便对这本神奇的书充满了渴望。直到他的保姆阿长妈妈帮他买到这本书后，他才如饥似渴地阅读了这本他神往已久的神奇之书——这为他成为伟大的思想家和文学家注入了重要的营养活力。

与西方神话相比，中国神话散见于各类典籍中，体系上略显不完整，规模上也不够宏大。这给中国神话的系统研究带来不便，但无形中给神话种子在文学园地的再生和茁壮成长减少了障碍，为神话的文学演绎预留了充足的空间。

神话是关于史前先民历史文化的零星记忆。文字出现后，人们把先民口耳相传的神话，记录在不同文献中。这些文献依据时间和性质不同，可分为原生性神话文献和再生性神话文献。

原生性神话文献是指最早用文字记录神话内容的先秦时期文献，其时间距离神话产生的时间最近，基本上源于口耳相传，《山海经》保存神话故事最多，其他如《诗经》《楚辞》等文学总集，《穆天子传》《尚书》《左传》《国语》等历史文献，《庄子》《韩非子》《吕氏春秋》《淮南子》等诸子文献，以及《归藏》《古文琐语》其他文献中，也不同程度地保存了大量神话。这些记录尽管零散，但大致构建了中国神话的基本框架和原始规模。

再生性神话文献发端于秦汉，至明清一直有出现，根据时间和属性也可分为两类。第一类为秦汉时期文献。尽管秦汉已经远离神话产生的时代，但因距先秦较近，我们仍能从这一时期的文献中约略窥见神话的原貌。对神话的记载，见诸《吴越春秋》《越绝书》《蜀王本纪》等杂史书，《论衡》《风俗通义》等子部文献和大量纬书中。这些文献性质不同，摘引神话时各取所需，其中有些内容与原生性神话文献吻合，有些则不见于原生性文献。虽则如此，它们对神话原貌的考察仍具有重要的补充价值。第二类为魏晋南北朝至明清时期的文献。这个时期离远古更加遥远，相关记载的文献属性淡化，其内容可分两种：第一种是作为文献而被保存、抄录的前代记录，见于《初学记》《北堂书钞》《艺文类聚》《太平御览》《永乐大典》《古今图书集成》等大量类书；第二种则为中国文学独立之后，诗歌、散文、词曲、小说等各种文体，将神话作为题材而进行的各类文学创作。它们为中国神话搭建了一个全新的舞台，为古代神话的再生创造了繁花似锦的园地。

因此，文学再生角度，可成为中国古代神话研究中神话历史学和文化人类学之外的新视角、新视野。

除了普通人出于好奇心和想象力而对神话的神往，还有许多学者出于研究目的的关注。当然，学者们专业背景不同，关注神话的角度也不一样，诸如历史学、文化人类学、民俗学、宗教学，等等。他们的研究对于后人了解那个已经一去不复返的远古社会具有非常重要的价值和意义。这些研究尽管角度不同，但有一点是共通的，那就是利用早期的零星神话材料，努力复原那些已经过去的远古历史，即所谓"溯源"。

"溯源"工作所依据、使用的文献材料主要是先秦两汉时期对民间流传的神话故事进行记载的文本。这是历史上最早的中国神话文献，所以可以称为"原生态"文献。正是因为这些"原生态"神话文献是早先学者们翻来覆去使用的文献，所以人们无形中产生了一种错觉：好像中国神话的文献只有这些"原生态"文献了。西方"原型批评"视角的学者认为，虽然孕育神话的土壤已经不复存在，但远古神话好似一颗颗种子，在历代文学百花园中长出一代代繁花似锦的文学果实。神话"移位"为文学的繁荣景象，不但被西方文学的历史证实，也同样在中国文学的历史长河中展演。在中国历代文学百花园中，有不可胜数的呈现为诗歌、散文、戏曲、小说等多种文学体裁的"再生性"神话文献。

遗憾的是，在中国神话研究领域，由"再生性"神话文献塑造的如此繁荣壮观的文学盛况，基本上没有进入以往神话研究者的研究视野。鉴于这种情况，我们曾经申报承担并完成过一个国家社科基金研究项目"中国神话的文学移位"，从学术的层面开展中国神话"探流"工作，其最终成果为《诸神的复活——中国神话的文学移位》这部学术著作。和以往那些研究工作相比，我们的工作重心是力求从以往学者的"溯源"转到"探流"方面。

这个所谓"探流"和"移位"的演变走向和发展轨迹，大致受到两种历史要素制约。一是社会要素，二是文学要素。社会要素的制约是指作家对神话母题的演绎、再创作要受到所在时代社会文化的影响和制约；文学要素的制约指各种文学体裁和表现形式对于神话文学发展演变形态的影响作用。二者的交互作用，为神话文学的再生和繁荣，注入了强大的生命活力，使神话文学题材成为中国文学史上重要组成部分和杰出成绩代表。

神话在中国文学土壤中，大体随各种文体的形成和流行情况而生发、成熟。

中国叙事文体的成熟大大晚于抒情文体，因此作为抒情文体代表的诗歌，是神话文学再生时间最久、内容最丰富的领域。

"天命玄鸟，降而生商""帝子降兮北渚，目渺渺兮愁予"……中国诗歌源头《诗经》《楚辞》，含有大量神话故事要素。进入汉代之后，神话母题、题材很快有了蔓延和滋长。汉代乐府诗中有大量神话题材内容，《古诗十九首》中关于牛郎织女、王子乔的神话描写，是诗歌对神话进行文学描写、渲染的开始，为诗歌创作开辟了新路。魏晋南北朝时期，诗人开始铺开笔墨，大量吟咏神话题材。陶渊明《读山海经十三首》用十三首诗歌颂精卫、刑天等神话人物的精神。诗歌进入近体时代后，神话在诗歌中扮演两种角色，一是作为题材，二是作为典故。前者如顾炎武《精卫》，后者如李白《蜀道难》中的蚕丛鱼凫，具体例子不可胜数。

从散文角度看，汉赋不仅受到楚辞文体的影响，而且继承了楚辞善用神话来铺排典故的传统。从扬雄《太玄赋》《蜀都赋》，到班婕妤《捣素赋》，桓谭《仙赋》，都以铺排大禹、王子乔等神话人物的方式增强文章的气势和宏大的结构感。这个传统也一直影响着后代的赋体创作，比较有代表性的就是西晋时期左思的《三都赋》。

作为叙事文学文体的小说、戏曲虽然产生、成熟晚，但在让神话的种子在文学领地开出灿烂的花朵方面，有后来居上之势。

在张华《博物志》等笔记小说中，仍保留着两汉诸子和史传文章转录早期原生性神话文献的痕迹。唐代传奇，则完全抛开原生性神话文献"丛残小语"式的零散记录，代之以驰骋的想象。杜光庭《墉城集仙录》中瑶姬神女帮助大禹治水的精彩描写堪称范例。而明清章回小说问世后，在渲染神话形象、故事基础上，发挥结构优势，把神话题材应用于整部小说，把神话的文学再生和创造推到极致的境界。李汝珍《镜花缘》大量援引《山海经》的材料，巧妙构思，另起炉灶，用文学手法创造出一个全新的文学神话世界。至于中国古典文学扛鼎之作《红楼梦》，全书结构以僧人下凡所携顽石即那块通灵宝玉贯通，正是女娲补天这一神话的馈赠。受此构思影响，晚清海天独啸子的《女娲石》将女娲石隐喻为救国女子，该隐喻贯通全书，赞美女性救国，可谓前呼后应。

中国神话的文学再生过程跨越汉代，延绵至晚清，前后两千多年。其间，中国文化发生了巨大变化，这些变化从不同角度，以不同程度和方式影响和制约了再生过程，同时也使再生成果成为观察各时期文化价值和取向的窗口。

首先，神话文学再生的突出文化价值是承续民族精神，增强对民族文化的自豪感和自信心。女娲补天、精卫填海、羿射九日、大禹治水等神话中，饱含的战天斗地的雄心、意志和勇气，在后代文学创造中深入人心，成为弘扬中华文化的源与流。

其次，神话的文学创作，不断被历史上各种文化的母体作为展示和弘扬自身文化精髓的方式。汉代的纬书中，已有不少内容以神话材料宣扬谶纬思想。佛教、道教等宗教在其思想传播、发展过程中，往往借用神话材料，采用诗歌、小说等载体、方式影响大众。西王母神话原型在后代不断被道教文学引用，就是一例。

其三，神话的文学创造，将神话原型中先民所寄寓的理想，用文学手法加以放大和升华，使先民理想成为后世的追求。七夕鹊桥、牛郎织女在后世各种文学体裁中反复出现，成为亘古爱情的化身，便是这种价值的体现。

另外，神话文学再生在其发展过程中因受古代社会制度和文化氛围的制约,也出现过一些价值判断模糊,甚至逆向行走的倾向。如精卫填海、愚公移山这样本来具有正面价值意义的壮举,在后代文学作品中不时遭到讥讽;原生性神话原型中女娲女王之治的母题,在后代男尊女卑思想的作用下,在文学再生中遭到了扼制,最终走向湮灭。

经过多年对于中国神话文学再生问题的深入、系统考察,我们惊讶地发现,在漫漫的中国文学史发展长河中,由诸多神话种子孕育并结出的丰硕文学果实,成为中国文学史上一道道亮丽风景,是中国文学的丰富宝藏。如此灿烂的宝藏,我们还有什么理由继续冷落它?还有什么理由不去挖掘和欣赏它,并且把它视为中国传统文化的优秀成分而为之骄傲呢?因此,我们认为,中国神话的"探流"工作不应该仅仅局限在学术的象牙塔中,而应该扩大宣传领域和加大宣传力度,让更多的中国人和热爱中国文化的人能够了解和知道,神话在中国文学花园中再生的繁荣景象。

根据以上思路和想法,我们编著了这本《涅槃:中国神话的文学之路》,目的在于以通俗易懂的方式,把中国神话在历代文学宝库中演绎再生的源流路径勾勒、展示出来,供读者阅读了解。"涅槃"一词本为佛教用语,意谓不生不灭、超离生死烦恼、安住永恒快乐的境界。世俗在借用这个词语时,又增加了重生后进入更高生命境界的意思。《凤凰涅槃》就是借用"涅槃"象征古老旧中国的浴火重生,获得新的生命。希望这一工作能够为中国神话文学再生状况的普及,为中国传统文化的复兴延续,尽绵薄之力。

弁言

中国神话能够走上自己的文学之路，有其内在的深刻原因，且具备了诸多外部条件。

中国神话文献之所以存在原始文献与再生文献的差异，原因在于时间对神话故事的过滤和筛选。神话离开孕育滋养它的土壤之后，便失去了操控自身发展演变样貌的机能；从此之后，制约和控制神话形态本体的权力已经为后世的历史文化环境所掌握。

文学再生是中国神话复兴的重要形式。后世人们利用文学的手段、载体，可以在神话故事的母题中，选取回顾民族历史、感恩祖先恩泽、寄托自己的生活和社会理想、抒发自己人生感慨的各种要素，描绘出纷纷总总的神话文学世界，供后世人们反复观摩、欣赏和再造。因此，神话文学中，既包含着作者对民族历史的深情回顾和复原想象，也包括自己对未来美好人生和理想社会的憧憬和向往。这些想象和憧憬形成一个个各具风采的神话文学形象，在中国文学长廊中熠熠发光，同时也成为中国神话的珍贵遗产。

这样，神话和神话文学，塑造了既相互联系又相互区别的两种神话群像。前者主要来自原生性文献，后者主要来自再生性文献。来源不同，也就决定了各自内容涵盖与体系组合的差异。它们的互动和"行走"过程，也就促成了中国神话的文学之路。

神话文学作为取材于原生性文献的再生性神话文献，其内容涵盖和体系组合必然吸收神话母体的内容和体系，但这些只限于借用素材，神话文学的实体性内容必然要深深打上其所处社会时代的历史背景，尤其是历代人们对于生活的评价和期待的烙印。人们基本上是借用神话题材中的素材去完成自己对于自然和社会的理解、评价和想象。

按照世界各国学者对于神话题材的分类，由原生性文献构成并反映的神话基本上包括自然神话、创世神话、英雄神话、史诗神话四个类型。这四个类型基本反映出原始时代的自然状况和社会状况，同时也为神话文学的分类提供了基本框架和内容基础。遵循这一思路，本书以人和人民生活为中心，依据原始神话中的自然、创世、英雄和史诗等四种题材或内容要素，串联组合起新的神话文学的内容涵盖和体系组合。"甲乙丙丁"四个类型，用以体现神话文学的内容涵盖和体系组合。

第一部分甲集，题目为"肇造区夏，润泽千秋"。这一部分将原始神话体系中自然神话、创世神话和英雄神话与先民农耕生活相关的内容加以关联组合，重在用文学想象的手法，去描述、重现先民如何了解、熟悉并掌握各种农耕生活的手段方法，为自己的幸福生活寻找路径和要领，并就此走出蒙昧和野蛮。这一部分特别突出的是，将各种农耕要领、手段的发明归功于那些传说中的帝王和神圣之人，将他们作为带领人民掌握农耕手段的偶像和先驱化身来加以赞颂和纪念。

第二部分乙集，题目为"舍己济世，穷且益坚"。这一部分把原始神话体系中的自然神话和英雄神话融汇起来，用文学手法赞美和歌颂神话英雄战天斗地、改造自然、造福人类的精神，表现出这些济世英雄的丰功伟绩在历代人们心中的深刻印象和不朽地位。

第三部分丙集，题目为"现世烟火，美好寄托"。这一部分汇集了原始神话中先民对美好生活向往的素材，借用神话原型将历代人们关于现世生活的各种美好愿望加以文学展示和渲染，其中包括美好的婚姻爱情生活、家庭生活，以及其他各种社会生活等，是历代神话文学作品中最具人间烟火气息的部分。

  第四部分丁集,题目为"刀兵不祥,用之有道"。战争和社会矛盾是人类社会永远难以摆脱的难题。后代人关于神话传说中战争题材的描写,既包含了对于先民之时战争和社会矛盾问题的认识、评价,也融入了对其所在时代战争与社会矛盾问题的思考和认识,对于后人尤其是当代人都不无启示借鉴意义。

甲　集

肇造区夏，润泽千秋

作为农耕文化代表的华夏民族，出于自身的生命体验和社会认知，逐渐形成务实、平和、中庸的文化品格。这种文化品格决定了他们建构神话和摄取、重塑神话材料时的角度。从历史发展和文学演变角度看，这些有关现实人生的神话题材的文学再生，很大程度上受到各个历史时期社会历史文化和文学媒介、载体的左右和制约。实际上，这是一个华夏民族借助神话精神中固有的务实因子，用文学的载体和形式来表述、诠释、想象、赞颂本民族务实精神不断演进发展、发扬光大的过程。

在现代科学技术发明之前，人们只能用原始质朴的情愫和文学载体，去想象和复原我们生存的世界和我们民族的由来。诸如：我们的民族从何而来？是谁开天辟地，创造出我们的生存世界？是谁创造出我们一个个生命个体？我们现有的各种生活手段和生活能力从何而来？是谁教会了我们稼穑？是谁带领我们来到这个世界，并安顿、管理好我们这个世界？这些与自己的生存环境和日常生活密切相关的问题，成为中国人面对祖先遗留下来的神话文献材料时关注最多、文学演绎最多、体量最大的神话文学库存。这充分反映出以务实平和著称的华夏农耕文化在神话文学再生中的重心和底色。比如，是盘古开天辟地，创造了我们生存的世界；是伏羲教会人类设网捕鱼；是炎帝和祝融教会人类生活用火；是黄帝安邦建国，成为华夏民族始祖；等等。其中，描写、演绎最为充分的是女娲神话和西王母神话。

女娲神话的三个主题的文学演绎，分别从不同渠道展衍、诠释了该神话的文学再生路径。女娲造人（造物）首先把人们的目光引向我们人类自身的来源，以及每天相伴我们左右的物件。中国人常说的那句"吃水不忘挖井人"，在女娲造人（造物）神话的文学演绎中得到最畅快的诠释。早期人类无法解释为什么会出现天崩地裂的灾难和肆意泛滥的洪水，只能在女娲补天这类神话故事中去表达对于上苍的敬畏和崇拜，并期待和想象一种超自然力量的出现，减轻甚至消除因灾害带来和造成的不幸和痛苦。同时，本来出自人类解决自然灾难考虑的"补天"行为，又被赋予社会性的内涵。由于造人（造物）和补天的壮举，进入文明社会之后，女娲被赋予至高无上的社会地位，名列"三皇"之中。但与造人和补天神话的文学书写不同，女娲女皇神话在后世非但没有得到演绎和张扬，相反还因为有违"男尊女卑"之伦理秩序而不时受到一些人士的嘲讽和批评。

与女娲神话的文学演绎过程相比，西王母神话的文学化走向更加具有社会化的痕迹。早期原生性神话文献中关于西王母的记载极为简略，这反而给后世西王母神话的文学化预留了相当充足的发挥、演绎空间。最早出现在《山海经》中的西王母，还是人面兽身的原始神祇，然而《穆天子传》中，西王母的动物性形象要素全然褪去，她以一位美丽女神的形象与周穆王相会，这为后来的西王母神话的文学书写奠定了基调。从这里开始，西王母神话文学演绎的核心要素便成为代表君权的帝王与代表神祇的女神之间的和谐相处。这实际上是帝王文化意欲借助神祇力量来强化自己权威地位，为此也不断强化、放大西王母法力和能量的政治举措。于是，西王母神话文学再生的基本框架以女神会君为中心线索，附之以西王母向有德之君献玉和祝寿的吉祥喜庆情节场面，为中国古代强化帝王地位和统治营造气氛，搭建舞台。与此同时，其他各路思想和宗教也搭上西王母形象的"顺风车"，这推动形成了用西王母形象宣传自身宗教思想文化的西王母信仰。西王母这个女神形象成为古代从君主王权到各家宗教思想纷纷用来装扮和贴金的"超级广告神"。

第一章　盘古：开辟鸿蒙，垂死化生

盘古开辟天地的神话，是我国最古老的创世神话，从古至今在我国中、西、南部的诸多民族中广为流传，形成了各种各样的版本。尽管学术界对这一神话最初的来源尚有争议，但正如袁珂先生所说："一切还是得从盘古叙起，不管此说的出现或先或后。"作为中华民族的创世神话，盘古神话蕴含着古代先祖对宇宙万物起源的思考，经历了一代代文学家们和普罗大众的再造和传承，影响深远。从神话的内容来看，盘古神话包含了"开天辟地"与"垂死化生"两个主题，"开天辟地"即盘古开辟天地的故事，"垂死化生"则是盘古死后身体化成万物的传说。

第一节　开天辟地形象的生成和流变

自古以来人们就对天地万物的起源充满好奇：天地从何而来？万物如何而生？宇宙形成以前的状态是什么样的？正如屈原在《天问》的开头所追问的："遂古之初，谁传道之？上下未形，何由考之？"这一系列问题困扰着古代的先民，他们用神话的思维对此进行了解释。正如鲁迅先生在《中国小说的历史的变迁》中所说："原始民族，穴居野处，见天地万物，变化不常——如风，雨，地震等——有非人力所可捉摸抵抗，很为惊怪，以为必有个主宰万物者在，因之拟名为神、并想像神的生活，动作，如中国有盘古氏开天辟地之说，这便成功了'神话'。"神话故事大多属于人类童年时代的幻想，神话的内容是人类对于超出理解范围的自然问题、哲学问题的回答。创世神话，即是先民借用神话的想象解释天地、世界是从何而来的一种神话。人们在追溯时空起源之时，总喜欢说："自从盘古开天地，三皇五帝到如今。"可见盘古开天地的故事是多么地广为人知。盘古神话的起源却一直众说纷纭，根据现有资料判断，这一神话在东汉中后期已有记录，三国时期已在中国南北流传开来。

盘古神话最早的文字记录见于三国时期吴人徐整的《三五历纪》：

> 天地混沌如鸡子，盘古生其中，万八千岁，天地开辟，阳清为天，阴浊为地。盘古在其中，一日九变，神于天，圣于地。天日高一丈，地日厚一丈，盘古日长一丈，如此万千岁。天数极高，地数极深，盘古极长。

在太古之初，天和地还没有分开，混混沌沌得像一个鸡蛋。盘古就孕生在这混沌如鸡蛋的天地之中。到了盘古一万八千岁的时候，他忽然醒过来，胳膊一伸，腿一蹬，就"撑"开了混沌，把天地一分为二。轻而清的东西往上飘，变成天；重而浊的东西往下沉，变成地。盘古手撑天、脚蹬地。又过了一万八千年，他的身体越来越长，天地的距离也越来越远。盘古在撑开天地之后，与天地同生共长，最终使得天地形成。

徐整所记述的开辟神话就是我们今天广为流传的盘古开天辟地故事的最初版本。在徐整之后，盘古开天辟地的文字记载逐渐广为流传，盘古神话在之后的书籍中频繁出现并得到人们的认可，很快取代以往的创世神话。但是，我们也不得不承认，盘古创世的神话，反而是中国神话中产生较晚的一个。"古史辨"派学者顾颉刚先生在《与钱玄同先生论古史书》中提到"层累地造成的中国古史"的说法。他认为，"时代愈后，传说的古史期愈长""周代人心目中最古的是禹，到孔子时有尧、舜，到战国时有黄帝、神农，到秦有'三皇'，到汉以后有盘古等"。也许正是因为这样，盘古创世的神话虽然产生较晚，但后来居上。

盘古神话流行以后，历代文人不断对其进行加工改造，扩充故事情节，给盘古神话带来新的内涵。南朝时期，受道教思想影响，盘古先后被称为"盘古真人""元始天王""元始天尊"等。《枕中书》的记载中就体现出"盘古"从神话人物到神仙的改造痕迹："昔二仪未分，溟涬蒙鸿，未有成形，日月未具，状如鸡子，混沌玄黄，已有盘古真人，天地之精，自号元始天王，游乎其中。"这种改造不仅奠定了盘古在道教系统中的地位，还使得盘古神话与宗教因素间的融合渐深，不断影响着人们的思想及信仰。唐代诗人李白在《上云乐》诗中说："抚顶弄盘古，推车转天轮，云见日月初生时，铸冶火精与水银。""抚顶弄盘古"即借盘古指青天。宋代诗人曾丰《题盘古山二首》中说："太初盘古造乾坤，鬼力神筋擘混元。妙果虽圆心不有，凡身已蜕迹独存。"表达了作者对盘古开天辟地的神力的赞叹与功绩的缅怀。同样生活在宋代的诗人赵汝谈在《翠蛟亭和巩栗斋韵》一诗中以"天开混沌窍，日洗盘古髓"两句诗来叙述开天辟地的过程。

到了明代，小说家周游在他的通俗小说《开辟衍绎通俗志传》中对盘古的形象进行了全新的再创造。在这部小说中，盘古被描写为佛祖释迦牟尼弟子毗多崩娑那菩萨的化身。小说第一回《盘古氏开天辟地》中，为盘古开天辟地寻找了一个原因——释迦牟尼佛见到天下万国、四大部洲久久地处在一片混沌之中而无天地，甚为可怜，于是大发慈悲，挑选弟子毗多崩娑那菩萨前往南赡部洲开天辟地，令其为万世之祖。

毗多崩娑那菩萨接受了佛祖的旨意，便"驾一朵祥云，离了西方佛境，直来至南赡部洲大洪荒处，大吼一声，投下地中，化成一物,团圆如一蟠桃样,内有核如孩形,于天地中滚来滚去,约有七七四十九转,渐渐长成一人,身长三丈六尺,头角狰狞,神眉怒目,獠牙巨口,遍体皆毛"。这个遍体生毛的怪物就是"盘古"。他"将身一伸,天即渐高,地便坠下,而天地更有相连者,左手执凿,右手持斧,或用斧劈,或以凿开,自是神力"。小说为盘古左手添了一把凿子,右手加了一把斧头。盘古手持巨斧开天辟地从而使天地分离的伟大行动,使得这样的盘古形象更加深入人心。

经过盘古的这一番"开辟","久而天地乃分,二气升降,清者上为天,浊者下为地。自此而混茫开矣,即有太极生两仪,两仪生四象,四象变化,而庶类繁矣"。在完成开辟之事后,他立了一块石碑,镌字于上曰:"吾乃盘古氏,开天辟地基。亥子重交媾,依旧似今时。"

经过历代文人的不断重述,到了明清时期,盘古开天辟地已成为一种普遍存在的、得到人们共同承认的常识性观念。在《西游记》第一回《灵根育孕源流出 心性修持大道生》开场诗中,作者便写道:"混沌未分天地乱,茫茫渺渺无人见。自从盘古破鸿蒙,开辟从兹清浊辨。覆载群生仰至仁,发明万物皆成善。"《东游记》第二回《老君道教源流》中也写道:"却说老君者,太上老君也,自混沌开辟,累世化身而来。"再比如小说《封神演义》第一回开场诗,诗中写道:"混沌初分盘古先,太极两仪四象悬。子天丑地人寅出,避除兽患有巢贤。"《三宝太监西洋记》中也多次写道:"自从盘古分天分地……"诸如此类的话头,在明清通俗小说中俯拾即是。

盘古开天辟地的观念在当时已深入人心,已经成了当时普通民众的文化常识。这一神话从上古时代流传到现在,历经几千年而不衰,始终受到人类的关注,已成为最悠久的文化经典。

第二节　化身万物的意象及后世演绎

盘古神话不仅关系天地的形成，还涉及万物的滋生。盘古"垂死身化"见于南北朝梁朝任昉《述异记》：

> 昔盘古氏之死也，头为四岳，目为日月，脂膏为江海，毛发为草木。秦汉间俗说：盘古氏头为东岳，腹为中岳，左臂为南岳，右臂为北岳，足为西岳。先儒说：盘古氏泣为江河，气为风，声为雷，目瞳为电。古说：盘古氏喜为晴，怒为阴。吴楚间说：盘古氏，夫妻、阴阳之始也。今南海有盘古氏墓，亘三百余里，俗云后人追葬盘古之魂也。桂林有盘古氏庙，今人祝祀。南海中盘古国，今人皆以盘古为姓。

盘古死后化身万物，他的身体各部分幻化出日月星辰、山川江河、草木禽兽，以自己的生命演化出生机勃勃的大千世界，为后人开辟了无限广阔的生存空间。

清人马骕撰《绎史》引《五运历年记》云：

> 元气蒙鸿，萌芽兹始，遂分天地，肇立乾坤。启阴感阳，分布元气，乃孕中和，是为人也。首生盘古，垂死化身，气成风云，声为雷霆，左眼为日，右眼为月，四肢五体为四极五岳，血液为江河，筋脉为地里，肌肉为田土，发髭为星辰，皮毛为草木，齿骨为金石，精髓为珠玉，汗流为雨泽，身之诸虫，因风所感，化为黎氓。

盘古死后将自己的气、声化为风云雷霆，左眼变为太阳，右眼变为月亮，四肢变成大地的四极，躯干变成三山五岳，筋骨变成道路，肌肉变成土地，头发胡须变为星辰，牙齿骨头变成金属玉石，流出的汗水变成雨露，身上的虫化作黎民百姓，至此完成了对万物的创造。

在关于盘古垂死化身的描述中，盘古身体的各个部分化生为东西南北中五岳，盘古用他的整个身躯创造了一个丰富美丽的世界，使天地万物形态趋于完善。盘古开天辟地，创造了世界，把一切贡献给了人类，他是古代英雄的化身。盘古死后化身的壮举，被解读为具有牺牲精神，这种被赋予盘古的精神，让盘古的形象更为饱满，也间接拉近了创世大神与百姓的距离。从此，盘古形象与整个中华民族的历史联系在一起，也与整个中华大地联系在一起。

这两种记载在详略上虽略有不同，但都是关于盘古死后身体化为日月、山河、草木之类的记述。相比较而言，《述异记》中详细记载了盘古神话早期流传地域及其来源，如流传的盘古国、盘古姓、盘古庙及盘古夫妻的故事。关于该神话的早期流传地域，《述异记》中提到南海、桂林，它们是秦始皇统一岭南后设置的两个郡，《史记·南越尉佗列传》中记载："秦时已并天下，略定扬越，置桂林、南海、象郡。"因此，盘古故事早期在岭南一带甚为流行，袁珂在《古神话选释》中对"桂林有盘古氏庙"一句注释时说道："如今广西壮族自治区，介在岑溪县和容县之间，还有一个小城镇，就叫'盘古'。"

盘古创世神话在中国大地上经过了数千年悠久而广泛的传承发展，孕育了中华民族根深蒂固的天地观，形成一种集体无意识潜存于民族的意识中，成为一种中华民族共有的精神信仰。盘古神话在不同民族间广泛流传，形式多变，内容也不断丰富，这一过程也赋予盘古神话新的文化内核。在广西壮族和瑶族师公们的古代唱本里保存着大量的盘古神话，比如武鸣县壮族师公《盘古歌赞》，词云：

泰山盘古是我屋，大岭盘古是我身。庚子其年造天地，盘古出世到如今。自我盘古初出世，造化天盘与地盘。左眼化为日官照，右眼化为月太阴。骨肉化为山石土，头脑化为黄金银。肚肠化为江河海，血流是水去无停。手指化为天星斗，毛发化为草木根。只有盘古有道德，开天立地定乾坤。

山子瑶祭神仪式中的《盘古歌唱》，词云：

> 日月在天定爷眼，日月双排定乾坤。头便是天脚便是地，儿孙正在腹中心。梁山树木爷头发，石头便是牙齿根。江水长流爷肚肠，深潭鱼龟是肝心。

茶山瑶《还盘王愿》里的盘古神唱词中也有对盘古垂死化身的描述。另外，在汉民族聚居的桐柏山系地带也发现了盘古山及一系列的盘古神话，"从现有的资料看，它包括以下内容：盘古出世、开天辟地、补天、战洪水、除猛兽、发明衣服、与盘古奶滚磨成亲；生子以后，又与八子分掌九州（或分管天、地、花木）、发明文字，最后死时肢体化作盘古山等世界万物。"（张振犁《中原古典神话流变论考》）

可见，盘古开天辟地、垂死化身所体现的至德至爱精神，千百年来经过民间的改造加工，被后人传唱不已。

在现如今的中国版图上，从南至北，从西到东，几乎都可以找到盘古遗迹。内容多样且形态各异的盘古神话始终在民间传承不息。根据民间文学专家张振犁、程健君、高有鹏等人的考察，全国许多地方都有盘古的传说。"盘古"成为一个将中华民族血脉相连的文化符号，这种文化传统中蕴含着积极向上的生命意志和自强不息的民族精神。盘古叙事、盘古文化符号、盘古民俗活动等丰富着人们的日常生活，成为重要的文化基因，也成为精神文化建设的重要内容。

盘古的垂死化生，解释了天体的起源、万物的起源。这是中国初民对天地万物及自身来源的神话解释，属于创世神话。如果说盘古开天辟地体现着一种勇于开拓、创新求变的积极主动的主体意识，那么盘古垂死化生的故事则体现了舍己以利天下万物的至德至爱精神，这也是华夏五千年文明精髓的一种体现，这也是后人对盘古精神深情赞扬、念念不忘，在各地建祠庙，不断追祠盘古的原因所在。

第二章 伏羲：圣人启智，进诸文明

伏羲是我国古史传说中又一位重要的神话人物：他是中华文明的开拓者，也是民众智慧的启蒙者；他是上古的"三皇"之一，也是历代帝王推崇的"圣君"。很多古代典籍中都提到，伏羲位居"三皇"之首、百王之先，对华夏民族有着非凡的贡献。伏羲的神话传说在中国古代各民族之中都有广泛的流传。历代贤哲学人又以伏羲神话为基础，不断地对其进行添枝加叶，使其在发展演变的过程中，一层一层地演绎加工和增益扩展。加之民间传说的传布流变，伏羲神话的故事内容逐渐丰富，内涵也愈加深奥。

第一节 绵延日久的羲皇印象

与其他华夏诸神相比，伏羲是名号最多的始祖神，他又被称为"宓牺""庖牺"，也有人称他"太昊""大皞""太皓"，还有人称他"包羲""伏戏""伏牺""炮牺""必戏"，等等。从历代学者对"伏羲"名号的解释来看，"庖牺"即获取牺牲，指向渔猎时代；"伏牺"即服化牛马，指向畜牧时代。但是，这些解释都是将伏羲的文化功绩附会于他的名字的结果，是后人的主观阐释和臆断，很难确切地被认为是"伏羲"名号的本来意思。

事实上，伏羲作为一个神话人物，长期存在于人们的口头传说中。而其后的文字记载，往往依其音而记其字，不免出现词无定字的现象。自汉代以来，学者多运用训诂的解释方法，结合神话传说对伏羲的名号作出阐释，这其中难免存在穿凿附会的弊端。因此，"伏羲"一词原本的意思，反而淹没于浩如烟海的写法与释义之中。

伏羲的身世，据《帝王世纪》《拾遗记》《史记索隐》等史料记载，大致可知。伏羲的母亲为华胥氏，是一个非常美丽的女子。有一天，华胥氏去雷泽游玩，发现了一只很大的脚印。出于好奇，华胥氏将自己的脚踩在了这个巨大的脚印之上，便因此有了身孕。后来，华胥氏生下来一个孩子，取名为伏羲。

这一充满神秘色彩的降生方式，也同样见于周王朝始祖后稷的诞生神话之中。在神话中，人类祖先的诞生，往往都借助了超自然的力量。在知母不知父的母系氏族时代，一般都以女性在偶然的机会中接触到来自天神的痕迹进而受孕作为始祖诞生的叙述起点。袁珂先生在《中国神话通论》中谈论到这种现象："神话传说中某个民族始祖的诞生，总是不平凡的。在只知先妣，不知先祖的原始母系氏族社会，人们为了要解释其种族所从来，只好托为神话，将父性的一方推之于动物、植物乃至自然现象，这叫做'感天而生'，神话也就被命名为'感生神话'。"伏羲的诞生神话正符合这一逻辑。

作为文化始祖，伏羲的事迹至晚在春秋战国时期即见诸史籍，《管子》《周易》《庄子》《山海经》《楚辞》等典籍文献中都有与伏羲神话直接或间接相关的零散记载。如《管子·封禅》曰："虑羲封泰山，禅云云。神农封泰山，禅云云。"《庄子·缮性》曰："逮德下衰，及燧人、伏羲始为天下，是故顺而不一。"《战国策·赵策二》曰："宓戏、神农，教而不诛。黄帝、尧、舜，诛而不怒。"《楚辞·大招》："伏羲《驾辩》，楚《劳商》只。"综合这些文献记载，我们可大致勾勒出伏羲的圣君形象。

在汉代的画像砖、石中，我们也经常可以见到伏羲的形象，这体现了当时人对伏羲的推崇与敬仰。而且，伏羲与女娲经常共同出现于典籍文献和壁画、石刻之中，是与女娲相对而立的对偶神。伏羲与女娲的两性关系，渗透了阴阳思想、生殖信念。这种关系，可能影响了后世传说中伏羲女娲的兄妹、夫妇关系的形成。

到了唐代，伏羲神话的内容出现了新变化。据唐代小说集《独异志》中的一篇故事所述，在宇宙初开之时，天下未有人民，只有伏羲女娲兄妹二人，他们寻找不到别的人影，就在昆仑山上立下誓言："如果烟合而不散，就是上天要让二人结为夫妻；如果烟散去了，那么他们就不能成为夫妻。"结果兄妹二人在昆仑山上看到烟不散，便在天意的指示下，结为夫妻，从此开始繁衍人类。唐代的故事中增加了与原先的神话主题完全不同的情节，即伏羲的身份变成女娲的兄长与丈夫。当时的诗人卢仝在《与马异结交诗》一诗中有"女娲本是伏羲妇"的说法，可见《独异志》所记载的这则故事在唐代是十分流行的。

中华民族在长期发展过程中对伏羲的尊崇，产生和传承了大量的关于伏羲生平事迹的叙事，它们大量存在于古今散文、论文、诗歌、史诗、戏剧、小说等多种文类之中。除汉文古籍之外，部分少数民族文字古籍、民间口头文本等都有相关的记载。比如，甘肃天水地区有不少关于伏羲的传说，这些传说代代相传，伏羲信仰流传至今。伏羲神话的文类与载体在数量上与内容上都极具丰富性。在这些作品中，有对伏羲作为传说人物的记录，如关于伏羲的传说、关于伏羲与现实风物的自然联系，甚至有些作品如戏剧、诗歌等，涉及伏羲故事的情节。

曹植在《汉二祖优劣论》中说道："敦睦九族，有唐虞之称；高尚纯朴，有羲皇之素。"表明高尚纯朴的羲皇时代是其心目中的理想王国。陶渊明在《与子俨等疏》中谈道：

少学琴书，偶爱闲静，开卷有得，便欣然忘食。见树木交荫，时鸟变声，亦复欢然有喜。常言：五六月中，北窗下卧，遇凉风暂至，自谓是羲皇上人。

对于这里的"羲皇上人"，诸家注中有两种意见：一是认为"上"即"以前"，"羲皇上人"指羲皇以前的人；二是释为"太古之人"。这两种说法都指向古人理想中的圣君贤王、至真至淳的上古时代。历代文人关于伏羲及伏羲时代的赞颂发之于心，形之于诗，对其赞美和歌颂逐渐演变成一种向往美好生活的观念的体现。

唐代诗人白居易《池上闲吟二首》有云："幸逢尧舜无为日，得作羲皇向上人。"陆龟蒙《和同润卿寒夜访袭美各惜其志韵》有云："如能跂脚南窗下，便是羲皇世上人。"皮日休《北禅院避暑》："吾宗昔高尚，志在羲皇易。"这些诗句都体现出作者对羲皇高尚品行的赞颂与羲皇时代太平盛世的向往。就唐代而言，初唐、盛唐、中唐、晚唐各个时期诗坛的代表人物都有作品提及"羲皇"，对羲皇时代的向往在当时成为一种普遍的理想。

第二节　泽被后世的始作八卦

伏羲作为人文始祖，带来了人类璀璨文明的曙光，在人类走向文明的进程中作出了巨大贡献。已有的考古材料、文献记载和民俗资料表明，伏羲时代处于中国远古时代由母系氏族迈向父系氏族社会、由渔猎畜牧走向农耕文明的历史阶段，关于伏羲文化创造活动的神话传说，曲折地反映了这一历史阶段中华先民进化发展和开创文明的种种信息。

自先秦以来，伏羲成为中华民族历代口耳相传并见诸典籍，加以推崇、歌颂、祭奠、信仰、寻根的对象。伏羲画八卦和造书契，这是中华先民告别结绳记事，走向文明的开端。《周易·系辞》是现存典籍中最早对伏羲的历史贡献进行系统归纳的文本。《周易·系辞下》记载：

> 古者，包牺氏之王天下也。仰则观象于天，俯则观法于地，观鸟兽之文，与地之宜。近取诸身，远取诸物，于是始作八卦，以通神明之德，以类万物之情。作结绳而为网罟，以佃以渔，盖取诸离。

一方面，伏羲受蜘蛛网的启发，从而发明结绳织网用来狩猎、捕鱼；钻孔以摩擦取火；教先民进行农业生产；开创大型建筑艺术；制作彩陶、从事纺织等。另一方面，他始画八卦；创造文字；根据地域扩大与部族繁衍的特点创新社会管理制度；观测气候变化以制定历度；制定礼仪，创制乐器、乐曲和嫁娶之礼。可以说，伏羲从物质和精神层面奠定了中华民族的风俗习惯与礼仪根基。

秦汉以来，伏羲的创造与文化贡献被不断扩充，如《尚书·序》记载"始画八卦，造书契，以代结绳之政，由是文籍生焉"，《帝王世纪》记载"尝味百药而制九针，以极天枉焉"，《古史考》记载"伏羲制嫁娶，以俪皮为礼"，等等。到了唐宋时期，伏羲传说进一步完善整合，尤其是在司马贞《补史记·三皇本纪》中，伏羲的事迹和文化贡献更加系统化，其"人文始祖"的形象基本定型。

在伏羲的多种文化贡献中，始画八卦是极为突出的一项。伏羲为八卦的创立者，这种说法虽然还没有得到现代考古学的印证，但由于其屡见于早期史籍记载和民间传说，从某种程度上来说它并非向壁虚造。如《史记·太史公自序》记载"余闻之先人曰：'伏羲至纯厚，作易八卦。'"《汉书·律历志》中也说"伏羲画八卦，由数起"。《论衡·谢短篇》《尸子》《易纬·乾凿度》《春秋纬》《礼含文嘉》《尚书中候·握河记》《黄氏逸书考》等文献中，都认为伏羲始画八卦，周公演义成六十四卦。

伏羲"始作八卦"的依据和来源是天文地理、鸟兽植物，他仰观日月星辰之象，俯察地内山川陵谷之形，在天地之间顿悟宇宙人间的法则，揭示天地阴阳、世间万物的对立统一规律，最终作出"通神明之德，类万物之情"的神秘八卦。这种八卦符号的基本结构由阴、阳二爻组成，体现了天、地间的对立与阴阳关系，由此推演组合出代表天（乾）、地（坤）、雷（震）、风（巽）、水（坎）、火（离）、山（艮）、泽（兑）的八种符号。它们既对立又统一，相互作用又相互影响，变化无穷。相传周文王将八卦两两相叠，形成六十四卦，三百八十四爻，最终推演成《周易》。这不仅是从一到多、由易到繁的符号衍绎的结果，更是体现了古人逻辑推演的思维能力的进步。

根据现代学者的研究，八卦与先民的记事、算术、文字等都有着千丝万缕的联系。在我们所看到的伏羲塑像中，普遍都手托着八卦，这也体现着八卦及其思想在人类走向文明过程中的重要作用。中华先民借此来认识自然、解释宇宙、规范社会人伦，其对中华民族的思维方式和文明进程产生了深远的影响。因此，画八卦是伏羲众多功绩中最为人称道的一个，其不仅以典籍文献的形式流传，而且与各地有关八卦的地名、景点融合，以具有地域特性的民间传说的形式印刻在人们的记忆中。

唐代诗人罗隐在《谗书·秦始皇意》中说："夫《易》，肇于羲皇，演于姬昌，申于素王。其为书，则百家九流之先；其造作者，则百王之祖；其理，则上下天地、出没鬼神。"他对八卦到《易》的演变及其崇高价值、神秘作用都作了精辟的论述，为我们带来思想启迪。宋代诗人陆游在《剑南诗稿·读易》中说"无端凿破乾坤秘，祸始羲皇一画时"，伏羲画卦之神奇，皆在"凿破乾坤秘"一语之中。宋代朱熹在《斋居感兴二十首》其十一中写道：

> 吾闻包牺氏，爰初辟乾坤。乾行配天德，坤布协地文。
> 仰观玄浑周，一息万里奔。俯察方仪静，隤然千古存。
> 悟彼立象意，契此入德门。勤行当不息，敬守思弥敦。

他在这里明确指出伏羲画卦，功同开天辟地，并具体描绘伏羲仰观天象、俯察地理的情况，最后表明他对此的态度。清代才子袁枚在《小仓山房诗文集·放言三首》里，又说道："闲杀羲皇两手，公然一画开天。"将伏羲画卦之神奇，推崇歌颂到无以复加的地步。

在历史演变进程中，人们对八卦及《周易》产生兴趣的缘由，逐渐地从利用卦象、卦辞推断吉凶的实用目的，转移到观察世界的辩证思维方式和宏观把握能力上来。于是，《周易》由卜筮之书转变成指导生活、分析矛盾、解释世界的圭臬。在此基础上，经历代思想家、哲学家的批判和传承，一套以八卦为中心的完整严密、富有民族特色的逻辑理论体系逐渐形成，深刻影响了中华民族的思维方式和文化进程。古往今来，人们不断从伏羲八卦这座宝库中吸收创意，受到启迪与教益。追本溯源，伏羲始画八卦是中华传统文化的源泉与核心，它不仅具有兼容性，还有广阔的覆盖面，能够为社会主义精神文明建设作出新贡献。

第三章　女娲：补天、造人与女皇

女娲神话是中国最古老的神话之一。它包括三个主题：女娲造人、女娲补天、女皇神话。三个主题一方面反映了远古时代人们对人与自然、人与社会关系的认识和理解，另一方面，在后代文学的演绎过程中，又不断融入了历史文化变迁影响下神话母题内涵的改造和创新，成为不同时代社会精神的一面镜子。下文分别描述介绍女娲神话三个主题的原始面貌和后代文学化演绎过程中的各种故事。

第一节　补天神话的产生与文学升华

1.《淮南子》的首次记录

女娲补天神话在中国可以说是家喻户晓的，可是这一故事的最早文本记录及其原初面貌仍有必要说明。

女娲神话最早出现在先秦文献《楚辞·天问》和《山海经》中，但是内容非常模糊，从现存的文字看，两文本所载大致与女娲造人（造物）有关，与女娲补天的内容无关。女娲补天神话故事最早出现在汉代《淮南子·览冥训》中：

往古之时，四极废，九州裂，天不兼覆，地不周载，火爁炎而不灭，水浩洋而不息，猛兽食颛民，鸷鸟攫老弱。于是女娲炼五色石以补苍天，断鳌足以立四极，杀黑龙以济冀州，积芦灰以止淫水。

苍天补，四极正，淫水涸，冀州平，狡虫死，颛民生。背方州，抱圆天。和春阳夏，杀秋约冬，枕方寝绳，阴阳之所壅沉不通者，窍理之；逆气戾物，伤民厚积者，绝止之。当此之时，卧倨倨，兴眄眄，一自以为马，一自以为牛，其行蹎蹎，其视瞑瞑，侗然皆得其和，莫知所由生；浮游不知所求，魍魉不知所往。当此之时，禽兽蝮蛇，无不匿其爪牙，藏其螫毒，无有攫噬之心。

考其功烈，上际九天，下契黄垆，名声被后世，光辉重万物。乘雷车，服驾应龙，骖青虬，援绝瑞，席萝图，黄云络，前白螭，后奔蛇，浮游消摇，道鬼神，登九天，朝帝于灵门，宓穆休于太祖之下。然而不彰其功，不扬其声，隐真人之道，以从天地之固然。何则？道德上通，而智故消灭也。

《淮南子》又名《淮南鸿烈》《刘安子》，相传由西汉皇族淮南王刘安主持撰写，因而得名。该书在继承先秦道家思想的基础上，综合了诸子百家学说中的精华部分，对后世研究秦汉时期文化起到了不可替代的作用。

《淮南子》中的三段记述，包括女娲补天起因和过程、女娲补天的伟大功效、女娲功成退隐的举动以及作者对此的议论。其大致讲述了这样一个故事：

在远古时期，天穹的边界倒塌了，九州大地遍布裂痕，天空无法倾盖大地，大地也无法承载万物。天地之间到处都是蔓延不熄的大火和泛滥不止的洪水，猛兽和猛禽捕食善良的人民，随意抓捕老人和弱小的人。这时候女娲出现了，她冶炼五色石来修补苍天，砍下鳌足并将其当作天柱来支撑天空，斩杀黑龙来拯救冀州的百姓，堆积芦苇燃烧后的灰烬来制止洪水。

经过女娲的壮举，苍天被修补好了，天穹也恢复端正平衡；泛滥的洪水退去了，冀州大地一片平和景象；狡诈的毒虫猛兽被杀死了，善良的人民得以存活。女娲背靠大地,怀抱天空,让春天温暖、夏天炽热、秋天肃杀、冬天寒冷。她掌管着尺度和准绳,每当阴阳之气阻塞不通时,便给予疏理贯通;当违逆天时的气或凶猛暴烈的动物危害百姓积聚的财物时,便给予禁止消除。到这个时候,百姓睡时无忧无虑,醒时无知无觉;物我两忘,一会儿把自己看作马,一会儿看作牛;行动舒缓沉稳,走路漫无目的,视物若明若暗。人民心态通达豁然,天道万物和谐,谁也不知是如何产生的,随意闲荡不知所归、不求所需,飘忽不定没有目标。到了这时,野兽毒蛇全都收敛藏匿爪牙、毒刺,没有捕捉吞食的欲念。

在《淮南子》的作者看来,上到九天,下到黄泉,女娲的名声流传后世,光辉照耀万物。她以雷电为车,应龙居中驾辕,青龙配于两旁,她手持稀奇的瑞玉,铺上带有图案的车垫席;黄色的彩云缭绕,前有白螭开道,后有腾蛇簇拥追随,悠闲遨游,鬼神为之引导,上登九天,在灵门朝见天帝,安详静穆地在"太祖"处休息。可是尽管如此,女娲从来不标榜炫耀自己的功绩,也从来不张扬彰显自己的名声;她在真人之道中归隐自己,顺应天地自然的法则。为何这样呢?因为女娲的德行上通九天,所以智巧机巧就消亡、湮灭了。

从全文的内容看,作者的用意是通过女娲功成退隐的事例,说明道家清净无为的理念,但无形中呈现了相当完整的女娲补天神话故事。不过,对于《淮南子·览冥训》所收录的女娲补天神话故事,我们还是应该从两个方面来理解把握。

从积极方面看,《淮南子·览冥训》记载的女娲补天神话有两点值得肯定:一是首发性,它是今天我们能看到的文献材料中对女娲补天神话的最早记载,作为原始资料的价值无可替代;二是完整性,它描述和记录了女娲补天神话的起因到过程,再到结局的完整故事内容。为后人了解、认识女娲补天神话提供了扎实的文献基础。

从局限方面看，也有两点：

一是非原发性。按照一般认识，先秦文献是距离神话产生时代最近的传世文献，所以被称为原发性文献。作为汉代作品，《淮南子》不具备这个条件，因而它的权威性也就受到影响。一旦比它稍晚一些的文献记载与之发生歧异时，就会产生一些孰是孰非的疑问。比如女娲补天的起因，按照《淮南子·览冥训》的记载，是地震和洪水之类的自然灾害。但从东汉王充《论衡·谈天》的记载来看，当时人们似乎普遍认为女娲补天是因为一场人祸——共工作乱把支撑天的四柱搞塌了。而且这个说法还不止是王充一人持有，唐代史学家司马贞在《三皇本纪》中明确把女娲补天的起因描写为共工在与祝融的战争中失利，一怒之下把不周山撞折。更有意思的是，《淮南子》一书另外一篇《天文训》中，也记录了共工撞断不周山的故事，但是与女娲补天神话完全无关。这些扑朔迷离、错综复杂的线索虽然难以形成可靠的逻辑链条，但更能增添女娲补天神话的神秘感，更能诱发今天的人们对它的神往和思考。

二是主观性。它的非原发性，造成作者凭主观需求撰写，即随意性。中国古代子部著作是各种思想学派陈述各家思想学说的载体、渠道，其中很多神话故事和寓言故事的使用，都是宣扬某种思想学术观点的辅助手段。为了达到宣传其思想观点的目的，作者们对所使用的神话或寓言故事不免要改头换面，以为我所用。《淮南子》记女娲补天后功成退隐神话故事的目的在于宣扬道家清净无为的思想观点。作者对故事内容作过哪些具体修改、润饰或调整，虽然已经不能确指，但从上文关于女娲补天起因书写与其他文献的龃龉中可以看出，这种推测应该是能够成立的。

无论怎样的是非功过，《淮南子·览冥训》中的女娲补天神话故事都是中国历史上最早、最完整的女娲补天神话的文字记录。后来所有关于女娲补天神话的历史争辩和文学故事，都是在这个起点上继续延伸和演绎下去的。

2. 女娲断鳌足神话的文学流变与升华

关于女娲补天的起因和操作顺序，《淮南子·览冥训》特别强调，女娲之所以要承担补天的重任，是因为支撑苍天的"四极"断掉了。"四极废"直接导致了天地之间一片乱象：大地裂毁，万物失序；大火蔓延不熄，洪水泛滥不止；猛兽吞食良民，凶禽捕击老弱。面对这种危难情景，女娲勇敢承担起拯救世界的重任，她冶炼五色石来修补苍天，将砍下的鳌足当作擎天大柱，堆积芦灰来制止洪水，斩杀黑龙来平息冀州之乱。

在这四项宏伟壮举中，后两项可能因为形象美感不足，没有能够吸引更多文学家的眼球。倒是前二者形象壮观、气场强大，后来的文学家每每为其倾倒，对其演绎不绝。

女娲断鳌足炼石补天神话的文学演绎首先出现在诗文体裁中，而且断鳌与炼石二者经历了从分到合的过程。其中，断鳌神话更是从物质到精神，显示出极为强大的影响覆盖力。

人们对早期神话传说文献记载中的各个细节充满了好奇和想象，努力去挖掘和补充早期神话文献中的每个细节及其可能产生的美丽奇幻世界。这个世界不仅限于文学世界，还有更广阔的园地。比如，那头巨鳌的四只脚被女娲砍下并拿去作擎天大柱了，可是那失去四只脚的鳌的身体又怎样了呢？受此引发，出现了新的神话线索和文化天地。

不知什么时候，出现了一座以那头被女娲砍下四只脚的巨鳌命名的"金鳌山"。据南宋祝穆《方舆胜览》的记载，在浙江临海市东南一百二十里的东海之中，有一座"金鳌山"。山上有普济院，西有轩，下临长江，前挹海门诸峰。众所周知，"金"在中国古代历来是尊贵和珍贵的象征。那只被女娲砍掉四只大足的鳌，一反受气包的形象，被赋予"金鳌"的美名。新出现的金鳌山，也成为尊贵和人们向往的神山。从唐代开始，这座金鳌山便成为诗人们追忆女娲补天神话，并且对鳌的不幸遭遇发出感慨和悲鸣的重要题材。唐代吕从庆有一首吟咏这座金鳌山的诗作《戏题金鳌山》：

金鳌腾腾高百丈，昔者曾游东海浪。
女娲断足奠坤舆，怒身化作安吴嶂。
骨肉虽变魂魄鲜，千秋万古生云烟。

这座依傍长江的美丽山峰得尽天时地利之便，而且有意思的是，作者借给金鳌山题诗的机会，为女娲补天神话中的反面形象——被折足的鳌大做翻案文章。作者先从正面描绘并赞美金鳌遭受断足前的雄姿气概："金鳌腾腾高百丈，昔者曾游东海浪。"接着又以"女娲断足奠坤舆，怒身化作安吴嶂"两句描写鳌被女娲断足后化作安吴山嶂的悲壮与雄伟。后两句则对金鳌生命已去、灵魂永存的魅力发出由衷的期待和赞美。

这座海外金鳌山，不仅引起唐代诗人的吟咏雅兴，而且受到宋代皇帝的临幸。据《方舆胜览》引《云抄漫录》，南宋建炎四年（1130），宋高宗赵构从永嘉航海至此，临幸金鳌山，在这里停留了长达十四天。可想而知，这座金鳌山给赵构留下了何等美好的印象。可见至迟在南宋时，金鳌山已经成为名山，身价倍增。

不仅如此，在唐代以后文学典籍中出现的"金鳌"，其意象也大抵倾向于正面和美好。为数不少的游仙诗，把金鳌山作为道教向往追求的海外神山之一。比如唐代道士曹唐写过多达九十八首的《小游仙诗》，其中第六十八说：

金鳌头上蓬莱殿，唯有人间炼骨人。

笑攀云液紫瑶觥，共请云和碧玉笙。

这首诗大意是说：坐落在金鳌头上的蓬莱殿，里面都是道教修炼筋骨的人。他们举起美丽华贵的酒杯，用云和碧玉笙奏响道教乐曲。这里的"金鳌"已经不是浙江林海那个具体的金鳌山，而是对于蓬莱殿所坐落之山的美好形容。可见"金鳌山"已经由女娲补天神话中嫁接出来的传说神山，逐渐抽象成为美好尊贵的神仙境界的形象符号。这样的形象符号逐渐被文人们认同、接受并作为文学语言来使用。如王建《宫词》之一："蓬莱正殿压金鳌，红日初升碧海涛。"而柳永《巫山一段云》词所云"几回山脚弄云涛，仿佛见金鳌"，则又把金鳌喻为海上金龟了。

借此吉祥意象，文人们又逐渐将"金鳌"的含义引申为临水山丘。如陆游《平云亭》诗："满榼芳醪何处倾？金鳌背上得同行。"这两句的意思是说：满瓶的美酒到哪里去消受呢？还是去金鳌背上一起欣赏美景痛饮美酒吧。诗人把"金鳌"作为美好山水的符号代称来使用了。另外，像元代张可久《湘妃怨·德清观梅》曲："一去孤山路，重来何水曹，醉上金鳌。"《花月痕》第七回："背踏金鳌，忆南都之石黛。"也是类似的描写渲染。

更有甚者，有人竟以"金鳌"喻地位高贵者。明代方孔炤《苍天》诗："万岁山折苍天崩，金鳌社鼠同一坑。"这两句的意思是说，万岁山和苍天崩塌后，金鳌这样的富贵龟和普通的老鼠都被埋在同一个坑里了。可见"金鳌"这一神话中的反面形象在女娲补天神话向文学的移位过程中逐渐走出原型的樊笼，被赋予积极健康的文化内涵和文学意义。

3.诗词典故中女娲形象的符号化演变

用典是中国古代诗词的重要特征。在浩如烟海的诗词典故资源中,女娲补天神话占有重要位置。大量文人诗文中出现的补天母题,被文学家反复使用,逐渐积淀,成为相对稳定的文学符号和文学家的一种修辞手段。于是文学作品中的女娲补天意象,成为以巧夺天工的手段造福人类的美好境界的符号。比如李贺《李凭箜篌引》:

> 吴丝蜀桐张高秋,空山凝云颓不流。江娥啼竹素女愁,李凭中国弹箜篌。昆山玉碎凤凰叫,芙蓉泣露香兰笑。十二门前融冷光,二十三丝动紫皇。女娲炼石补天处,石破天惊逗秋雨。梦入神山教神妪,老鱼跳波瘦蛟舞。吴质不眠倚桂树,露脚斜飞湿寒兔。

诗中女娲补天故事与其他著名神话传说一起,成为诗人用来形容李凭演奏箜篌乐曲时的美妙音乐意境的修饰用语和借代修辞方式。人们借助这些已经熟知的神话传说意象,来完成对于作者所暗示的音乐世界的想像和理解。

又如姚合《天竺寺殿前立石》诗:

> 补天残片女娲抛,扑落禅门压地坳。霹雳划深龙旧攫,屈盘痕浅虎新抓。苔黏月眼风挑剔,尘结云头雨磕敲。秋至莫言长屹立,春来自有薜萝交。

诗中险韵的使用和字句的抵磨都显示出姚合作为苦吟诗人的特色。首联两句以奇特的想像,把天竺寺殿前立石想象为女娲补天时所抛下的残片,从而为殿前的普通立石注入了厚重的历史文化内涵和浓郁的艺术韵味。

此类以女娲补天故事为符号,指代各类雄观奇景的文学描写不胜枚举。如张养浩《秀碧石》以"初疑女娲醉堕簪，劫火不烧年万亿"两句形容友人所示"秀碧石"的精美。又如胡祗遹《华不注山》将华不注山想象和描绘成当年女娲补天时偶然遗落的一块峰石。又如元王沂《玄岩石砚为柴舜元宪金赋》："汉江有奇石，磊落太古色。淘沙相薄蚀，岁久露岩穴。幸免女娲手，炼之补天裂。"作者在赞叹汉江奇石之美的同时，又感叹这样的奇石当年幸免于女娲之手，没有用于补天。作者的本意是以此来说明汉江奇石的奇美，但也从反面暗示出，如此奇美之石当年在女娲手下只是落选之物，可见女娲择石之严。

的确，女娲补天神话题材的符号化，为补天神话的进一步文学化打开了一道大门，文人们蜂拥而入，纷纷以补天神话作为展示自己文学才华的依托，并以此服务于各自作品中的内容和意境。如元代袁桷《玉署鳌峰歌》把美丽的玉署鳌峰想象成经女娲五色刀刊削之后所化之山，其美丽形态如同蓬莱东海之虹霓。值得注意的是，与以往的女娲补天意象的符号化使用不同，诗中的喻体，已经不仅仅是单一的女娲补天意象，而是女娲补天意象和蓬莱东海虹霓两个喻体的连环套用。很显然，女娲补天意象在这里进一步扩大了其作为文学修辞的使用范围。其走向文学、移位为文学的轨迹，更加纵深化和自觉化了。与袁诗相比，宋人王安中的题画诗《题赵大年金碧山水图》的文学色彩更为胜出：

余闻女娲炼石补天缺，石破压天天柱折。五色堕地金嵯峨，六鳌跨海吹银波。扶桑玉红下天半，贝阙珠宫紫云满。

尽管诗中没有采用袁桷那样的喻体连环套用法，但诗人以"金嵯峨"来形容"五色堕地"缤纷之态，以"吹银波"来描绘"六鳌跨海"凌空雄姿，从而把女娲补天题材中的两个母题意象的文学色彩，渲染得淋漓尽致。

把女娲补天神话题材的文学潜质挖掘和发挥到极致的是明初大文人刘基。好像是对女娲补天故事情有独钟，刘基的诗文中大量采用了女娲补天故事，以此作为渲染气氛、抒情达意的有效手段。比如《丹霞蔽日行》把丹霞蔽日的绚烂景色形容为"女娲在青天，岁莫还炼石"，《常相思在玄冥》则把玄冥之中"寒门六月天雨冰，天关冻折天柱倾"的奇诡现象描绘为"女娲炼石补未成，石鳞迸落如流星"。

如果说汉魏以后文学的独立使得文人对典故的需求大量增加，故而为神话走向文学提供了广阔的舞台的话，那么随着文学的繁荣和发展，这个舞台的空间会越来越大。刘基只是一个点，在他前后，以女娲补天作为诗文典故或修辞手法的作品多如牛毛、不胜枚举。

4. 叙事文学中的喻体衍生

由于文体的特性所在，叙事文学作品在表现女娲补天题材时承袭了诗文作品中女娲题材的传统意象和使用角度，增加了作品的文学意味，展现出补天题材的无穷文学潜力。其中比较多的是将女娲补天作为既定的符号喻体，指喻与补天相近的含义。如将女娲补天作为超人之力和丰功伟绩的象征，《三国志通俗演义》中说："先取荆州后取川，大展经纶补天手。"《封神演义》第一百回中称："蒙卿等旋乾转坤之力，浴日补天之才。"《真傀儡》杂剧："相公有补天浴日手段，特遣相问。"《玉梨魂》第三章："即令女娲复生，亦少补天之术。"《湘烟小录》第十二集："白甫此笔，真有炼石补天之妙。"《英雄成败》杂剧："有旋乾转坤之力，补天浴日之功。"《投梭记》传奇："荷君恩深惭尸素，补天何日？"《平山冷燕》中山黛席上应题所作《五色云赋》，开篇就是"粤自女娲氏炼五色石以补天"一句，接着便以驰骋的想像和优美的语言，展示了一个诗意盎然的世界。从该赋的内容看，其显然是受到女娲以五色石补天及相关的五色云传说的启示，才焕发出如此文采的。

与传统的象征隐喻的符号方式略有不同，有些小说作品用女娲补天的典故来介绍小说故事中的某件器物或道具，以增强其说服力和神秘感。如《西游记》第三十五回太上老祖的紫金红葫芦，《后西游记》第三十二回的玉火钳，《豆棚闲话》第八则的空青石，都是借助女娲补天神话典故的渲染，才产生了作者设想和预期的文学效果。

在此基础上，有些小说作者又在描绘一些与女娲补天神话相关的器物道具时，将其与故事情节的演绎、推进结合在一起。如《薛刚反唐》第一回写到徐美祖遇"补天宫""女娲祠"，尤其是唐王接到能够破火轮如意牌的"女娲镜"时，陶仁介绍道："此镜乃上古女娲氏炼五色石以补天，炉中结成此镜，故名女娲镜。"从而为后文破火轮如意牌的情节埋下了伏笔。在《野叟曝言》中，作者虚构出的一付淫药"补天丸"，在小说中起到了重要的布置情节、穿针引线的作用。

当然，女娲补天神话在小说戏曲中文学移位的极致，还是表现在叙事文学作品的题材选择、整体构思和结构线索上，若干作品把女娲补天作为整个作品的故事原型或构思依据。在戏曲方面，明代有小斋主人的《补天记》传奇，清代有范希哲《补天记》传奇和汪楫《补天石》传奇。其中，小斋主人《补天记》已佚，汪楫《补天石》传奇为徐沁《易水寒》的改写本。范希哲的《补天记》则借女娲补天的故事来做三国戏《单刀会》的翻案文章。该剧本名《小江东》，叙伏后将曹操之恶，诉于女娲，女娲使其目睹曹操遭受地狱之苦之惨状，以彰果报。故事情节虽属虚构，但正可见女娲补天故事是其构思的蓝本、依据。剧末云："女娲氏以石补天，昭烈帝以身补天，诸葛亮以心补天，关云长以节补天，张翼德以义补天，赵子龙以力补天，鲁大夫以贞补天，周将军以气补天。"故又名《补天记》，更清楚表明女娲补天传说是作者的构思来源。小说中，以女娲补天故事作为构思框架的作品有两部，一是不朽巨著《红楼梦》，一是晚清署名"海天独啸子"的《女娲石》。《女娲石》借用女娲补天故事宣扬女子爱国救亡，为女性救国张目。小说第一回写天降女娲石，言男子无能，只有女真人出世方能力挽狂澜。该石实为书中反清救国女主人公金瑶瑟的前身。这一构思受到了《红楼梦》的启发。《红楼梦》在艺术上取得巨大成功的重要因素，就是其匠心独运的艺术结构。作为该书艺术结构的核心线索，僧人下凡所携的顽石即通灵宝玉是引领全书的主线所在。而这一顽石恰是女娲补天所遗之石：

却说那女娲氏炼石补天之时，于大荒山无稽崖炼成高十二丈、见方二十四丈大的顽石三万六千五百零一块。那娲皇只用了三万六千五百块，单单剩了一块未用，弃在青埂峰下。谁知此石自经煅炼之后，灵性已通，自去自来，可大可小，因见众石俱得补天，独自己无材不堪入选，遂自怨自愧，日夜悲哀。

在结构的设计上，作者作了非常对称的首尾呼应和对照：在楔子中，顽石听到茫茫大士和渺渺真人所化一僧一道所说红尘中荣华富贵之事而动凡心而随之下凡，继之以几世几劫后空空道人在无稽崖青埂峰上看到大块石上所记顽石下凡之经历；结尾处则交代大士真人将宝玉带回青埂峰，放在女娲炼石补天之处，云游而去，继而空空道人再次经过此地，将石上奇文重新抄录，并得到草庵睡者的点拨，将此文传与曹雪芹。不仅如此，作者还把顽石下凡的母题和神瑛侍者浇灌绛珠仙草的故事嫁接合成。于是，顽石不仅变成了贾宝玉，也变成了神瑛侍者和通灵宝玉。这样，小说主人公贾宝玉的身世来历和最终去向就在这充满神秘和浪漫色彩的神话故事背景中得到了充分的渲染和强化，也将女娲补天的神话题材的文学移位带入了最高境界。

第二节 造人（造物）神话的文学演绎

1.造人神话的诞生与发展

最早记载女娲神话的是先秦时期的《楚辞》和《山海经》，但因为文字简短，还不能完整呈现出女娲造人的内容。

《楚辞·天问》中的记载是："女娲有体，孰制匠之。"

袁珂先生在《中国古代神话》一书中将这两句理解为："女娲作成了别人的身体，她的身体又是谁作成的呢？"丁山先生《中国古代宗教与神话考》一书则更为明确地认为这两句话说明："在战国时代中国人固已盛传女娲造人的故事了。"与之相关，《山海经·大荒西经》的记载是："女娲之肠，化为神。"这句话从字面上看是说女娲的肠子变成了神，后人在此基础上从不同角度将其解释为女娲多变的神性，并进一步由其多变的神性联想到诸神造人的可能性。

汉代许慎《说文解字》中说："娲，古之神圣女，化万物者也。"明确把女娲称为能够化育万物的神女。《淮南子·说林》中说："黄帝生阴阳，上骈生耳目，桑林生臂手，此女娲所以七十化也。"这里又把女娲的神性表现具体说成是"七十化"。在这些说法的影响下，晋代郭璞在为《山海经》这条文字作注时，加以汇总陈述："女娲，古神女而帝者，人面蛇身，一日中七十变。"袁珂先生综合了汉代以来这些说法，认为："女娲七十化，想必和诸神造人的故事有关。可惜失传。"丁山先生在认同这些材料的基础上，又进一步指出，这显然又是孕育人类的寓言。尽管如此，这些记载中仍然没有明确提出女娲造人的说法。

古代传世文献中最早确切记录女娲造人故事的是《风俗通义》：

俗说天地开辟，未有人民，女娲抟黄土作人，剧务，力不暇供，乃引绳于絚泥中，举以为人。故富贵者黄土人也，贫贱凡庸者絚人也。

这则故事从正面描写了女娲造人的事迹，显示出女娲始祖母神的地位，同时，其中毫无疑问已经有了人类社会变迁的烙印。当代学者杨利慧先生认为：抟黄土作人是人类文化史上制陶技术的发明在神话中的投影，而所造人类产生富贵贫贱之分则是人类进入等级社会的反映。

2. 造人（造物）神话在诗词歌赋中的文学演绎

刘勰在《文心雕龙·事类》中说："'事类'者，盖文章之外，据事以类义，援古以证今者也。……是以属意立文，心与笔谋，才为盟主，学为辅佐：主佐合德，文采必霸；才学偏狭，虽美少功。"近人黄侃在《文心雕龙札记》中对此补充说："逮及汉魏以下，文士撰述，必本旧言，始则资于训诂，继而引录成言，（汉代之文几无一篇不采录成语者，观二《汉书》可见。）终则综辑故事。爰至齐梁，而后声律对偶之文大兴，用事采言，尤关能事。"

在这种背景下，大量先秦时期的古史轶闻和史传传说都成为文人学士肚中之材，并逐渐被用为诗文典故。首先将女娲造人（造物）神话转移到文学天地的是曹植。他在《女娲赞》一诗中以文学的笔法，对"女娲作笙簧"这一神话题材作了艺术化的描绘：

古之国君，造簧作笙。礼物未就，轩辕纂成。或云二皇，人首蛇形。神化七十，何德之灵。

尽管诗的主旨只是赞美女娲造笙簧的功德，手法也只是大致铺陈而已，但作者巧妙地把笙簧作为黄帝礼仪的组成部分，同时也将造笙簧视为女娲七十变的内容之一。这些都为女娲神话走入文学殿堂进行了创造性的探索。不仅如此，在《洛神赋》这篇天下美文中，曹植还充分发

挥他作为一位天才文学家的才能,在女娲造笙簧这一传说故事中进一步增入对女娲轻歌曼舞时美妙姿态的想像:

于是屏翳收风,川后静波。冯夷鸣鼓,女娲清歌。腾文鱼以警乘,鸣玉鸾以偕逝。六龙俨其齐首,载云车之容裔。鲸鲵踊而夹毂,水禽翔而为卫。

这里,女娲和冯夷一起,尽情展示其杰出的音乐才能,仿佛与"屏翳收风""川后静波"共同构成了一个宇宙大舞台,并且与后文的玉鸾云车、鲸鲵水禽一起成为作者追寻洛神的美好图景。

女娲清歌经曹植的生花妙笔,成为一种美妙音乐的形象符号,反复出现于后代的文学作品中。其中,有的是照搬、借用曹植的原文,如唐代崔融的《嵩山启母庙碑》所依据的不是原始神话,而是已经"移位"的文学材料。苏轼《瓶笙》又以前人神仙传说中园客养五色蚕茧的故事来形容女娲笙簧奏乐之妙,可谓别出心裁。于是,女娲作为音乐大使的形象便在文人的诗赋中广为出现。

和造物神话的移位相比,造人神话的文学移位似乎要晚一些。最早把女娲造人神话引入文学殿堂的是唐代杰出诗人李白,其《上云乐》诗中"散在六合间,濛濛若沙尘"两句充分发挥了文学家的想象力,把抟土造人的女娲置身于云雾蒙蒙的天地六合之间,创造出一幅朦胧缥缈的女神造人图。除诗歌之外,唐代文人还把女娲造人神话移位扩充为小说故事:

昔宇宙初开之时,只有女娲兄妹二人在昆仑山,而天下未有人民,议以为夫妻,又自羞耻。兄即与其妹上昆仑山,咒曰:"天若遣我兄妹二人为夫妻,而烟悉合;若不使,烟散。"于是烟即合,其妹即来就兄,乃结草为扇,以障其面。今时人取妇执扇,象其事也。(《独

异志》)

这段故事实际上是根据女娲造人神话和婚神传说整合而成的。兄妹在取得上天允诺和结合的过程中采取了具有民间祭祀祈祷色彩的方式。所谓"烟合"者,乃"姻合"也。借用烟的合散来代表和象征婚姻的成否,以及"结草为扇,以障其面"的羞涩描写,也是富有想象力的文学手法。

女娲造人题材大量出现在文学领域是从宋代开始的。有的文人将其用为对儿童游戏的描写,如宋代利登《骰稿·稚子》诗。但更多的诗人借其形容巧夺天工的自然景物,如元人揭傒斯《题见心李公小蓬莱》诗用其形容蓬莱仙境鬼斧神工的造化神境,类似的还有欧阳玄《过洞庭》诗。此风流及,人们还将女娲抟土造人神话作为形容造型艺术技巧的上乘比喻,如柳贯《温州新建帝师殿碑铭》、李孝光《题画史朱好古卷》诗等。

神话移位为文学还要取决于神话在人们心目中地位的改变。在文学脱离各种实用文体而走向独立的过程中,促成其独立的因素是多方面的。其中一个重要方面就是史家文化的排斥甚至摈弃。

《汉书·古今人表》中将伏羲和女娲列为全史人名之首,次接《庄子·胠箧》和《六韬·大明》所提诸上古帝王,再接西周、春秋、战国前期所传人物。于是,《汉书·古今人表》成为古史传说人名的大成荟萃之所。五彩缤纷的神话人物,都登入正史之列。

然而随着古史的逐渐久远和人们理性意识的觉醒与增强,人们很快就意识到神话和历史共熔一炉的荒谬性并提出看法。王充在《论衡》中曾以宏篇大论,对女娲补天神话的真实性深表质疑,并对上古先民舍伏羲而祭女娲的做法表示不解。从这些疑惑和质疑当中可以看到,随着蒙昧时代的逝去和文明程度的深化,从汉代开始,先民的神话故事在人们心目中渐渐褪去神秘光环，人们不再从宗教祭祀的角度和用顶礼膜拜的心理来看待甚至崇仰神话人物和故事，而是客观地将其视为虚构的神话，从而为神话向文学的移位奠定基础。

从现代学术的角度看，从王充开始，学术界对于神话的历史真实性的质疑一直延续不断。从宋代高似孙《纬略》对女娲补天的怀疑，到元代俞琰《席上腐谈》对女娲炼五色石传说的嘲笑；从乾嘉学者崔述的《考信录》，到现代以顾颉刚为代表的"古史辨"派，怀疑乃至否定神话的历史真实性的呼声愈见高涨。

罗泌《路史》称："论者惑于众多之说……何其妄邪！"面对李贺《李凭箜篌引》中"女娲炼石补天处，石破天惊逗秋雨"的诗句，元代李冶竟然发出这样的质疑："长吉岂果亲造其处乎？"从文学的角度看，这样的问话似乎有些不近情理、强词夺理。但透过这些盛气凌人的质询，可以清楚地看到史家文化在形成强大的势力之后对于异己者的强力围剿态势。

近代以来，受西方史学观念的影响，学者们对中国古代历史中神话与历史混淆不清的批评更加猛烈。康有为认为战国诸子利用上古历史茫昧无稽的特点，率意以神话臆造历史，意在托古改制。夏曾佑则认为三皇五帝所处太古时期的历史系由"上古神话"构成，称之为"传疑时代"，故将三王至盘古十纪之说斥为不足信之谈。

以顾颉刚先生为首的"古史辨"派，把这种疑古风气推向了极致。顾氏以"层累造成"的古史说为基础，认为"时代愈后，传说的古史期愈长，……传说的中心人物愈放愈大"，并指出："古人对于神和人原没有界限，所谓历史差不多完全是神话。"（顾颉刚《古史辨》）

尽管后人对这些说法的偏颇之处多有质疑，但无论是疑古派，还是信古派，显然都对中国古史中神话部分的真实性产生了怀疑。

第三节 女皇神话的兴起与夭折

在女娲神话中，有关女皇之治的内容与其他内容出现的时间大致相同，但相关记载比较模糊。首先引起人们注意的，当是著名的"三皇"之说。东汉王符在他的《潜夫论》中说："世传三皇五帝，多以伏羲神农为三皇。其一者或曰燧人，或曰祝融，或曰女娲。其是与非未可知也。"这说明东汉之前关于"三皇"的说法至少有三种。那么女娲为什么能够取得三皇的尊位，后来为什么又被排除在三皇之外？这个变化与其文学移位的程度有何关联？都是值得探讨的问题。

1. 先秦到唐："实位"的女皇

有关女娲为女皇的说法，现有较早的材料是《淮南子·览冥训》："伏羲、女娲不设法度，而以至德遗于后世。"这里没有明确女娲是什么身份，但将她和伏羲并列，道明其属于不设法度而遗至德的人物，显然已经暗示出其女皇的地位。

与《淮南子》大约同时代的《诗含神雾》的记载可为佐证，"含始吞赤珠，刻曰：'玉英生汉皇，后赤龙感女娲，刘季兴也。'"这个著名的刘邦诞生故事似乎也暗示出女娲的至尊地位。也许是还有其他亡佚材料，也许是只根据以上材料，不久就出现了女娲是三皇之一的论断。应劭《风俗通义》引《春秋运斗枢》："伏羲、女娲、神农，是三皇也。"郑玄则明确指出女娲是三皇之一："女娲，三皇承宓戏者。"

这种观念到了南北朝时期似乎已经成为一种既定的事实，女娲已经成为社会上人们约定俗成的女皇的代称。《北齐书·祖珽传》："又太后之被幽也，珽欲以陆媪为太后，撰魏帝皇太后故事，为太姬言之。谓人曰：'太姬虽云妇人，实是雄杰，女娲已来无有也。'"祖珽出于奉承的目的，将太姬比作女娲式的女中豪杰，说明女娲的女皇角色在社会上被普遍认可。

民族学和民俗学的资料表明，母系社会的原始宗教神话早已不存在，但其残余形态广为流传。女娲造人造物、补天济世的传说，都是母系社会的神话残余。而作为母系社会女性崇拜的极致，女娲进入"三皇"之列是合乎历史本来面目的。我们甚至有理由作出这样的臆测，女娲在先民心目中的地位，也许比我们今天所了解和认识到的要高许多。甲骨卜辞中有祭"东母"和"西母"的记载，过去一般将其解释为日月之神。近年来有人从原始的二方位空间意识出发，将东母、西母分别解释为女娲和西王母。从女娲在远古时期曾经有过的"三皇"之一的地位和在母系社会中的女神地位来看，这种说法是可以相信的。

2. 唐代以后的"虚位"女皇

从唐代开始，女娲为三皇之一的说法开始产生较大影响，并逐渐走入文学的殿堂。有的论说承袭旧说，把女娲视为传说中的女皇。如孔颖达注疏的《易传·系辞下》：

包牺氏没，女娲氏代立为女皇，亦风姓也。女娲氏没，次有大庭氏、柏黄氏……凡十五世，皆习包牺氏之号也。

与此同时，根据神话传说中女娲的尊贵地位，将其作为尊贵和权力女性的符号，是唐代以后相当一部分文学作品的意象选择。不过显而易见的是，与女娲造人和补天神话文学移位的万紫千红、群芳争艳的繁荣景象相比，女娲女皇之治神话的文学移位显得极为苍白、极为枯萎。

有限的表现女娲女皇之治题材的文学作品，不仅数量上只是凤毛麟角，而且在质量上也不过是借用女娲的女皇地位而成的平庸之作，与唐诗宋词，乃至《红楼梦》中对女娲造人补天主题的纷纭演绎相比，不啻天壤。唐代崔融《代宰相上尊号表》："岂使女娲神化，仍参泰古之皇。"苏安恒《请复位皇太子疏》："臣驰情缃素，窃见女娲之代，风俗简朴，人淳易理，垂衣拱手，不足可言。"李商隐《宜都内人》："古有女娲，亦不正是天子，佐伏羲理九州耳。"这种文学演绎情况大约一直延续到唐代以后的各朝，直至近代。

值得说明的是，文天祥的《徐州道中》诗：

未央称寿太上皇，巍然女娲帝中闲。
终然富贵自有命，造物颠倒真小儿。

这是笔者所见有关女娲女皇之治题材的诗文作品中文学性最好的一篇了，但也只是把女娲的女皇符号稍加渲染，仍然缺乏文学的想象和创新的意境。

后来的作品情况更是每况愈下了。明顾璘《文信侯传》、明倪元路《诰封孙母钱太夫人行状》，清黄遵宪《温则宫朝会》等作品虽然采用了女娲女皇形象的意象，但并没有给女娲女皇之治神话的文学移位带来繁荣气象，反而是其冷落萧条的证明。

在繁花似锦的女娲造人补天神话文学移位的景象面前，女娲女皇之治的文学移位实在是过于渺小和微弱了。这个反差对比极为强烈的现象使人不得不产生这样的疑问：上古神话在离开生长的土壤而走向文学移位的过程中，是不是被后人毫无保留地吸收和演绎？找寻女娲女皇之治神话被冷落的痕迹，反思其内在文化动因，我们可以清楚地认识到，文学移位过程中对于神话题材的吸收，是要以其所在时代的社会文化需求为前提的。

一个男权社会，尤其是儒家思想占主导的中国封建社会，是有足够的力量质疑母系社会观念下女娲的女皇地位，并将其从帝王之列排挤出去的。司马贞《补史记·三皇本纪》：

> 女娲氏亦风姓，蛇身人首，有神圣之德，代宓牺立号曰女希氏。无革造，惟作笙簧，故《易》不载。不承五运，一曰女娲亦木德王。盖宓牺之后，已经数世，金木轮环，周而复始。特举女娲以其功高而充三皇，故频木王也。

鉴于司马迁《史记·五帝本纪》中五帝之前历史记载的缺失，司马贞以《三皇本纪》呈现五帝之前的历史，但其对三皇之一的女娲的态度，承袭了汉代以来对女娲这一女性神帝的冷漠和贬低态度。一方面，他无法回避母系社会有关女娲圣德的遗闻，未否认女娲有"神圣之德"；另一方面，他却为把女娲排除在三皇之外寻找各种理由和根据。

首先，他对女娲造人、补天等人所共知的功德视而不见，认为女娲除"作笙簧"之外，没有什么功德可言，并以此作为《易经》没有收录女娲事迹的原因。

其次，他还用秦汉以来的"五德终始"说来解释女娲被排除在三皇之外的理由。按照他的解释，自伏羲后，金木水火土五德循环了一圈，所以轮到女娲时应该是木德。然而，无论是抟土造人，还是炼石补天，都显示出女娲以土为德的实质，所以她"不承五运"。类似的说法还见于唐代丘光庭《兼明书》：

> 郑康成以伏羲、女娲、神农为三皇。宋均以燧人、伏羲、神农为三皇。《白虎通》以伏羲、神农、祝融为三皇。孔安国以伏羲、神农、黄帝为三皇。明曰：女娲、燧人、祝融事，经典未尝以帝皇言之，又不承五行之运，盖霸而不王者也。

可见，女娲因不承五运而淡出女皇行列的说法，到唐代已经相当普遍。

而宋代理学家，干脆赤裸裸地指出，作为女人，女娲和武则天一样,根本就不应该抛头露面,过问政治。程颐说:"妇居尊位,女娲氏、武氏是也,非常之变,不可言也,故有黄裳之戒而不尽言也。"同时代的鲍云龙《天原发微》在程颐的基础上,更加直接地指出女娲之类的女子参政的荒谬性:

阴不可以亢阳,臣不可以抗君,妇不可以抗夫,小人不可以抗君子。程子曰:臣居尊位,莽卓是也,犹可言;妇居尊位,女娲氏、武氏是也,非常之变,不可言也。

于是乎,女娲一时间竟然成了女人过问政治、步入政坛这一反面形象的代表。明代周琦说:

女主之王天下,起自女娲。女娲在始立君之时,人道未明之日。今吕氏称制在彝伦明正之日,非女娲时比也,变也。不有王陵周勃之侍,几何而不危刘乎?

尽管周琦的主要矛头对准的是汉代的吕雉,因而还算给女娲留足了面子,说她在"人道未明之日""王天下"是情有可原的。但从根本上来说,女娲主政和吕雉如出一辙,都属于"妇居尊位"之类的大逆不道之举。

看了这些义愤填膺的激烈言辞,人们或许可以窥见父系社会中男权主义在政治方面对于女子的介入是何等地无法容忍。

女娲女皇之治的神话没有在后代的文学殿堂中获得像造人和补天神话那样的生机,根本原因在于女皇问题涉及中国古代封建社会最为重要的王权观念问题。作为上古母系社会残余观念表现的女娲女皇之治的传说,进入父系社会后在男权的挑战和排斥下逐渐淡出政权统治领域。这一流变过程和其与造人、补天神话的文学移位之间的对比、反差,极为清楚地揭示出神话在其文学移位的过程中是如何必然受到社会条件的制约和限制这一历史规律。

第四章　神农：稼穑发端，功垂医道

农业的发生是文明的萌芽，是人类文明发展的基石。神农则是中国农业发生时代的领导者与农业体系的创建者，是中国农耕文明的奠基人。在中国历史上，实际上存在两个神农氏：一个是农业发生初期作为文化英雄的神农；另一个则是逐渐成为宗教、王权代表的炎帝神农氏。神农氏究竟为华夏农业文明作出了什么贡献，又如何被炎帝故事吸收和书写，这些是本章重点探讨的问题。

第一节　神农其人及其历史功绩的书写

神农氏一般与伏羲氏、燧人氏并称，为三皇之一，是华夏文明的奠基圣人。神农氏的称号，据《太平御览》引《礼含文嘉》所说："神者信也，农者浓也。始作耒耜，教民耕，其德浓厚若神，故曰'神农'也。"来自其发明农业生产工具，教民种植，德行浓厚似神。《易·系辞》中的这段表述可以帮助我们清楚了解神农氏在历史上所处的时代顺序以及功绩：

庖牺氏之王天下也，仰则观象于天，俯则观法于地，观鸟兽之文与地之宜，近取诸身，远取诸物，于是始作八卦，以通神明之德，以类万物之情。作结绳而为网罟，以佃以渔，盖取诸离。包牺氏没，神农氏作，斫木为耜，揉木为耒，耒耨之利，以教天下，盖取诸益。日中为市，致天下之民，聚天下之货，交易而退，各得其所，盖取诸噬嗑。神农氏没，黄帝、尧、舜氏作，通其变，使民不倦，神而化之，使民宜之。《易》穷则变，变则通，通则久。是以"自天佑之，吉无不利"。黄帝、尧、舜垂衣裳而天下治，盖取诸乾、坤。

在这段话的描述中，伏羲带领氏族部落认识世界，结绳作网来捕鱼狩猎，代表了渔猎时代的生活方式；神农氏继庖牺（伏羲）氏而起，教百姓制作农具，形成以农业生产为主且聚居的部落；神农之后则是黄帝及尧舜时期，文明开始形成系统，华夏民族进入文明纪元。神农氏所处的历史时期，可以说是从庖牺氏的渔猎社会向黄帝轩辕氏的文明社会过渡之初期，即农耕文明出现的初始时期。此时，农业发明和技术还是神奇且充满神圣意义的，所以在"农"之前冠上"神"字。

在中国古代的文献资料中，神农氏的出生、成长、创业以及世代传承都有详细记载。神农氏天生是圣人形象，与常人不同。《列子·黄帝篇》叙述了远古圣人的长相："庖牺氏、女娲氏、神农氏、夏后氏，蛇身人面，牛首虎鼻，此有非人之状，而有大圣之德。"神农氏同伏羲、女娲等始祖神一样，是蛇身人面、牛首虎鼻的。汉代纬书延续了这一说法，对神农氏的外貌有更为具体的描述，如《孝经援神契》中说："神农长八尺有七寸，弘身而牛头，龙颜而大唇，怀成钤，戴玉理。"神农氏身材魁梧，牛头，大唇，异于常人。同时，神农氏早慧。《春秋元命苞》中说神农氏"三辰而能言，五日而能行，七朝而齿具，三岁而知稼穑般戏之事"。毫无疑问，这属于后世接受者对于神农氏的想象。其中，"牛首"则可能与神农氏族的图腾信仰有关，因为牛是农业耕种中必不可少的重要助力。当然，神农也有与农业有关的体貌特征——"神农憔悴"（《淮南子·修务训》），这被认为是圣人为天下百姓忧劳的结果。

神农氏所作出的最伟大的历史贡献就是创建了我国原始的农业体

系，包括发现作物以及发明农业生产工具两方面。关于这一点，除前引《系辞》的表述之外，其他古代典籍还有更为详细的记录。《管子》中有这样的表述："神农作，树五谷淇山之阳，九州之民乃知谷食，而天下化之。"《白虎通义》有更为详细的表述："古之人民皆食禽兽肉，至于神农，人民众多，禽兽不足。于是神农因天之时，分地之利，制耒耜教民农作，神而化之，使民宜之，故谓之神农。"

由上文可知，神农氏创建农业体系的直接原因是，随着聚落民众的增加，原始的捕鱼打猎生活已经无法满足生活需要，于是神农氏因天时，分地利，教民耕种。神话传说中的神农氏时代，与现代考古意义上的新石器时期几乎相始终。这一时期，地球进入全新世，山川河流基本形成，气候回暖，降雨丰沛，原始先民开始从自然中筛选适合耕种的植物，由游居生活转向定居生活。在有意识种植农作物的过程中，自然衍生了农具的制作、农时的测定、水土的测定等农业相关的活动。

神农最先从自然物种中发现了可供食用且集中种植的谷物：

至于神农，以为行虫走兽难以养民，乃求可食之物，尝百草之实，察酸苦之味，教民食五谷。（陆贾《新语·道基》）

神农以为走禽难以久养民，乃求可食之物，尝百草，察实咸苦之味，教民食谷。（贾谊《新书》）

在此过程中，神农也发现了可以保证身体健康的草药。为了保障农业耕种的顺利进行，神农还制作耒耜、陶器等农业生产工具：

神农之时，天雨粟，神农遂耕而种之，作陶冶斤斧，为耒耜锄耨，以垦草莽，然后五谷兴助，百果藏实。（《逸周书》）

斧斤用于砍伐树木开垦耕地，耒耜疏松土壤便于播种，陶器则是丰收之后储存粮食的器物。

值得注意的是，琴的出现似乎也归功于神农：

神农作琴。(《世本》)

神农之初作琴也，以归神。(《淮南子·泰族训》)

伏羲乐名《扶来》，亦曰《立本》；神农乐名《扶持》，亦曰《下谋》；少昊乐曰《九渊》。(《孝经援神契》)

从现存的出土文物中，无法找到神农作琴的有力证明，但是从《淮南子》的记录来看，琴在神农之时很可能出现在丰收之后的祭神活动中，以感激上天的庇护保佑。在文献记载中，与丰收后的祭神活动有关的还有神农求雨事件。如《春秋繁露》中有《神农求雨》一节："戊己不雨，命为黄龙，又为大龙，壮者舞之，季立之。"降水与农业耕种息息相关，风调雨顺意味着丰收，丰收之后的喜悦自然要与上天分享：

（神农之时）甘雨时降，五谷蕃植，春生夏长，秋收冬藏，月省时考，岁终献功，以时尝谷，祀于明堂。(《淮南子·主术训》)

可见，神农之时是一个天应嘉禾、人间泰和的时代。于是就有了神农王天下的传说，"神农之世""神农之教"也成为这一时代社会形态和人文风貌的代名词。

神农之世，男耕而食，妇织而衣，刑政不用而治，甲兵不起而王。(《商君书·画策》)

神农之教曰：士有当年而不耕者，则天下或受其饥矣，女有当年而不绩者，则天下或受其寒矣，故身亲耕，妻亲绩，所以见致民利也。(《吕氏春秋·审为》)

昔者神农之有天下也，时祀尽敬而不祈喜。其于人也，忠信尽治

而无求焉。乐与政为政，乐与治为治，不以人之坏自成也，不以人之卑自高也，不以遭时自利也。(《庄子·让王》)

神农之世，卧则居居，起则于于，民知其母，不知其父，与麋鹿共处，耕而食，织而衣，无有相害之心，此至德之隆也。(《庄子·盗跖》)

由上可知，神农氏所处的时代仍然是母系氏族社会时期，民众过着只知其母不知其父的生活，男耕女织的社会分工趋于定型，各安其位，各得其所，民风淳朴，且人与自然和谐相处，天下不治而治。因此，道家多将他们心目中的无为而治的理想时代托于此时，"神农就田，作耨，天应之以嘉禾""神农修德，作耒耜，地应之以醴泉"，神农亦成为圣哲之王的代表。然而，神农故事在后世并未独立发展，而是并入炎帝故事中，进入官方祭祀与民间流传系统。

第二节　炎帝神农氏：从分列到合流

唐代学者孔颖达在《左传正义·昭公十七年》中指出了炎帝与神农氏并称的现象："《帝系》《世本》皆为炎帝即神农氏，炎帝身号，神农代号也。谯周考古史，以为炎帝与神农各一人。"其中有两个问题值得关注：第一，神农氏故事在流传过程中与炎帝及其故事出现了融合并称的现象；第二，三国时期的谯周在考察上古历史时，认为神农与炎帝为两个人。下文循着这一思路，考察神农和炎帝从分列到合流的流变过程及其中重要的时间节点，对孔氏之说作进一步的补充。

在现存的先秦典籍中，神农与炎帝是分别出现的。《周易》《左传》《国语》《山海经》《孟子》《庄子》等先秦著作中都是分别记载炎帝故事与神农氏故事的，或有炎帝之名，或有神农之名，不存在混用现象。

《吕氏春秋》中同时出现了神农氏与炎帝之名，但二者分别处于不同的语境。凡提及炎帝的语境都与夏季相关，孟夏、仲夏、季夏"其帝炎帝，其神祝融"，这是有一定神祇因素的，即炎帝是主炎热与火焰的神灵；而神农或与五帝并称，或是农事发展演变过程中的标志性人物。二者并未混为一谈。

在春秋战国时期的记载中，炎帝与黄帝为兄弟，分别是不同部落的首领，《国语·晋语》曰：

昔少典娶于有蟜氏，生黄帝炎帝。黄帝以姬水成，炎帝以姜水成。成而异德，故黄帝为姬，炎帝为姜，二帝用师以相济也，异德之故也。

此处炎帝与黄帝身处同一时代，甚至干戈相向。《管子·封禅》中的记录确切说明神农与炎帝并非同一时期之人："虙羲封泰山，禅云云。神农封泰山，禅云云。炎帝封泰山，禅云云。黄帝封泰山，禅亭亭。"虙羲即是伏羲，神农氏继伏羲氏而起，而后才是黄帝与炎帝。

司马迁《史记》中更是详细描述了由神农氏到黄帝的历史进程：

轩辕之时，神农氏世衰。诸侯相侵伐，暴虐百姓，而神农氏弗能征。于是轩辕乃习用干戈，以征不享，诸侯咸来宾从。而蚩尤最为暴，莫能伐。炎帝欲侵陵诸侯，诸侯咸归轩辕。轩辕乃修德振兵，治五气，蓺五种，抚万民，度四方，教熊罴貔貅䝙虎，以与炎帝战于阪泉之野。三战，然后得其志。蚩尤作乱，不用帝命。于是黄帝乃征师诸侯，与蚩尤战于涿鹿之野，遂禽杀蚩尤。而诸侯咸尊轩辕为天子，代神农氏，是为黄帝。天下有不顺者，黄帝从而征之，平者去之，披山通道，未尝宁居。

神农氏对部族的统治日渐衰微，天下大乱。轩辕黄帝趁机修德振兵，平定天下。炎帝与蚩尤是黄帝统一部族的最大阻碍。

《淮南子·兵略训》对炎黄之战有更加深入的探讨：

> 黄帝尝与炎帝战矣，颛顼尝与共工争矣。故黄帝战于涿鹿之野，尧战于丹水之浦，舜伐有苗，启攻有扈。自五帝而弗能偃也，又况衰世乎？夫兵者，所以禁暴讨乱也。炎帝为火灾，故黄帝擒之；共工为水害，故颛顼诛之。

此处，炎帝与神农氏在身份和年龄上相隔甚远，是否为同一世系未可知。此处的炎帝甚至不是作为正面的形象出现的，他欺凌诸侯，为祸一方。两则记载表明，在黄帝传说中，神农氏、炎帝虽同为黄帝统一宇内过程中的敌对者，但二者所扮演的角色与所处的实际情势决然不同。而且，春秋战国时期的历史书写中，二人的历史功绩更是泾渭分明，农耕、医药、市集、音乐均为神农氏所作，而火种、战争则是炎帝所为。那么，炎帝与神农氏究竟是如何在后世合流的呢？

从文献资料来看，神农氏与炎帝的合户始于战国时期，完成于西晋。相传由战国时期魏国史官所编纂的《竹书纪年》首次将炎帝与神农氏相关联，称为"炎帝神农氏"。成书于战国末年的《世本·氏姓》再一次写道："姜姓，炎帝神农氏后。"西汉末年，刘向、刘歆父子在《世经》中按照"五德终始"的原则编排上古帝王，将神农氏与炎帝合称，认为"以火承木，故为炎帝；教民耕种，故天下曰神农氏"。《潜夫论·五德志》进一步完善了这一说法："有神龙首出常羊，感任姒，生赤帝魁隗，身号炎帝，世号神农，代伏羲氏。"非常明确地将二者合为一人，并且认为炎帝是神农时代的帝王名号。在这种意义上，炎帝的时代被拉长并置于黄帝之前，并且战国秦汉之间出现的神农故事完全被赋予炎帝一人。此时，炎帝神农氏不再是真实的历史人物，而成为具有文化象征意义的人文始祖之一。

值得注意的是，此时不仅神农氏的故事被迁移到炎帝故事中，诸多古帝的故事也纷纷为炎帝所占有。东汉初年郑玄将厉山氏与炎帝联系在一起。《礼记·祭法》云："厉山氏之有天下也，其子曰农，能殖百谷。"郑玄注曰："厉山氏，炎帝也，起于厉山，或曰有烈山氏。"高诱注《吕氏春秋》时，认为朱襄氏也是炎帝之别号。《左传·昭公十八年》注认为炎帝又名大庭氏。连山氏、石耳氏、魁隗氏等也都被视作炎帝的别名。

西晋皇甫谧《帝王世纪》是为炎帝所作的传记，直接将炎帝与神农合二为一，并详细介绍了炎帝神农氏的降生、历史功绩、世系等：

神农氏，姜姓也。母曰任姒，有乔氏女，名女登，为少典妃。游于华阳，有神龙首感女登于常羊，生炎帝。人身牛首，长于姜水，因以氏焉。有圣德，以火承木，位在南方，主夏，故谓之炎帝。都于陈，作五弦之琴。凡八世，帝承、帝临、帝明、帝直、帝来、帝衰、帝榆罔。

自此，神农与炎帝已经密不可分，神农的事迹也被写入炎帝的传说中，或被称为"炎帝神农氏"。此后，无论在民间传唱、文人书写还是官方祭祀中，炎帝、神农氏彻底被视为一人。武则天天授二年（691）《重修清化寺碑记》云：

此山炎帝之所居也。昔者摄提纪岁之后，燧人化火之前，穴处巢居，茹毛饮血。爰逮炎黄御宇，道济含灵；念搏杀之亏仁，嗟屠戮之残德；寻求旨味，以替膻腥；遍陟群山，备尝庶草；届斯一所，获五谷焉。……于是创制耒耜，始兴稼穑。调药石之温毒，除瘵延龄；取黍稷之甘馨，充虚济众。

这段碑文将炎帝的活跃时间上溯至燧人氏之后，主持农耕、亲尝百草、创制耒耜等神农氏的作为成为炎帝所象征的文化记忆。山西省高平市神农镇保存了历朝历代的碑铭石刻，其内容大多是记载炎帝功德，这可以作为炎帝与神农氏合户的佐证。南宋罗泌《路史》集前人之大成，将炎帝与祝融、蚩尤等故事相融，使得炎帝的故事更加丰满传奇。

　　神农氏之所以能够与炎帝故事合二为一，主要原因有二。首先是阴阳五行学说和大一统国家观念的形成与发展。刘歆所作《世经》在邹衍五德终始说的基础上为汉代统治的合理性找到了依据。他认为，根据五德相生原理，木生火，伏羲氏为木德，炎帝为火德以相继；火生土，黄帝为土德……以此终始循环，至汉代为火德。但是炎帝与黄帝为同时代兄弟，无法建立继承禅让关系，于是他上溯历史，将炎帝与伏羲之后的神农氏合户，形成逻辑闭环，使得炎帝神农氏固定下来。另外则是秦汉之际大一统观念的确立。春秋以前，氏族观念占据主流地位，每个氏族都有自己的始祖。战国以来，兼并战争日趋频繁，国家疆界日益扩大，氏族观念日趋淡漠，一统观念加强，于是许多民族的始祖传说渐渐归拢到一条线上，经由《世经》《潜夫论》《帝王世纪》的一再阐释演绎，三皇五帝的帝王图谱渐趋定型，炎黄二帝成为华夏民族的始祖，神农故事并入炎帝生平自然为人所接受。

　　隋唐以后，炎帝神农氏即作为农业始祖受到国家祭祀。《隋书》《旧唐书》中记载了祭祀炎帝神农氏的祭礼规制："北郊方丘，则以神农配后地之祇。""立夏，祀赤帝于南郊，帝神农氏配，祝融、荧惑、三辰、七宿从祀。"唐太宗、唐肃宗、唐玄宗、唐宪宗，都有大规模祭祀炎帝神农氏的活动。

第三节　药食同源：神农尝百草及药王庙信仰

　　神农氏也被认为是中国医药学的始祖，他亲尝百草，总结用药经验。中国第一部药学著作《神农本草经》即托名神农氏。神农尝百草的故事，最早在《淮南子·修务训》中有记载：

> 古者民茹草饮水，采树木之实，食蠃蚌之肉，时多疾病、毒伤之害。于是神农乃始教民播种百谷，相土地宜燥湿肥硗高下。尝百草之滋味，水泉之甘苦，令民知所避就，当此之时，一日而遇七十毒。

这段话补充说明了神农氏确立农业体系的原因，即神农氏之前聚落居民所食甚杂，神农氏率先对植被的食用、治疗功能和效果加以关注并利用，从中选择出便于播种的植物，以及有毒的植物，逐渐积累了用药知识和经验。这个过程艰险无比，最夸张的时候神农氏一天能够遇到七十次毒药。

东汉以后，对于神农氏这一经历的演绎也有很多：

> 神农以赭鞭鞭百草，尽知其平毒寒温之性，臭味所主。以播百谷，故天下号神农也。（《搜神记》）

> （神农氏）于是作蜡祭，以赭鞭鞭草木。始尝百草，始有医药。（司马贞《三皇本纪》）

> （炎帝神农氏）磨蜃鞭茇，察色腥，尝草木而正名之。审其平毒，旌其燥寒，察其畏恶，辨其臣使，厘而三之，以养其性命而治病。一日之间而七十毒，极含气也。病正四百，药正三百六十有五。（罗泌《路史》）

> 民有疾病未知药石，乃味草木之滋，察寒温之性，而知君臣佐使之义，皆口尝而身试之，一日之间而遇七十毒。或云神农尝百药之时，一日百死百生，其所得三百六十物，以应周天之数。后世承传为书，谓之《神农本草》。（郑樵《通志》）

随着距离神话传说的起点逐渐遥远，神话传说的神秘性与故事性愈加强烈，逐渐有了"百死百生"之说，甚至神农之亡也与尝百草密切相关。袁珂先生在《中国古代神话》中收录了四川的一则民间传说："神农尝百草，最后尝到了一种有毒的断肠草，终于肠子断烂，为人民牺牲了生命。"这显然已经不是真实的历史了，而是被加工过的神话传说。

　　托名神农的《神农本草经》显然不是某一个时代或者某个人的作品，而是若干时代用药经验累积而成的药学专书。此书自问世以来，即被古代医药学家奉为圭臬，成为中国药学的奠基之作。本书以神农署名，可见神农氏在中国药学史上的巨大贡献。

　　文学书写，首先是对《神农本草经》的地位表示尊崇，常常将之与屈原之《离骚》相提并论，如陆游"药名寻本草，兰族验离骚"，谢枋得《菖蒲歌》中"神农知己入本草，灵均蔽贤遗骚经"。《本草经》也成为熟谙药性的代称，被普遍应用于诗歌创作中。如岑参"终日看本草，药苗满前阶"；章甫"神农书本草，有美生南州"；韩愈曾有《谢赐樱桃》引用《神农本草经》的典故，"汉家旧种光明殿，炎帝还书《本草经》"；同样书写樱桃的还有李处权"多食颜自驻，此语闻本草"——《神农本草经》似乎成为士大夫阶层日常养生的参考书了。陆游反复强调《神农本草经》对身体健康的重要性，"食必观本草，不疗病在床""每食视本草，此意未可嗤""食必按本草，下箸未尝辄"。

　　中唐时期卢仝有一首怪奇诗《与马异结交诗》，将神农与伏羲、女娲故事串联在一起，为神农尝百草虚构了一个神话却又世俗的背景：

　　神农画八卦，凿破天心胸。女娲本是伏羲妇，恐天怒，捣炼五色石，引日月之针，五星之缕把天补。补了三日不肯归婿家，走向日中放老鸦。月里栽桂养虾蟆，天公发怒化龙蛇。此龙此蛇得死病，神农合药救死命。天怪神农党龙蛇，罚神农为牛头，令载元气车。不知药中有毒药，药杀元气天不觉。

这首戏谑之诗开篇叙述神农作八卦凿天，女娲害怕上天生气，于是炼石补天，并趁机把乌鸦放在太阳里，在月亮里种桂树养蟾蜍。此举令上天震怒，上天将伏羲女娲夫妇化为龙蛇。不料龙蛇得了致死的疾病，于是神农遍寻救命之药相救。但上天又责怪神农与女娲夫妇过从甚密，于是惩罚神农以牛头示人。卢仝将伏羲、女娲与神农的故事杂糅在一起，在文学虚构中强化了三位神话人物的形象和功绩，这也在一定程度上反映了唐人的三皇观。

宋时，皮场信仰兴盛。皮场大王本是土地神，因为疗疮疽痈疡灵验而被作为医药神信奉。关于庙主皮场大王的身份，神农曾作为一种猜测在民间流传。《咸淳临安志》记载了北宋政和年间官员周秩为皮场庙所作庙记，其中回忆了皮场庙神神农氏在汉唐之间显灵诸事迹：

> 曩自天师偶到衡阳，遇耆老言此间有炎帝神灵甚盛，遂入祠视圣像古迹。耆老曰：乃古神农皇帝，于三皇时都曲阜，世人食腥膻者率致物故。因集天下孝义勇烈之士二十四人，分十二分野，播种采药，至今于世极有巨功。天师闻言图画圣像，奏大汉光武皇帝，于建武辛未四月十九日降旨建祠宇于古洛之东。后因河北妖人张角邪逆，攻陷邢城，向望相州，皮场镇之人虔诚祈祷，雨雪并下，杀贼定乱，护国显灵，献帝赐号，始曰皮场焉。迨唐朝贞观戊申岁戊午月丙子日，应梦见祥，遂立祠长安。至五代朝歼寇助顺，具有圣迹。由是显德戊午岁乙丑月四日甲戌重建庙于古汴东京显仁坊。

《咸淳临安志》还记录了北宋南渡之时商立携神农像至杭州，在吴山看江亭为其重建祠堂一事，并且"都人有疾者，祷必应"，肯定了神农作为药神与医神的治病救人的作用。南宋吴自牧《梦粱录》承袭了这一记载的前半段，认同了神农氏是庙主且有二十四陪祀这一说法。

据王元林考证，皮场大王的原型可能是毒蛇壁镜，百姓由于恐惧而奉祀祈祷,皮场庙的庙祝等能够以灰药救疾,所以皮场大王逐渐具有了医药神的色彩。在宋代国家祠神政策的影响下,以神农氏的医药始祖地位为皮场大王建构出渊源有自的正统出身并且演绎了护国显灵的一系列事迹,使得皮场大王信仰具有合法性。在地方淫祀风俗与国家祭祀礼制的互动中,也能看出神农氏作为医药神在国家礼制信仰中的正统合法地位。

尝百草不仅仅使神农成为医药业始祖,也被视作中国制茶业的始祖,即"茶祖"。陆羽在《茶经》中较早提出了这一看法。但也正如刘禹锡所说:"炎帝虽尝未解煎,桐君有箓那知味。"即神农并不是以寻茶、制茶为初衷,茶只是他尝百草寻药的附属产品。所以在后世观念中,始创煎茶之法的陆羽才是茶神,而炎帝神农氏则是最早采摘并使之为饮的茶祖。

事实上,制耒作耝、采集百药、纠察天时,都是原始农业社会中数代人的生产生活实践不断积累和总结经验的产物,绝不会是一个人或者一代人能够完成的事业。正如庞朴先生所主张,在司马迁之前,有一个史话时代,再以前有一个传说时代,再以前,有一个神话时代。神农的历史功绩几乎汇集了农业文明早期的创造发明,这是经过了神话时代、传说时代乃至于史话时代一步步神圣化而成的,神农及其形象更多的是中华民族重农务本、开拓进取伟大精神的结晶。

第五章　炎帝：火神·日神·南方神

炎帝，是上古时期姜姓部落的首领，据传家喻户晓的姜子牙就是他的后裔。炎帝的部落首领身份对于很多人来说或许并不是很清楚，但是"炎黄子孙"这个词语对于海内外中华儿女来说是非常熟悉的，而且是华夏后裔的民族自豪感与自信心的重要象征载体。在我们的观念中，炎帝和黄帝并称，成为中华民族的始祖，表明二人都有非常崇高的历史地位和非凡的历史成就。这就让人产生了疑问：为什么炎、黄会并称？炎帝为什么又排在黄帝之前？

实际上，炎帝黄帝并称以及"炎黄"位序的定型经历了漫长复杂的演变历程。远古时期，炎帝与黄帝都是神农氏晚期的部落首领，二人同时代或者炎帝稍晚于黄帝。春秋时期，炎帝与黄帝都被视作上古部落首领，平起平坐。但战国时期，二人的地位出现了差异。黄帝被塑造为圣王形象，历史地位提升，不再仅仅是部落首领；炎帝作为黄帝的对手，与之大战于阪泉，成为与黄帝圣王形象相背的反面形象。西汉司马迁《史记·五帝本纪》对此记载得颇为详细。到了秦汉时期，"炎黄"并称的契机出现了，因《世本》"炎帝神农氏"的说法和唐代孔颖达对此的认可，辑佚《世本》多采纳孔颖达的记载，作"炎帝即神农氏"。于是，炎帝融合了自身原始神格与神农氏神格，身份地位迅速提升，而且因为神农氏时代在黄帝之前，炎帝的年代位序也便排在了黄帝之前。这种现象可能是由于上古时期部族融合的记忆在后世流传过程中逐渐模糊，也有可能是历史学家为了梳理出清晰的上古氏族谱系而有意建构的。

炎帝神农氏混合神格从古至今都是关注的重点，也为平民百姓所熟知。相对而言，炎帝的原始神格——火神，在后世流传中成为一条弱线，而对这一神格的流变及其文学书写的考察，对整体把握炎帝神话及后世流传是大有裨益的。

第一节　炎帝原始神格脉系的流变

火神，是农耕社会中民间信奉的重要神灵，主要是因为火是人们日常生活中必不可少的东西。在民间信仰中，火神并不专指某一位神灵，上古神话中的燧人氏、炎帝、祝融、回禄等神话人物都曾被百姓尊奉为火神。下文考察炎帝的火神神格是怎么产生的，在古代文学作品中又是怎么被书写的。

"炎"，从字面意义来说，与火有关联。戴家祥先生在《金文大字典》中对"炎"字作出了解释："《说文》'炎，火光上也。从重火。'据汉字结构特点，凡独体字重复，均有加重本义的作用。如双木谓林、二水谓沝等，炎当是火之烈也。"典籍中关于炎帝的记载确实如此，三代时期的文献《炎帝》载"帝……以火德王，称炎帝，一云赤帝，一云有焱氏"，春秋时期的文献《左传》载"炎帝氏以火纪，故为火师而火名"（《左传·昭公十七年》），又载"炎帝为火师，姜姓其后也"（《左传·哀公九年》）。上古时代的炎帝受天命有火瑞，用火纪事和命名百官，当炎帝与火关联密切的形象流传至春秋战国时期，炎帝便具有了火师的身份。此后历代文献中，炎帝与火便形成了紧密的链接关系，具有了火神神格。

东汉时，炎帝又与太阳产生关联，而且成为五方神中的南方神。《白虎通义·五行篇》记载："时为夏，夏之言，大也，位在南方……其帝炎帝，炎帝者，太阳也。其神祝融，祝融者，属续也。其精朱鸟，离为鸢。"炎帝之精是一种名为离的火鸟,"离为火,为日",所以炎帝就是太阳。这其中涉及日中金乌的神话传说。古代神话传说中,太阳中央有一只三足乌鸦,其在太阳光的笼罩下看起来像一只金色的乌鸦,所以便有了日中金乌的传说。关于金乌,又有不同的叫法,如离、离珠、朱雀等。袁珂先生曾在《山海经校注》中考证过金乌的名称:"离朱在熊、罴、文虎、蜼、豹之间,自应是动物名。此动物维何?窃以为即日中踆乌(三足乌)……离为火,为日,故神话中此原属于日,后又象征化为南方星宿之朱鸟,或又称为离朱。"简单来说,在中国古代神话传说的逻辑中,金乌是日精,也是炎帝之精,那么炎帝就是日神的象征。于是,炎帝的日神神格便产生了。

《白虎通义·五行篇》关于炎帝的记载中,第一句话非常耐人寻味。"时为夏,夏之言,大也,位在南方。"初读这句话,我们可能会直接联想到:炎帝具有火的属性,与四季当中的炎热夏季存在关联。但炎帝"位在南方"又是什么意思呢?细翻文献,这可能与炎帝的部落位置有关。先秦文献的相关记载,大致透露了炎帝的部落位置就在南方。《墨子·节葬》载"楚之南,有炎人国",此处炎人国或许指炎帝部落,但因没有其他材料的佐证还不能非常确定。银雀山汉墓竹简《孙子兵法》载"黄帝南伐赤帝",黄帝部落在黄河以北及西北地区,"南伐"就意味着炎帝部落在黄河以南地区。屈原《远游》载"指炎神而直驰兮,吾将往乎南疑",屈原指着炎神的方向,说要去南方的胜地九嶷山(也作九疑山)。由此我们可以得出结论,炎帝管辖的地域在南方。炎帝具有火的属性,统治区域又在南方,所以在汉代五行学说推导出来的五方神体系中,南方由炎帝主导,属火。随着这种观念的传播和普及,炎帝便成为了南方神,具有了南方神神格。

因为灶与火的关联密切,炎帝除具有火神、日神、南方神神格之外,还衍生出了灶神神格。汉代刘安编写的《淮南子·氾论训》就记载了"炎帝作火，死而为灶神"，高诱注曰"炎帝神农，以火德王天下，死托祀于灶神"，东汉王充在《论衡·祭意》中也载"《传》或曰：'炎帝作火，死而为灶。'"虽然灶神在古代不同时期被不同著作记载为黄帝、颛顼子重黎、张单、祝融、吴会等，但可以肯定的是，在古代祭祀传统中，炎帝因为其身份，死后被奉为灶神而受到祭祀的说法，在国家祭祀制度与民间百姓生活中曾流传广泛。

综观炎帝火神、日神、南方神、灶神神格的形成与流变，我们可以发现，火的属性是最初的源头，炎帝的身份特征在不同时代杂糅、衍生出了与火相关的多元神格。

第二节 炎帝火神神格的文学书写

先秦两汉时期是炎帝火神、日神、南方神神格的形成阶段，再加上这时期的古代文学也处于萌发的初始阶段，所以相关文学书写并不常见，汉代魏相《表奏采易阴阳明堂月令》一文中的"南方之神炎帝，乘离执衡，司夏"是为数不多的记载。那么，我们对炎帝火神、日神、南方神神格在古代文学书写中流变的考察就从魏晋南北朝开始，至明清时期结束。

魏晋南北朝时期关于炎帝火神、日神、南方神神格的文学书写呈现多元的形态，乐府诗是其主要的文学文本。

龙精初见大火中，朱光北至圭景同。帝在在离寔司衡，水雨方降木槿荣。庶物盛长咸殷阜，恩覃四冥被九有。（南朝宋谢庄《宋明堂歌九首》其五《歌赤帝》）

炎光在离，火为威德。执礼昭训，持衡受则。靡草既凋，温风以至。嘉荐惟旅，时羞孔备。齐醍在堂，笙镛在下。匪惟七百，无绝终

始。(南朝梁沈约《梁明堂登歌五首》其二《歌赤帝》)

两首诗歌对火神、日神炎帝大加歌颂，盛赞炎帝大放日光，帮助草木生长。三国魏时民间祈祷使用的祈祷语《祝曲文》中标示了炎帝的南方神神格："南方赤帝土公，赤帝威神。"

到了唐代，炎帝火神、日神、南方神的神格在文学作品中很少见到，但是关于这一神格谱系的文学书写并不少见。当我们细读这些文学作品时，就会发现火神、日神、南方神神格指称的对象有时从炎帝变成了祝融。杜甫《前苦寒行二首》其一"玄冥祝融气或交，手持白羽未敢释"，写祝融散发热气，故天气燥热，人们手中的白羽扇都不敢放下。王毂《苦热行》"祝融南来鞭火龙，火旗焰焰烧天红"，写祝融骑着火龙从南方赶来，炎热的日光洒满了天空。杨巨源《夏日苦热，同长孙主簿过仁寿寺纳凉》"火入天地炉，南方正何剧。四郊长云红，六合太阳赤。赫赫沸泉壑，焰焰焦砂石。思减祝融权，期匡诸子宅"，写南方进入夏季，天气炎热无比，在日光的照耀下，天空被染成了红色，在日光的照射下，沟壑里的泉水都要沸腾了，地上的砂石也要被晒焦了，希望祝融火神的权力能够削减，让百姓度过这炎热的酷暑。读过这些诗歌，我们可以了解到祝融具有了火神、日神、南方神的神格。而且，唐王松年《仙苑编珠序》中还以炎帝的称谓"赤帝"称呼祝融。

实际上，这种现象的出现是有渊源的。祝融是炎帝后裔，辅助炎帝统治南方部落，二神关系密切，其传说事迹又有许多重叠相似的部分，所以在后世流传中二神的界限变得模糊，祝融也便沿袭了炎帝火神、日神、南方神的神格和"赤帝"的尊号。而同时，炎帝司火的职责与特征，以及火神、日神、南方神的神格也在流传。

炎帝、祝融神格的相融，使得宋元明清时期文学作品中关于日神、火神、南方神的书写出现了新的特征,有时候炎帝、祝融同时出现,有时候只出现炎帝、祝融中的一个,有时候不细致区分二神,用"赤帝"指称。

此日亭午暑毒剧,火云如旗映天赤。杲杲白日照厚地,地皮尽作龟背坼。万生嗷嗷困曝炙,洪炉大冶烟焰赫。赤帝司权祝融助,风伯雨师皆屏息。(明代孙承恩《苦热行》)

祝融炎帝司南土,此花无乃群芳主。(清代陈恭尹《木棉花歌》)

这两首诗中,炎帝和祝融同时出现,共有火神、日神、南方神的神格。《苦热行》写祝融辅佐炎帝司火,管理夏季。正午时分的天气非常毒热,云彩被日光染红,如红色的旗帜一般悬挂在天空中,强烈的白日光毒辣辣地照耀着厚土地,地皮都被晒得龟裂,天地万物就像被困在火炉中冶炼,难忍酷热争相吼叫嘶鸣,风伯雨师看到这种惨状也无能为力。《木棉花歌》提到祝融、炎帝是南方之神,管理南方广袤之地。

盛夏之月,龙宿明,鹑火栖,赤熛奋怒,炎帝施威。(宋代崔敦礼《大暑赋》)

赫赫炎官张伞,啾啾赤帝骑龙。安得雷轰九地,会令雨起千峰。(宋代范成大《剧暑》)

风鸣虎锡神僧定,日射龙旗赤帝来。(明代来复《登南岳祝融峰》其二)

三篇诗文分别写炎帝、祝融具有火神、日神神格。《大暑赋》写盛夏之月,其对应着十二时辰中的午时,位置在正南方、主夏的星次鹑火占据主位,司夏天的南方之神赤熛愤怒,炎帝开始施威,炎热酷暑要开始了。《剧暑》写炎帝骑火龙司夏,散发的日光像张开的伞一样将大地万物笼罩在闷炉里,酷热无比,多么希望雷雨能够消除这酷暑的炎热!《登南岳祝融峰》中的赤帝指代祝融,具有日神神格,祝融还掌管着南岳衡山,祝融峰就是用他的名字命名的衡山最高峰。

  赤帝来,火龙出,下土炎炎畏红日。(明代陈琏《〈十二月词〉效李长吉体》其六《六月》)
  赤帝炎风毋乃过,兆方好雨总稀连。(清代弘历《热》)
  骄龙逆作穷秋气,赤帝空持大火权。(清代赵执信《苦雨》)

这三首诗歌中,用赤帝指代火神、日神,不过具体所指是炎帝还是祝融不能明确分辨。《〈十二月词〉效李长吉体》其六《六月》写六月份赤帝骑着火龙出来开始司夏;《热》中写赤帝经过的地方,风都带着炎热之气;《苦雨》忧愁雨连绵而不停止,抱怨赤帝为什么不骑着火龙出来大开日光。

  明清时期通俗文学作品也有对炎帝的书写,主要写与炎帝神农氏神格相关的传说故事,也有关于炎帝与火关系密切的书写。明代周游编写的《开辟演义》,演绎从盘古开天辟地到周武王吊民伐罪的事迹,一些神话传说也被作为历史来演义,其中第十五回《神农教民艺五谷》写炎帝神农氏相关的传说事迹,提到了炎帝名字的来源,"以火德王,故曰炎帝"。明代钟惺编写的《盘古至唐虞传》,演绎上古神话,在第三则《有巢燧人氏为政　仓颉制字融作乐》中提到炎帝名字的渊源与火有关,"以火为纪,号炎帝"。

  另外,炎帝与火关联而衍生出的火神神格与灶神神格在中国古代民间也有一定的流传广度和范围。实际上,在民间信仰中,祝融火神信仰的区域范围与影响力更大,而炎帝作为火神的一些传说在陕西宝鸡地区还可以找到一些影子。在当地,人们都知晓炎帝出生时包裹在火球中或是炎帝乃太阳投胎的传说,还有炎帝发明火绳保留火种的传说,因此,炎帝更像是一位地方保护神,护佑着当地百姓。

炎帝火神神格常常出现在文人士大夫笔下的苦热诗中，这形成了一种独特的书写传统。诗人认为火神是酷热、干旱的源头与主宰，借其抒发个人意志，寄寓政治讽喻与对民生疾苦的关怀，也将消除酷热、恢复安宁的希望寄托在火神身上。需要注意的是，在历代文学书写中，"火神"的指称是变化的、模糊的，或指炎帝，或指祝融，抑或不具体明指。这种现象的出现某种程度上与炎帝神格的多元化及其主导神格的变动存在一定关联。炎帝与神农氏融合后，兼具农业之神的神格及其衍生出的相关神格，并因农神神格而普遍、持久地受到官方崇祀、民间供奉，火神神格逐渐居于次要地位，关注力度与相关书写自然也就弱化。

综而言之，炎帝是一个综合神，在后世流传中被赋予了多种神格。火神神格是炎帝的原生神格，衍生出日神、南方神神格脉系；农神是炎帝与神农合体之后被赋予的神格，并在此基础上衍生出了雨神、医药神神格。两种神格脉系并线发展，但后者在后世流传中成为炎帝的主流神格，前者则处于次要地位。也即，两汉以后，"神农与炎帝是一主"（南朝梁许懋《封禅议》）的观念普遍流行，在古代农耕文化中，炎帝农业神的身份深受统治者重视和百姓信奉。于是，炎帝作为农业之神、黄帝作为人文始祖，被共同尊奉为华夏始祖，成为中华民族的文化象征。相对而言，炎帝远古部落首领的身份在融入神农神格后逐渐弱化，而且在某种程度上，炎帝神格的这种发展流变刺激了炎帝原生神格的分化，即火神–日神–南方神信仰神格逐渐转移到炎帝的重要辅助者祝融身上。

另外，值得注意的是，炎黄二帝作为华夏始祖，在中华民族的信仰结构中占据着独特且重要的地位，无论是帝王贵胄，还是市井百姓，都对炎黄二帝非常崇拜尊敬。但是在历史的发展过程中，炎黄信仰逐渐形成了重黄帝轻炎帝的倾向，即使在当下传统文化复兴、重视人类文明传承的时代，炎帝祭祀活动的知名度仍然不及黄帝，所以炎帝信仰在整个文化大环境下相对处于弱势地位。就炎帝信仰而言，炎帝神农氏崇拜因为与农耕文明紧密相关而有更广泛的信仰范围，炎帝火神、日神信仰则相对处于次级的地位，而且在人们的信仰体系中，火神、日神神格与祝融联系更为紧密，祝融火神、日神信仰更为普遍。当下，炎帝火神、日神、南方神信仰的范围在逐渐缩小，信仰的程度也在逐渐减弱，相关记忆也在缓缓消失，慢慢被尘封在历史文献中。

第六章　黄帝：从天神到圣王、华夏始祖

华夏炎黄子孙生生不息，黄帝神话传说延绵不绝。黄帝战蚩尤神话、黄帝神仙传说、三皇五帝故事在民间口耳相传，轩辕黄帝祭祖大典每年在全国各地都是盛大的活动，黄帝作为中华民族人文始祖的民族记忆从未消亡，反而被不断铭记和传承。远古时期的黄帝一出现就拥有了上古天神、远古帝王、华夏始祖的多重身份吗？实际上，并不是这样的。黄帝神话在历史长河中不断累积演变，黄帝的身份也经历了从天神到圣王再到华夏始祖的复杂演化过程。

第一节　从天神到帝王：先秦时期黄帝形象的历史化

黄帝是远古时代的部落首领，传说黄帝的臣子仓颉发明了文字。先秦时期出现了最早记载黄帝故事的文献，是黄帝神话形成发展的重要阶段，黄帝传说在《山海经》《左传》《国语》以及诸子文献中呈现由神话向历史化转变的倾向，黄帝形象也经历了从天神到帝王的变化。

1.远古天神：《山海经》中的黄帝形象

在先秦文献中，记载黄帝神话较为原始、丰富的典籍是《山海经》，书中的黄帝整体呈现为天神形象。《山海经》记载的黄帝神话分散在多处，《西山经》《海外西经》《海内经》《大荒东经》《大荒西经》《大荒北经》等篇章中记载了十余条黄帝传说，刻画了黄帝的神性特征

和其所在轩辕国的神异之处。

西北四百二十里,曰崇山,……其中多白玉,是有玉膏。其原沸沸汤汤,黄帝是食是飨。(《山海经·西山经》)

轩辕之国在此穷山之际,其不寿者八百岁。在女子国北。人面蛇身,尾交首上。(《山海经·海外西经》)

黄帝娶雷祖,生昌意,昌意降处若水,生韩流。韩流擢首、谨耳、人面、豕喙、麟身、渠股、豚止。取淖子曰阿女,生帝颛顼。(《山海经·海内经》)

东海中有流波山,入海七千里。其上有兽,状如牛,苍身而无角一足,出入水则必风雨,其光如日月,其声如雷,其名曰夔,黄帝得之,以其皮为鼓,橛以雷兽之骨,声闻五百里,以威天下。(《山海经·大荒东经》)

东海之渚中,有神,人面鸟身,珥两黄蛇,践两黄蛇,名曰禺䝞。黄帝生禺䝞,禺䝞生禺京,禺京处北海,禺䝞处东海,是为海神。(《山海经·大荒东经》)

蚩尤作兵伐黄帝,黄帝乃令应龙攻之冀州之野。应龙畜水,蚩尤请风伯、雨师,纵大风雨。黄帝乃下天女曰魃,雨止,遂杀蚩尤。(《山海经·大荒北经》)

黄帝种玉、食玉,可命令天女停止下雨,可杀猛兽夔;黄帝统治的轩辕国中,不长寿的百姓都可活到八百岁;黄帝的子孙大多是神,外形如兽,比如长着人面鸟身、用黄蛇作耳饰、脚下踩黄蛇的禺䝞,长着长长的脑袋、小小的耳朵、人的面孔、猪的嘴巴、麒麟的身子、罗圈腿、猪的脚的韩流。《山海经》记载中的黄帝是战斗力很强、非常具有威严的轩辕国首领,他的众多子孙和繁盛支系形成了黄帝天神氏族谱系。

2.上古圣王：春秋战国时期的黄帝形象

春秋战国时期，黄帝神话书写和黄帝形象发生了明显变化。《左传》《国语》以及诸子文献中的黄帝神话呈现出历史化的叙事倾向，黄帝的人物形象由天神天帝变成了上古帝王。在《左传》《国语》中，黄帝神话被当作历史而被记述，其中的神异色彩随之被摒去，黄帝统领的原始氏族部落变成了文明社会的国家组织，黄帝天神氏族谱系变成了上古帝王世系。

如《左传》昭公十七年，鲁昭公与郯子谈到上古帝王的"纪官"制度，"昭子问焉，曰：'少皞氏鸟名官，何故也？'郯子曰：'吾祖也，我知之。昔者黄帝氏以云纪，故为云师而云名；炎帝氏以火纪，故为火师而火名……'"鲁昭公询问郯子少皞氏为什么以鸟为官职名，郯子说少皞氏是他的祖先，以鸟为官职名是少皞氏统治时代的特征。黄帝以云纪官，是因为黄帝受天命的时候，天空中的云呈祥瑞之色，所以百官皆以云为名号，缙云氏便是以云为名号的一种官职。根据《左传》的记载，黄帝时期便已经存在国家组织，形成一定的国家制度。

而战国时期诸子文献中的黄帝传说更能体现这种转变。黄帝作为上古圣王的事迹更加丰富，这些事迹大多围绕黄帝圣王盛世统治的主题展开。比较有意思的是，法家、道家、杂家典籍中，常见到被塑造为圣王形象的黄帝，在儒家典籍《论语》《孟子》《荀子》中，却并未见到将黄帝列入儒家圣王系统中的叙述。

> 黄帝立明台之议者，上观于贤也；尧有衢室之问者，下听于人也；舜有告善之旌，而主不蔽也；禹立谏鼓于朝，而备讯也；汤有总街之庭，以观人诽也；武王有灵台之复，而贤者进也。此古圣帝明王所以有而勿失，得而勿忘者也。(《管子·桓公问》)

> 故法之所非，君之所取；吏之所诛，上之所养也。法、趣、上、

下，四相反也，而无所定，虽有十黄帝不能治也。(《韩非子·五蠹》)

在法家著作中，黄帝是理想君主。在《管子》的记载中，黄帝设立明台，广开言路，听言纳谏，此后尧设置了征询民意的处所——衢室，舜设置号召进谏的旌旗，禹在朝堂上设谏鼓，汤设置总街的厅堂，周武王设有灵台制度。这些帝王因为广用贤士、广纳谏言而使得国家兴旺、长治久安，都成为了圣帝明王。《韩非子》中，韩非子特别强调一以贯之的原则、制度和规范对于政务运作的极端必要性，认为如果国家没有制定统一的标准规范，即使有十个像黄帝一样圣明的君主也不可能治理好天下。

在杂家著作《吕氏春秋》中，黄帝的圣王形象不断深化。其中有多处称赞黄帝的品德，像《贵公》篇"丑不若黄帝"，汉代高诱注"自丑其德不若黄帝"，黄帝是品德高洁的圣王，君王通过审视自己的德行是否能赶得上黄帝来反思、勉励自己。

另外，道家著作《列子·黄帝篇》中的黄帝也是以帝王的形象出现的，但不同的是，其中的黄帝故事更多地围绕养生与治国或治世的关系展开。文中大致讲述了黄帝即位十五年，国泰民安，百姓爱戴，于是就沉迷盛世享乐，只注重保养自己，结果身体不爽；又过了十五年，黄帝开始忧虑天下得不到治理，于是殚精竭虑治理国家，结果身体还是不好。

在战国诸子"百家言黄帝"的时代环境下，也存在一些否定黄帝圣王仁义的声音。如《庄子》认为黄帝仁义但无道，否定黄帝的圣王之治。

余（老子）语汝（子贡）："三皇五帝之治天下，名曰治之，而乱莫甚焉。三皇之知，上悖日月之明，下睽山川之精，中堕四时之施。其知惨于蛎虿之尾，鲜规之兽，莫得安其性命之情者，而犹自以为圣

人，不可耻乎？其无耻也！"(《庄子·天运》)

庄子通过虚构老子和子贡的对话，来表达自己对三皇五帝的批判和否定。三皇五帝名义上是治理天下，实际上严重扰乱了人的本性和真情，违背了自然之道；他们的心智比蛇蝎的尾巴还要惨毒，他们治下的小虫小兽都不能获得本真的安宁，而他们自称圣人，实在是恬不知耻。

事实上，春秋战国诸子对黄帝的评价整体上是正向肯定的，即使是在庄子笔下，黄帝也是得道者的形象。黄帝圣王形象的出现与成型，与春秋战国时期的社会背景密切相关。天下大乱，诸侯争霸，百姓流离失所，生活凄苦是春秋战国时期下层社会百姓最真实的现状。社会稳定、天下统一是这一时期所有诸侯士人、平民百姓的共同理想。而天下统一太平最为关键的一点是理想统治者的出现，于是法家、杂家等诸子将远古上神、战无不利的黄帝塑造成了圣王形象，期待如黄帝一样王者的出现带来天下统一、社会稳定的局面，这一理想在各种诸子文献、政治文献中迅速普及。或许正是因为黄帝有着善战、善用异术治理天下的一面，所以被好言仁义礼德、不言鬼神的儒家排除在圣王系统之外。

诸子关于黄帝圣王形象的争议，本质上是诸子学说的对立与争鸣，而且诸子为论证、发扬自己的学说还虚构了许多黄帝的言论和事迹，像《黄帝四经》《黄帝内经》《黄帝铭》《黄帝君臣》《杂黄帝》这些直接冠名"黄帝"的著作大多是战国诸子的伪作。《淮南子·修务训》对这种托名黄帝的风气有所描述和剖析："世俗之人，多尊古而贱今，故为道者，必托之于神农、黄帝而后能入说。"《列子·黄帝篇》是虚构黄帝事迹来申述、宣扬自家学说的典型案例，借黄帝在养生、理政与求道之间的辗转寻觅和完美平衡来阐发道家学派的自然无为之说。

梳理先秦典籍中关于黄帝传说的记载，我们发现黄帝传说的记载由神话逐渐历史化，黄帝的形象由天神天帝逐渐变为帝王圣王。也就是说，黄帝的神性逐渐减弱，而人性逐渐加强，其作为历史人物的形象逐渐成型。

第二节　华夏始祖：汉魏六朝史籍对黄帝形象的历史改造

黄帝神话在先秦以后主要朝着两个方向发展，一个是方士、道教宣扬的黄帝得道成仙传说，一个是司马迁《史记》对黄帝的历史人物化改造。历史化是黄帝神话流变的主流方向，在黄帝历史化的早期阶段，史学家极力排除黄帝神仙化的文献资料，避免受到此种偶像化倾向的影响。而黄帝的神仙化在某种程度上依附于历史化，道教将黄帝尊为宗主、始祖就受到黄帝被历史改造为华夏始祖的影响。这两条线索非常久远，在当下依然经久不衰，但并不是相互交织推进发展的。

1. 人文初祖：司马迁《史记》塑造的黄帝形象

黄帝神话流变进程中最为重要的文本当属司马迁的《史记》。

《史记》的第一部分是本纪，首列《五帝本纪》，开篇就是《黄帝本纪》。司马迁在史书中撰写的黄帝传记，划清了作为历史人物的黄帝和作为传说人物的黄帝之间的界限，是黄帝神话历史化的标志。而且，《史记》将黄帝本纪放在首篇，表明司马迁将黄帝视作历史上开启人类文明和统一天下的首位帝王，是中华正史中的第一人物。具体来说，司马迁主要从政治、经济两个方面塑造了黄帝人文初祖的历史形象。

首先，《史记·五帝本纪》中的黄帝是一位实现统一、维护统一的政治帝王。黄帝统治时代之前是神农氏统治时代，黄帝在阪泉之战和逐鹿之战中分别击败了炎帝和蚩尤这两个重要对手，结束了神农氏末期诸侯混战的政治乱象，"诸侯咸尊轩辕为天子，代神农氏，是为黄帝"。黄帝实现统一并建立轩辕氏为主导的政治集团之后，推行了一系列维护统一的政治举措。比如使用武力强化统一，征伐不服从管理的地方诸侯，"天下有不顺者，黄帝从而征之"；修建道路以加强各地之间的交流；巡游视察各地，"东至于海……西至于空桐……南至于江……北逐荤粥（部族名），合符釜山"，宣德扬威，加强天下共主的权力；设置官员管理或监视地方诸侯。另外，黄帝种五谷，创制度量单位；开展天文观测，制定历法，按时节播种百谷；发展养殖业，驯养家畜、桑蚕等；追求人类与自然和谐共生的农业经济发展模式，"节用水火材物"。另外，黄帝具有一定的神异能力。黄帝出生就不同于普通人，"生而神灵，弱而能言"；征伐战争中出现了驯兽作战、获得象征皇权的宝鼎等神异符瑞事件。

司马迁撰写的黄帝传记参考了许多先秦典籍，或是直接取材，或是剪裁使用，或是改写内容，所呈现的《黄帝本纪》既反映了司马迁的史学思想，又映射了西汉当时的思想文化。司马迁塑造的统一天下、功业卓著又享有神权的黄帝形象，是他心目中的理想帝王，这与后来董仲舒提倡的"君权神授"学说有着紧密的内在关联，都是为了迎合汉武帝强化君权和加强中央集权的心理，是儒家政治思想体系建构过程中的重要一环，极大推进了儒家学说官方主导思想地位的确立和"罢黜百家，独尊儒术"局面的形成。

事实上，若从具体的人物考证角度来看，《史记·五帝本纪》中记载的黄帝事迹是很难让人信服的，许多内容已经被后人证伪。但是，若从中华文明的早期发展角度来看，司马迁的记载是有一定的逻辑和道理的。黄帝，在司马迁的笔下并不是一个独立的个体，而是集聚了中华文明早期发展阶段各种成就于一身的一种存在，是中华民族早期文明的一个文化符号，是人文初祖。

2.北方各族共同祖先：《魏书》塑造的黄帝形象

汉代司马迁初步确立了黄帝人文初祖的身份属性，当历史演进到魏晋南北朝时期，尤其是北朝的许多少数民族政权解决自身统治的合法性和正统性难题时，开始将本民族的祖先源头和华夏的人文始祖黄帝联系起来，构建起鲜卑族与汉族同源的民族文化观，试图借用汉文化确立少数民族政权的合法性。事实证明，这种思路、做法是可行的。最终，黄帝祖源认同和华夏文化认同在少数民族之间普及开来，从此，黄帝华夏始祖的身份属性在中华民族中得到确认。但是这个过程漫长、复杂且艰辛，少数民族对黄帝祖源的认同经历了从被动接受到主动迎合的转变，其中，北魏拓跋鲜卑政权的汉化和认同黄帝祖源非常具有代表性，而且非常成功。

鲜卑族拓跋氏部落早期对黄帝祖源的认同主要体现在形成了祭祀黄帝的传统，但这种政治活动是面对中原传统文化时的被动选择，其中的理智分析多于情感接受。到了北魏孝文帝时期，在前代汉化的基础上，全面推行了汉化改革，迁都中原洛阳，改定族姓，移风易俗。北魏百姓主动认同黄帝祖源，鲜卑族拓跋氏从北方传统游牧民族摇身一变成为华夏文化始祖——黄帝的后裔，北魏政权确立其合法性和正统性的目标也成功实现。

虽然，从狭义的夷夏观念来说，少数民族与华夏民族的人文始祖黄帝并没有太大关系，拓跋鲜卑族将祖先追踪溯源到黄帝很大程度上是一种攀附。即使如此，这种祖源认同与文化认同在当时社会已经成为一种共识，北齐魏收撰写《魏书》时，在首篇首句将鲜卑族拓跋氏初祖认作黄帝之孙就是对此的集中反映。《魏书·序纪》首句说："昔黄帝有子二十五人，或内列诸华，或外分荒服。昌意少子，受封北土，国有大鲜卑山，因以为号。"意思是说黄帝的小儿子被分封到北土，领地内有大鲜卑山，因而以山名为国号，这一族发展至魏晋南北朝时期便是鲜卑族。另外，唐朝统治者及其家族具有鲜卑血统，加之黄帝祖源认同的社会共识，在建国之初就认可了鲜卑族拓跋氏与黄帝的关系。所以，唐代史官在《北史·魏本纪》中说："魏之先出自黄帝轩辕氏，黄帝子曰昌意，昌意之少子受封北国，有大鲜卑山，因以为号。"内容与《魏书》大致相同，承认鲜卑族和汉族同是黄帝苗裔。

魏晋南北朝时期的黄帝形象，和远古神话中的迥异，和司马迁的塑造也存在差异。但是，这一时期的黄帝，正是在司马迁历史改造的基础上，被注入了少数民族或"胡族"的血液，成为汉族和北朝各民族共同的祖先，这体现了民族融合的潮流和发展趋势。

司马迁《史记》以历史笔法改写黄帝神话，塑造了黄帝人文初祖的形象；魏收《魏书》将北方少数民族纳入黄帝后裔的范围，完善了黄帝作为多民族融合的华夏始祖的形象。从此，黄帝的这一历史形象在后世乃至当下一直被大力弘扬、广泛认可。

第三节　唐代以后黄帝神话的文学书写与黄帝崇拜

黄帝神话在先秦、汉魏六朝被历史化改造后，带有神话色彩的故事就很少出现在经史子部文献中了，但是在集部文献中仍然可以发现这些故事情节。中国古代文学作品对黄帝神话及其形象的书写是非常丰富多样的，有上古神话中的黄帝形象，还有作为古代圣王、作为华夏始祖的历史化的黄帝形象，另有道教传说中神仙化的黄帝形象。如战争主题下的黄帝战蚩尤故事，黄帝阪泉之战故事，黄帝擅长用兵故事等；成仙主题下的黄帝乘龙升天故事，黄帝撰写得道书籍相关的故事，以及与圣王主题、华夏始祖身份、黄帝祭祀相关的故事等。它们在文学作品中大放异彩。伴随着文学文体的发展成熟，黄帝神话传说相关的文学创作日趋繁荣，文本数量越来越多，文本形式越来越丰富，文化意蕴也越来越深厚。

要想了解黄帝神话的文学创作情况，首先要理清中国古代文学的发展演变过程。大体而言，秦汉魏晋南北朝时期是中国古代文学发展的初始阶段，文人士大夫的文学自觉意识在魏晋南北朝时期初步觉醒，文学文体也初步从经学、史学中独立出来，优秀文学作品的数量和文学体裁形式相对较少。到了唐宋时期，中国古代文学创作进入了高峰阶段，文学作品的数量急剧增加，优秀的文学作品和声名大噪的作家大量出现，文学体裁形式也丰富成熟，比如诗歌有五言、七言之分，有近体诗、古体诗之分，近体诗又有绝句和律诗之分。元明清时期，中国古代文学继续繁荣发展，文人创作的热情一直都很高涨，文学体裁形式更为丰富，由诗词发展而来的散曲文体出现，小说、杂剧、传奇、南戏以及讲唱文学如鼓词、弹词等多种通俗文学文体在这一时期都走向了成熟。在中国古代文学发展的初起阶段到繁荣阶段，黄帝神话的文学书写一直都在持续，可见证黄帝神话的发展流变。

相对于唐宋以后的黄帝神话文学书写，秦汉魏晋南北朝时期有关黄帝神话的文学创作较少，目前所见的材料涉及黄帝征战故事、黄帝成仙故事、黄帝圣王故事等。如西晋傅玄《晋鼓吹曲》第二十二首《钓竿》写黄帝战蚩尤故事："蚩尤乱生民。黄帝用兵征万方。"东晋曹毗《黄帝赞》写黄帝成仙故事："轩辕应玄期，幼能总百神。体练五灵妙，气含云露津。掺石曾城岫，铸鼎荆山滨。豁焉天扉开，飘然跨腾鳞。仪辔洒长风，褰裳蹑紫宸。"黄帝小时候就能统领各路神灵，对炼丹修道的事情非常感兴趣。黄帝曾开采山里的石头炼铜制鼎，鼎做好之后，天庭的大门突然打开，他乘龙飘然升天，以后便在仙宫中生活了下来。

下文对黄帝神话的文学书写的考察主要以唐宋元明清时期的相关文学作品作为分析对象，从雅俗文学的视角来梳理唐宋时期和元明清时期的文人是如何书写黄帝神话的。

1.唐宋时期雅文学对黄帝神话的书写

唐宋时期是中国传统雅文学发展的繁荣阶段，主要文学文体是诗、文、词。其中，唐代以诗著称，被称为"诗的朝代"；宋代以词著称，被称为"词的朝代"。实际上，经常并提的唐诗宋词是王国维"一代有一代之文学"观点普及之后的产物，其指一个时代的代表性文艺形式，并不意味着数量最多、内容最优秀。唐诗、唐文、宋诗、宋文、宋词，在中国古代文学艺术史上都是非常优秀的，许多名家名作深受明清文人喜爱，甚至在当下依然具有很强的传播力和影响力。当黄帝神话流传至唐宋时期，许多文人以黄帝征战故事、黄帝仙化故事、圣王黄帝的故事、华夏始祖黄帝的故事等为题材，依托诗、文、词等文体，创作了大量的雅文学作品。

首先，唐宋时期，黄帝征战故事的文学书写主要是对黄帝与蚩尤对战的涿鹿之战、与炎帝对战的阪泉之战两场战争的描写。

描写黄帝征战故事的唐代诗文，有的直面战争场面，有的称赞黄帝的功劳和仁德，有的以黄帝征战论说用兵的必要性，但大多是肯定的态度和基调。

征战故事的书写中，直接描写战争场面是比较常见的手法。唐代诗文对黄帝征战的描写有两种表现方式，一种是历史书写，一种是神话书写。胡曾《涿鹿》一诗，便是对涿鹿之战的历史书写："涿鹿茫茫白草秋，轩辕曾此破蚩尤。丹霞遥映祠前水，疑是成川血尚流。"作者在一个晚秋的傍晚经过涿鹿，看到纪念黄帝的祠庙，便想起黄帝曾在这个地方大败蚩尤，落日晚霞映红的秋水让人联想到涿鹿战争中兵士厮杀的惨烈场面。乐朋龟《西川青羊宫碑铭》则是对黄帝征战的神话书写："当是时也，榆冈凌虐，蚩尤作乱。化鱼鳖为兵士，以助王师。变云雾为神祇，潜扶军阵。能弭兵于涿鹿，致偃戈于阪泉。"作者写黄帝与蚩尤、炎帝对战时，用神力把鱼鳖变成士兵，把云雾化成神灵，最终取得涿鹿之战和阪泉之战的胜利。

与白居易并称为"元白"的诗人元稹，有多首诗歌提到黄帝，其中两首诗歌《竞渡》、《有酒十章》其三提到黄帝与炎帝、蚩尤之间的战争。诗中并没有直接描写战争场面，而是重点表现黄帝征战的功劳和仁德，诗句之间充满了儒家士人对圣王的称颂。

圣人中间立，理世了不烦。延绵复几岁，逮及羲与轩。炎皇炽如炭，蚩尤扇其燔。有熊竞心起，驱兽出林樊。一战波委焰，再战火燎原。战讫天下定，号之为轩辕。(《竞渡》)

文字生而羲农作耶，仁义别而圣贤出耶。炎始暴耶，蚩尤炽耶，轩辕战耶，不得已耶。仁耶，圣耶，悯人之毒耶。(《有酒十章》其三)

《竞渡》写伏羲氏延绵到轩辕氏之时，黄帝有熊氏比较强大，炎帝部落和蚩尤部落也强大起来，黄帝通过两次战争——与炎帝大战于阪泉、与蚩尤大战于涿鹿统一了天下，定国号为轩辕。《有酒十章》其三写黄帝仁义贤圣，为了使百姓免遭炎帝和蚩尤的暴行，在不得已的情况下发动了战争。

唐代许多诗文还把黄帝征战故事作为典故来描写，主要用来论说用兵的必要性。

  详考先王之道，泊乎烈祖之训，皆以刑佐德，……则斧钺之诛，甲兵之伐，盖不得已而用也。曩岁盗臣窃发，国步多虞，朕狩于近郊，指期薄伐，将振昆阳之旅，以兴涿鹿之功。（唐德宗《为李怀光立后诏》）

  苞茅不供，乃可以干戈服。黄轩有涿鹿之战，以定火灾。……遂听前古，无能去兵，将用抚柔遐荒，混一书轨。（杨谭《兵部奏剑南节度破西山贼露布》）

唐德宗在诏书中考述先王之道和祖宗训示，道明统治国家不仅需要德政，还需要刑罚辅助。当国家危难、政权不稳时，诛伐乱臣是不得已的举措，黄帝伐蚩尤就是为了巩固统治而不得已发动的战争，所以君王统治天下不可以不用兵。这类书写实际上与唐代中后期的时代背景密切相关。安史之乱之后，藩镇割据，叛乱不断，动荡不安的社会局面急需中央统治者以强大的武力、兵力镇压反叛者，像黄帝诛伐蚩尤一样平定叛乱，稳固政权统治，维护社会安定。唐代君臣的这种渴望、愿景，便凝聚和寄寓在诗文作品的黄帝征战典故中。

  宋代诗文对黄帝征战故事的书写与唐代相似。郑獬《戏酬正夫》是对涿鹿战争场面的神话化书写，"左立风后右立牧，黄帝秉钺来指麾。蚩尤跳梁从风雨，电师雷鬼相奔驰。顷之截首挂大旆，两肩冢葬高峨危"，黄帝得风后、电师雷鬼相助大败蚩尤。胡升《仙都山》盛赞黄帝征战之功，"君看涿鹿战，万古蒙其功"。赵湘《兵解》以黄帝征战为典故，说明帝王统治用兵的必要性，"天下之人暴乱之残贼者，必欲圣人之有兵也。是故轩辕氏战蚩尤于涿鹿"。与唐代不同的是，宋代诗文中出现了对黄帝征战故事的否定态度。

蚩尤作五兵，轩辕力诛除。战伐从此始，祸患引八区。（舒岳祥《送达善归玉塘》）

涿鹿始争战，千古开武功。春秋书战伐，三复为惯忡。（何梦桂《和何逢原寄韵》）

其次，我们来考察黄帝传说中黄帝仙化故事的文学书写。

黄帝铸鼎于荆山，炼丹砂。丹砂成黄金，骑龙飞上太清家，云愁海思令人嗟。宫中彩女颜如花，飘然挥手凌紫霞，从风纵体登鸾车。登鸾车，侍轩辕，遨游青天中，其乐不可言。（唐李白《飞龙引二首》其一）

税驾倚扶桑，逍遥望九州。二老佐轩辕，移戈戮蚩尤。功成弃之去，乘龙上天游。天上见玉皇，寿与天地休。俯视昆仑宫，五城十二楼。（唐刘复《游仙》）

世上洞天三十六，缙云第二十九区。古木参天架云屋，总真灵迹号仙都。独峰壁立二千尺，凌空耸翠屹然孤。仰瞻绝顶烟岚际，曾开菡萏名鼎湖。旧说轩辕驻车辙，云骈风驭经此涂。石釜炼灶丹砂就，乘龙帝乡才须臾。紫虚碧落超尘世，侍臣无路攀龙须。（宋丁宣《仙都山》）

黄帝久得仙，游行跨飞龙。至今世俗传，尚指辇路通。（宋胡升《仙都山》）

诗仙李白信奉道教，道教始祖——黄帝自然是他顶礼膜拜的神仙，《飞龙引二首》描写的就是黄帝飞仙的故事。其中，第一首写黄帝铸鼎炼丹，骑龙飞升进入仙境。李白也很想追随黄帝乘风飞上仙境，可是天上的云彩变幻莫测，他迷迷茫茫，找不到升仙的云路，只能幻想天宫中身穿彩衣的宫女一定貌美如花，与黄帝一同遨游青天的乐趣一定妙不可言。刘复的《游仙》诗也描绘了黄帝飞仙和成仙后的天宫生活。黄帝大败蚩尤功成之后，便乘龙飞天，在天宫中见到玉皇大帝，俯视在凡间曾经居住的昆仑宫和五城十二楼。

仙都山，唐明皇赐名，之前名为缙云山，是黄帝飞升成仙的地方。唐宋许多写仙都山的诗文都涉及黄帝飞仙的故事。丁宣的《仙都山》，描写了仙都山的仙山景色：古树参天，独峰高耸入云，峰顶云雾缭绕，鼎湖曾有莲花盛开，紧接着便写了黄帝在鼎湖乘龙飞升的传说。胡升《仙都山》描写的也是黄帝在仙都山乘龙飞仙的传说。而且，在民间传说中，黄帝车驾所过的道路依然存在。

实际上，唐宋时期许多文学作品书写黄帝仙化故事与这一时期道教的兴盛密切相关，同时也与魏晋南北朝时期道教造神活动中对黄帝神话的多元建构关联紧密。首先，先秦两汉时期黄帝形象不断增衍，经历了部落首领到圣王再到圣王加神仙双重文化形象的演变；魏晋南北朝时期，道教为在与佛教的竞争中谋求发展，便对道教经典进行赋值，以增强其神圣性与权威性，于是身份属性特殊的黄帝便屡现于道教著作。《抱朴子》《太上灵宝五符序》《真诰》《真灵位业图》等道教经典构成了一个包含黄帝寓言、传说、神话等内容的庞大文献群，基本上确立了黄帝在道教神仙体系中的尊崇地位。其次，唐宋时期道教的繁荣发展极大促进了黄帝神仙故事的传播。黄老道家是道教产生与发展的重要源头，老子、黄帝是道教神仙谱系中非常关键的存在。虽然唐代皇室更为推崇老子，但是作为道教神仙的黄帝也受到尊奉；到了宋代，黄帝信仰得到皇室的大力推崇，赵氏帝王以赵姓出自黄帝轩辕氏便尊崇黄帝，而且"太宗以轩辕黄帝为始祖，故尊事黄帝为圣祖"（明代道经《道法会元》），这更进一步确立了黄帝在道教神仙系统中的宗主地位。所以，唐宋文人处在黄帝信仰备受推崇的文化大背景中，所作诗文不免涉及黄帝仙化的道教故事。

再者，我们梳理黄帝神话中对圣王黄帝与华夏始祖黄帝的文学书写。

轩皇受天命，其佐皆圣人，故得之。惟唐继天，德如黄帝，有外臣一行，亦圣之徒与。（唐刘禹锡《送惟良上人》并引）

混沌凿开知几岁，洪荒莫考传承裔。但闻前史载三皇，伏羲神农及黄帝。三皇之后五帝传，少昊颛顼高辛继。唐尧虞舜又继之，天下于斯为盛际。（宋杨简《历代诗》其一《三皇五帝》）

伏羲神农黄帝氏，名曰三皇居上世。少昊颛顼及高辛，唐虞尧舜为五帝。（宋陈普《历代传授歌》）

刘禹锡笔下的黄帝是以德受天命，并在圣人辅佐下得天下的圣王形象，将唐朝帝王类比为黄帝，意在说明唐朝帝王定能像黄帝一样一统天下，以德治国。杨简、陈普诗作中的黄帝，是上古三皇五帝圣王之一，黄帝的德行德政是后世帝王的仿效对象。

另外，唐宋时期，对黄帝的官方祭祀属于历代帝王祭祀范畴，祭祀时编写了许多称颂圣王黄帝的乐曲乐章，如唐魏徵所作《五郊乐章》中的《黄帝宫音》，有《肃和》《雍和》《舒和》，不同乐曲用于不同的场合，"祀黄帝降神奏《宫音》……皇帝行用《太和》，登歌奠玉帛用《肃和》……迎俎用《雍和》……酌献饮福用《寿和》，送文舞出、迎武舞入用《舒和》……武舞用《凯安》，送神用《豫和》"（《旧唐书·音乐志》）。这类乐章也可在宽泛意义上被视作对黄帝神话的一种文学书写。

黄帝华夏始祖身份包含两层含义，一是华夏祖先，一是华夏文明始祖。这两种黄帝形象在宋代文学作品中都得到描写。赵友直《命子篇》"悠悠我祖，肇自轩辕"，赵由济《谱乐歌》"悠悠我祖，始于轩辕"，描写的黄帝是华夏的祖先；王铚《缙云县仙都山黄帝祠宇》"当年垂衣正南面，制作取尽乾与坤。凿开鸿荒肇人纪，首为区宇立本根"，描写的黄帝是华夏文明始祖，其人在远古混沌初开时创立了人文纲纪，开启了华夏文明。

唐宋时期雅文学对黄帝神话的书写情况是非常可观的，主要是将黄帝相关的传说故事以典故的形式融入诗文作品中，像黄帝战蚩尤典故、黄帝乘龙飞天典故等。唐宋时期黄帝神话的雅文学书写偏向抒情，在丰富黄帝故事情节、推进黄帝神话的叙事演变方面很大程度上都不如叙事性较强的史传、小说戏曲等，但是在扩大黄帝神话的传播范围、增强黄帝传说的影响力方面功不可没。

2. 元明清时期通俗文学对黄帝神话的书写

元明清时期黄帝神话的文学书写主要承继唐宋而来，尤其是诗文等雅文学书写的主题偏向、文体形式、表现效果等在前代基础上未有明显突破。相对而言，元明清时期通俗文学对黄帝神话的书写更具有时代特色，也更能推进黄帝神话叙事情节的发展。下文以元明清时期通俗文学的代表性文体——通俗小说为窗口，来探讨黄帝神话在通俗文学中是怎样被书写的。

元明清时期大篇幅书写黄帝神话故事的小说有明代周游的《开辟演义》、钟惺的《盘古至唐虞传》，清代钟毓龙的《上古秘史》。其中，前两种是历史演义小说，将黄帝神话作为历史来演绎；后一种是神怪小说，描写远古时期的黄帝神话。

《开辟演义》，又名《开辟衍绎通俗志传》，长篇通俗小说，共八十回，所写历史故事从盘古开天辟地开始，到周武王伐纣结束。书中第二十回、二十一回、二十三回、二十四回、二十五回写黄帝神话。第二十回《轩辕救驾灭蚩尤》，写炎帝治下诸侯叛乱，蚩尤最为强势，轩辕在涿鹿救驾并歼灭蚩尤；第二十一回《轩辕氏即黄帝位》，写轩辕大败蚩尤，诸侯推其为天子，轩辕即名为黄帝；第二十三回《黄帝制冕旒宫室》，写黄帝登帝位后，明历法、制衣服、设官纪朝堂等，天下大治，岁丰人和；第二十四回《元妃教民养蚕丝》，写黄帝元妃嫘祖教习百姓养蚕缫丝；第二十五回《帝道成龙迎升天》，写黄帝向崆峒山广成子问道，后得道乘龙飞仙。

《盘古至唐虞传》，全称《按鉴演义帝王御世盘古至唐虞传》，又名《帝王御世志传》，是中篇通俗小说。全书共七则故事，写从盘古到大禹的时代更迭故事，书中第五、六则写黄帝神话。第五则《神农黄帝氏立极　风后八阵困蚩尤》，写轩辕氏用异人风后、设八门阵法降服无道诸侯蚩尤，诸侯随之归顺，轩辕氏由此登帝位为黄帝。第六则《有熊氏创立制度　颛顼世怪尽妖平》前半部分，写轩辕成为天子后，创立官纪制度，开启文明社会。

《上古秘史》，又名《上古神话演义》，共一百六十回，长篇通俗小说，写上古神话故事，对盘古开天、女娲造人、精卫填海、后羿射日、夸父追日、大禹治水等神话传说都有涉及。书中多个回目写到黄帝神话，如第二回、十一回、十二回、四十三回、四十六回、六十八回、九十九回、一百一十四回等。第二回《皇娥梦游穷桑　盘瓠应运降世》，写皇娥梦中感应嫁给黄帝，降生少昊氏的故事。第十一回《游嵩山途遇奇兽　忆往事细说蚩尤》、第十二回《蚩尤遭败绩　黄帝得成仙》，写了黄帝战蚩尤的故事。黄帝在有熊做诸侯的时候，蚩尤是同时期北方的一个诸侯，他带领臣子作乱。黄帝德高望重，本想用仁义感化蚩尤，未果，只能依靠武力征服。但是蚩尤带领的士兵战斗力很强，兵器也很坚韧，还擅长使用变幻之术，又是暴风扬沙，又是暴雨倾盆，黄帝一方屡屡战败。西王母被黄帝的仁德感动，携带了许多神器，和九天玄女一起下界征讨蚩尤，最后斩杀了蚩尤。玄女离开的时候，告诉黄帝他百年之后会得道升仙。第四十三回《帝尧初番见许由　黄帝问道广成子》、第四十六回《缙云山黄帝修道　大姥山老母成仙》，写黄帝向崆峒山的神仙广成子问道，后在缙云山天都峰得道成仙的故事。第六十八回《舜与方回订交　师尹寿蒲衣子》，提及黄帝发明蹴鞠游戏。黄帝整顿军备时，看到兵士在营中闲来无事，就教士兵们玩蹴鞠，这种游戏既可以娱乐消遣，也可以锻炼体力，不致懈弛，后来就在民间流行开来。第九十九回《导河积石得延喜玉　赐轩辕镜除却神魃》，提到黄帝轩辕镜的流转和法力。第一百一十四回《天将驱除犯狼　大禹二次遇疫》，提到黄帝在妃子嫘祖死后，娶了样貌非常丑陋的嫫母做次妃，后来封嫫母做方相之神，令其专门驱除疫鬼。

另外，《七十二朝人物演义》第二十四回、二十五回也提到了黄帝神话，写黄帝大战蚩尤时，造指南车在迷雾中辨别方向，最终取胜的故事。

由上可知，通俗小说的体裁特征在书写黄帝神话时具有非常明显的优势。首先是通俗小说的篇幅不受限制，可以将与黄帝相关的各种传说以及各种故事情节、细节都一一展现、演绎出来，极大丰富完善了黄帝神话传说的故事情节。其次是通俗小说文体的娱乐性特征比较突出，黄帝传说的一些故事情节用滑稽幽默的语言讲述时更具有鲜活的生命气息，这样能够吸引更多的市民百姓关注了解黄帝神话，扩大了黄帝神话的民间受众群体。综而言之，通俗文学对黄帝神话的书写，使得黄帝蚩尤大战、黄帝乘龙飞仙、黄帝妃子嫘祖养蚕缫丝、黄帝造指南针与发明蹴鞠游戏等黄帝神话传说具有了更强、更广泛的传唱度和流传度，为明清许多市井百姓所熟知，在当下依然深受人们的喜爱。

作为一种信仰的存在，黄帝的身份属性是多重的和逐渐叠加的，祖先崇拜、圣王崇拜、天神崇拜相互交织在人们的生活当中，蕴涵在雅俗文学作品中。黄帝神话在政治、宗教、文学的互动与合力中被赋予了更大的发展空间，从零星记录发展成了一个庞大的黄帝神话故事文献群。这些有关黄帝神话、传说的雅俗文学作品的不断生成与流传是黄帝信仰与黄帝崇拜刺激、催生的结果，同时也参与了黄帝信仰与黄帝崇拜的强化及其内涵的丰富。

　　黄帝神话自出现到后世流传，都具有鲜明的时代特征。到了近代，在新的时代背景下，黄帝神话的流变又呈现出了新的面貌。封建帝制废除后，黄帝信仰中的圣王崇拜较少被提及；外敌入侵、民族存亡的危急时刻，中华民族一体成为一种自觉的民族意识，黄帝的华夏始祖身份被特别强调，炎黄子孙、华夏后裔成为凝聚民族精神、激励战斗意志的旗帜与口号。新中国成立以来，中华民族实现了彻底的独立和解放，开始走上中华民族伟大复兴的光辉道路。这个时期，黄帝信仰依然普遍存在，每年举办的黄帝祭祀活动淡化了黄帝天神、帝王的属性，重点强调黄帝作为华夏始祖、人文始祖的身份。总而言之，黄帝成为华夏始祖并成为一种信仰，经历了复杂动态的演变过程，不仅具有强大的生命力、凝聚力和感召力，而且推动了中华民族共同体的形成，成为中华民族伟大复兴的文化力量源泉。

第七章　西王母：日益现世化的昆仑主神

在诸多的中国神话形象中，西王母神话的文学演绎历程呈现出明显的开放性特征：各种政治思想、宗教思想都融入其中；各个社会阶层都对她信仰有加；各种文学体裁、形式都程度不同地对西王母神话进行了演绎和创作。本章通过西王母会君神话、献授神话、开宴神话三个方面，呈现西王母形象及其文化意蕴的演进过程。

第一节　王母会君：政治与仙话的交相辉映

1. 政治神话中的异域女王

以传世文献论，西王母形象最早出现在《山海经·西山经》中：豹尾、虎齿、善啸，同时蓬发戴胜，整体形象亦人亦兽，神话气息浓厚。由此产生的西王母神话同西王母最初的形象一样，表现出独立于现世且光怪陆离的特征。在西王母神话的世界中，王母会君是其最重要的组成部分，也是西王母神话的早期形态之一。王母会君究竟讲述了一个什么样的故事？这个故事是如何在文学演绎中被一步步铺陈呈现的呢？答案只能从源头探寻。

王母会君指的是西王母与帝王、君主的会面，这一神话始于战国时期，具体内容记录在这一时期的《穆天子传》《竹书纪年》《荀子》《世本》中。与西王母会面的君王一共有三位，分别是周穆王、大禹和舜。

将王母会君的详细过程叙述得最为完整和精彩的当属《穆天子传》。《穆天子传》是战国人的假托之作,其中的"天子宾于西王母"一节,讲述了周穆王西见王母的具体过程。周穆王西巡,执白圭玄璧拜见西王母。二人在瑶池之上饮酒交谈,西王母以歌谣感叹:不知道穆王一去,二人还会不会再相见。周穆王强调三年之后,他一定会再来。听完穆王的许诺,西王母再次叹息,为自己固守一方疆域,无法追随穆王左右而感到遗憾,并认定穆王是万民之主,永受天命庇佑。

全文内容以西王母与周穆王的对话为核心,以歌谣吟咏的方式抒发情感,塑造了一个充满生命力且情感丰沛的异域女王,瑰丽的想象和浪漫主义色彩充斥其中,极具可读性和可扩展的空间,完整的故事架构、独特的人物形象和华丽美妙的辞藻为王母会君故事的文学化提供了坚实的基础。

周穆王西见王母故事的主要人物只有两个:周穆王与西王母。二者在先秦时期本无关联,《国语》《左传》将穆王西巡当作史实予以叙述,《山海经》则着重构造了西王母和昆仑神话。究竟是什么样的契机,又是什么人出于什么样的目的淬炼出了完整的王母会君故事呢?这一切均源于战国时期的神仙方士。

首先,战国时期人们普遍认为昆仑在黄河源头附近,而穆王西巡恰经过昆仑所在地,这为穆王与西王母的会面提供了路线上的可能。其次,周穆王高寿君王的历史形象与西王母的神仙身份有可以交融的地方,因为《尚书·吕刑》载"王享国百年,耄荒",长寿与神仙有着密不可分的关系。基于这两点,到了战国时期,在神仙家学说盛行的社会背景下,神仙方士为了迎合君主求仙的需求,为了获得统治阶级的认可,将昆仑神话、西周史实与战国神仙思想杂糅在一起,编造了周穆王与西王母的会面。故事的核心人物不是周穆王,而是西王母。故事的要义不是叙说周穆王的雄才大略,而是崇奉西王母的神迹,尤其是其长生长寿之神的属性。故事的表述多虚妄之语，最终呈现给我们一个"将子无死，尚能复来"的浪漫主义会仙故事。

同一时期，涉及王母会君故事的文献，除《穆天子传》外，还有《竹书纪年》《荀子》《世本》。三者或为史书，或为诸子传说，均由文人书写，文字叙述更为简略，文风趋于平实。尤其是与《穆天子传》同出于汲冢的《竹书纪年》，虽然吸收借鉴了《穆天子传》中的神话因子，但具体内容更像是周穆王大事记，偏向史书的纪实风格，与《穆天子传》形成鲜明对比。《世本》《荀子》则更进一步将王母会君的对象变更为舜和禹，宣扬上古圣王美德的政治色彩更加浓厚，寄托文人士子政治理想的意味更为明显。这里的王母会君故事不再用来渲染神奇异事，只是圣王事迹的标志性点缀。

我们如果将西王母看作异邦或异国首领的话，甚至可以将王母会君理解为上古的外交活动，叙述的最终目的还是彰显圣王贤德、阐扬政治教化。这种政治倾向明显的王母会君神话经过诸子文人，尤其是儒家士子的一再征引，至秦汉盛传不衰。《尚书大传》《新书》《大戴礼记》《帝王世纪》以及诸多的汉代纬书中，王母会君的政治性不断被强化，与王母相会的上古君王逐步扩大到黄帝、尧、舜、禹。

政治色彩最强的内容出现在两汉纬书中，体现出汉代自董仲舒以来的君主有道则天降祥瑞的"符命观"。随着天命思想和儒学的神学化，王母会君故事逐渐带有了祥瑞的色彩，纬书中的王母会君政治神话转为祥瑞色彩浓厚的典故，成为我国古代祥瑞文化中的重要组成部分。后来由于纬书多妖妄之言，并常为觊觎皇权之人所篡改和利用，因此两汉之后，禁绝纬书成为历代统治者必做之事。据《隋书·经籍志》记载，刘宋"始禁图谶"，后隋文帝、隋炀帝都广搜天下与谶纬相涉之书，皆焚之，谶纬之说和纬书逐渐退出历史舞台。

纬书之外，文人们以诗歌的形式重新书写王母会君故事，赋予其格律和辞藻上的美感，并在会君故事预留的想象空间内，充分地展现诗才、抒发情感。因此，秦汉至唐五代，王母会君故事是文人诗作中的常见主题。同时，"王母玉环""王母玉琯""王母地图"等故事中的物品被加以凝练，固定成与王母会君相关的意象，频繁出现在文人应制奉诏的作品中，以称颂当世君主之贤德堪比先贤圣王，这些都是王母会君神话移位为文学的具体表现。无论是先秦诸子的历史书写，还是汉唐文人的文学表达，王母会君神话与政治诉求、服务君权都密不可分，成为西王母神话的固定主题之后，政治色彩依然是其不可或缺的组成部分。

2.道教仙话中的女仙之尊

经过战国神仙方士对王母会君故事充满浪漫主义色彩的叙述，王母会君故事的文学性大大增加。汉末至唐五代，叙事文学作品不断扩充和丰富王母会君故事的情节和内容，这使得后者的文学移位进入巅峰时期。这一过程主要借助道教仙话来完成。

在前代神仙方士的基础上，道教仙话对王母会君故事改造的第一步是将王母纳入道教神仙体系，使西王母具备了道教女仙的功能和神格。西王母的道教形象和地位在五代杜光庭的《墉城集仙录》中被正式确立，并获得道教内部的一致认可，至今亦是道教信徒的共识，《汉武帝内传》和相传汉代班固所作的《汉武故事》就是在这一背景下诞生的。《汉武故事》着重展现了王母的动人女仙形象，这与前代模糊的形象描绘形成鲜明对比。在王母女仙形象之外，《汉武故事》又加入了赐武帝仙桃的情节，将东方朔偷桃旧事引入王母会君故事，使整个会君故事变得情节丰富、人物形象突出、文学色彩浓厚。此后的《洞冥记》更是花费大量笔墨描绘王母降临人间的场景，在众仙簇拥下的设定显示出王母身为女仙之首的飘渺之姿。《汉武帝内传》相较于《汉武故事》，不仅辞藻华丽、篇幅较长，而且叙述手法更为繁复，内容也更为丰富。除了新加入的赐仙桃故事，还增加了王母传授武帝长生之法和《五岳真形图》的情节，宗教传道意味明显，几乎可以算作一部道教小说了。至此，道教仙话对王母会君故事的文学铺陈和文学移位已基本完成。

当然，王母会见的帝王除汉武帝外，道教仙话中还出现了黄帝、燕昭王、宋徽宗等。这是道教仙话对王母会君故事的文学化改造的第二步：扩大王母会君对象的范围，赋予叙事文学更为广阔的敷演空间。王母会黄帝的故事最早载于汉代纬书中，其真正的道教化、文学化叙述则出现在唐五代时期。

明代沈德符《万历野获编》引唐五代时期黄帝传记《黄帝内传》，叙述王母在阆风瑶池赐给黄帝《神芝图》十卷、石函玉笈之书，这显然是已经被道教化的王母会君故事，因为短短几句话中出现了大量道教化的信息。唐代杜光庭在《墉城集仙录》中更进一步记述了王母助黄帝战蚩尤的故事，将王母与黄帝进行深度绑定。他的另外一部《天坛王屋山圣迹记》则围绕会君一事，详细描绘了王母在王屋山天坛峰授予黄帝茹芝和修真七昧之书，以及王母与众仙和黄帝在王屋山再次相会的故事。王屋山是道教十大洞天之一。王母也是在上帝的敕命下来到人间与黄帝相会。从故事内核来看，《天坛王屋山圣迹记》与《汉武帝内传》基本一致，都是王母会君故事道教化的典型代表，也是道教仙话对王母会君故事进行文学化叙述的扛鼎之作。

其他诸如王母会燕昭王、宋徽宗的故事虽然经过道教仙话的改造，但情节大多承袭前代，没有太多创新。不过，在燕昭王和宋徽宗故事中，出现了对两位帝王一心向道、主动求取长生之法的描述。比如《拾遗记》称燕昭王致力于仙道，想要学习长生久视之法，所以才引得王母来见；《历世真仙体道通鉴》"林灵蘁"条记载宋徽宗喜好仙道，想要见王母，王母应愿而来，赐予他"神丹补益之术"。帝王的主动追求印证了这些王母会君故事是道教化的叙事文学作品，与道教仙话中的女仙降诰故事类型一致，一脉相承。

汉末至唐五代的王母会君故事在道教仙话的改造中开始了正式的文学演绎。汉武帝、燕昭王、黄帝、宋徽宗这些新增的故事人物，在真实的历史中都具有好为仙道的特点；在西王母被道教上清派确立为最高女仙后，道士们急需将道教神仙与帝王联系在一起，以便借助帝王的权势来抬高道教的地位。在道士们创作的道教仙话中，王母会君故事本身的政治属性，使得西王母成为与帝王关联的不二之选，于是帝王求仙故事与王母传说结合起来，形成了王母会君仙话。由于加入了道教的宗教因素，在文学表现上，奇幻的想象和瑰丽的辞藻成为这一时期王母会君仙话的典型特点。

另外，在王母会君故事文学化的过程中，故事另一主人公出现的顺序依次为周穆王、禹、舜、尧、汉武帝、黄帝、燕昭王、宋徽宗，这些"帝王们"除汉武帝、燕昭王、宋徽宗等现世君王外，均为上古先贤圣王。他们在王母会君故事中出现的时间顺序大致与他们在历史中所处的时代次序是相反的。这佐证了顾颉刚先生提出的层累造史理论，其《西王母传说》一文中认为"汉武帝既已和西王母发生关系……于是历史上有名的人主……便连茅拔茹地都成为故事中的一个角色"，即中国的古史大致以层累的方式形成，历史人物的记载会随着时代的前进越来越丰富。

王母会君故事发展到宋元明清，从题材到内容，从形式到叙述手法，都进入固化阶段，随之而来的是其文学性的衰落。进入宋元明清，中国的君主专制逐步到达顶峰，这直接导致文学创作的自由度下降，文学附庸于政治的特性凸显。王母会君故事从在神仙方士手中诞生起就带有极强的政治性,当神仙方士企图利用王母会君故事附会君王政治时,必然也会被君王政治利用,成为帝王统治的一枚棋子。在中央集权不断加强的历史洪流下,王母会君故事最终失去了其瑰丽恣肆的文学想象和文学情怀,或用来附和帝王的审美趣味,或用来进行帝王圣德的宣扬。

这一时期与王母会君故事相关的诗文仍然以应制之作为主,"桃核""仙桃"等典型祥瑞符号被一再强化,其政治符号的意味越来越明显。明代宋濂的《蟠桃核赋》在应制之作中至少还加入了对君王的规劝,多少透露出一些文人自由创作和讽喻进谏的文学传统。

元明之际的叙事文学作品中,王母会君故事的敷演主要集中在内廷供奉戏剧中,代表作有《祝圣寿金母献蟠桃》《众天仙庆贺长生会》,一个重演西王母会汉武帝故事,一个描绘了众仙集体下凡庆贺当今圣上寿辰的场面。除了戏曲文学,一些小说作品中也涉及王母会君故事,如《太平广记》《虞初志》等,不过多流于对前代故事的转引和复述,没有创新之处。至此,王母会君故事在文学创作中逐渐没落,与之相对应的是,产生于同一时期的王母开宴故事成为通俗小说和戏曲创作的热门。

第二节 献授神话的文学演绎

西王母献授神话最早见于成书于战国的《世本》,其叙述西王母献给舜帝白环玉玦。此后,西王母献美玉故事的演绎连绵不绝,不仅在先秦诸子、史籍中常可见到,甚至在明清两朝仍为文士所津津乐道。王母献授神话中"美玉"意象的凸显体现了我国古代的美玉崇拜,这种崇拜源于上古时期人们对于玉石之美的向往,经历了周代礼玉制度和春秋战国时期儒家思想对它的人格化改造,成为后世所言之"天命"

的代表和理想化的君子之德的象征。此外，道教兴起以后，道教徒也对王母献授神话进行大量加工和改造，使得这一神话具有了浓厚的道教仙话意味。

1.先秦至唐代：从"前文学"时代走向儒道文化影响下的双线发展

《世本》，是战国时期赵国史书，记载黄帝以来的史事。《世本》中留存了最早的王母献授神话。先秦至汉初见诸文字记载的王母献授神话十分简单，仅有最基本的人物和情节，还不能被称作文学作品，因此我们将这一时期认定为王母献授神话的"前文学"时代。但是，这种未经文学演绎的朴拙的神话形态并不是毫无意义的，它恰好更为直白地体现出了这个神话的本来意义，为我们追踪和探析其在后世的诸多演变形态提供了依据。后世对王母献授神话的演绎主要围绕王母献授之物（如美玉、仙桃、符箓等）展开，我们从中也可窥见这一类型神话在儒道文化影响下的双线发展以及其文化内涵、文本形态的流变。

在儒道两家的影响下，王母献授神话呈现双线发展的趋势，不仅其所蕴含的文化内涵更为丰富，故事的文本形态也得到了极大的充实和发展，王母献授神话的文学化转移得以正式开始。

白环、玦、白玉琯都为美玉，可以说，美玉是先秦至汉初盛传的王母献授神话的主要意象，这深刻地反映了我国自上古以来的美玉崇拜。结合我国古代美玉崇拜的发展轨迹，我们便可发现，这一时期的王母献美玉神话中蕴含着深刻的文化内涵。

由《世本》到《说文解字》，王母所献美玉带有的祥瑞色彩越来越浓，至两汉时期甚至成为谶纬符命之说中上天所授符命的一种，代表着承天受命。王母献美玉故事之所以被汉代谶纬之说采纳,其原因除这个故事本身的情节结构与之十分相合外,更重要的是儒家"比德于玉"的传统使得美玉带上了人格化的色彩。

王母献美玉神话在符命观的影响下逐渐成为了一个祥瑞性的政治符号,这种定性一方面使得这个故事最大程度上保存了它的古义,另一方面却阻碍了它的文学性的发展。在谶纬神学逐渐退出历史舞台后,"王母白环""王母玉琯"依然作为固定的祥瑞符号而存在,政治色彩浓厚,但是在文学上没有大的进展,这主要与董仲舒天人感应学说的广泛影响及与之相关的谶纬神学有关。

董仲舒综合前代天人合一及相关学说,将天道与人事的对应关系和密切关联推演至极致,将天看作有人格有意志的至高之神,这一思想体系在政治哲学领域中有两大反映。首先是君权神授,君主的权力来源于天,"受命之君,天意之所予也""王者亦天之子也,天以天下予尧舜,尧舜受命于天而王天下"。其次是"符命观"和"遣告说"。君主受命于天,假如君主的行为符合天意,那么天将降符瑞以命之,"天之所大奉使之王者,必有非人力所能致而自至者,此受命之符也",这就是"符命观";反之,则灾异屡见,"国家将有失道之败,而天乃先出灾害以谴告之,不知自省,又出怪异以警惧之,尚不知变,而伤败乃至",这就是"灾异遣告说"。

董仲舒的灾异符瑞理论,是儒学神学化的开端,其极端化便是谶纬神学。谶纬神学适应了当时封建统治者的需要,在东汉时被称为"内学",成为占据统治地位的思想意识形态。在此种儒家"符命"思想影响下,王母献授神话自然更多地沦为政治神话。

与此不同,道教思想影响下的王母献授神话逐渐被改造为传经授道的道教仙话,显现出多彩的面貌,至此正式开始了文学化的历程。这个时期的西王母献授神话中的意象,由美玉、地图和神符之类转变为仙桃、灵药、道经、道符一类的道教化意象。这些道教灵物意象又可分为"仙桃、灵药"和"道经、道符"两个系统，这两个系统可分别对应道教修炼过程中的服食和炼养。

最早出现在王母献授神话中的道教意象是"仙桃"，其载于《汉武故事》。之后《博物志》《汉武帝内传》及《前汉刘家太子传》都对其进行了承袭和进一步的丰富发展。王母献授神话中之所以会出现仙桃、灵药一类的意象，首先与西王母在先秦神话传说和秦汉民间信仰中掌管"不死药"的神职有关。仙桃成为王母故事中的长生长寿之物，还与自先秦以来"桃"这一植物被寄寓的文化内涵有关。

仙桃意象是在源远流长的桃文化的基础上产生的，在进入王母献授神话之前，经民间传说和方士之言的润饰而成为了可以使凡人增寿登仙的仙家之果。两汉时期，西王母见武帝并赐仙桃的故事在带有明显道教上清派特点的《汉武帝内传》中得到了保留，这可算是仙桃意象正式进入王母献授仙话的标志。

在两汉至唐五代这段时期内，王母献桃故事除带有明显的道教色彩外，民间和民俗色彩也甚为浓厚，不过前者更居主导地位。在宋代以后，其民俗色彩逐渐占据了主流，道教色彩逐渐淡化。这一方面是由于"桃"这一意象自产生起就带有民间色彩，另一方面是由于相比于其他的道教服食灵物，仙桃更容易为普通民众所接纳，也更容易为真正的文学创作所吸收和利用。

西王母成为授经故事的主人公，首先与西王母自先秦以来的神职有关。早在《荀子·大略》篇中就有"禹学于西王国"的记载，其隐含了西王母传经的职能。此后在神仙思想和两汉谶纬神学思想影响下，产生了大量王母授地图、神符的传说，这些传说进一步强化了王母授图经的职能，并带有了强烈的祥瑞色彩，后来道教对其进行吸纳和借鉴，使之演变为自己的传经故事。

在这里要提到的是道教自身对于传经活动和传经故事的重视。在道教中，传经仪式往往是入教仪式，所以有其独特的神圣地位。道教典籍在叙述传经仪式时，往往托名某些特定的神仙，以示所传经籍"血统"之高贵，西王母由于其自先秦以来的神仙身份和道教赋予她的女仙之首的高位，成为常见的道教传经之神。在六朝时期的上清派经典中，常可见到西王母的传授之说，如上清派的重要科戒《太真玉帝四极明科经》，《道藏提要》称其为："此经为授受、诵持及佩服经诀、符箓之科律，为道教重要科律之一。"接受西王母仙经之人除了道教宗师茅盈、王褒之流，还有汉武帝、黄帝一类的人间君主。这除了因为受民间传说的影响，在很大程度上也是出于自抬身价的考虑。

在道教的西王母献授故事中，除了道教仙经，最常见的是道教的符箓，其中最为著名的故事，是西王母授黄帝神符以战蚩尤。西王母授神符故事与西王母授经籍故事的演变脉络是基本一致的，都随着社会思想文化思潮的演变而逐渐蜕化为纯正的道教仙话故事。从《西王母传》到《九天玄女传》，西王母授黄帝神符的故事是在不断丰富的，其中有两点值得玩味思考。

首先，王母神符的形制及功能。《西王母传》载："符广三寸，长一尺，青莹如玉，丹血为文。"这一点在后世的几部文献中得到了沿袭，且多数文献都载黄帝佩之以征，遂克蚩尤。可以说，王母之符的形制和功能是相对一致和稳定的，对于王母之符的一再描写和叙述，反映了道教的文化符号——符箓的重要性。

符在道教神仙信仰中具有非常重要的地位。道教之人认为符来源于天地自然和上仙神灵，或可沟通天地神灵，或可预知兴亡吉凶，或可使人长生不老，或可使人荣贵显达，这种对于符的神秘化认知使得符成为一种具有代表性的道教灵物。《龙鱼河图》与《黄帝出军诀》两部汉代纬书对于王母之符的描写带有浓重的汉代谶纬神学色彩，至晋代时王母授黄帝神符已经被改造成了一个道教故事，王母之符的神力也广为人们所知。其后的四篇文献——《西王母传》、《轩辕本纪》、《墉城集仙录》之《金母元君》和《九天玄女传》中的西王母授符故事保留了纬书中的祥瑞色彩和神秘色彩，神符仍旧是可以沟通天地人神，并且拥有至上法力的灵物。

其次，九天玄女降授故事的出现和发展。玄女的出现始自《龙鱼河图》。九天玄女之所以与西王母产生关联，更重要的是由于西王母神格的演变。西王母"母养群品"的神职和"天上天下三界十方女子之登仙者得道者咸所隶焉"的至高地位，使得汉代独自出现的玄女也成为西王母的座下女神。唐代的《轩辕本纪》基本沿袭了《西王母传》的情节结构，唐末道士杜光庭在缀辑前代资料的基础上对这个故事进行了进一步的扩展，在《墉城集仙录》中为九天玄女单列一篇，使之成为重要的道教女仙，并被纳入道教神仙体系中。九天玄女也由此而成为道教的女战神。在明初白话小说《水浒传》中，仍可见到九天玄女作为道教女战神的痕迹：九天玄女因授宋江天书而成为全书的线索性人物。九天玄女授黄帝《遁甲阴符经》之事是古人为了抬高奇门遁甲之术的地位和增加其神秘性而杜撰出的仙话传说，此故事在宋代以后以九天玄女授天书兵法的形式继续存在，《水浒传》《三遂平妖传》《女仙外史》《薛仁贵征东》等通俗小说中都有其踪迹。

2.宋元明清：献授神话在文学中的典故化

五代以后，王母献授故事在整体上趋向稳定，大多表现为对前代故事的重复性和典故化表述。此外，王母献授故事与蓬勃发展的市民文化相结合，新增入了庆寿的主题，并且借由通俗小说和戏曲的一再演绎而具有了相对固定的文化涵义。但这类作品的情节、内容大多趋于模式化，因此从文学角度来看，宋元明清时期的王母献授故事表现为文学性的固化和衰落。

宋代以前，王母献授故事的情节和人物还是比较丰富的，按其故事内容和所献授的灵物，可以分为四种：王母献美玉故事，王母授神符故事，王母献地图故事，王母献仙桃故事。由于西王母故事在纬书中被一再演绎及两汉祥瑞思想的深入人心，传说中曾降授美玉、地图、神符等灵物的西王母也随之成为祥瑞的代表。虽然魏晋时期谶纬思潮逐渐衰退，但是西王母由于道教的改造而成为道教至尊女仙，地位的不降反升使得西王母这个人物身上的祥瑞色彩并没有随着谶纬之说的消亡而消亡。前代传说中西王母所献美玉、地图、神符等灵物仍为文人们所津津乐道，并且借由其浓重的祥瑞色彩而常见于歌功颂德之辞，以表达君主有道、四海升平，成为祥瑞化的政治符号。

五代以后，王母献美玉故事和王母献仙桃故事是较为常见的王母献授故事，但是它们不管是在情节人物上还是在主题和含义上，都基本维持了宋代以前的原貌，在一定意义上说，王母献授故事已经进入了典故化的阶段。其中，王母献美玉故事仍见于诸多史书、诸子、诗词、文言和仙话小说中，这些往往是文人们为逢迎而作的歌功颂德之词。

王母献汉武帝仙桃故事是文言小说和诗词中常见的题材。此类记载多为对于前代文献的摘录整理，因此沿袭居多、创新较少，虽然部分新故事的人物情节略有变化，但是从整体来看，并没有脱离既有的窠臼。除歌功颂德之词外，西王母之仙桃，或称蟠桃，成为宋代以后祝寿诗词、楹联、戏曲以及书画作品的常见题材，因其有长生长寿、余庆绵绵之意。

宋代以后以王母蟠桃为题材的祝寿诗词多达数百篇，以王母蟠桃会为题材的庆寿戏剧也有数十部，今多已佚，大多为内府承应戏，虽然在思想和艺术层面上并不突出，但是较为真实地反映了那个时代某些社会和政治生活的侧面，具有较高的历史参考价值。现存的王母蟠桃祝寿戏中，较为具有代表性的有元明之际之《祝圣寿金母献蟠桃》《众群仙庆赏蟠桃会》，明代朱有燉《群仙庆寿蟠桃会》等。

与此同时，因王母献仙桃故事是普通民众喜闻乐见的情节和题材，并且具有强烈的祥瑞色彩，所以，在宋代前后，王母献授故事与俗文学间的距离日益拉近，其标志性成果即是王母献蟠桃情节的繁荣。

王母献仙桃故事进入通俗文学作品可追溯到唐五代时寺院俗讲的底本《大唐三藏取经诗话》，这也是后来《西游记》故事的来源之一。这个故事，保留了西王母献仙桃的传说，并将其与西游故事相结合，赋予这个故事以更强的延展性。

王母献桃故事在通俗文学中的繁盛首先应该归功于寿庆戏曲的一再搬演。王母献寿桃故事之所以为通俗戏曲所欢迎，从根本上来说是由于"桃"这一灵物自原始信仰阶段就带有的增福增寿的文化内涵和西王母这一人物的祥瑞色彩；从社会原因来看是宋代以后，尤其是明清时期民间寿庆活动的普遍性，而戏剧演出活动又因为请戏习俗而成为寿庆活动中最重要的娱乐活动之一，上层统治阶层的推广和提倡，更是助长了寿庆演出的声势。

在寿庆戏剧演出中，王母献桃作为最常见的题材之一，又可根据内容分为两种：一种是王母寿辰，群仙来贺，王母授桃为礼；另一种是凡人寿诞，王母降于人间，并以仙桃为贺。前一种一般纂集各方神仙传说，并以王母寿诞为线索贯穿，例如明代朱有燉《群仙庆寿蟠桃会》。后一种一般为承应之作，寿星或为君王，或为高官，或为人母，全剧的最终一般由王母向寿星献桃庆寿，如元明之际《众天仙庆贺长生会》。在戏剧作品本身之外，通俗小说作品中也有许多对于戏剧演出中王母献桃庆寿的描写。在诗词、小说和戏曲之外，子弟书、民歌等通俗文学形式中也多有王母献桃庆寿故事，王母献桃庆寿故事在明清时期已经妇孺皆知。

从先秦时期的周穆王西巡，执白圭玄璧以见王母，到汉魏六朝广为流传的王母献宝传说，再到宋代以后通俗小说和民间寿庆演出中的王母献蟠桃，西王母的神明形象确确实实距离普通民众越来越近了。

王母献授神话，或者从更广的角度来说，西王母及西王母神话，这个人物和故事之所以能从先秦一直延续到明清，甚至至今仍有很大影响，最重要的原因是在每一个历史阶段，西王母故事都能在新的思想文化背景和文学文艺语境下找到自己新的定位。这个故事不仅具有相当深厚的文化沉淀，还具有很强的开放性。它的开放性不仅体现在故事各个要素的增删，还体现在故事主题在不同时代环境下有不同解读。这种开放性使得这个故事保有旺盛的活力，在数千年间一直为人们所传承。西王母故事的开放性是一个很好的代表，这种开放性可以说是我国古典文学，尤其是叙事文学的一种独特的属性。这种开放性很大程度上来源于故事本身，或来自神话传说，或来自底层民间，使得故事自产生之日起就带有无限的可能。

第三节　西王母开宴神话的发展变迁

西王母开宴神话在传世文献中始见于战国时期的《竹书纪年》和《穆天子传》。这两部书的行文风格截然不同：《竹书纪年》寥寥数语，仅有故事梗概；而《穆天子传》对于西王母会周穆王故事的叙说富有神话和史传的浪漫色彩。在两书的共同演绎下，西王母与周穆王觞于瑶池，宴饮唱和。这成为千古流传的佳话，也使得西王母开宴神话成为西王母神话中最早趋于文学化的那一部分。

1.先秦：开宴神话文学化的开端

先秦时期，西王母开宴故事记载在《古本竹书纪年》和《穆天子传》中，两书同出汲冢，且都为战国时期魏国史书，两者的行文风格却大相径庭：《纪年》行文粗陈概要，《穆天子传》铺陈词采。

关于西王母与周穆王的瑶池之宴，《竹书纪年》的佚文由于不同文本的注引而文字上略有不同，或为"宾于昭宫"，或为"见西王母，乃宴"，都是一笔带过，没有更多的描述。而《穆天子传》中的王母与穆王相会故事则洋洋洒洒数千言，我们可以将其故事情节概括为：执玉献礼，宴饮酬唱，纪迹还归。除了内容，两书在产生背景上也有其相同和不同之处，这也许可以解释二者在内容和行文上的同与不同。

首先，二者产生的前提之一都为西王母神格的逐渐定型。在西王母开宴故事诞生之前，西王母身上带有一定的灾厉色彩。西王母的原始形象是蛮荒的凶神，带有浓重的原始神灵信仰的遗留色彩。西王母开宴故事的出现，尤其是《穆天子传》中描写的瑶池酬唱情节，标志着西王母已经基本摆脱原始的灾厉形象。随着战国时代神仙思想的影响，西王母长生不老的神仙形象逐渐定型。而且，西王母在《穆天子传》中已经由《山海经》中的掌管杀伐的凶神转变为多情的女神。

其次，二者的作者极有可能不属于同一阶层。不论是《竹书纪年》还是《穆天子传》，都是战国时人从"史"的角度来记载的，都反映出那个时代的人们对于周代那一段朦胧的古史的理解。但是，《穆天子传》很有可能出自神仙方士之手，因而表现在行文上则多为幻想铺陈之词。从内容和文化意蕴上看，这个时期的王母开宴故事已经具备了很多延展性很强的故事要素和能够侧面反映周代文化的片段性记载，诸如西王母的长生仙人形象、西王母的瑶池之宴、西王母与人君的颇具浪漫情怀的相遇，这都是这个故事得以在秦汉以后广为流传并发展出更为丰富的故事体系的原因。因此，先秦时期是西王母会君神话文学化移位的开端。

2.秦汉至唐五代：蟠桃会故事基本要素的形成

先秦时期西王母开宴神话的主要故事情节是穆王西巡，瑶池开宴，情节和人物都十分简单。自秦汉时期开始，此神话表现为两种形式：一种是西王母下凡赐宴，故事人物是好为仙道的汉武帝；另一种是西王母携群仙开宴，故事的人物是多位道教神仙以及一些求道之人。两种情节在内容上不尽相同，但是西王母在两种故事中都是作为道教女仙出现的，且具有了增福增寿的能力，是普通民众和道教信徒所追捧的对象，因此王母开宴这一故事主题也就带上了浓厚的吉祥色彩。

这个时期的西王母开宴故事受战国以来的神仙思想和汉末以来的道教思想影响最大，因此从文本上看，其主要保存在一些道教典籍和仙话小说当中。但是，随着歌舞演出活动的普遍和民间庆寿活动的兴起，王母由于其固有的祥瑞属性和长生长寿的品格而成为寿庆宴饮中歌舞演出的角色之一，这就为宋代以后王母蟠桃会故事成为寿庆文学和寿庆演出活动的重要题材奠定了基础。

王母宴武帝故事最早见于《汉武故事》。这是西王母故事第一次与汉武帝故事相联系，也是仙桃意象在西王母故事中第一次出现。汉武帝成为西王母故事中的主角，首先与广为流传的汉武帝求仙故事相关。正是正史和民间对武帝求仙故事的一再渲染，使得汉武帝成为求仙的"箭垛式"人物，神仙之事纷纷附着其上。桃意象的出现是西王母故事中的一个重大转折。先秦时期，人们就相信桃木可以驱鬼辟邪，而仙桃则被认为是食之可得长生之物，这是人们对于桃的美好想象与汉代盛行的神仙思想以及追求不死长生的社会风气相结合的产物。由此，桃作为西王母赠予汉武帝的礼物具有其合理性。而由此，也才会有后来的"蟠桃会"故事。

张华《博物志》基本延续了《汉武故事》的基本故事结构，神仙色彩浓厚，是对两汉时期西王母会武帝传说的总结性作品。

《汉武帝内传》与《汉武故事》《博物志》中记载的王母会武帝故事最大的区别不在于其较高的艺术技巧，铺陈词采的行文以及对于人物服饰、形象的细致描写，而在于其浓厚的道教基调和典型的道教神女降真故事架构。因此，《汉武故事》和《博物志》中王母会武帝故事的主题是帝王求仙，而《汉武帝内传》的主题则更偏向于道教神仙降授。

道经传授是道教活动中非常重要的仪式，《传授经戒仪注诀》称："传授之重，圣贤所崇，吉人君子，尊之必斋。"自《汉武帝内传》将汉武帝与西王母、上元夫人之会与《五岳真形图》和《十二事》的传授相联系，此故事就自然而然成为了道教授经谱系中的重要典故，唐末杜光庭的《墉城集仙录》仍将其承袭。

《汉武帝内传》中西王母携上元夫人、青童小君现身于武帝面前的故事，是向西王母携群仙开宴这一故事的一个过渡。"王母神仙会"这一情节增入之后，西王母携群仙开宴故事初步定型，至晚唐李玫《嵩岳嫁女》方正式形成。

汉魏六朝时期，神仙会故事大多存在于道教典籍中的神女降真故事当中，还无法单独架构成为完整故事，只是作为神女下凡时的附属情节而存在，即众仙下凡授诰，以表示道教神仙之神通。此后，保存有王母神仙会情节的故事还有茅盈故事、魏夫人故事、黄帝故事等诸多道教神仙传记，这些故事使得王母宴群仙故事得以逐渐定型。

茅盈为道教茅山派祖师，关于他修道求仙的传说有很多。最早载茅盈与西王母故事的应为《云笈七签》之《太元真人东岳上卿司命真君传》(《茅三君传》)和《西王母传》。杜光庭的《天坛王屋山圣迹记》载上帝敕王母携众仙降于王屋山之最高峰天坛山。由以上茅君、魏夫人、黄帝的道教神仙传记可知，最迟在唐代时，王母携群仙相会并开天厨（有学者认为六朝道教仙话小说中的服食情节源自修行者在辟谷苦修中产生的幻觉，因此才有了小说中常见的仙厨）盛筵的故事就已经成为仙话小说中常见的情节。除此之外，道经中常可见到王母领诸天伎献乐的场面，如《无上秘要》引《大洞真经》。

至迟在唐代时，西王母开宴故事的基本特色已经形成：它往往涉及多位道教神仙，人物众多，且涉及授经、宴会、歌舞等多种元素，具有极强的延展性。这就为后世通俗小说和戏曲中的王母蟠桃开宴故事提供了丰富的可能。晚唐李玫传奇集《纂异记》中的《嵩岳嫁女》一篇，是王母携群仙开宴故事正式形成的标志。《嵩岳嫁女》前接六朝道教神仙会故事，后引唐以后通俗小说和戏曲中的蟠桃会故事，无论在内容上还是在思想倾向上都是一部承上启下的作品。

在秦汉至唐五代，西王母成为道教降授故事和神仙会故事中的常见人物。其实除了道教典籍和仙话小说，西王母还屡屡出现在这个时期的歌舞唱词中，其自身的吉祥色彩和娱乐性质越来越强。这一方面是由于其自战国以来的神仙形象，另一方面是因为随着道教仙话小说的不断演绎，西王母逐渐具有了增福增寿的职能，由战国时期盛传的长生之神转变为民众眼中的吉神。

自秦汉至唐五代是西王母开宴神话文学化历程中承上启下的一环。宋代以前，王母开宴故事的三大要素都已经产生，分别是：王母之宴可令人长生；西王母是乐舞寿庆演出中的重要角色；西王母与诸仙集会宴乐。

3.宋元明清：开宴神话文学化的最终完成

自先秦以来盛传的王母与周穆王之宴、王母与汉武帝之宴，在五代以后尤其是明清时期，多数情况下已成为文人诗词、笔记中的典故，真正符合时代主流的是通俗小说和戏曲中的王母开宴故事，其中又以蟠桃会故事为最多。

文人小说笔记，载西王母与周穆王瑶池之宴的有南宋王明清《挥麈后录》，明代谢肇淛《文海披沙》、蒋一葵《尧山堂外纪》等；载西王母会汉武帝故事的有明代谢肇淛《文海披沙》、洪应明《仙佛奇踪》、蒋一葵《尧山堂外纪》，清代王韬《淞滨琐话》等。这类文人笔记，多杂采前人旧说，故事情节、架构与前代记载并无很大不同。此类作品最大的价值是保存了丰富的材料，对于传统故事的沿袭和继承有很大意义。

王母蟠桃会故事是在前代西王母与周穆王、汉武帝之宴的基础上发展而来的，它集合了周穆王故事中的"觞于瑶池"、汉武帝故事中的"仙桃之会"等元素，更吸收了自秦汉以来的西王母的长生属性、祥瑞色彩和汉魏六朝以来道教中的王母神仙会故事，融合了宋元以来的民俗色彩和寿庆主题，借由通俗小说和戏曲的演绎，最终在明清时期达到了鼎盛，成为民众喜闻乐见的通俗故事之一。

这个时期的王母蟠桃会故事的主题可以大致分为两类，一类是道教度脱，另一类是祥瑞寿庆。两类的发展是不平衡的，无论从分量上还是从影响上来看，后者都占绝对的优势。以度脱为主题的王母蟠桃会故事基本存在于神仙道化题材的戏曲和小说中，道教色彩浓厚；蟠桃会情节基本出现于度脱情节结束后，西王母作蟠桃会相迎。这类王母蟠桃会故事自宋元以来的大量涌现主要是由于受到全真道的影响。

全真派的"性命"学说在元代文学中的反映，便是大量度脱主题戏剧的出现。在这些戏剧中，往往故事主人公（即被度脱者）本为被贬谪的仙物或者有仙缘者，但为凡间酒色财气所迷，于是神仙下凡度脱他们。其中的神仙大多为吕洞宾、铁拐李这类全真教祖师。西王母作为道教中神格高贵的至尊女仙，在这类神仙道化作品中往往担当派遣神仙下凡度脱或者在度脱情节结束后作蟠桃会相迎的角色。通俗小说如明代杨尔曾《韩湘子全传》第九回，戏剧作品如元代范康《陈季卿误上竹叶舟》第四折，其他如谷子敬《吕洞宾三度城南柳》，朱有燉《吕洞宾花月神仙会》《东华仙三度十长生》《南极星度脱海棠仙》等作品对此主题都有演绎。

这个主题的王母蟠桃会故事以元代和明代初年为最多，宗教色彩浓厚，其中有一类人物的出现更加可以印证这点，他们就是"八仙"。其实在这类神仙道化作品中，"八仙"才是其中的主角，王母与其蟠桃会故事都是陪衬，但是八仙在其中的重要地位并不代表着此类神仙道化作品完全是道教属性的。神仙道化只是表面，庆寿才是其中真义。以明代朱有燉的两部作品为例，《吕洞宾花月神仙会》和《南极星度脱海棠仙》两部戏都改编自元人旧剧，从文本上看，其结构惊人地相似。这种王母宴蟠桃的"尾巴"，显然是为宫廷戏剧演出的实际而作的。

究其根本来说，戏剧作品中的王母瑶池会故事的主题还是庆寿。而且从文本来看，以度脱为主题的王母瑶池会故事大多集中在元明两朝，明代后期渐不多见；而寿庆主题中的王母开宴故事始自宋代，在元明清三朝都极为繁盛。

寿庆主题下的王母开宴故事最早可上溯到宋官本杂剧，其后金院本、元杂剧中都保留了大量王母瑶池会剧目。明清两朝，内廷供奉之剧中的王母蟠桃会故事随处可见，尤以清朝为甚，存有大量供奉承应戏。在民间，由于祝寿请戏习俗的兴起，王母蟠桃宴故事带有了更多的民间色彩。

宋代开始，戏剧演出逐渐走入民间，这在明清时期发展到高峰。这种活动在明代已经十分普遍，在清代后期被称为"堂会"。最早的记载是在道光二十二年刊印的《梦华琐簿》："戏庄及第宅采觞宴客，皆曰堂会。"堂会是明清时期最为普遍的一种民间的戏剧演出形式，往往是公私宅邸因寿辰、婚庆等喜庆之事邀请戏班演出。

宋代以后，王母蟠桃会故事因为其吉祥庆寿的色彩而成为戏剧中的常见题材，自宫廷到民间都十分盛行，这在一定程度上提高了西王母故事的普及化程度。明初周宪王朱有燉编撰有两本庆寿剧，即《群仙庆寿蟠桃会》和《瑶池会八仙庆寿》，两者都改编自元代杂剧，皆演绎王母召群仙开蟠桃会，并下凡献蟠桃"祝言千岁寿"之事。由朱有燉之所行所作，可知明朝之统治阶层对于以杂剧庆寿的喜好。自此之后，以瑶池蟠桃之事庆寿的剧作大量涌现，成为明清戏剧中分量极重的一个部分。

其实在戏剧之外，西王母蟠桃会故事还是通俗小说、寿庆诗词、子弟书、民歌等文学样式中的常见题材。《西游记》《东游记》《平妖传》《女仙外史》《镜花缘》《九云记》这六部明清白话长篇小说中，王母蟠桃会情节都受到作者们的强烈关注。除前两部以外，其他四部皆是以王母蟠桃会故事开篇。《平妖传》第一回回目为"授剑术处女下山，盗法书袁公归洞"，引出袁公偷走九天秘法《如意册》之事。《女仙外史》第一回回目为"西王母瑶池开宴，天狼星月殿求姻"，引出天狼星、嫦娥下凡历劫的故事。《镜花缘》第一回回目为"女魁星北斗垂景象，老王母西池赐芳筵"，由百花仙子立誓——若百花违背时令齐放，愿意坠入凡间受尽苦难，引出百花仙子被贬下凡之事。《九云记》第一回回目为"西王母瑶池宴蟠桃，释性真石桥戏明珠"，引出性真和尚因偶遇八仙娥而触动凡心，后下界历劫再续前缘的故事。

前文已经讲到，即便在戏剧中，王母蟠桃会故事不是以寿庆作为主题，但是在实际应用中仍与寿庆活动密不可分。通俗小说与之正好相反，王母开宴都是因为"王母寿辰"，但是从内容功能来说，其只是起到引起下文的作用，寿庆之事流于表面。

除通俗小说和戏剧外，载有王母蟠桃会故事的文学样式还有诗词、民歌、子弟书等。后两种是典型的民间文学样式，其实寿庆诗词也带有很强的民间和民俗色彩。

自宋代开始，以王母瑶池会、蟠桃会故事为题材的诗词卷帙浩繁，其中又以寿庆诗词为最多。较有代表性的如吴文英《烛影摇红·又寿嗣荣王》、崔敦礼《鹧鸪天·时夫人寿》、赵孟𫖯《万年欢应制》。此类寿庆诗词多为应酬应制之作，遣词用句以祥瑞为先，"王母仙桃""王母瑶池"都是其中借以献瑞的吉祥套语，因此大多艺术水平不高、民俗色彩浓厚。

明清民歌如《江山万代》《莲花生瑞》《上寿》《庆寿》，清代子弟书如《庆寿》《八仙庆寿》，都是借王母瑶池宴之事表达祥瑞庆寿之意。就其艺术水准来说，是上文所说的几类王母蟠桃会故事文本中最低的，但是这类作品同时也是距离下层民众最近的。由此类故事的文本形态可知，在明清时期，王母蟠桃会的寿庆色彩已经完全固定下来了。

西王母开宴神话自先秦流传至今，其文本的外在形态发生了极大的改变，但是有两点是一以贯之的。一个是王母开宴故事的吉祥色彩，另一个是王母开宴故事所蕴含的寿的主题。这两点一方面成为庞杂的王母开宴故事的主干，使王母开宴故事成为一个看似繁杂、实则清晰的体系；另一方面使得这个故事很早就成为一个固定的祥瑞符号，易于被不同时代、各个阶层的民众接受，进而表现在各个时代的文学作品中，经历了先秦史传文学，汉魏六朝时期的道经、仙话以及宋代以后的通俗小说、戏曲和多种民间文学样式的一再演绎，至今仍脍炙人口。西王母开宴神话与西王母的其他神话相比，其文学化的历程更为自然和流畅，与通俗文学的联系更为紧密，对今人的影响也就更大一些。

第八章　祝融：火神与灶神

祝融神话是中国古老的神话之一。关于祝融的来历，可谓众说纷纭。《山海经·海内经》说："炎帝之妻、赤水之子听訞，生炎居，炎居生节并，节并生戏器，戏器生祝融。"指出祝融是炎帝的四代孙。《山海经·大荒西经》记载"颛顼生老童，老童生祝融"，指出祝融为颛顼之孙，而颛顼实为黄帝之曾孙，从而祝融变成了黄帝的后代。

《列子》中记载："黄帝与炎帝战于阪泉之野，帅熊、罴、狼、豹、貙、虎为前驱，雕、鹖、鹰、鸢为旗帜。"从这段引文可以看出黄帝与炎帝矛盾激烈，曾大战于阪泉之野，甚至驱动了禽兽。既然黄帝与炎帝的矛盾不可调和，为何《山海经》说祝融同时是炎帝与黄帝的后人呢？我们觉得《绎史》的记载可能提供了思路。《绎史》指出炎帝和黄帝是同母异父兄弟，各有天下之半，因炎帝不行天道，黄帝予以讨伐。我们今天还称自己是炎黄子孙，那么文献中的祝融时而是炎帝后代，时而是黄帝后人，也就可以理解了。

第一节　祝融与火的渊源

祝融与火的渊源由来已久。《山海经·海内经》说："祝融，高辛氏火正号。"认为他是高辛氏的火正之官，温暖明亮，光耀四海。那么，作为火正的祝融，他长什么样子呢？《山海经·海外南经》记载，他兽身人面，乘两龙。这样的描述不禁让人想起《山海经》中对女娲"人面蛇身"的刻画。

为什么希腊神话中奥林匹斯山诸神仅仅是凡人的升级版，但中国远古神话人物形象出现了人与异类的嫁接？原因可能在于远古时期，自然环境恶劣，初民面对多变的大自然产生了恐惧和敬畏，他们臆想出具有超自然力的神帮助他们对抗大自然。另外，初民有动物崇拜，比如当他们遇到蛇而产生恐惧时，他们会把蛇巫术化，变成祈福禳灾的象征物，因此"人面蛇身"等神应运而生。

　　作为远古之神，祝融的地位极高。汉代班固《白虎通》就引《礼》，说明伏羲、神农、祝融为三皇，并且详细阐释"祝者，属也，融者，属续也，言能续三皇之道而行之，故谓祝融也"。指出"祝融"本意在于继承、推行三皇之道。关于祝融的职责，《春秋左传正义》云："有五行之官，是谓五官。木正曰句芒，火正曰祝融，金正曰蓐收，水正曰玄冥，土正曰后土。"可见当时有五行之官，火正为火官之长，"祝融"可以认定为火官一职的别称。《国语韦氏解》解说：火正之职在于"历象三辰""敬授民时""上下有章"，功劳极大。

　　然而，值得我们注意的是，后世之人常常将火正之"火"误以为五行之火。其实，火正之"火"并非五行之火，而是大火星，也就是被古人称为"荧惑"的行星。古人以大火星的出没确定时节，火正观测到大火星出现在东方地平线上，便会迅速通知族人进行春耕、祭祀大火，并宣告一年农事的开始。

　　祝融神话的这些原始记录在后代的文学长河中获得了更为广阔的发展天地。如《楚辞·远游》中写道："祝融戒而还衡兮，腾告鸾鸟迎宓妃。"还衡为回车之意。意思是火神祝融劝我转车回返，并传告鸾鸟迎宓妃于洛水之上，火神、鸾鸟、宓妃集于一堂，想象浪漫生动。如汉代扬雄《河东赋》云："丽钩芒与骖蓐收兮，服玄冥及祝融。"钩芒（也作句芒）为木正，为东方之神；骖蓐为金正，为西方之神；玄冥为水正，为北方之神；祝融为火正，为南方之神。句意为让东方之神与西方之神并驾拉车,让北方之神与南方之神也陪着拉车。汉王朝启动四方之神驾车开路,汉赋壮伟的气势扑面而来。

另外,诗文中的"祝融"意象多与夏季或炎热之时有关。三国时期曹植《大暑赋》云:"炎帝掌节,祝融司方;羲和按辔,南雀舞衡。"此赋描写暑日酷烈,以"炎帝掌节,祝融司方"开篇,炎帝掌管时令,祝融主管南方,皆为南方之神,开篇即落笔于两位以火为标志的南方之神,暑气蒸腾,伏天燎地。唐代杜甫《前苦寒行二首》云:"玄冥祝融气或交,手持白羽未敢释。"这首诗歌是杜甫夔州遇雪而作,夔州在今天的重庆,而杜甫是河南巩县人,突然看到南方的夔州天降大雪,冷热交替,手中白扇不敢放下,大自然的奇异变幻可见一斑。宋代陆游《急雨》云:"弹压旱气苏枯焦,祝融退听不敢骄。"陆游作此诗于淳熙元年夏天,地点是蜀州。一场急雨,弹压了旱气,滋润了草木,火神亦避让其锋,祝融的神话使得诗歌雅致活泼。明代《三国志通俗演义·诸葛亮火烧新野》云:"风伯怒临新野县,祝融飞下焰摩天。雕梁画栋为焦土,铁马金戈冒黑烟。"此章结尾描写火烧新野之景,借用神话人物"风伯""祝融",加以动词"怒临""飞下",火势之酷烈迅猛如在眼前。

第二节 由火神而灶神

灶在悠长岁月中浸染人间温情、参透社会奥秘,成为历史的见证者。灶的文化象征意义使得它赢得人们的顶礼膜拜,灶神亦应运而生。

一方灶台,燃起了人间烟火,承载了家的温暖,见证了母亲的伟大,甚至我们提起母亲时,最平淡但又最温情的一句话就是:"母亲围着灶台转了一辈子。"那么,灶神会是一位慈祥的女性吗?

灶神信仰在不同的发展阶段有不同的"代言人"。如郭象注《庄子》云:"灶有髻,音结……灶神,着赤衣,状如美女。"其中特别关注到灶神的发髻,因此,早期灶神被描绘成一位年轻的红衣美女。但是,随着时间的推移,灶神慢慢演变成了一位老妇的形象,美貌不再。如《特牲馈食礼》云:"知灶神是祭老妇,报先炊之义也。"意思是灶神是一位老妇人,祭祀这位妇人是为了报答她作为炊事创始者的恩德。

国内外很多学者认为灶神之所以是女性,原因在于这是母权社会时女性地位崇高的折射。另外,即使进入父系社会,一个家庭中负责饮食、掌管厨房的多为女性。《孟子·梁惠王章句上》就明确说"君子远庖厨",灶神为女性也就不足为奇。

那么,灶神又为什么从年轻美人转变为沧桑老妇?笔者认为,对神,尤其是女神年轻、美丽、有活力的塑造实际寄托了人类对女神的所有美好想象。比如《封神演义》第一回《纣王女娲宫进香》形容女娲圣像:"容貌端丽,瑞彩翩跹,国色天姿,婉然如生。真是蕊宫仙子临凡,月殿嫦娥下世。"极力铺陈女娲容貌之美。《庄子》《史记》等典籍形容灶神为红衣美女,并特别注意其发髻之美,这正寄托了古人对灶神之美的想象。然而,灶台毕竟为炊爨之场所,柴烟环绕,油污多垢。高髻红衣与厨房灶台之间,着实需要一定的想象跨越。另外,灶神信仰包蕴了中国传统的家庭伦理观。老妇的身份实际上暗示了其家庭地位,即她是家庭的掌舵者,她是子女的守护神。比如,提到《红楼梦》中最智慧、最权威、最富贵的女性形象,我们都会不约而同想到贾母,而并非王熙凤。"老妇"为灶神形象注入了智慧、阅历、人伦、慈和等内涵,带给人不一样的感受。

但同时,灶的雏形是火堆。旧石器时代原始人的穴居遗址中,就已发现大量的火堆遗迹。野火被人类驯化,即被引入家居后,与灶有了紧密联系,久而久之,火神就演变成了灶神,或者说,在灶神信仰初期,灶神并不具有独立性,是依附于火神信仰而存在的。炎帝是中国古代神话中最古老的灶神。《淮南子》说:"炎帝于火,而死为灶。"高诱注称:"炎帝、神农,以火德王天下,死托祀于灶神。"意思是说炎帝与神农以火德王天下,死后成为了灶神。

我们前面提过,《山海经》说祝融是炎帝四代孙,因此祝融也是中国最古老的灶神之一。《礼记训纂》记载,"《五经异义》曰:'颛顼有子曰黎,为祝融,火正也,祀以为灶神。'"明确说明火正祝融被祀为灶神。《癸巳存稿》说《周礼》提到,颛顼氏的儿子叫犁,为祝融,被祀以为灶神,也说祝融为灶神。由此可见,周代人们就已经将祝融祀为灶神。

火神的崇高地位,亦使得灶神享有同样的荣光,但随着灶神信仰的发展,两者逐渐分离,越来越多的文人对灶神即是祝融提出质疑。如《驳五经异议疏证》云:"祝融乃古火官之长,犹后稷为尧司马,其尊如是,王者祭之,但就灶陉,一何陋也!祝融乃是五祀之神,祀于四郊,而祭火神于灶,于礼乖也。"皮锡瑞反复强调祝融是火官之长、五祀之神,地位尊崇,灶台仄陋,怎可祭祀大神?明代张岱《夜航船》"荒唐部"也指出祝融并非灶神,还说灶神姓张名禅字子郭,每年于己丑日卯时向天帝禀明凡人罪过,所以凡人于此日以猪头祭灶,可得庇佑。祝融与灶神的分离,一方面可以看出灶神地位的下降,他逐渐与厕神、井神等小神并列,另一方面可见灶神信仰发展出自己独特的体系。但灶台上那一点灵明的火光,穿越过历史尘埃,依稀可见它与祝融身影的重叠。

乙 集

舍己济世，穷且益坚

早期先民面临的一个重大危险就是来自自然界的灾难和挑战。无论是滔滔不竭的洪水，还是炎炎难耐的太阳，都给远古人民带来无数难以克服的困难。因此，远古神话中的一个重要类型就是为解救苍生而向自然灾害发起挑战和着手治理。夸父和后羿，一个逐日，一个射日，都是为了拯救饱受烈日蹂躏的苍生万民。而鲧和禹，一个父亲，一个儿子，前赴后继地奔波在治理洪水的第一线。尽管出于历史原因，人们还不能科学解释逐日与治水的原理或规律，但这些丝毫不能掩盖英雄们在后世人们心目中的崇高地位。他们已经成为一种为造福人民而不惜献身的正义英雄形象的精神号召，深深扎根于华夏民族的心中。人们将夸父作为持之以恒、不放弃正义追求的形象代表，也称颂那位冒着死罪，盗取天地息壤来堵塞洪水、拯救万民的鲧。后代文学中的每一篇作品，都是他们的丰碑，每一首诗歌都是他们的功德记录。这类济世英雄的集中代表就是大禹的神话原型与文学书写。

与其他几位济世英雄的文学书写有所不同的是，大禹不仅是一位成功治水的英雄，而且还具有完美的帝王身份。所以，以治水英雄著称的大禹，其治水功德在文学书写中反复出现，成为大禹神话文学的主旋律。在此基础上，大禹还被渲染成为无所不能的神通广大之神。他不仅轻松除掉不顾大局、破坏治水事业的防风氏，还除掉水怪无支祁，最后终于平定天下，划定九州，并将各地供奉的矿物铸成九鼎。此外，他的神话故事在后代的文学演绎中，还被来自各个历史时期、各个社会阶层的思想宗教流派借用，以壮门面。其中最突出的就是思想宗教领域把谶纬学说加入大禹治水的文学故事中。大禹因而成为中国文化中因济世救苍生的事业圆满成功而受到广泛拥戴热爱的圣王英雄。

"人生不如意事十之八九"，这句妇孺皆知的民间俗语不仅是我们每个人人生经历的写照，更是远古神祇的生命体验，或许它们中间有着某种必然联系。

远古神话世界中的各路神祇，其共同特点就是神通广大、具有超人的能力。远古神话中有不少同样是造福苍生的济世英雄，但其功德事业往往不能一帆风顺，有的甚至还以悲剧结局收场。造成悲剧的结局，固然有自然力量过于强大的一面，但更多的是根源于社会。其中既有对于济世英雄行为本身的不同价值判断（如对于愚公移山神话，后代的文学书写和文献记录中就有两种截然不同的评价和认知），也有济世英雄本人所遭受到的打击和迫害（如古蜀国望帝的悲催命运）。而最为感人和最易让人产生悲悯情怀的神话文学书写则是精卫神话。

作为炎帝的女儿，精卫填海的壮举如同大禹治水一样，化解了天崩地裂、海啸泛滥给人类造成的巨大灾难，其功绩也不在大禹之下，但其结局十分悲惨。其丰功伟业与其悲惨哀嚎的惨状形成了极令人震撼的反差，精卫神话的济世英雄底色也蒙上一层厚厚的悲剧冤魂色彩。精卫神话的内核也就同时出现了济世英雄的伟大一面和蒙受冤屈的悲剧一面两个对立面。这两面所构成的文化意蕴则引发一种深刻的文化思考：为什么鞠躬尽瘁的济世英雄却往往落得不幸下场？历史上诸多同类人物和事件往往可以在这样的神话文学书写中得到深深的共鸣。"出师未捷身先死，长使英雄泪满襟"便是这种状况的真切体验和写照。

第一章　夸父：英勇无畏还是自不量力？

夸父逐日神话是很多人小时候就耳熟能详的故事，我们感叹夸父追赶太阳的英勇无畏精神，也因夸父最后渴死的悲壮而流下泪水，更被夸父死后化为桃林的无私奉献精神深深感动。这样一个伟大悲壮的英雄故事是什么时候产生的呢？在悠久的历史长河中，古时候的人们也和我们一样感动吗？

第一节　逐日神话的起源及价值判断分野

夸父逐日是上古时期的神话传说，像后羿射日、精卫填海神话一样，起源于原始先民时期。先秦时期的《山海经》是传世文献中最早记载夸父逐日神话的典籍，书里有两个地方记载了这个故事：

夸父与日逐走，入日。渴欲得饮，饮于河渭，河渭不足，北饮大泽，未至，道渴而死。弃其杖，化为邓林。（《山海经·海外北经》）

夸父不量力，欲追日景，逮之于禺谷，将饮河而不足也，将走大泽。未至，死于此。（《山海经·大荒北经》）

《山海经》中两处夸父逐日神话记载是有差异的。《山海经·海外北经》记载的夸父逐日神话是：夸父和太阳赛跑，夸父跑得飞快，越来越接近太阳，但也越来越热、越来越渴，于是就暂时放弃了追逐太阳，跑到黄河、渭水解渴，刹那间两条大河被喝干，但夸父还是口渴难耐，就立即跑向北边的大湖解渴；不幸的是，夸父还没到达大泽就因口渴无力而摔倒在地，生生渴死，手杖在他倒下的瞬间也掉落在了地上，化成了一片桃林。《山海经·大荒北经》记载的夸父逐日神话是：夸父自不量力，幻想追逐太阳，当他追到太阳降落的地点禺谷的时候，感到非常口渴，喝光了黄河里的水还不尽意，于是就跑去大湖解渴，但是还没到就渴死在了路途中。《山海经·海外北经》的故事情节比较完整和详细，态度比较客观平和，整体来说是正向肯定的，这是许多人都知晓的故事版本。《山海经·大荒北经》的情节相对简单，在故事叙述开始就对夸父逐日的行为明确地表现出了否定贬低的态度。

夸父为什么要逐日呢？《山海经》中记载的夸父逐日神话为什么有这么大的差别？古时候人们笔下的夸父逐日传说又是什么样的呢？

关于夸父逐日的目的，我们目前还不能很清楚地了解。因为夸父逐日神话是在人类文明还没有形成的远古时代产生的，流传下来的一些文字、图案也是模糊的，我们只能依靠存世的信息一步一步地推测，慢慢接近理想中的答案。

许多人认为夸父逐日可能与远古时代的旱灾有关。夸父逐日，"逐"有追赶的意思，也有驱逐的意思，夸父追赶太阳是为了驱逐造成旱灾的太阳。黄河、渭水里的水都不够夸父解渴，这也是对严重旱灾的侧面反映。而且，夸父逐日神话与后羿射日神话产生的历史背景可能是相同的，后羿射日是因为天上有十个太阳造成了严重的旱灾，射掉九个，只余一个，旱灾得到缓解。

也有说夸父逐日的目的是获得生命的永恒。在古时候，人们认为太阳是世界上光亮的唯一源头，也是生命之源。生命与光明、死亡与黑暗是紧密联系的，夸父追赶太阳是希望得到太阳永远的照耀，那样生命也就获得了永恒。还有学者结合夸父逐日神话的文字记载和民间的口头流传，分析出夸父逐日有可能是出于好奇心与求知欲，想要了解太阳的运转情况和规律。

《山海经》中对夸父逐日神话的叙述态度的不同，也是一个复杂的问题。《山海经》的作者不详，编撰时间也不详。许多现代学者对《山海经》的成书进行了细致的考证，认为《山海经》是由民间口头文学演变而来的，后者在一代一代的口耳相传过程中不断演变，大约在战国之前才被文字记载下来并编撰成书。我们现在看到的《山海经》又是历代古人不断修改增删之后的版本。所以，《山海经》中对于夸父逐日的两种叙述态度可能是后人修改的结果。

古人笔下的夸父逐日神话出现在多种文学文体中，像诗歌、散文、小说。夸父逐日神话在秦汉之后逐渐进入了文学世界中，在秦朝到清朝的两千多年历史长河中，《山海经》中对夸父逐日的两种截然不同的叙述态度在文学作品中都延续了下来，不同朝代对夸父逐日神话的评价是复杂多样的。整体来看，秦汉六朝文人笔下的夸父逐日是英勇无畏的壮烈行为，唐宋时期许多文人以及佛教、道教信仰者认为夸父逐日是自不量力的愚蠢行为，而元明清时期对夸父逐日神话的价值评判是正向肯定和否定贬低两种声音交织杂糅在一起的。

第二节　不同时代对夸父神话的叙述态度

神话故事，蕴含着先民的神话思维，是人类理性逻辑尚未发展成熟时期的一种思维方式的体现。换句话说，神话并不是文明社会的意识形态，也不是自觉的思维创造和精神产品，仅仅是原始先民有意无意的情感表现。荣格在《集体无意识的原型》中说："看到日出日落，对于原始人的心理来说是不能满足的，这种对外界的观察必须同时代表某个神或英雄的命运，而这一神或英雄归根结底只存在于人的灵魂之中。"夸父逐日神话故事的出现，是人类对抗死亡，或是避免与死亡有直接、残酷冲突的一种精神尝试，表现出原始的非理性的生命意识。

1. 秦汉六朝时期：夸父逐日英勇无畏

秦朝到隋朝时期，文学作品对夸父逐日神话大多是肯定、褒扬的，高度赞赏夸父逐日的宏图伟志与英勇无畏精神的文人首推陶渊明。陶渊明围绕《山海经》写了一组诗歌，总共十三首，其中第九首是专门咏叹夸父逐日的诗歌。

夸父诞宏志，乃与日竞走。俱至虞渊下，似若无胜负。
神力既殊妙，倾河焉足有。余迹寄邓林，功竟在身后。

陶渊明眼中的夸父逐日，是非常值得称颂赞扬的。夸父敢于和太阳竞走本身就是一个宏伟远大之举，他和太阳同时到达日落的地方，看似没有分出胜负，但夸父最后化成了一片桃林，无私地滋养着人们，身后的功名流传千古。陶渊明投入到诗歌中的感情是充沛真实的，读过这首诗，我们不得不感叹神话故事跨越时空的巨大感染力和人类情感与心意相通的巨大魔力。即使现在的我们和陶渊明相隔一千多年，对夸父逐日神话也有着相似相通的心灵感受。

陶渊明的夸父赞诗之前，东晋的郭璞也咏写了夸父逐日，他们在咏赞夸父逐日的旨意上是一脉相承的。《山海经》最初的样式是图画和文字搭配在一起的，郭璞了解过夸父逐日故事之后，非常感叹夸父的神勇，于是便在夸父逐日图旁边题写了夸父逐日神话的赞诗："神哉夸父，难以理寻。倾河逐日，遁形邓林。触类而化，应无常心。"诗歌表达的意思是：夸父追逐太阳的行为是不能为寻常人所理解的，他为了了解太阳的运行规律而遭渴死更是令人惋惜的，但是他身死殉道的精神与勇气是异于常人的。东晋葛洪《抱朴子》中"飞廉、夸父，轻速之圣也"一句，则是对夸父能与太阳竞走的神速的赞叹。除称赞夸父逐日英勇无畏之外，南朝江淹在《遂古篇》中感叹了"夸父邓林义亦艰兮",对夸父怀着英勇无畏的大义追逐太阳却惨遭渴死的境遇深表同情。

另外,魏晋南北朝时期萌生的文言小说,也参与了夸父逐日神话的传播,是夸父逐日神话进入文学世界的有力载体。传为曹丕编撰的志怪小说集《列异传》记载了夸父逐日神话:"昔有神人,姓邓名禹字夸父,自有神力,身长一千七百丈,手执桑之杖与日竞走。所弃鞭策及所执杖桑之杖,皆化作林木,以其姓,因号邓林也。"夸父是一个神人,身形巨大,身具神力,和太阳竞走时非常神勇,后来手杖化为了邓林。《列异记》中的夸父逐日故事和《山海经》有一些差异,删减了夸父逐日渴死的故事情节,增补了邓林的命名缘由。《列异记》中夸父逐日故事的重点是突出夸父的神人形象,弱化夸父逐日的故事情节的完整性很大程度上是为了更好地凸显这一叙事目的。

2.唐宋时期:夸父逐日自不量力

从宁稼雨教授提出的中国古代文化"三段说"的视角来看,中国古代文化从先秦两汉到魏晋南北朝及唐宋时期经历了一次大的转型,即中国传统文化大舞台的主导力量从帝王文化转变为士人文化。(参考宁稼雨《中国传统文化"三段说"刍论》,《求索》2021年第3期;《中国文化"三段说"背景下的中国文学嬗变》,《中原文化研究》2021年第2期。)鲁迅先生称魏晋南北朝时期是文学自觉的时代,其重要表征是文学文体的独立、文学文体形式的不断丰富,以及文人主体意识的独立与觉醒,至唐宋逐渐实现了文人士大夫群体的壮大与文学的繁荣。同时,在思想意识领域,唐宋时期佛教、道教思想与儒家思想相互交织交融,许多政治活动、文学创作等都是在儒释道三教合一的思想大背景下开展的。夸父逐日神话在广泛流传的过程中也逐渐进入文人的视野，成为文学书写的题材，而且其隐含的一些观念也引起了佛教、道教的关注。整体来说，文化的转型与思想背景的转变刺激了唐宋时期对夸父逐日的社会评价以贬斥否定态度为主的社会现象，这与陶渊明等唐代以前文人的观点截然相反。

唐代诗人柳宗元《行路难》三首其一就咏写了夸父逐日的故事。

君不见夸父逐日窥虞渊，跳踉北海超昆仑。披霄决汉出沆漭，鷩裂左右遗星辰。须臾力尽道渴死，狐鼠蜂蚁争噬吞。

北方蜻人长九寸，开口抵掌更笑喧。啾啾饮食滴与粒，生死亦足终天年。睢盱大志少成遂，坐使儿女相悲怜。

柳宗元诗歌开篇高声赞美夸父逐日的宏大理想和勇气胆识，对夸父追逐太阳时风驰电掣的速度与气势进行了反复、夸张的描写，但是诗歌上半部分的结尾发生了反转：夸父最终精疲力竭，渴死在半路上，尸身还成了狐狸、野鼠、蚂蚁、蜂虫争抢吞食的美餐。夸父生前的神勇之姿、宏伟之志和死后的悲惨遭遇形成了强烈的反差，这不得不让我们重新思考热血沸腾地称赞夸父逐日的进取精神是不是可取的。柳宗元在诗歌的后半部分笔锋一转，不再讨论夸父逐日，转向描写身高只有三十厘米的北方矮人的欢乐自足生活，他们虽然身体微小，需求和欲望也微不足道，但能够健康长寿，终享天年。柳宗元将夸父和北方矮人对比，慨叹在人生路上，像夸父般身怀大志的人成功的却很少，不如和子孙平平淡淡地生活，无欲无求，自得自乐，颐养天年。

宋代的文人更是直接认为夸父逐日是一种自不量力、愚蠢的行为。

天地不争行，日月不争明。昼夜自显晦，冬春自枯荣。夸父逐日死，共工触天倾。二子不量力，空有千古名。（梅尧臣《饮酒呈邻几原甫》）

转盼亿万里，夸父走追踪。遗策化邓林，狂奔如捕风。我今观天运，四序周无穷。东西逐日车，不出环堵宫。……固知二子愚，可叹如蠰虫。（李复《负暄》）

吾闻古夸父，逐日沈虞渊。以日为可逐，智固未足言。（张耒《春日杂书八首》）

梅尧臣是与欧阳修并称为"欧梅"的宋代大诗人，他认为世界万物自有生存、运行的规律，夸父逐日和共工触天都是逆天的行为，他们二人自视甚高，自不量力，违背天道，空有千古名声。李复和苏门四学士之一的张耒则认为夸父逐日是愚蠢的、不明智的行为。

另外，唐宋时期的佛教、道教经典对夸父逐日神话也是偏向否定的。佛教、道教在魏晋南北朝时期兴起，在后世得到继续发展，两种宗教一直倡导量力而行，道经中更是多处提到"量力"一词。《道德真经注》说："以明自察，量力而行，不失其所，必获久长矣。"《太霄琅书琼文帝章诀》说："若智力不能办，勿强云欲治之，不度德，不量力，灭身命，无成功，徒增罪耳。善宜三思。"道教典籍从正反两个方面强调：人量力而行，肯定能走得更远；不量力而行，非但不会成功，白白遭罪，更有可能丢掉身家性命。以道经的逻辑来看夸父逐日，必然认为夸父是自不量力的。

宋人范志虚注解《列子》时便依循着这个逻辑："逐日于隅谷之际，赴饮于河渭之间，卒焉北走大泽，未至而死。岂非以太自累而不量其力者耶？"（《冲虚至德真经四解》）夸父逐日渴死，难道不是因为自己没有合理地估量自己的能力，活活把自己累死了吗？佛经和一些佛僧的诗歌也认为夸父是不可能追到太阳的，夸父逐日是不明智的行为。唐代僧人神清《北山录》认为"曜灵非夸父能遂"。"曜灵"就是太阳，太阳照耀于无穷天地之间，自然也是无穷无尽的，夸父要追到太阳的愿望是不可能实现的。宋代僧人皎然的观点也是如此,《效古》云:"夸父亦何愚,竟走先自疲。饮干咸池水,折尽扶桑枝。渴死化爝火,嗟嗟徒尔为。空留邓林在,折尽令人嗤。"夸父是多么愚蠢呀,和太阳竞走自己却先累倒了,即便化成了桃林,人们还是会嘲笑他自不量力,白白浪费了自己的生命。

3.元明清时期:两种声音的交织

元明清时期,文人对夸父逐日神话的叙述体现出两种相反的评价倾向。同时,元明清时期杂剧、通俗小说等文学新样式迅速发展繁盛,在民间受众极多,流传非常广泛,影响着中国传统文化的转型——市民文化开始主导着文化大舞台,夸父逐日神话在民间文化中也得到正反两面的价值判断。

元明清文人对夸父逐日神话的否定态度体现在两个方面:一是对陶渊明《读山海经十三首》其九的解释与原诗本意截然相反;二是咏写夸父逐日神话的诗歌对此事多持否定态度。

陶渊明《读山海经十三首》其九高度咏赞了夸父逐日的英勇无畏,但清人何焯对此进行了一番反向解释,认为陶渊明《读山海经十三首》其九"妙在纵其词以夸之,后人不窥此妙。余迹二句,言其为夸也至死不悟"。意思是,陶渊明这首诗歌的精妙之处在于采用了先扬后抑的写作手法,极力夸赞夸父追日的英勇、豪壮,其和夸父渴死也没有醒悟太阳不可追形成强烈的对比,反衬出夸父的愚蠢和不自量力。

元代刘因,明代李贤、黄淳耀等人的和陶诗的基调也是否定的。

明星捧玉液,太华参天长。仙掌一挥谢,此乐殊非常。矫首望夸父,饥渴无余粮。奔竞竟何得,归哉此中央。(刘因《和读山海经十三首》其八)

> 神人有夸父,追日极奔走。穷力在虞渊,斯志终见负。渴饮河渭枯,涓滴亦无有。弃杖为邓林,空传百世后。(李贤《和陶诗》其九)
>
> 精卫何其愚,填海欲成岭。夸父持杖走,猛气逐日景。彼为不可成,至竟同灰冷。(黄淳耀《和杂诗十一首》其二)

三首和陶诗都认为夸父并没有客观地认识自己的能力,最后只落得渴死的悲惨遭遇。虽然后人传诵他死后竹杖化为桃林的事迹,但人已经亡故,百世的声名又有什么用呢?

元明清文人认为夸父逐日行为自不量力的论调和唐宋文人是一致的,基本未出唐宋咏写的框架。

> 夸父空有勇,精卫良无智。翼折海未枯,身偾杖徒弃。何如抱区区,保己遗世事。(明刘基《旅兴》)
>
> 夸父西逐日,河伯东望洋。所图亦已大,无乃不自量。(明徐有贞《山人观瀑图》)
>
> 夸父不自量,弃杖成遗迹。(清末郑孝胥《杂诗》其一)
>
> 夸父逐日影,肉身觊圣胎。(清末陈曾寿《往金陵视散原老人因读近诗夜过俞园看梅翌日同游扫叶楼归寄一首丙辰》)

明初诗文三大家之一的刘基和白居易的观点是相似的,认为夸父空有一腔勇气,白白丢了性命,不如身怀智勇,保持清醒,独立于世。明代徐有贞、清代郑孝胥认为夸父逐日是自不量力的,清末陈曾寿认为夸父用普通的肉身凡胎去追逐太阳是非常愚笨的。

但是,元明清时期许多文人笔下也出现了秦汉六朝时期盛赞夸父逐日的论调。

> 百川逝水绝还流,夸父逐日不回头。(元末明初胡布《伤歌行》)
>
> 滔滔百川逝还流,夸父逐日不回头。(明胡应麟《悲歌行》)

夸父逐日，帝女填海。虽罕成功，志愿恒在。（明末清初吴嘉纪《善哉行二首》其二）

八荒霍霍惊仰首，空中夸父逐日走。拔山倒海事事终，不追白日非英雄。果然手捉黄金乌，问公此乐胡为乎？如何口渴颜色槁，一枝杖作邓林草？（清袁枚《夸父杖》）

明代胡布的《伤歌行》与胡应麟的《悲歌行》旨意一致，盛赞夸父逐日的信念与毅力就如同"黄河之水天上来，奔流到海不复回"，非常坚定。清代吴嘉纪将夸父逐日与精卫填海类比，二者本来很难成功，但这种毅力、志向与本心是非常宝贵的，珍藏在人们心中。袁枚更是以激昂的情感称赞了夸父逐日的英勇无畏行为。

元明清时期市民文化成为中国传统文化舞台的新标志，民间的审美、民间的声音得到社会的关注。夸父逐日神话在元明清民间的流传情况与在士人文化圈中的情况有些相似，其中也出现了肯定与否定两种声音。

首先，我们来看通俗小说中交织着的关于夸父逐日评价的两种声音。

明代钟惺《夏商野史》第五回《虢山江妃收囊驼　昆仑禹强杀相柳》写大禹治水之事，提到积石山在邓林东，便穿插提及夸父逐日故事：

时戴天有两个神人，名夸父，耳上珥两黄蛇，手上把两黄蛇，见日行得快，道："我也善走，必须追着那日。"于是用力赶去，却也走得如风似电的。速赶得忙，口渴甚欲得水吃，遂饮于河、渭，河、渭被他一口吸尽。又北饮于大泽，见日已入了，赶不及，渴死于禺谷之路上。夸父乃弃去其杖，遂化为邓林。

此处夸父逐日的神话情节、叙事基调与《山海经·海外北经》基本一致。

清代钟毓龙的通俗小说《上古秘史》，又名《上古神话演义》，第一百二十二回《夸父逐日影　大禹游北方》也提到了夸父逐日传说。夸父获得异人传授的善走的异能后，投到喜欢奇异之士的丹朱部下做了臣子。为讨丹朱欢喜，夸下海口说可以追到太阳，最后真的追到了太阳，但身体非常疲惫，急需解渴。这时又不巧碰到了黄帝的神兽应龙，一番争斗后被应龙杀死了。这与之前的夸父逐日神话皆不类似，故事情节经过了改编和重新创作，不仅赋予了夸父新的身份，也为夸父逐日编写了新的原因，修改了夸父的死因。夸父被拉下了神坛，夸父逐日神话也失去了昔日的神圣性与崇高感，反而增添了浓厚的世俗色彩。钟毓龙对夸父逐日故事的荒唐改写，和第七十三回《帝子朱漫游是好　夸父臣于帝子朱》、第七十四回《尧放子朱于丹渊　免共工四岳举鲧》中，夸父经常用自己善跑的异能帮助尧的儿子丹朱和他的淫朋损友游玩嬉戏的情节有一定逻辑关联。钟毓龙对夸父及其逐日行为的评判态度在小说改写中表现得非常明显，认为夸父用自己的异能助纣为虐，逐日行为荒唐至极，甚至直接借用小说人物之口说出"夸父这人虽有异能，但是于人民毫无利益，终日逢迎丹朱之恶，将来亦恐难免于不得其死呢"。

其次，我们来看社会观念中对夸父逐日价值评断的错综复杂。

明代程登吉编写的《幼学琼林》中有提及夸父逐日，"心多过虑，何异杞人忧天；事不量力，奚殊夸父追日"，告诫孩童做事情不要学杞人那么多虑，也不要学夸父自不量力。《幼学琼林》这本蒙书在明清时期流传很广，其给孩童灌输了否定夸父逐日行为的价值观念，这反映着社会观念否定夸父逐日行为的价值趋向。

有意思的是，夸父在一些地区是一种神灵信仰，夸父逐日是一种满怀雄心壮志的英勇无畏行为。宋代王存《新定九域志》记载陕州有夸父庙。陕州，今属河南省三门峡市下辖区，宋代时下辖灵宝、阌乡、湖城等七县。陕州立夸父庙，意味着宋朝时民间将夸父奉为了神灵来信仰。清道光十七年所立灵宝夸父峪碑的碑文《夸父峪碑记》则表明了夸父信仰在三门峡灵宝一带的民间一直存在，从未消歇。《夸父峪碑记》记载了立碑有三个目的，一个是推崇夸父，一个是考据夸父山的得名和夸父逐日有关，一个是调停夸父峪八个村子组成的八大社和夸父营之间的利益之争。这块碑强化了灵宝地区的夸父信仰，每年祭祀山神夸父的活动更为隆重。在当地百姓心中，夸父是一种神灵象征，是一个追求光明、恩泽后世的民族英雄，祖祖辈辈流传着许多有关夸父的脍炙人口的民间传说与神秘故事。

不同历史阶段文学书写中的夸父神话呈现出的差异化，实际上是由一个时代的文化语境与历史背景决定的。秦汉六朝时期，是中国本土精神文化主导的时期，同时也是本土文化与外来宗教文化融合的开始。夸父神话孕育于中原，其中蕴含的精神特质隶属于本土精神文化。所以，相同或相似的文化大环境与思维方式下，秦汉六朝时期对夸父神话的书写整体呈现出肯定的倾向。时至唐宋时期，文化思想与时代背景都发生了很大的变化，在思想文化领域便出现了"疑古"思潮。具体来说，儒家思想受到异质文化——释道迅速发展所带来的严峻挑战，儒士试图对前代经典文献及相关阐释进行重新考证、校勘、释读，以建构新的儒学体系、维护儒家思想的正统地位。于是，理性精神与思辨意识在这一时期的思想文化与文字表达中熠熠生辉。由原始非理性精神创造的夸父逐日神话，在唐宋时人的理性思辨下成为批判的对象，诗文作品将夸父逐日驳斥为自不量力的行为也是这一时期思维认知的部分反映。明清时期，中国古代思想文化繁荣发展，汉学、宋学复兴，但二者思维方式与研究方法的不同掀起了"汉宋之争"这一热点话题。学术上的宗汉、宗宋之别，也影响着对夸父逐日神话的书写，也就刺激了文学作品中肯定与否定两种书写基调的并存。

第二章　羿：射日英雄的形象演绎

与"嫦娥奔月""女娲补天""共工触山"神话并列为中国四大神话的"羿射日除害"神话，是我国历史最为悠久、影响最为巨大、流变最为复杂的神话之一。在先秦典籍中，羿的形象呈现出丰富、多义的面貌，既可以是《淮南子》中救济民危、弯弓善射的伟岸英雄，也可以是《左传》中荒唐淫乱、不事修德的昏聩君主，"冒于原兽，忘其国恤"，还可以是《离骚》《天问》中"射夫河伯而妻彼洛嫔"，而至"乱流鲜终"的悲剧形象，这显然是混淆了远古天神之羿和部落首领有穷后羿的结果。

辨别、廓清神性之羿与人性之羿之间错综复杂的关系，是把握羿神话发展、流变的关键，亦是认识羿的形象和故事走向文学的起点。唐宋以后，羿神话的丰富性和多义性并未得到后世文学家应有的关注和重视，因鲜少有新素材的添加和新内涵的注入，羿的形象和故事就像一段被凝固、封存的久远往事，在文学之路上渐行渐远。

第一节　羿与后羿：英雄之两面

羿是我国上古神话中神性十足的文化英雄，他的故事不仅内容非常丰富、思想极为深刻，而且艺术性也很强，所以流传广远、影响巨大。但是，只要谈到羿神话，首先就要面临一个有些复杂又容易产生歧义的问题，那就是羿和后羿究竟是不是同一个人？或者说是二者是一个人在不同的历史时期的不同表现？因为我们看到的羿与后羿，确实有着截然相反的两种面貌：羿是一位远古的天神，他有着勇敢高尚的精神和宏伟光辉的业绩，相比之下，后羿却是一个无道的君主，他荒淫堕落，行事也庸碌残暴。

其实，对羿与后羿的分辨工作早在汉代就已经开始了，汉儒们的基本主张是二者为不同的人物。比如高诱在注释《淮南子》的时候就明确指出，羿的身份是富有正义感的上古诸侯。当河伯把人投入水中淹溺时，羿就将箭矢射入河伯的左眼予以惩罚；而当风伯吹动烈风毁坏他人房屋时，羿就再将箭矢射入风伯的膝骨给予警告。后来羿还诛杀了九婴、猰貐等诸多凶兽，为保护天下的太平安宁屡立奇功，所以他死后被人们崇奉为宗布神并受到祭祀。即《淮南子·氾论训》所云："此尧时羿，非有穷后羿。"至于后羿，高诱认为是夏朝时的诸侯有穷君，他也以善射闻名于世，可惜一时疏忽不察竟然被自己的徒弟逢蒙射杀，十分悲惨。这就从结局上与羿完全区分开了。

这一观点得到了三国时期曹魏名臣贾逵的肯定，他认为历史上以羿为名的善射者，不止一人。对此，赵岐在注释《孟子》时作了更为详细的补充说明：逢蒙拜师于有穷后羿，向其学习射箭的高超本领，等到把全部技艺尽数掌握之后，天下之人中只有后羿能超越自己，于是狠心将其射杀而后快。延续这一认识，唐初经学大家孔颖达笺注《尚书》时，进一步将"羿"作为以善射为特征的氏族的统一名号，或者作为所有善射者共用的名字，而不是专指某一人，这个认识角度实际上已经超出了对羿和后羿的个体辨别。正如陈子展《楚辞直解》所说的那样，大概"羿"最早是射官的一种称谓，"其后为有穷氏之君，犹后稷之世为稷官，历世有人，非一人也"。只是历史传说中的后羿保留了羿作为上古天神最突出的善射特征，这大概是后世人们常常把二者混为一谈的主要原因。

程德祺在《原始社会初探》一书里就谈到，羿射日除害故事中，羿基本上是一个原始的朴素的神话英雄形象，这个产生于原始社会的羿与后来夏代那个不务政事而只纵情畋猎的羿，他们的事迹和品性都截然不同，应该是不同社会观念的产物。因此，辨明羿与后羿的关系，是正确认识羿神话的前提和基础。

相较之下，主张羿与后羿为同一人的观点要弱势很多，尽管这种观点产生时间更早。屈原在《天问》中首次把作为远古天神的羿和作为历史传说中诸侯的后羿视作同一个人物。其后的班固更是将羿列入《汉书·古今人表》中。待到西晋史学家皇甫谧撰写《帝王世纪》时，就更为完整、更为系统地将羿与后羿混同为一人了，"帝羿有穷氏未闻其先何姓。帝喾以上，世掌射正。至喾，赐以彤弓素矢，封之于鉏，为帝司射，历虞、夏"。

羿与后羿的关系是错综复杂的，但也并非无法厘清，关键在于要怎样把握纷繁芜杂的表象之下那些深层次的原因。神话本来就在原始先民建立自己意义（文化）世界的过程中敷演着，变化着，故神话的意象不会凝固不变，也不可能游离于历史发展的进程之外，它总是要随着人与人、族群与族群之间的互动和融合而被不断地改写和重组。在这样的互动中，总会有一些相容的和不相容的片断，陆续地被拼接、连缀起来，在漫长时代中被叠加不同意义。

羿的意象就是一个非常典型的例子，在不断地被讲述中，原有的一些意义可能失落了，但也会有新的意义被附加其上，意象具有了丰富性的同时，也不可避免地出现了多义，甚至是歧义。于是，呈现着双重的文化品质的羿被塑造出来。一方面，羿是神性十足的远古天神，被帝俊（或帝尧）遣降到人间，仰天控弦射九日，弯弓搭矢战猛兽，形象伟岸，业绩光辉，是一个受景仰、被赞颂的杰出英雄；另一方面，羿又是一个沉迷游艺，田猎无度，有着荒淫、低劣品行的传说人物。神性的完美无缺与人性的本能弱点相互交织，共同构成了一个完整、丰满、可感的羿的形象。后世的论者都只从自己所理解和关注的某一侧面对其进行解读和阐释，因而发生了各执一词、各持己见的状况。实际上，羿正是射日英雄与无道君主的统一体。对羿与后羿复杂关系的辨析，目的就在于把握繁杂的神话形态下真正的神话内涵。

第二节　伟大的射日英雄

射落九日是羿神话中最恢宏也最壮阔的内容，流传甚广，为人所熟知。但是长久以来，该神话寓意聚讼纷纭、莫衷一是。不过，相对主流的观点，如张光直《中国青铜时代》，还是认为，有很多的古代英雄是更早时候的神或动植物的精灵人化的结果，即所谓神话的历史化。在这种识见推动下，将以传说形态呈现的片段式的羿神话加以复原，这是探讨羿神话首先要努力的方向。

传世文献中最早保存羿射日神话的当推《天问》，但问句的叙述形式过于简略，难以窥见全貌。而《山海经》中的记录就要详细得多，提到帝尧之时空中十日并出，"赤日炎炎似火烧，野田禾稻半枯焦"，羿受命于尧，仰射十日，命中其九，日中金乌尽死，折翼后坠落于沃焦之处。

能够产生出如此独具特色的羿射日神话，其中原因应该是多样的和复杂的，既有社会现实的根源，又有民族心理的因素。首先是严重的旱灾，因为神话中最强调的天灾有两种，就是旱魃和洪水。干旱灾害给远古先民的生活造成了巨大的破坏，这些痛苦的经历会沉淀在他们记忆的深处：天上十日齐出，酷烈的热焰能令坚硬的金石也销镕殆尽，甚至把活生生的女丑之尸"炙杀"。这样难以忍受的干旱和酷热，带给原始先民极大的生存挑战，他们感到痛苦无比，只能通过对事物的外在形态和外部关系作想象性的描绘来表达极致的感受和情绪，就像他们会将风称之为"风伯",将水火怪称之为"九婴"一样。

所以,十日之说,应当也是关于酷热难当这一情状的夸张说法。根据日常生活经验,原始先民知道太阳能够带来温暖,那么多个太阳同时照耀的结果就必然是过于炎热,"十日"便是对多日夸大至极的表述。热本身比较抽象,原始先民难以用明确的概念和严密的逻辑来表达,而以多日来作说明,就具体可感了。自然灾害如此严重,基于禾稼焦枯、草木凋落而民无所食的悲惨景象,出于对抗旱灾的需要,天神般的英雄羿就在幻想中被创造出来,他超凡的射日之功实现了先民与旱灾斗争并取得最终胜利的愿望。当然,原始先民对太阳的感情是双重的,既害怕它造成过分的炎热和干旱,也需要它带来的温暖和光明,所以羿才会射落九日而独留一日。

羿勇射九日的记述还应该与古老的多日观念有关。《山海经·海外东经》中就记载:"下有汤谷,汤谷上有扶桑,十日所浴,在黑齿北。居水中,有大木,九日居下枝,一日居上枝。"在各少数民族中,也有不少多日和射日的神话。满族神话《太阳和月亮的传说》记录,天神阿布卡恩都里造了十个太阳,人们射落了八个。赫哲族神话《日耳》也说,古时有三个炎热的太阳,英雄莫尔根连续射掉两个。布朗族神话《顾米亚》认为,天上本有九个太阳,被扎弩扎别射下八个。壮族神话《侯野射太阳》宣称,天空中有十二个太阳,侯野张弓搭箭射落了十一个。

这些有关"三日""九日""十日"并出的记载很可能是假日现象的反映。所谓假日或幻日,其实就是一种日晕现象,当日光通过云层中的冰晶时,经折射会在太阳周围形成彩色光环,其内红外紫。这种自然现象虽然不常见,但也会偶尔发生。出土于河南郑州大河村仰韶文化遗址的太阳纹陶片,其中四片上就画有日晕和幻日图案:白底陶片中间绘有一轮光芒四射的圆日,次外圈画日晕三匝,最外圈又绘太阳光芒，在三匝日晕的上下交点处各画有两个亮光点，即为幻日。这是对史前时期中原地区出现的日晕和幻日景象的真实记录。

这样的日晕现象，即使发生在科技发达的今天也会引起关注，可想而知，当原始先民目睹此番景象时，内心会产生多么强烈的惊异和惶恐之感。汉代画像石刻历来被视为汉代社会生活的艺术再现，其中一幅就真实地描绘了幻日的神奇景象。画像布局疏朗，线条流畅，中央刻有一只正背负日轮由东向西展翅飞翔的阳乌，在周围缭绕着的云气中，八个小形圆球呈散开分布状。这幅天象图所反映的正是白昼空中出现日晕和幻日时的奇异天象。

如果说，急切渴望摆脱严重的旱灾是羿射九日神话产生的现实生活基础，那么，对"日晕"现象无法理解而产生的惊惧和恐慌之感，就是羿射九日神话产生的心理原因。正是在这样物质与精神的双重作用下，羿射九日神话被创造出来，羿也成为了伟大的射日英雄。

第三节　善射的意象符号

在魏晋唐宋时期，羿的故事和形象已经强烈表现出凝固化、定型化的特点，即作为一个意象或者一个符号进入文学作品中，表达了善射的文化意义。对于魏晋唐宋文人而言，羿为民除害的丰功伟绩当然是耳熟能详的，但那些事迹毕竟太过遥远而难以完整追述，对比其他英雄传奇也并没有更特别、突出之处。因此，羿神话的基本内容实际上被忽视甚至是被剥离了，剩下的仅仅是一个表达善射含义的抽象化的羿。例如反复出现在诗文中的羿意象：

尚逢王吉箭，犹婴后羿弓。（南朝梁刘孝威《乌生八九子》）
安得羿善射，一箭落旄头。（唐李白《经乱离后天恩流夜郎忆旧游

书怀赠江夏韦太守良宰》)

㸌如羿射九日落,矫如群帝骖龙翔。(唐杜甫《观公孙大娘弟子舞剑器行》)

唐羿断修蛇,荆王悍青兕。秦狩迹犹在,虞巡路从此。(唐刘禹锡《韩十八侍御见示岳阳楼别窦司直诗因令属和重以自述故足成六十二韵》)

羿弯弓属矢,那不中足?令久不得奔,讵教晨光夕昏。(唐李贺《日出行》)

类后羿之能,无全雀目。(唐姜庭琬《对祭侯判》)

羿弧殒阳乌,曾不弋在穴。(宋晁补之《次韵阎秀才汉臣食兔》)

贾生三策藏胸中,羿矢百中不虚舍。(宋黄庭坚《次韵孔著作早行》)

更如羿中九乌毙,独见杲杲明扶桑。(宋梅尧臣《高阳关射亭》)

射羿日之并出,扶杞天于将坠。(宋岳珂《颜鲁公祭文帖赞》)

羿弓射日日无光,黄金大镛破釜色。(宋宋元《玉津园弃景钟歌》)

不论是称赏羿的射艺,还是赞扬羿的壮举,语词中早已少了一份由心底生发出来的激情,而呈现为借之一用的泛泛而论。羿的本来面貌是怎样的,羿曾经有什么业绩,这一切都不再重要,关键的是羿所代表的善射意义。"史籀飞毫,钟繇骋翰,后羿持箭,李广张弦"(唐袁妃《对射御策》),这才是魏晋唐宋文人要借羿意象来表达的真正意思。

当然,论及羿,唐代周针也作有一篇《羿射九日赋》,这称得上是魏晋唐宋时代对羿英姿伟貌、宏绩奇功的描写中最具表现力的作品:

伊祁氏之有天下也,十日并出,或明或晦,不唯差乎历象,抑亦紊乎覆载。留一阳永照,俾九日潜退。羿操弓而进,挟矢而前,曰:"彼赫赫绵绵,如珠之连,烁我下土,暨我上玄。今当尽臣术之微妙,协君德之昭宣。"于是和容体正,审固心虔。张六钧之在手,期九乌之应弦。弓既无双,矢唯用九。一发而弦上霆激,再发而空中雷吼,三发而轮震乾坤,四发而辉流星斗,五发六发而煜煜霞散,七发八发而离离电走。九矢皆中,讶妖氛之忽无;一曜高悬,望邪明而何有。盖帝所恶,天所嫌,始腾凌而翕艳,倏攦摄而殄殲。贯忘归而自消,难彰变化;落园陵而尽死,永契沉潜。瑞景将明,彤弓尚毂。百辟仰观乎黄道,孤光下烛乎清昼,莫不由艺之就,神之授。混烛灭而平权衡,暑运正而分刻漏。然后职羲和之任,司掌御之图。位寅宾于东极,宅昧谷于西嵎,故得万国讴歌,迎睹重轮之日;九天寥亮,长飞三足之乌。则知道潜会而发必中,神自通而何再控,镜四海而弓罢张,亘万古而谁敢当。设使尧德不圣,羿技不臧,则苍苍茫茫,终乱纪纲。又安得廓六合,定三光? 故曰天无二日,民无二王。

赋文明显分为两个部分,前半段极力铺陈十日并出的祸害与羿力射九日之图景。十个太阳在天空中穿成一串,"赫赫绵绵,如珠之连",导致"烁我下土"的恶果。羿主动请缨,要通过自己精彩、绝妙的射艺辅助君主扫除灾害以昭示君主的懿品圣德。于是羿弯弓搭矢,仰天控弦,以威猛之力、精准之技,箭无虚发,连射九日。周针充分发挥了赋体美文铺张扬厉、敷采摛文的特点和优长,连用六个排比句极尽铺排、藻饰之能事,将羿射落九日的场景渲染得紧张生动、有声有色,极具感染力和震撼力。透过如此激扬飞越的文字,大展神威的羿的英雄形象呼之欲出,其臂之劲、力之猛、弓之满、箭之疾如在目前。

赋文后半段主要是描绘九日坠落、"一曜高悬"之后"妖氛"忽无、"邪明"无踪的清明景象。一切都恢复到常轨，天上地下呈现出一派美好、祥瑞的气象，而羿也因其横迈超绝的伟大功绩得到"万国讴歌"，以傲然姿态存留在人们心中，成为横亘万古而无人能撄其锋、匹其偶的射日英雄。

文末二句当为文眼，赋文的旨意是要借羿除九日之害而恢复清平盛世之事来说明君主行仁德美政对国家长治久安的积极影响和重要意义，具有很强的政治意蕴。不过，即便周针作文的最终目的并不是夸美羿射九日的伟绩，但客观上仍然以浓墨重彩之笔对羿的射日之举进行了刻画，这在魏晋唐宋时代堪称难得的写羿佳作，因而具有极为珍贵的价值。

第四节　羿的形象和故事走向萎缩衰落

进入金元明清时期，羿的形象和故事没有增加任何新意，羿上射九日的伟绩还是被反复提及，是书写的重点；作家所持态度也非常鲜明，对羿的善射特质给予褒赞颂扬，但也只是一种重复性的赞叹。例如：

射莫善于羿，而天下不能皆羿也。（明贝琼《志古斋记》）

天下之弓不能必其良否，惟羿之弓不问可知其良，以其善射而择之精也。（明方孝孺《深虑论三》）

锤工于为弓，而言天下之善射者必曰羿也。（明茅坤《与蔡白石太守论文书》）

共工触头折天柱，后羿矫矢摧阳乌。（清钱谦益《放歌行赠栎园道人游武夷》）

后羿弯弓九日沉，宜僚运掌双丸掷。（清陈景元《蹴球行》）

所以古夷羿，仰射雕弧弯。(清冯誉骥《杂诗》)

以常人无法企及的射落九日之功称颂羿善射之能，恰如明汪道会《墨赋》所谓"羿射至矣，美矣，无以极矣"。但是平淡无奇的语气中体现不出丝毫的激动与振奋，而是显得波澜不惊，似乎这件人们久已知晓、习以为常的事情，根本无法激发作者内心的崇敬、仰慕之情。

这一点在戏曲中表现得尤为突出，甚至出现了较为程式化的用法和句式：青年男女私相倾慕、爱恋，商定夜晚海棠花下私见的诗文中，往往以能得羿之弓而射日来表达男主人公那种希望白天尽快过去、夜晚早些到来的急切心情。《西厢记》第三本《张君瑞害相思杂剧》中张生的一句说白最具代表性："无端三足乌，团团光烁烁；安得后羿弓，射此一轮落？"此句又见于《张天师断风花雪月》第二折和《㑇梅香骗翰林风月》第三折中，乃借陈世英、白敏中之口说出，都是表现小生苦等小姐，期盼尽早天黑相会的焦灼心情。

正如明代董份在《岭南平寇碑》一文中所言："谚言：虽有乌获不能以一手举双鼎，虽有后羿不能以一矢殪两狼，言敌多则难为力也。"这是反用羿射艺超绝之意，却恰好说明羿善射的技能与形象早已深入人心，固化为"谚言"的形式，成为人们再熟悉不过的表意语词。

明清以来刊刻的多部历史演义小说中都附有大量与正文内容相对应的版画，而羿射落九日的事迹常常是表现的重点。如崇祯间刻本《开辟演义》之中就有一幅"帝尧命羿射九日"图。画面左上方绘有灼灼发光、眩目耀眼的九轮太阳，右侧偏下方有两位高大、壮硕的武士，他们全副武装，执旌扬幡，肖然挺立，正仰首望向九日。右下角处两名士兵一个击鼓一个吹号，背向而立，虽然看不到表情，但从背影可以感知其精神紧张、情绪激昂的程度。画面正中偏左下处，一匹健壮的高头大马正扬四蹄作奔突之状，马鬃迎风翻飞，马尾则在迅猛的前奔中束成一束，高高翘起。羿挂甲披氅扭身骑跨于马背之上，弓已拉满，箭在弦上，他仰面直视炙烈的太阳，凛然坚毅，誓要将之射落殆尽。图画整体展现了羿开弓放箭那一瞬间蓄势待发、自信满满的情态，在劲健之力中突出了阳刚之美。

此外，还要特别提到的一幅画作是清代萧云从所绘五十四幅《天问图》中之"弹乌解羽"图，萧氏继承了宋元以来图绘、刻印的优秀传统而加以创造和发展，加之徽派名手汤复的镌刻，二者可谓相得益彰，使该图幅成为中国版画史上的杰作。羿巍然立于画面中央，身着厚重的盔甲战袍，腰挎箭囊，正弯弓向日，控弦待发，脚下已有两只被视为日精的阳乌落地。简洁素淡的笔法中透出刚健威猛之势，其深沉雄浑的力度与美感堪与汉代画像砖石中的"后羿射日"图相颉颃。画家将屈原笔下的羿以构图的形式生动再现，在深刻表现屈原思想与《天问》主题的同时，表现了明清时代文人心中、笔端羿的形象和风貌。

毫无疑问，羿神话移位为文学的创作素材之后，在金元明清之际是彻底地萎缩、衰落了。羿的故事和形象非但没有任何有新意的创造，原有的内容也被逐渐简单化了，最后凝固为文学的意象，即善射的英雄之羿。就展演的丰富性而言，羿神话显然不够多姿多彩，但就流传的持久性而言，也许被定格为一个抽象符号的羿意象反而更能深入人心，因而具有了更为顽强的生命力。比之于那些早已衰退消歇、湮灭无闻的上古神话，羿神话历经几千年沧桑岁月的淘洗最终完成了向文学的移位。

第三章　鲧：取息壤以治洪水

普罗米修斯是古希腊神话中的神，他盗火惠及人类，因此受到了宙斯的惩罚。中国古代神话中也有类似的神，他就是鲧，窃帝的息壤来治理洪水，为帝所杀。他为拯救苍生而献出生命的壮举也成为悲壮的传说，被后人广泛传颂。

第一节　明清之前鲧治水的文学书写

鲧窃息壤治洪水的神话见于战国时期成书的《山海经·海内经》：

洪水滔天。鲧窃帝之息壤以堙洪水，不待帝命。帝令祝融杀鲧于羽郊。鲧复生禹。帝乃命禹卒布土以定九州。

秦汉至魏晋南北朝时期，鲧窃息壤治洪水的神话再生进入文学作品中，在诗文中主要用来描写人物或者事物。如扬雄《益州牧箴》：

岩岩岷山，古曰梁州。华阳西极，黑水南流。茫茫洪波，鲧堙降陆。于时八都，厥民不隩。禹导江沱，岷嶓启干。远近底贡，磬错砮丹。

扬雄用鲧治水的神话，写出了益州的历史久远。又如边韶《河激颂》："一有决溢，弥原淹野。蚁孔之变，害起不测，盖自姬氏之所常戁。昔崇鲧所不能治，我二宗之所勉劳。"以鲧不能治水来反衬当时治理洪水之人的勤勉有方。再如《桂阳太守周憬功勋铭》"乾坤剖兮建两仪，刚柔分兮有险夷。咨中岳兮穆崔嵬，叹衡林兮独倾亏。增陟峭兮甚隔陠，鲧莫涉兮禹不规。"以鲧为治水能手来暗示桂阳南海的水势凶猛。

魏晋时期，此神话在志怪小说中再生。如张华《博物志》记载："昔彼高阳，是生伯鲧，布土，取帝之息壤，以填洪水。"与《山海经》中记载的"窃"字相比，"取"字已经中性化了。

又如王嘉《拾遗记》"夏禹"条记载：

尧命夏鲧治水，九载无绩。鲧自沉于羽渊，化为玄鱼，时扬须振鳞，横修波之上，见者谓为"河精"。羽渊与河海通源也。海民于羽山之中，修立鲧庙，四时以致祭祀。常见玄鱼与蛟龙跳跃而出，观者惊而畏矣。至舜命禹疏川奠岳，济巨海则鼋鼍而为梁，逾翠岑则神龙而为驭，行遍日月之墟，惟不践羽山之地，皆圣德之感也。鲧之灵化，其事互说，神变犹一，而色状不同。玄鱼黄能，四音相乱，传写流文，"鲧"字或"鱼"边"玄"也。群疑众说，并略记焉。

李剑国《唐前志怪小说史》认为此记载中的"鲧自沉羽渊化为玄鱼乃古朴之神话，而又出异辞，自成一说"。

最后是任昉《述异记》。《述异记》记载鲧死后化为黄熊（或作黄能）："尧使鲧治洪水，不胜其任，遂诛鲧于羽山，化为黄能。"

在《拾遗记》《述异记》中，鲧治水均是为尧所派。这两则记载中的具体内容中，除鲧死后所化不同外，鲧的死因也有所不同。《拾遗记》中鲧自沉于羽渊，而《述异记》中认为鲧"不胜其任"而被尧诛。尽管具体表述不同，但中心还是直指"治水不成"。

唐代，鲧治洪水的神话在诗歌作品中再生，如卢纶《奉陪侍中游石笋溪十二韵》："朝日照灵山，山溪浩纷错。图书无旧记，鲧禹应新凿。"用鲧禹的传说写出了石笋溪的远古来历。韩愈《嘲鼾睡》："澹公坐卧时，长睡无不稳。吾尝闻其声，深虑五藏损。黄河弄溃薄，梗涩连拙鲧。"用鲧治水的传说比喻澹然和尚酣睡时的动静之大。

宋代，鲧在诗文中成为治水之人的代称，如王禹偁《寄汶阳田告处士》：

汶水年来涨绿波，先生居此兴如何。门连别浦闲垂饵，宅枕平沙好种莎。治水共谁言鲧禹，著书空自继丘轲。可怜垂白无人问，却伴渔翁着钓蓑。

《王黄州小畜集》"鲧禹"后有注释："（按：田告）曾著《禹元经》，大言治水事。"可见，在宋人看来，鲧为治水之人。

第二节　明清时期鲧治水的文学演绎

明清时期，鲧窃息壤的神话在通俗小说中也得到了再生，这是鲧窃息壤治洪水神话在文学作品中再生的高级境界。明清之际成书的神魔小说《历代神仙通鉴》中的鲧故事，主要来源于《山海经》《国语》《史记·五帝本纪》。伯鲧受命治水，苦于无术，避罪于羽山。四岳举舜于尧，舜选贤举能，并流放四族使不得相聚为恶。鲧得知舜屏逐其族，又见翟具五色，以为祥瑞，因而在舜代帝巡狩时叛乱，结果中埋伏，坠羽潭，化为黄熊，鳖身而三足（一足为舜将领砍去）。鲧最终的结局是禹成道后，度之证果，从而鲧能致风雨，为龙取水时前导。可见，小说的重点在鲧叛乱上。

另外，虽然书中鲧的罪状有二，即治水不成和举兵反叛，但后文写大禹治水时，只是提到禹伤先人受诛，"乃劳身苦思"，与前面情节照应不够。其中也提到息壤，鲧在治水无术的过程中看到息壤"在洪水中常浮而不没"，高兴之余将其据为己有，后恐治罪，复匿于淮海，造城盗居。

清代吕抚《廿一史通俗衍义》中第四回《尧让舜，舜让禹，总为斯民》中，鲧故事的情节来源主要是《山海经》《国语》《左传》《史记》等。其故事情节如下，鲧为四岳所荐治理洪水之人而九年无功，为祝融所诛，死后化为黄能（即黄熊），寻化为黄龙，入于羽渊，后窃去息壤，因被杀而心怀怨恨，伙同巫支祁、天吴、相柳氏等鼓水作乱，最后在禹祭祷后才归还息壤。

从小说中有关鲧的故事来看，吕抚的笔墨多花在息壤的神异以及鲧死后窃息壤为害上。息壤"乃是一块大石，径六尺八寸。上有城池山川人物，甚是生得奇巧可观"，又是众水之母，因此使鲧产生误解——"只道掘出水之根源，则水患自可息灭"，结果水势更大，鲧治水劳而无功。后鲧被舜所命祝融殛于羽山，窃去息壤，助水为害。大禹治水时经过淮安府赣榆县羽渊，见到鲧死后所化的黄龙，禹祭祷后黄龙归还息壤。

上述两部小说中鲧的形象不再是《山海经》所记载的窃息壤造福百姓的形象，而是窃息壤危害百姓的形象。鲧形象转变的原因是明清时期君主专制制度达到了巅峰，更加强调对君主的绝对忠诚，鲧这样的一个"不待帝命"的形象，当然要被极力丑化、恶化了。

然而在这种高强度的专制氛围中，依然有文人为鲧鸣不平。如清代徐述夔《八洞天》有一段为鲧平反的文字，认为鲧是"勤劳王事的良臣"，而且从鲧被祭祀上可以看出鲧的功劳不小，故鲧不应列于四凶之中：

又如伯鲧也是勤劳王事的良臣。从来治水最是难事，况尧时洪水，尤不易治，非有凿山开道、驱神役鬼的神通，怎生治得？所以大禹号为神禹。然伯鲧治了九年，神禹也治了八年。伯鲧只以京师为重，故从太原、岳阳治起，神禹却以河源为先，故从积石、龙门治起。

究竟《书经·禹贡》上说"既修太原，至于岳阳"，也不过因鲧之功而修之；《礼记·祭法》以死勤事则祀之。夏人郊鲧而宗禹。伯鲧载在祀典，如何把他列于四凶之中，与共工、骧兜、有苗一例看？

明清时期，鲧窃息壤治洪水的神话不但在通俗小说中再生，而且在文言小说中也有不一样的展现。清代吴炽昌《客窗闲话》有一篇名为《崇伯鲧》的小说，此小说也是为鲧平反之作：

昔张太史江在馆修撰，夜梦冕旒王者曰："朕崇伯鲧也，为有夏禹王之父。朕天性悻直，出言好争，不避君前，虽唐帝谓朕嚚讼，犹为四岳所举。治水无功则有之，虞帝改封朕于羽山，抚有东夷。朕由是励精图治，使贪狠夷风亦皆丕变。汉太史司马迁著于《本纪》，宋学士苏轼又表之于《志林》，皆彰彰可考者。何至如野乘所载，以朕盗帝息壤殛死羽渊，神化黄熊之说，荒诞不经，被朕以三千余年之诬妄。今剖析于子，若果穷凶极恶，误国殃民，唐尧圣主也，肯涵容乎？四岳贤相也，肯举荐乎？稷契、皋陶、伯益，非具臣也，肯包荒而与为同列乎？即虞帝登庸时，不过以绩用勿成，知朕非治水才，降为子爵，迁谪东方。迂儒不解息壤之义，姑妄言之。抑知壤者，堤也，息者，安也。当其时，洪水横流，帝都筑长堤以阻遏，名曰息壤，犹今所谓太平堤耳。及朕奉命治水，见壤内积雨成河，高于壤外，势极厄迫，不及陈奏，开去息壤以达之于壶口，俾帝都奠安。此亦一定不移之势，故朕子继朕之绩，既载壶口。朕惟不先陈明，加之曰盗，犹可言也。乃妄谓息壤有国重宝，帝以镇冀州者，朕盗至豫州，虞舜以是入罪，诛于羽渊，化为三足鳖。此等怪诞之词，欺后世而诬朕躬。其甘心乎？息壤果为国宝，朕冒不韪之名以救百姓，二帝将褒奖之不暇，而罪之乎？因盲左以虞帝分封四族于四裔，诬之曰投。又配以四兽，恶名遂至，贻为口实。果如盲左所诋凶德，天道昭明，肯予以圣子神孙乎？子为盛世史官，其为朕正之。"太史唯唯曰："臣力不足以纂易古史，为流布人间可也。"崇伯喜，以袖拂之而觉。

鲧以"冕旒王"的形象，即人的形象进入太史张江的梦中，对自己的生平作了一番介绍，包括治水不成、改封羽山、变东夷之风，并驳斥化黄龙、盗息壤之说以及名列四凶之说，最后鲧要求张太史作文为之平反。其中，鲧驳斥盗息壤之说，指出息壤就是太平堤，所谓盗是"奉命治水，见壤内积雨成河，高于壤外，势极厄迫，不及陈奏，开去息壤以达之于壶口，俾帝都奠安，此亦一定不移之势，故朕子继朕之绩，既载壶口。朕惟不先陈明，加之曰盗，犹可言也"。

在小说中，鲧盗息壤的行为是迫于形势，先斩后奏，而此行为是为了维护帝的利益，此番话语可谓对《山海经》"不待帝命"的合理解释。作者在小说的结尾还发了议论："崇伯鲧不过若后世恃才傲物人耳。信如左氏所云，世济其凶，增其恶名，以至于尧，尧不能去。唐尧之治，贤奸混杂，尚成其为圣世乎？况鲧为轩辕元孙，伊耆族叔，如何加以世凶之名。盖左氏浮夸，不过为季文子表功，图行文绚烂起见，不足为据。至稗官野史，肆其诋诬，甚有幽尧逼让，敢加虞帝以篡弑名，其谬妄为何如！崇伯事又乌足辩，惟息壤之说，剖析分明，足解千古疑惑，洵确凿可据也。"可见，在吴炽昌的眼中，鲧不过是"恃才傲物"之人，而鲧身上的恶名是由于"左氏浮夸"以及稗官野史的诋诬造成的。

总之，从先秦到清代，虽然鲧窃息壤，触犯了天帝的权威，是统治者眼中的恶神，特别是在《史记·五帝本纪》中，鲧为尧的臣子，因治水九年不成被诛，成为恶臣的代表。明清小说也把鲧塑造成为恶臣的形象，这是因为"帝王文化一直伴随中国古代专制制度和宗法观念贯通和影响制约整个中国古代文化"（宁稼雨《中国文化传统文化三段说刍议》,《求索》2017年第3期)。但是,魏晋以来,鲧作为治水英雄出现在诗文作品中。这是因为魏晋到唐宋是士人文化时期,"这个时期一个重要的社会变革是,随着门阀士族经济实力和政治实力的崛起,士族文人的人格独立成为必然要求。而这些则是任何一个社会的文学艺术从社会政治功利的附庸变为独立的审美活动的必要前提。正是士族文人的人格独立,才导致士人文化背景下的文学在各种文体领域都获得更加自觉的发展"(宁稼雨《中国文化"三段说"背景下的中国文学嬗变》,《中原文化研究》2019年第2期)。所以,士人文化认识中的鲧,是不同于帝王文化的。因而,鲧当之无愧是治水英雄。

第四章　大禹：圣王·天神·真仙

大禹是中国古代受人敬仰的文化始祖。传说中，他治理洪水、划定九州；在治水途中降伏妖魔，又铸成九鼎；得天书玉册，最终修道成仙。大禹像是一个箭垛一样的人物，将众多的故事吸引到自己身上，这些故事又经过一代又一代叙述者反复的书写，形成了许多充满道德教化而又光怪陆离的内容。唐代以后，大量的文学作品把大禹神话作为题材来源进行再创作，为我们留下了许多与大禹有关的文学瑰宝。

大禹传说的文学化有三条线索。一是大禹治水的故事，这是大禹传说的源头，体现出上古传说时代历史与神话的交融，杂糅着天神与圣王两种形象特征，在后世的文学化演变过程中始终处于叙事核心的位置。二是大禹游历的故事，它由大禹治水故事衍生而来，最初在纬书中产生，后又受道教的影响，被道教徒吸收和利用，最终走上了仙话化的发展路径。三是大禹降妖的故事，它也由大禹治水故事发展而来，并在后世演变过程受到了文学家的青睐，成为大禹传说文学化演变的重心，催生出了唐传奇《古岳渎经》和明清时期一系列和大禹有关的白话小说作品。

第一节　治水：历史与神话的交融

1. 大禹是圣王还是天神

在有关大禹的众多故事中，治水是大禹最为人称道的事迹。《诗经·长发》中说:"洪水芒芒,禹敷下土方。"那时的人们认为,在一片汪洋的上古洪水时代,是大禹带领手下人通过不懈的努力,为天下苍生治平了水土,使人民过上安居乐业的生活,这是大禹一生中最伟大的功业,也是他在后世被尊为圣王的最主要原因。但是,关于大禹治水故事的具体内容,有两个截然不同的版本:一个版本偏重于史实,其相关资料主要见于《尚书》《史记》等史书;另一个版本更接近于神话,其相关资料主要见于《楚辞》《国语》《山海经》《拾遗记》等富有文学色彩和艺术想象的著作。

在偏重于史实的版本中,大禹是一个带领人民治理洪水的英雄。大禹的父亲鲧是唐尧时期的大臣,他奉天子尧的命令去治理洪水,却使用了土堙的错误方法导致治水失败,因此受到处罚,最终悲愤而死。大禹继承了父亲的遗志,继续治水,他带领手下人改用疏导的方法,夜以继日,兢兢业业,三过家门而不入,最终完成了治水的大业。大禹完成治水任务后,接替尧担任天子的舜感念大禹治水的功业,便将天下禅让给了大禹。大禹成为天子后,联合地方诸侯,扩大自己的影响,最终奠定了中国第一个封建王朝——夏王朝的根基。大禹也成了传说中夏朝的开国君主。在这个偏重于史实的版本中,大禹是一个有血有肉的人间帝王,他的所作所为也成为后世帝王不断模仿和学习的对象和典范。

但是,在史实版本之外,还有一个光怪陆离的神话版大禹治水故事。在这个版本中,大禹的父亲鲧并不是一个凡人,而是一位可以化身成巨鱼或巨鳖的天神,而大禹竟然是从鲧的肚子里出生的,这样看来大禹也是一位天神。

据说,天神鲧的形象有时是一条黑色的大鱼,有时又变成一只有三条腿的巨鳖。他奉天帝的命令来到人间治理洪水,却擅自使用了天帝珍爱的宝物——息壤。息壤是一种能够不停自我生长的土壤,用来堙阻洪水当然是最好的。但是，鲧毕竟没有得到天帝的允许，就擅自使用了天帝的至宝，因此受到了天帝的惩罚。他被镇压在羽山之下，永世不能逃脱。后来，余怒未消的天帝又让火神祝融去羽山将鲧杀死。鲧在临死之前，从肚子里面生出来一条黄龙，这条黄龙就是禹。之后，死去的鲧化成了一条黑色的巨鱼，从羽山一路游向了大海。大禹治水的时候，之所以有神龙和灵龟来帮助他，也是因为大禹本身就是一条龙，而他的父亲鲧是一条巨鱼。但是，后世的人们觉得爸爸生孩子这件事儿实在太过匪夷所思了，就重新为鲧虚构了一位妻子——修己，她成为后世传说中大禹的母亲。但是，这个经过改良的故事版本中，仍然保留着神话的遗迹，比如大禹出生时是从她的母亲修己的肋骨中间钻出来的。

神话版本中的大禹同样继承了鲧的遗志，继续治水，但辅佐他治水的并不是普通人，而是神龙、灵龟和一众神仙。神龙和灵龟用身体清理了河道，一众神仙施展法术帮助禹疏导了洪水。这个版本的大禹治水故事充满了神话的想象，很可能更接近大禹神话的早期形态。

在20世纪30年代，以顾颉刚先生为代表的"古史辨"派学者曾经展开过一场轰轰烈烈的大讨论，讨论的核心问题就是：为什么大禹治水的故事会出现两个完全不同的版本？但这场讨论最终并没有得出一个特别明确的结论。究其原因，乃是大禹神话传说产生的时代过于久远，而在其产生之后的几千年里，各种各样有关大禹的文献材料又不断产生，以至于人们没有办法搞清楚大禹神话传说最初的样貌到底是什么。

总之，大禹神话传说经历了不同时代的学者的反复重述，最终才形成了我们今天看到的样子。在这些有关大禹神话传说的文献中，既有神话，又有史传，也有民间传说和文学作品，不同时代的作者根据自己的立场和观点，提出了对于大禹神话传说的不同理解，并尝试着述说自己理解的大禹故事，这就促成了内容完全不同的大禹治水故事的出现。

2.大禹娶涂山氏

大禹因为忙于治水，已经三十岁了还没有娶妻。有一天，大禹治水来到涂山这个地方，天色将晚，四周昏暗，忽然，有一只九条尾巴的白色狐狸来到了大禹的面前，晃动着毛茸茸的身体。大禹见到白狐非常高兴，说"我听说涂山这个地方有一首民歌，是这样唱的：'美丽的白狐，有着毛茸茸的九条尾巴。来到涂山的贵宾，是未来的人间圣王。他该成家了啊，未来家道必然兴旺。天与人的际会，在此时得到印证。'"

不久，大禹在涂山遇见了一位女孩，名叫女娇。女娇长得非常漂亮，大禹对她一见倾心，女娇也对大禹产生了爱慕之情。于是，两人就在涂山举办了婚礼。可是，因为治水工作繁忙，大禹很快又要离开涂山去南方治水了。女娇只能依依不舍地送别了大禹，并且每天站在涂山南面的山坡，等待大禹的归来。可是，女娇等了很久很久，都不见大禹回来，她就把自己等待大禹时的所思所想写成了一首乐歌，其中有一句歌词"候人兮猗"，尤其婉转动听，被认为是后来《诗经》中南音《周南》和《召南》的先声。

终于，女娇不愿意再等下去了，她决定离开涂山去寻找自己的丈夫。她得知大禹正在轘辕山这个地方治水，就决定到那里去找他。她一路历尽艰辛，终于来到轘辕山，见到了大禹。夫妻二人许久未见，都百感交集。第二天，大禹又要进山治水，他对女娇说："我治水那个地方有些危险，你轻易不要过去。我在山崖上立了一面鼓，如果你想给我送饭，就等听见我敲鼓的声音再去。"于是，大禹独自来到了轘辕山的深处，只见他念动咒语，施展法术，摇身一变，变成了一头巨大的黑熊，用锋利的熊爪开始挖辕辕山，很快就在山中挖出一条河道来。大禹越干越起劲，山上坚固的石头在大禹的利爪下一下子就碎成了粉末。这时，有一个石子飞了起来，不偏不倚地打中了大禹立在山崖的鼓面。那鼓发出了"咚"的一声响，但干劲正足的大禹并没听到。可是，在山外焦急等待的女娇全身心地注意着鼓声，她听见了那声鼓响，就迫不及待地进山为大禹送饭。结果女娇看到大禹变成的巨熊，以为遇见了怪物，吓得魂飞魄散，一路向山下跑去。大禹听见妻子的呼喊声，赶忙追过去，想解释误会，但匆忙间忘了变回人形。二人一直跑到了嵩高山的脚下，女娇一下子变成了一块石头。大禹来到妻子所化成的石头前面，又急又恼，但也已经于事无补了。最后，大禹只好对石头说："你至少给我留下一个孩子吧！"女娇化成的石头突然裂开，从里面蹦出来一个活蹦乱跳的小男孩，他就是大禹的儿子启。"启"就是裂开的意思，因为他是从裂开的石头里面出来的。

后来，人们为了纪念女娇，尊称她为"涂山氏"。江淮地区的人们很长时间里都保留着在大禹和涂山氏结婚的那几天办喜事的习俗。

3.人神共助大禹治水

在治水的过程中，大禹并不是一个人在战斗，传说中大禹有一大批追随者，他们帮助大禹完成了治水大业。这其中，既有凡人，也有天神，还有神龙、灵龟这样的神兽。

在一些记载中，协助大禹治水的主要是一些有特殊本领的凡人，如皋陶和伯益。传说中，皋陶是一个精通刑律的人，他制定了世界上第一部律法。据说，皋陶有一头只有一只犄角的羊，专门抵那些有罪的人，而不会抵无罪的人。皋陶年纪比较大，曾先后辅佐尧、舜、禹三位圣王，并在辅佐大禹治水的过程中立下了汗马功劳。大禹曾经想把天子之位禅让给皋陶，可惜皋陶在大禹去世之前就死了，所以没能继位。

伯益是辅佐大禹治水的另一位干将，传说他通晓禽兽和昆虫的语言，因此又被称为"百虫将军"。他负责掌管焚山的圣火，如果有山精水怪不服从大禹的调遣，蓄意破坏治水大业，伯益就用烈火将它们焚烧。据说，伯益还曾经把自己跟随大禹治水的经历记录下来，写成了一本书，这书就是《山海经》。古代很长一段时间里，人们都认为《山海经》是大禹和伯益所著，但经现代学者考证，《山海经》不可能是那么早时候的作品，而应该是战国秦汉时人伪托大禹、伯益之名而作。皋陶去世以后，大禹准备把天子之位传给伯益。不过，大禹死后，大禹的儿子启带领着拥护自己的人赶走了伯益，取代伯益继承了大禹的天子之位，从此开启了夏王朝家天下的历史。这些当然都是后话。

在另外的一些记载中，协助大禹治水的并不是凡人，而是一些法力高强的神明和神兽。传说每当大禹治水遇到困难的时候，就会有神明现身，并传授大禹治水的法门。这些神明包括伏羲这样的上古帝王，还有风后、河伯这样的自然神，也有玄夷苍水使者、云华夫人这样的地方神仙，他们传授给大禹的天帝宝库所藏的天书上面记载了治水的方法。有了这些方法，大禹请来神龙和灵龟帮助自己治水。《楚辞》中说，大禹治水的时候，神龙用尾巴在地上一划，疏导水流的河道就形成了，洪水便顺着这些河道流进了大海。《拾遗记》中说，大禹治水的时候，黄龙在前面导引，玄龟在后面疏通，那些原本拥堵的大江大河在神龙和灵龟的神力下都变得畅通无阻了。

不过，大禹治水的过程也并非一帆风顺。一路上，大禹不但要对付险恶的山水，更要面对一众拦路的山精水怪。在拦路者当中，最厉害的就是水神共工。据说，这场大洪水原本就是共工造成的，他宣称这洪水是为了惩罚人类的罪行。之前鲧奉命前来治水的时候，就是共工故意作祟，导致鲧的治水失败。到了大禹治水的时候，共工更是使出浑身解数，将所有的江河都阻塞了，又派了他的手下——一头有九颗脑袋，名字叫做相柳的巨蛇怪，前来阻拦大禹治水。相柳的身体巨大，九座山的食物都不够它吃的，它的身体触碰到了哪里，哪里就变成了一片汪洋。它张着九张血盆大口，阻挡大禹治水的道路。大禹和手下众人与相柳发生了一场激烈的战斗，直打得天昏地暗、血流成河，最终相柳被合力杀死。死掉的相柳流出了腥臭的血液，这些血液沾染到大地，土地就变得寸草不生。大禹赶紧派人将相柳腐臭的尸体切碎，并堆成一座山，防止相柳的血液继续污染土地，又在相柳的尸身上面建了一座高台，用以镇压它邪恶的灵魂。这座高台后来被人们称为"众帝之台"。共工见相柳死了，大惊失色，不敢再和大禹硬碰硬，委身于别的地方去了。从此，再也没有谁敢来阻止大禹治水了。

　　当然，这些神话故事都是后人对大禹治水过程的奇异想象，与真实的上古历史相去甚远。但是，这些想象恰好成了文学创作题材的宝库。唐代小说《古岳渎经》和明清白话小说《有夏志传》都受到这些大禹治水故事的影响，用文学的笔法对大禹治水过程中降妖捉怪的情节进行了再创作。晚唐五代的小说《墉城集仙录》中有一篇名叫《云华夫人》的作品，说大禹理水之时来到巫山脚下，遇见一位名叫云华夫人的女仙，她答应帮助大禹，还交给大禹能够召唤天地百神的神策文书，因此大禹才能够得到四方神明的帮助。大禹治水成功之后，又按照云华夫人的指点，最终得道飞升成仙。这些故事成为后世大禹仙话的开端。

第二节　成仙：纬书与道教的错杂论说

1. 得天书金简，窥天地奥秘

在大禹治水的神话中，有很多神明都通过送给大禹天书的方式协助大禹治水。这些神话的出现，和汉代的谶纬思想有很大的关系。谶纬中的"谶"指预言，"纬"指纬书，它们都是汉代学者编造出来用以证明帝王权威的神奇故事。汉代的学者为了塑造大禹圣王的形象，编造了大量与大禹有关的谶纬故事。

汉代谶纬学者宣称大禹是受上天眷顾的圣人，得到了天帝授予的金简玉字天书，故通晓治水之理。汉代学者所写的《吴越春秋》中记载了一个与之相关的故事。大禹治水时遇到了无法逾越的艰难险阻，整日冥思苦想也找不到解决的办法。无意间，大禹在一本名叫《黄帝中经历》的古书中看到一段话，说是在被称为"九山东南天柱"的宛委山上，藏着金简玉字的天书，上面写着治理水患的方法。大禹一路来到南岳衡山，想用白马血来祭天，希望借此得到神明的帮助。当晚，他梦到了一位穿着红色纹饰衣服的男子，男子自称"玄夷苍水使者"。就在大禹感到惊奇的时候，男子忽然说道："我有一本神书，如果想要得到它，请在黄帝所在的山岩下斋戒沐浴，并在三月的庚子日登上宛委山，就能在石头里挖到一本金简之书，这本书能帮助你通晓治理水患的方法。"大禹按照使者的指示，斋戒沐浴，果然在宛委山中得到了一本用青玉写就，刻在黄金简上的天书，由此终于通晓了治水之理。这个故事当然不是历史上的事实，但其中反映出人们对于大禹圣王形象的尊崇，同时也是君权神授这一思想的产物，对于强化汉代皇权的地位有着重要意义。

汉代学者编造了大量有关圣王大禹的神异故事，目的在于烘托大禹圣王的形象，为汉代的皇权张目。一本名叫《尚书中侯》的纬书中说：大禹治水的时候来到了黄河边，看到一条长着白色人脸的怪鱼，这怪鱼自称是"河精"，受了河伯的指示，前来帮助大禹治水，它给了大禹一本图册，这图册就是《河图》；大禹又来到了洛水边，看到有一只灵龟忽然从洛水中浮了上来，在灵龟的背上，缓缓出现了五十六个字的天书，这就是《洛书》。据说，后人正是根据大禹所传下来的《河图》和《洛书》，才了解了天地自然运行的规律，创设出了八卦，又衍生出了《周易》六十四卦。

但是，到了东汉末年，随着整个国家陷入分裂和动荡，汉代建构起来的皇权神圣性也受到了质疑。眼看着汉帝国的大厦摇摇欲坠，人们也不再相信每一位帝王都是天命所归者的说法。那些本用来证明君权神授的有关大禹的谶纬预言故事，逐渐变成了老百姓茶余饭后的谈资和志怪小说的创作题材。

2.洞中遇伏羲，大禹终成仙

到了魏晋时期，大禹从一位人间帝王又变成了得道的真仙，并且为后世传下了《灵宝经》这部道教经典。而大禹传《灵宝经》一事，则来源于魏晋时期王嘉所作的志怪小说集《拾遗记》中一则和大禹有关的神异故事。

大禹治水时，经过龙关之山，也就是今天的龙门。他来到山中一座洞穴里面，这洞穴很深，大禹感觉走了几十里都没有走到尽头。洞穴里越走越黑暗，暗得完全看不清道路，大禹只好点起了火把继续走。又走了很久，大禹忽然看见前面有一头野兽，样子看起来像猪，嘴里却叼着一颗夜明珠，又看到一条青色的狗，一边吠叫着一边为大禹带路。大禹跟着这一猪一狗，又走了大约十里地，这时已经昏天黑地，辨不清是白天还是黑夜了，但渐渐地感觉眼前明亮了起来。

之前那头像猪的野兽和那条青色的狗，忽然都变成了人的样子，站了起来，身上穿着黑色的衣服，向大禹鞠躬行礼。大禹又看到眼前有一位神人，有着蛇的身体和人的面容。大禹和那神人说话，神人就向大禹展示了一块金版，上面画着八卦的图案。大禹这时才发现，神人的身后还有八个神使侍立。大禹问那神人："古代传说中的华胥氏有一位儿子，他被大家尊为圣人，是否就是您？"那神人回答说："华胥氏是九条大河的女神，我正是她的儿子。"神人将一本写在玉简上的天书给了大禹，这本天书长一尺二寸，正好对应一天的十二个时辰，可以用来度量天地。大禹就是根据这本天书，才拥有了治水的本事。而那蛇身的神人，正是传说中的伏羲。

这则故事显然脱胎于汉代谶纬学者们编造的预言故事。但是，与极力宣扬帝王天命思想的谶纬预言不同，《拾遗记》中的这则故事明显受到民间传说的影响，是一则以趣味性见长的神奇故事。

后来，随着魏晋南北朝时期道教的兴起，道教徒又把这个故事改编成了道教仙话，说大禹得到的这本天书，不仅记载了治水的道理，而且还记载了成仙长生的法门。大禹通过学习天书中的道法，不断修炼，最终飞升成仙。成仙之前，大禹把天书封在石头做成的盒子里，藏在名山大川之中。后来，某个有缘之人得到了盒子里的天书，把它抄录了出来。这就是道教《灵宝经》的来历。

在五代时期的大道士杜光庭所编的《墉城集仙录》一书中，记载了另外一个说法。在《云华夫人》故事中，女仙云华夫人不仅命令手下的狂章、虞余、黄魔、大翳、庚辰、童律等各方神明协助大禹斩石疏波，治理洪水，而且还赐给了大禹丹玉之笈和上清宝文。大禹根据这些经文修炼道法，最终得道成仙，被道教尊为"紫庭真人"。这当然都是道教徒根据前代传说造作出来的新故事，其目的在于借用大禹的传说为道教的传播张目。

第三节　降妖：文学与民俗的想象

1. 大禹杀防风氏

《国语》中记载了这样一个故事。春秋的时候，吴王攻打越国，在会稽这个地方发现了一枚巨大的骨头，要用一辆大车才能装得下它。这骨头如此巨大，不可能是人类的，也不像是动物的，吴国满朝的文武大臣都不知道这骨头的来历。于是，吴王专门派人去请教博学的孔子，想让他来分析一下这巨大骨头的来历。孔子看了骨头以后，说出了一个有关大禹和这巨大骨头主人的故事。

原来，大禹治水的时候，在茅山这个地方汇合天下的神明，请他们帮忙治水，而茅山也因为大禹在此会聚群神，才改名叫"会稽山"，"会稽"就是会聚的意思。群神都到齐了，唯独缺少防风氏。防风氏是巨人族的首领，他的身体十分巨大，有三丈高，腰粗得要数十个人才能抱住。防风氏仗着自己身体高大，故意违抗大禹的命令，不来参加聚会。大禹为了治水大业能够完成，必须让众神都心悦诚服，于是下令诛杀防风氏，以正视听。傲慢的防风氏最终被捉到了会稽山，其脑袋被砍了下来，尸体则被埋在了会稽山。吴王在会稽山获得的巨大骨头，正是防风氏身体的一部分。

防风氏的传说在古代吴越地区非常流行，在很长时间里，那里的人们都保留着祭祀防风氏的风俗。当地人还专门为防风氏建造了一座庙，庙里面防风氏的塑像是一个长着龙的脑袋和牛的耳朵的神明。到了魏晋时期，会稽郡有个姓谢的大家族，他们也经常祭祀防风氏。当地人都说，时常可以在会稽郡看到防风氏的鬼魂，它是一个身高数丈的大鬼，穿着黑色的衣服，戴着高高的帽子。不过，这防风鬼并不害人，反而经常给谢家人预示吉凶祸福，人们都说这是谢家祭祀防风鬼殷勤而得到的福报。

汉魏时期的志怪小说《括地志》和《博物志》中，又出现了关于大禹和防风氏臣子"贯胸民"的故事。据说，大禹诛杀防风氏之后，带领众神平定了洪水，后来又接受了舜的禅让，成为天下的共主。受到大禹盛德的感召，有两条神龙降临到了大禹的宫廷，大禹就命令自己的手下范成光驾驭这两条龙，自己坐在由这两条龙拉着的飞车上巡行天下，查看自己曾经治水的地方。在去往南海的时候，大禹的飞车经过了防风氏的故国。防风氏当年的两个臣子看见大禹的飞车在天上经过，发誓要为防风氏报仇，就用弓箭去射飞车。眼看着防风氏臣子的弓箭要射中大禹的飞车了，天上突然刮起了一阵大风，将弓箭吹落了。两个臣子知道大禹受到上天的庇佑，又害怕大禹责罚，于是就将利刃插入自己的心脏自杀了。大禹从飞车上下来，看见两个自杀的防风氏臣子的尸体，感念他们的忠诚，不但没有怪罪他们，反而让人拿来了不死之草，做成药膏涂在两个人的心脏处，两个已经死去的人居然一下子就奇迹般地活了过来。两个死而复生的臣子因大禹以德报怨的行为，感到羞愧难当，再也不想去刺杀大禹了。他们虽然被不死之草救活了，但因心脏被利刃插过，胸口上留下了一个无法愈合的大洞。更加离奇的是，他们的子孙后代胸口上也都有这样一个大洞，而且他们这一族人丁颇为兴旺，胸口有洞的人也越来越多，慢慢形成了一个小的国家，人们称他们为"穿胸民"。这则关于"穿胸民"的故事应该是汉晋时期颇为流行的一则地方传说，后来被志怪作家们写进了小说之中。

2.大禹降服水怪无支祁

把大禹神话传说改编和演绎成文学作品的历史之悠久可能和大禹传说本身一样古老。司马迁在《史记》中提到了一本名为《禹本纪》的书,称:"至《禹本纪》《山海经》所有怪物,余不敢言之也。"从司马迁的描述来看,《禹本纪》应该和《山海经》一样,是一本记载了大量神话和怪物的书。这本书早已失传不见了,但从书名可以推测,它很可能是一部以大禹治水时游历四方,降服在各地遇到的妖魔鬼怪为主要情节的带有志怪小说性质的作品。

此后,大禹游历四方遇到并降服各种怪物的故事就成了古代志怪小说作家们十分喜爱的题材。尤其是唐代小说作家,将大禹神话传说融入了自己天马行空的想象之中,创作了许多脍炙人口的大禹故事。著名小说作家李公佐的传奇小说《古岳渎经》就是在大禹治水神话的基础上进行再创作的一篇作品。

该故事叙说唐代永泰年间,官员李汤担任楚州刺史时,有渔人禀告说,他在龟山钓鱼时,发现吊钩被什么东西挂住了。渔人就凭借水性下水查看,下潜了大约五十丈时,看见水下有一根巨大的铁锁链盘绕在龟山的脚下,顺着看过去竟然看不到锁链的尽头。李汤赶紧派人跟着渔人一同前去查看,果然找到了那锁链。锁链又粗又重,几十个人合力才能牵动,但也无法将锁链拽上岸。人们又用五十多头牛拖拽锁链,才渐渐将锁链拖上了岸。突然之间,锁链那头的河水中卷起了巨大的波涛,所有在场的人都被吓得呆住了。

只见锁链的尽头是一头巨大的野兽,样子看起来像一头猿猴,脑袋上长满了白色的长毛,牙齿雪白而锋利,爪子闪着金光,一下子跳到了岸上,这怪物的身高竟然有五丈多。它刚刚上岸,眼睛还睁不开,口鼻当中不停流出水来,散发出腥臭的味道。过了一会儿,怪物忽然睁开双目,两只眼睛散发出闪电一样的光芒。它看到周围有很多人,便发起怒来,把围观的人吓得四散奔逃。那怪物慢慢拖着锁链和拉锁链的五十头牛回到了水里,此后再也没有出现过。

后来,李公佐在包山的灵洞中得到了一本名为《古岳渎经》的书,上面记载大禹治水时来到了桐柏山,但见山中狂风怒吼,飞沙走石,人不能行。大禹命令夔龙前去探查,方知是淮涡水神无支祁作怪。这无支祁的样子是一头猿猴,有青色的身体、白色的脑袋、金色的眼睛、雪白的牙齿,力大无穷,能举起九头大象,身体灵活,擅长搏击,没人能够近它的身旁。大禹命令手下将领章律前去制服无支祁,章律几番苦战,无功而返。大禹又命令乌木由前去制服无支祁,乌木由也失败了。最后,大禹手下的大将庚辰率领数千名精通水性的兵士,终于将无支祁制服,并用大锁链将无支祁锁住,在它的鼻子上穿上金铃,将它锁在龟山脚下。

大禹降服无支祁的故事,在宋代以后又发生了演变,逐渐变成了泗州大圣降服怪物水母的故事。在民间传说中,泗州大圣又演变成了观世音菩萨。鲁迅先生据此认为,《古岳渎经》中的水神无支祁对四大名著之一的《西游记》中孙悟空形象的产生有着重要的影响。

自《古岳渎经》诞生以后,不断有作者以大禹治水时降服各种精怪的故事为题材进行再创作。如宋代的传奇小说《大禹治水玄奥录》,明清时期的长篇白话小说《列国前编十二朝》《开辟演义通俗志传》《有夏志传》《大禹治水》等,都在讲述大禹故事的同时又融入了那个时代的文化背景或思想意识。

3. 禹铸九鼎

经过大禹和手下众人的不懈努力,洪水终于得到了平定,老百姓又过上了安居乐业的日子。大禹想要知道天下的大小，就命令他手下的两个人去丈量辖域内的土地，这两个人一个叫太章，一个叫竖亥。太章从大地的东极走到了西极，一共走了二亿三万三千五百里又七十五步；竖亥从大地的南极走到了北极，也是二亿三万三千五百里又七十五步。大地上因为洪水形成的渊薮，有二亿三万三千五百五十九个，大禹都用息壤将它们填平。有些地方的息壤生长成了巨大的高山，这就是四方名山的来历。这些当然都出自古人神话式的想象。古人认为天是圆的，地是方的，于是就把大禹统治的土地说成了四四方方的形状。

为了方便管理天下，大禹依照自己治水过程中的经历，把天下划分为九个大州，分别是冀州、兖州、青州、徐州、扬州、荆州、豫州、梁州、雍州。据说，大禹还把每一州的山水地理和自然物产都记录了下来，这就是今天《尚书》中的《禹贡》这一篇。但是，经现代学者考证，《禹贡》很可能是春秋战国时期的学者伪托大禹而作的，并非是大禹时期的作品。

大禹做了天子以后，九州的牧守供奉来自各个地方的矿物，大禹就命人将其中的铜铁熔化冶炼，铸造了九座巨大的宝鼎。大禹把自己治水时遇到的各种山精水怪、魑魅魍魉的形象都画了下来，还将它们的名字分别写在每个精怪图画的旁边，让人将这些图画和文字铸刻在九个宝鼎之上。从此之后，天下的百姓就可以通过查看九鼎上的图画知道那些山精水怪的模样和名字。如果在路上遇见了它们，百姓们大声叫出它们的名字，这些精怪就不敢作祟了。后来，这九鼎被人们当成了传国的宝贝，从夏朝传到了商朝，又从商朝传到了周朝，逐渐成为天子权力的象征。

到了东周晚期，诸侯霸主们都觊觎着这九个象征着天下最高权力的宝鼎。春秋时期楚国的霸主楚庄王派人来到东周的都城洛邑，想要打听九鼎的大小和轻重。负责接待的是周王室的大臣王孙满，他义正辞严地对楚庄王的使臣说："只有继承了大禹盛德的人才配拥有九鼎，其他的人不该过问！"楚庄王的使臣只好悻悻地离去了。后来，秦国凭借自己强大的军力攻破了洛邑，想把九鼎运回秦国的都城咸阳。结果在运送九鼎的途中，一座宝鼎突然飞了起来，一下子飞进了泗水里。秦国人没办法，只好把剩下的八座鼎运回咸阳。又过了很多年，秦始皇凭借武力统一了天下，他认为自己是真命天子，理应拥有九鼎，就派人去泗水打捞当年丢失的那座鼎，结果捞了很久也没有捞到，只能无功而返。秦始皇死了以后，秦朝迅速灭亡了，那剩余的八座鼎也不知去向。

第五章　精卫：英雄精神与悲情命运

作为中国神话中的权重角色，精卫在中国传统文化传承中占有重要分量。但它的文学演绎历程显示出，作为精卫神话内核的英雄精神与悲冤命运在走向上殊途同归，从而反映出神话文学移位的过程，实际上是社会历史文化的投影和制约过程。我们在认识精卫神话文学化历程的同时，又能直观感受到，在专制社会背景下，个人英雄主义精神是怎样地不被认可，而只能无可奈何地走向悲冤的结局。

第一节　英雄主义精神的形成与消歇

精卫神话中的英雄主题在其文学移位的过程中产生了明显的变化。一方面其文学含量大大提高；另一方面其远古时期曾经蕴含的英雄观念却逐渐淡化削弱。究其原因，是在中国传统文化中，英雄崇拜被后世的君权观念和家族崇拜取代。

1. 神话时代精卫英雄主题的发端

精卫神话首见于《山海经·北山经》，英雄主义是其要素之一：

又北二百里，曰发鸠之山，其上多柘木。有鸟焉，其状如乌，文首、白喙、赤足，名曰精卫，其鸣自詨。是炎帝之少女名曰女娃，女娃游于东海，溺而不返，故为精卫。常衔西山之木石，以堙于东海。

精卫的英雄主义要素首先来源于她的血缘。炎帝的无数光环足以证明他的英雄身份，他不仅是中国农耕文化下的早期神祇，还拥有太阳神与农业神的双重身份。作为"炎帝之女"，虽然她已经变成了鸟的外形，但其形象不乏女子的姣好——"文首、白喙、赤足"，其"自詨"的叫声不乏壮美的气概。更为重要的是，她继承了其父身上的英雄因子。

而且，精卫神话中有关于洪水和东迁的两个英雄主题。洪水神话在中国古代神话中占有较大的比重。从鲧到禹，从女娲到共工，都在致力于解决这个人类共同的难题。相比之下，精卫的英雄精神更加具有感召力和震撼力。东迁主题更是精卫形象勇敢性格的折射与表露。

首先，作为太阳神炎帝的女儿，精卫是炎帝氏族与洪水对抗中自我牺牲的英雄。在洪水神话的背景下，"游于东海，溺而不返"应该理解为在炎帝一支与洪水的搏斗中，其首领的女儿成为这场抗洪斗争的牺牲品。"溺"字本身不足以诠释精卫就义的过程和细节，但后代相关的传说有助于今人理解其献身的动机甚至过程。

今人在提到"河伯娶妇"这个汉代以前盛传的故事时，往往只注意到其迷信的一面，而忽略了它所反映的战国时期巫风盛行的背景下用贵族少女祭神的习俗。三老巫祝之流鱼肉乡民的借口是以民女作为河伯新妇，而西门豹治作恶者的借口是要为河伯择优献女。双方都默认一个既定前提：为水神提供年轻女子是天经地义的。类似"河伯娶妇"的故事不仅在中原汉民族中流传，也在其他少数民族地区流传。

高山族"少女献身退洪水"说的就是一个头人的女儿主动投身洪水以解救民众的故事。这个故事似乎可以给我们复原精卫溺于东海的原貌带来某些灵感和启示。"这种以少女祭神（尤其是水神）的风俗延续很久，从原始社会一直沿袭到封建时代。其背景则是宗教赎罪心理与取媚于神的仪式。通过活生生的人的牺牲来实现的这一行为，是人类生存意志在那远古时代的闪光。尽管是变形了的光。"（谢选骏《中国神话·洪水主题》）所以，我们有理由把精卫之溺理解为为了拯救部族，精卫勇敢献身于洪水之中，成为造福族类的英雄。她名字中的"卫"字含义在这里初见端倪。

其次，炎帝女儿从女娃变为小鸟是其英雄精神转换的结果。与其他几位洪水神话中的英雄有所不同，精卫既没有像女娲那样取得成功，也没有像鲧那样就义消失，而是变成一只小鸟。这个变形的神话意蕴似乎没有得到今人的充分挖掘和深入理解，仍有意犹未尽之处。有人根据鸟的样子将其释为晷影圈上所插筹码的形状，也有人从炎帝一支与鸟图腾文化的关系来解释精卫的鸟形象，甚至认为精卫变为小鸟的情节表明她的神性的削弱。

从这些特定角度来看，上述理解不无道理，但从神话的深层意蕴来看，其英雄精神有三个方面更应得到阐发。其一是死后变形表现的一种坚定的责任信念和可贵的精神气概，可视为民族人格精神的重要内涵之一。其超越生死的气概不仅是孟子"大丈夫"形象的翻版，更可以理解为后代佛教所谓"形灭神不灭"学说在神话上的反映。其二，变形后的小鸟不仅与其生前女娃之身在形体上反差巨大，与其奋勇抗争的洪水天灾相比，更是天壤之别。在这巨大的形体反差中，精卫的不屈性格和抗争精神不但没有弱化，反而更加放大和强化了。毫无疑问，精卫变形后超越生死和以小对大的精神气概，是其神性的升华，而不是削弱。其三，变形小鸟后填海是英雄精神的升华和延续。尽管人们解释精卫故事的话语系统不同，但在其填海行为的英雄价值上没有分歧。这正说明精卫填海神话英雄内核的集中和明晰。身为小鸟的精卫去填海是其英雄精神的闪光点之一。其英雄气概主要体现在变形之后的小鸟与其自觉承担的使命之间的巨大反差上。

可见，精卫英雄神话与中国其他洪水神话的明显区别和其自身的重要意义在于，它从属于农耕文化的太阳英雄系列的同时，发生在炎帝一支自西向东迁徙的过程中和她牺牲并湮没于东海之后。精卫衔木填海的壮举不仅具有太阳英雄的风范，也成为以小碰大、以弱战强英雄精神的代表。

遗憾的是，在进入文明社会后，随着农耕社会和封建制度的稳固与健全，炎帝部落举族迁徙的情况难以再现，精卫英雄神话中这种以小碰大、以弱战强的英雄气概没有得到发扬光大，反而萎缩退化。这一点，于精卫神话英雄主题在后代的演变中表现得十分清楚。

2. 秦汉六朝精卫神话英雄主题的弱化与初步文学移位

神话来到文明社会，要面临两个最直接的适应问题。首先它要从没有文字记载的传说时代进入文字记载时代。而神话内容从传说化到文字化的过程，必然要深深烙上记录者所处社会与时代本身的烙印。相比之下，战国时期记录神话的作品，如《山海经》等，其时代、背景与神话所在的时代及背景更接近一些。而从秦汉开始，神话的最初移位也就开始了。除承载各时代的社会风貌外，文学的表述也随着文学自身的行进轨迹在神话记录方面显示其同步性。

秦汉时期社会文化对精卫英雄主题的演绎趋势影响最大的一点是，君权地位的上升对英雄主题的压制侵削。精卫神话的英雄主题在秦汉时期的文学移位，大抵沿着三条路径发展。其一，在承袭前人神话记录的基础上补充丰富，使之成为神话记录的延续；其二，把精卫神话作为历史记载，对其进行历史复原和评论；其三，用文学手法张扬精卫的英雄精神，初步勾勒出精卫英雄主题的文学样貌。

秦汉六朝时期精卫神话故事主要集中在志怪小说中。尽管志怪小说与神话有本质区别，但二者之间存在密切关联。在对神话内容真实性的认识上,二者均信其实有。神话传说是志怪小说的源头之一,很多神话故事赖志怪小说得以传世。这就给了志怪小说延续神话内容并将之发扬光大的内在驱动力。这在精卫英雄主题的演变上有所体现。

这个时期精卫神话传说的记载主要收录在西晋张华《博物志》中,《博物志》载:

有鸟如乌,文首、白喙、赤足,曰精卫……故精卫常取西山之木石,以填东海。

这段文字可谓《山海经》所记精卫神话的压缩版,的确看不出志怪小说与神话传说之间有什么传承的区别。

但是,今本《博物志》散佚的文字,说明志怪相较于神话而言,除继承之外,的确还有改造新生,但淡化了神话英雄主题的一面:

《博物志》:君山,洞庭之山是也。帝之二女居之,曰湘夫人。帝女遣精卫至王母,取西山之玉印,印东海北山。(《太平御览》引《博物志》)

湘夫人的神话传说为长江流域楚文化的产物,而精卫神话属于黄河流域中原文化。本来相距甚远的二者却被整合在一起,形成新的故事元素。精卫在这里只是保留了名字,其去西山衔木的情节被改造为取西山玉印,神话故事中精卫战天斗地的英雄气概大大弱化。

这段记录与《山海经》中神话记载的最大不同是,它把分属两个神话系统的神话传说整合在一起,显示出神话进入文明社会之后被加工的痕迹。这个痕迹的内在实质就是,尽管志怪小说在对神话内容真实性的认识方面还承续着神话思维,但时过境迁,神话内容所反映的先民战胜自然灾难的英雄精神已经被弱化。一位主动向自然挑战的弱小英雄,变为受湘夫人驱使,为其奔走效力的工具。非常明显,这体

乙集 第五章 精卫:英雄精神与悲情命运 165

现了封建社会君权观念对精卫英雄主题的扬弃和改造。

同样，虽然精卫英雄故事在六朝散文作家手中，也出现某些内容上的变异，但其或者只是捕风捉影，附会精卫的行踪，或者是把精卫填海故事作为一个既定的历史符号加以议论。郑述祖《天柱山铭》中的精卫只是一位历史过客、一笔描绘介绍天柱山的涂料而已，至于她的英雄壮举，似乎已被淡忘。北齐享国不长，且战乱频仍，本是英雄作为的时代。但作者郑述祖作为北齐名宦，以政声文采闻名，所作《龙吟十弄》历代传为名曲，可见此时文学艺术的发达，吸引了部分文人从险恶的现实转到高雅的审美情趣中。于是不但其作品回避战乱环境，而且在他们的笔下，连秦皇汉武这样的雄才暴君，似乎也像文人墨客一般流连忘返于天柱山。相比之下，精卫英雄气概的淡化就不足为奇了。

精卫英雄故事作为历史受到评议的情况在此时也每每可见。僧祐《弘明集》与庾信《拟连珠四十四首》都运用了精卫衔石的典故。二者尽管命意各异，但在蔑视精卫、质疑其英雄壮举这一点上别无二致。这里可以清楚地看到，岁月冲淡了精卫的英雄气概。这时的人们已经不再被精卫的英雄壮举激励震撼，而是冷淡地质疑其作为的价值意义。除时间、距离的因素外，一个重要的理由是，秦汉时期社会重要的任务是建构君权的绝对权威，君权神授才是此时的主流思潮。

与此相反，六朝时期精卫神话的英雄主题在诗赋那里却得到了嫁接，出现了一点移位再生的痕迹。首先要提到的是郭璞的《精卫赞》：

炎帝之女，化为精卫。沉形东海，灵爽西迈。乃衔木石，以填攸害。

郭璞是西晋时期重要的学者，尤其值得称道的是他为《山海经》的保存继承作出的卓越贡献。从其文集中可以看到，郭璞为《山海经》

神话系统中的很多动植物精灵分别做过类似的赞。这种特殊的情结，使得他在很大程度上能够超越秦汉以来君权至上观念的桎梏，从正面赞美神话英雄。从其《精卫赞》中可以看出，郭璞还是沉溺在对神话世界的无比眷恋之中。同时，作者又以诗歌的节奏增强其文采，并传达出对精卫深深的敬意和赞美。文采和情感因素改变了精卫英雄主题的性质和走势，它从在先民迁徙并与自然发生矛盾过程中形成的英雄实践或英雄故事变为文学审美的对象。这一改变标志着精卫英雄主题的社会实践品格的消歇和文学移位走势的开始。

精卫英雄主题的文学移位在陶渊明《读山海经十三首》第十那里更加出色和强化：

精卫衔微木，将以填沧海。刑天舞干戚，猛志固常在。同物既无虑，化去不复悔。徒设在昔心，良辰讵可待！

无独有偶，陶渊明的《读山海经十三首》堪称郭璞为《山海经》中各种名物所作系列赞文的姊妹篇，这说明《山海经》中的神话题材至两晋已经成为重要的文学素材。相比之下，陶渊明的组诗将精卫、刑天的英雄精神重新注入文学形象中，因而在情感和文采方面要更胜一筹。这首诗将精卫和刑天并举，其精彩之处不是描绘了他们的英雄行为，而是满怀深情地对其壮举表达精神共鸣和情感认同。"同物既无虑，化去不复悔"，精卫和刑天的感人之处，不只是其义无反顾的献身精神，更能震撼人们心灵的是其死后变形仍然九死未悔的顽强精神。这一点也许正是精卫英雄精神的延续，但作品的社会属性和阅读效应与此有所分离。

作为中国古代隐逸文化的代表人物，这位不肯"为五斗米折腰向乡里小儿"的陶靖节借此诗抒发了他压在心底的政治信念和顽强精神。陶渊明政治立场的底色是漠视君权的，所以在对精卫形象的认识上，他不能认同以君主权威压制精卫英雄价值的理念。不过他对精卫英雄精神的赞赏也不是用来唤起民众参与战胜自然和社会变革的，而是把精卫作为他本人反抗君权精神的形象符号，借他人酒杯，浇自己胸中块垒。所以，陶渊明对精卫英雄气概的赞颂与神话记载最大的区别在于，他不是从人类改造自然和摆脱困境的社会实践来感受、审视精卫的英雄壮举，而是把精卫故事作为表达个人情感情怀的载体来寄托感情和精神。这正是严格意义上神话文学移位的标志。后代精卫神话的文学移位，正是沿着这个轨迹不断延伸扩展的。

精卫神话的文学移位现象在六朝文学走向自觉和独立时期的各种重要文体形式中也得到表现。齐梁时期范云《望织女》诗、南朝陈张正见《石赋》，内容涉及精卫，但精卫的英雄情怀已经为文学的辞采渲染所取代。至此可以清楚地看出，精卫神话因子离开神话母体后，虽然英雄色彩日益淡化，但作为文学意象在文人笔下焕发出勃勃生机。

3.唐宋时期精卫英雄主题的文学雅化

唐宋是中国文化的文人化时期，神话文学移位也正式拉开大幕，呈现出争奇斗妍的繁荣盛况。精卫英雄主题在汉魏六朝文人对其文学再造的基础上，在唐宋文学中更加异彩纷呈。据粗略统计，唐宋诗文作品中，涉及精卫英雄主题的有四十多篇。如果说这些作品的内容有所指的话，那么基本上是围绕着对精卫英雄行为的评价或态度的。

在肯定精卫英雄精神的作品中，有一个新的动向，就是把精卫的英雄精神与社会现实中人们的反抗意识融为一体，让精卫的英雄精神为现实的反抗精神招魂。王建《精卫词》堪为代表。还有一个角度是用精卫的顽强意志激发人生豪情。聂夷中在《客有追叹后时者作诗勉之》这首诗中，围绕立志问题告诫人们"君看构大厦，何曾一日成"。

在列举诸多立志理由之后，作者又以"精卫—微物，犹恐填海平"作为物小志大的例证，鼓励人们勿以势微而丧志。所以《唐才子传》说他"警省之辞，裨补政治"。

聂夷中的个人境遇和诗歌题材均与王建相似，他们出身贫寒，故能在诗歌中对下层民间疾苦给予同情关注，并能不时激励下层民众蓄志发力，改变命运。精卫填海故事成为他们激励民众的形象符号，这是精卫神话实现文学移位之后的新内涵，值得关注。

类似情况还有佚名《雪溪夜宴诗（诸神命丽玉唱公无渡河歌）》用精卫衔石的精神表达对爱情的坚贞。精卫英雄精神更加社会化、生活化了。这方面比较突出的还有韩愈的《学诸进士作精卫衔石填海》：

鸟有偿冤者，终年抱寸诚。口衔山石细，心望海波平。渺渺功难见，区区命已轻。人皆讥造次，我独赏专精。岂计休无日，惟应尽此生。何惭刺客传，不著报仇名。

面对后代皇权观念对精卫英雄精神的排斥和质疑，韩愈毫无保留地站在精卫一边，赞美其拼尽毕生精力来衔石填海的顽强意志毅力，认为精卫虽然没有以复仇的名义流传史册，但其英雄气概与《史记·刺客列传》中的刺客群像相比是毫不逊色的。

把精卫英雄精神社会化、生活化的倾向在宋代诗作中得到继续延伸。王十朋在任泉州知州期间，应邀参观泉州人在笋溪所建石笋桥，欣然为之题诗，诗中用"辛勤填海效精卫，突兀横空飞海蜃"赞美泉州人在天堑笋溪修建石笋桥的壮举。又如陆游《后寓叹》诗中有"千年精卫心平海，三日於菟气食牛"句，借用精卫填海和楚国斗谷於菟的典故激励人们卧薪尝胆，以终成大业。可见精卫的英雄气概已经在现实生活和文人脑海中深深扎根。而千百年来最能撼动人们心灵的还是文天祥那首披肝沥胆的《自述》：

赤舄登黄道，朱旗上紫垣。有心扶日月，无力报乾坤。往事飞鸿渺，新愁落照昏。千年沧海上，精卫是吾魂。

无论世事发生怎样的变化，文天祥内心那份"扶日月""报乾坤"的雄心壮志都毫不动摇。而支撑这一理想抱负的就是那位生死不渝其志的精卫。与此相类的还有宋末在被元兵俘虏途中自溺而死的青年女子韩希孟。传说她所写的《练裙带诗》说："借此清江水，葬我全首领。皇天如有知，定作血面请。愿魂化精卫，填海使成岭。"也是用精卫的英雄精神作为民族气节的形象符号。可见，大到雄心壮志，小到生活细节，都可以用精卫的顽强精神作为文学的代言符号。精卫英雄精神的文学移位可谓相当普及流行。

除单一使用外，还有很多精卫英雄形象象征符号与其他形象符号相融并用的情况。宋代肯定精卫英雄精神的诗文中，一个比较流行的方式是将精卫与愚公并举。二者的弱者地位与其自觉承担使命时表现出的巨大热情和顽强意志形成巨大反差，它们组合成一个象征符号体，鼓舞人们的意志。如马廷鸾《饶娥庙记》，何梦桂《叶道判修天乐观疏》《岩下修路疏》，于石《感兴》，李彭《送泉上人复往荆南》等。尤其充满激情、令人感动的是陈瓘《进四明尊尧集表》："愚公老矣，益坚平险之心；精卫眇然，未舍填波之愿。殁而后已，志不可渝。"陈瓘本人刚直不阿，屡次痛批蔡京，终以直言获罪。文中愚公"平险之心"和精卫"填波之愿"，正是其嫉恶如仇、扬善除恶的雄心壮志的形象写照。陈瓘以愚公、精卫的顽强意志自喻的表述方式得到时人的盛赞。

从文天祥到韩希孟，用精卫英雄形象浇铸出来的民族精神模式已经逐渐清晰。到了陈瓘这里，精卫英雄精神已经逐渐从抗击外侮移位和扩大到以正抗邪、嫉恶如仇的忠奸斗争中。可见，精卫的英雄气概已经由先民抗争自然的写照逐渐演化成为一种文学符号，一种张扬民族气节和顽强意志、坚韧毅力的文学符号。

唐宋诗文中，与正面赞美精卫英雄壮举的肯定性倾向相反的是对精卫英雄行为的质疑甚至否定。相比之下，唐代文人在这方面还比较含蓄和笼统，对精卫的英雄壮举虽然不甚赞许，但没有恶语相加，往往是根据诗歌构思的形象需求来使用精卫的这一精神。如李白《登高丘而望远海》：

登高丘，望远海。六鳌骨已霜，三山流安在。扶桑半摧折，白日沉光彩。银台金阙如梦中，秦皇汉武空相待。精卫费木石，鼋鼍无所凭。君不见骊山茂陵尽灰灭，牧羊之子来攀登。盗贼劫宝玉，精灵竟何能。穷兵黩武今如此，鼎湖飞龙安可乘。

李白毕竟是李白，他既没有卷入对精卫英雄精神的褒贬纷争，也没有把精卫英雄精神引向社会实用领域，而是从反思历史的高度，借用各种历史典故，对历代帝王穷兵黩武的行为进行反思。在他看来，无论是精卫填海，还是秦皇汉武苦心孤诣的黩武之举，都只能是历史的过眼云烟，都难逃"尽灰灭"的结局。李白并没有否定精卫填海本身的价值，而是从历史幻灭的角度对人生的意义进行感慨。这比针对具体、实际问题的好恶褒贬更有震撼力。又如元稹《有酒十章》之四。和李白相比，元稹对精卫的批评否定味道显得明确一些了。在他看来，"精卫衔芦塞海溢"的结果只能是"筋疲力竭波更大"。元稹诗虽然锋芒外露，但仍然不失诗歌的韵致余味。

与李白、元稹相比，宋代文人在否定精卫填海的英雄精神时，既无李白那样超越人生况味的底蕴，也没有元稹寓讥讽于优美诗句中的诗才。他们的这方面作品给人的印象是急于否定、批评精卫英雄精神，然而短于锤炼诗句，缺乏立意和境界的高度。可见秦汉以来君权至上理念下对精卫英雄精神的负面否定评价，到了宋代又因融入外来文化与中国文化隔阂质疑的因素，更加蔓延滋长。

可见，唐宋时期，精卫英雄精神不仅在内容、意义上被作家们多向度地摸索探究，而且在诗歌艺术上更加雅化，体现出士人文化时期文人的雅化取向对精卫英雄精神主题的整体浇灌与滋养。

令人难以理解的是，在儒家两千年占据统治思想地位的背景下，对精卫英雄壮举的态度竟然会有截然相反的两种评价体系。而这水火分明的两种对峙态度竟然非常清晰地表现在宋代以来两部影响巨大的儿童启蒙读物上：

《三字经》："愚公志，精卫情。锲不舍，持以恒。"
《幼学琼林》："以蠡测海，喻人之见小；精卫衔石，比人之徒劳。"

这就意味着，古代的孩子们在这两部启蒙读物中将会听到关于精卫英雄举动的两种完全相反的声音。一个声音告诉他要学习精卫那种锲而不舍、持之以恒的精神，另一个则告诉他不要去做填海那种徒劳无功的事情。不难设想，这必然导致孩子们在精卫英雄形象的价值判断上的无所适从，以及疑惑和彷徨。这充分说明中国古代文化传统中英雄定义的缺失，而造成缺失的主要原因就是封建专制体制下皇权的过分强化。

4.元明清时期精卫英雄主题的雅俗分合

元代延续宋代以来城市发展的趋势，城市经济进一步发展。受此影响，文化主流由六朝唐宋以来的士人文化逐步转型为市民文化，市民通俗文学艺术样式也逐渐成为文学艺术舞台的主角。在此背景之下，对精卫英雄主题的演绎也出现了雅俗双线的分合态势。

元明清时期文学作品与精卫有关者大约有三百篇，其中表现精卫英雄主题的大约有三分之二。精卫英雄主题的雅俗双线并行走向并不均衡。诗文等传统主流文学样式除在前人基础上继续深化，用精卫英雄精神打造一批民族气节精英外，没有明显的主题更新。倒是在通俗小说戏曲等市民文学艺术样式中，精卫英雄主题出现了较新的趋向和展演方式。

元代开始，诗文领域进入因袭模仿期。受此大背景影响，精卫英雄主题也大抵被限制在前代的框架内。如郝经《巴陵女子赴江诗》用"愿魂化精卫，填海使成岭"表现烈女贞节之志，方回《海东青赋》用"节鲠直而性刚，精卫欲填夫海波兮"赞美刚正不屈的性格，均袭用前人同类意象。任士林《镏成卿久斋记》有"精卫之志天地不违，愚公之谋鬼神莫夺"之句，将精卫的英雄壮举与愚公并用，也是沿用前人的产物。

明代诗文中表现精卫英雄主题的作品可以刘基的诗作为代表。前代诗文作品中表现精卫英雄主题的意象在刘基的诗歌中几乎都有体现。如《杂诗》：

愚公志移山，精卫思填海。山高海茫茫，心事金石在。松柏冒雪霜，秀色终不改。春阳熙幽林，卓立有光彩。

这与唐宋文人把精卫、愚公并举，赞美其顽强意志精神的用法完全一致。类似者又如"精卫衔石空有心，口角流血天不知"，属于单用精卫英雄气概典故的用法。其他作家也大抵未出前人窠臼。如高启《温陵节妇行（泉州陈氏妇夫泛海溺死守志）》用精卫志节表现烈女贞节等。

有些咏史诗却能用精卫英雄形象挥洒笔墨，反思历史，寻找民族英雄的形象模式。如李东阳《大忠祠》四首之三：

> 北风吹浪覆龙舟，溺尽江南二百州。东海未填精卫死，西川无路杜鹃愁。君臣宠辱三朝共，运数兴亡万古仇。若遣素王生此后，也须重纪宋春秋。

崖山是南宋末代皇帝赵昺称帝之地，也是宋元决战、南宋崩溃灭亡、赵昺沉海之处。诗中"东海未填精卫死"指当时辅佐宋少帝、支撑南宋最后局面的张世杰，"西川无路杜鹃愁"则暗喻沉海不回的赵昺。张世杰坚持抗元却回天无力的英雄悲壮情怀恰恰是精卫英雄精神的写照。把精卫以弱抗强的精神内核加以提升、放大，使之成为民族气节形象的模式，逐渐在文人篇什中蔚然成风。那些宋代抗金抗元的将领如岳飞、辛弃疾、文天祥等均被用精卫英雄气概来描摹赞颂，以彰显民族气节。

此风在明清汉满政权异代之际又进一步得到强化。很多汉族文人承袭明代风气，将精卫英雄意象作为民族精神的象征。如夏完淳《精卫》：

> 北风荡天地，有鸟鸣空林。志长羽翼短，衔石随浮沉。崇山日以高，沧海日以深。愧非补天匹，延颈振哀音。辛苦徒自力，慷慨谁为心。滔滔东逝波，劳劳成古今。

面对清铁蹄压境的现实，诗人自感无力回天，遂以精卫自拟，"志长羽翼短，衔石随浮沉"。这种面对强敌不肯屈服的精神与精卫英雄气概一脉相承。相比之下，顾炎武的《精卫》更加浩气回荡：

> 万事有不平，尔何空自苦？长将一寸身，衔木到终古。我愿平东海，身沉心不改。大海无平期，我心无绝时。呜呼，君不见，西山衔木众鸟多，鹊来燕去自成窠。

作者不仅借精卫形象抒发"大海无平期，我心无绝时"的坚定抗清决心，还对那些投靠清政权的汉族官员发出辛辣嘲讽。如果说唐宋时期精卫英雄形象的文学移位已经在民族气节和以正抗邪的意象结合方面初见成效的话，那么明清时期用精卫英雄气概打造出来的民族气节群像则将这一趋势引向了深入。

元明清时期精卫英雄精神文学移位的盎然生机出现在小说戏曲等通俗文学领域（主要是在文学表达方式上）。尽管小说戏曲本身是市民文化的产物，但它在继承、利用传统主流文化积累的基础上才能绽放。精卫身上所具有的英雄精神在小说戏曲中的呈现，也经历了从雅到俗，最后合拢归一，走向雅俗共赏结局的过程。

明清小说戏曲中的精卫英雄典故，借用传统诗文意象较多，基本上还是因袭诗文俗套，没有新意。相比之下，精卫填海神话的世俗化表现倒给人耳目一新的感觉。

李汝珍所开的把精卫英雄精神嵌入叙事文学情节中的叙事化先河，在邹弢《海上尘天影》中得到了淋漓尽致的发挥。《海上尘天影》本是一部狎邪小说，但作者模仿《红楼梦》以女娲炼石而成之通灵宝玉统领全篇的构思，用上界万花总主杜兰香因私助精卫填海获罪而谪降尘凡的故事统领全篇，完全把精卫填海故事置于全书情节结构的整体构思之中。书中前两章为全书引子，略叙万花总主杜兰香随女娲补天时未及时填补东南地陷，上帝以地陷处洗浴空间宽大不想填塞，杜兰香的坐骑精卫真仙在主人帮助下私去填海并获成功，上帝得知后将杜兰香和精卫真仙及二十六位花神贬谪人间，作者从而引出《海上尘天影》的正文故事。

与《镜花缘》中精卫英雄精神作为唐敖与邓九公之间对话话题出现的情节要素相比，《海上尘天影》中精卫作为一个独立的小说形象出现，是精卫形象文学移位在古代叙事文学体裁领域最成功和最完美的例证。从这两章对精卫真仙的形象塑造来看，不仅汉代以来有关精卫英雄精神的正面要素，基本上已经被吸收整合在精卫真仙这个文学形象中，而且其悲剧命运的文化内涵与其英雄精神并驾齐驱，为精卫神话原型的文学移位画上了一个完美的句号。

第二节　冤魂命运的文学演绎

作为民族英雄神话主角的精卫，其冤魂结局恰好是中国古代专制体制下英雄末路的真实写照。如果说早期神话原型中的精卫英雄含冤而死是先民每每遭受自然惩罚时被迫改变命运的写照的话，那么文明社会中的精卫神话冤魂主题则是封建专制体制排抑英雄的现实反映。这一变化正是精卫神话冤魂主题文学移位的演变轨迹。精卫冤魂主题意象与专制制度背景下的悲悯、感伤的审美情怀具有很大的共鸣点，因此得到更加广泛的接受和书写，成为精卫神话文学移位过程中的一个亮点。

从相关材料大致可以看出，精卫神话以其溺水为限，分为两个主题，溺水前（含溺水）为冤魂主题，溺水再生后为复仇主题（或英雄主题）。两个主题具有因果关联。精卫神话的重心是英雄主题，然而精卫作为一位失败的英雄，她的英雄神话又蒙上冤屈悲剧的色彩。因此，精卫神话的冤魂主题与其英雄主题相互关联而又相互区别。英雄主题是精卫神话的核心和起始部分，而冤魂主题是精卫神话的外延和结局部分。

1. 精卫神话冤魂主题的原始意蕴

神话英雄的命运多半以悲剧而告终，而其悲剧命运的原因多半与其英雄行为有关。精卫神话的冤魂主题也来源于此：

发鸠之山，其上多柘木。有鸟焉，其状如乌，文首、白喙、赤足，名曰精卫，其鸣自詨。是炎帝之少女名曰女娃，女娃游于东海，溺而不返，故为精卫。常衔西山之木石，以堙于东海。（《山海经·北山经》）

在有关洪水神话起因的说法中，前人多认为精卫填海神话属于"与自然力量的斗争"一类。就精卫的填海行动来看，这个看法没有问题。但笔者以为"与自然力量的斗争"是精卫神话的第二主题，第一主题应该是"事故致水"。正是这种意外致水事故才导致精卫的死亡，从而构成其冤魂形象的基础。

和炎帝族下那些鸟族变鱼族的同类相似，精卫本来也应该是这样的命运轨迹。但意想不到的是，她没有变为鱼类，而是溺死海中。从这个意义上来看，至此为止，精卫神话的主题还不是人与自然斗争，而是人遭受自然变故。与火灾、地震等自然灾害相比，人类遭受水患危害的几率要更大一些，因为"它是合乎经验世界因果规律的——尽管仍是超现实的，因此更易为现代人的推理性思维方式所理解。把它看作一种'事故'"（谢选骏《中国神话·洪水主题》）。先民因为水患而遭受劫难并改变命运的众多遭遇，应该是这类神话的现实基础，同时，这也是精卫不幸经历的文化积淀意义所在。精卫和普通先民之间所谓现实和超现实的区别仅仅在于，后人在幻想中让精卫再生复活并复仇，把精卫神话推向第二主题（英雄主题）了。

可见，精卫神话的冤魂主题反映了远古时期先民对自然的意外打击造成命运轨迹变化的惊恐和无奈，表现出该神话的原始底色与古朴风韵。尽管学界有人从炎帝部族东迁过程中历尽艰难险阻的历史背景来解读精卫游于东海的记载，但这更能说明：无论是来自自然的打击变故，还是迁徙活动中社会矛盾造成的坎坷遭遇，都是远古先民生活的折射投影和意蕴抽象，是尚未兑水和加工的原汁浆液。与后代精卫神话的冤魂主题相比，精卫神话还显得纯净质朴，没有更多的社会复杂因素影响和制约。它好像只给精卫冤魂主题用简笔勾勒了轮廓，无论是文化意蕴，还是文学渲染，都给后人的进一步扩展提供了广阔的空间。

所谓"冤魂"是指蒙冤死去的鬼魂，因一般以作祟的方式对施害方复仇，所以民间又俗称其为"厉鬼"。精卫的遭遇使她在后代获得了"冤禽"的名号，并成为早期冤魂的代表形象之一。但在先秦文献中，"冤魂"尚未成为一个专有名词，所以精卫在先秦文献中还没有取得完全的"冤魂"资格，这是精卫冤魂形象处于萌发时期的一个重要标志。不过有关冤魂作祟的记载在先秦文献中已经出现，也就是俗称"厉鬼"的现象。《左传·昭公七年》记载的子产为晋侯解答"梦黄熊入于寝门，其何厉鬼"的故事，就是一个典型的冤魂厉鬼作祟的例子。子产认为晋侯梦见的黄熊是当年被尧处以极刑的鲧的冤魂所化，因为没有得到祭祀而托梦作祟。这种情况在《周礼》《礼记》中也有类似的记载。这些从侧面说明厉鬼作祟是中国先民进入文明社会之后的事情，也反证出精卫虽然有和鲧相似的命运，但在先秦时期尚未成为明确的厉鬼冤魂形象。

2.秦汉六朝时期精卫冤魂形象的基本定型

随着社会历史的发展，人们与自然和社会的关系进一步复杂化，冤魂现象作为一种文化现象，也进一步深入细化。到了秦汉六朝时期，与其他神话社会化、文学化的历程基本同步，精卫神话的冤魂主题开始得到明确定位，后代的精卫冤魂主题，基本上是在这个时期的基础上纵深发展的。

作为精卫神话冤魂主题的背景，冤魂文化从秦汉才开始定型。汉代典籍中出现了与先秦典籍中"厉鬼"一词同义的"冤魂"这一专有名词。《后汉书·后纪》记载的汉灵帝因拒绝为被自己逼死的宋皇后改葬"以安冤魂"，竟然落得驾崩下场的故事，是典型的冤魂复仇成功的实例。而许永劝谏汉灵帝的理由，也正是前文所述《左传》记载的晋侯梦见黄熊的故事。此外，《后汉书》《三国志》也有多处提到"冤魂"作祟事，这说明汉魏时期冤魂作祟已经成为人们普遍相信和认可的一种风俗文化。与此同时，诗歌散文逐渐脱离经史，赋也应运而生，二者合流后共同把文学推向独立，处在萌芽状态的小说也渐成为精卫神话文学化的有力载体。

在此背景下，精卫形象的冤魂主题开始显现并定型。这其中包含两个要素，一是文化内涵的增色，一是文学表现手法的提升。具体表现为两种情况。

一种是以朦胧的文学笔法将精卫置于凄楚忧伤的角色设定中，对其不幸遭遇给予同情。郭璞《精卫赞》中已经流露出对精卫尸魂两分遭遇的同情。左思在其著名的《三都赋》中，分别以"精卫衔石而遇缴，文鳐夜飞而触纶"和"翅翅精卫，衔木偿怨"渲染精卫悲剧命运的凄怆色彩。陶渊明在《读山海经十三首》其十中描述了"精卫衔微木，将以填沧海"的壮举后，又以"徒设在昔心，良辰讵可待"对其不幸遭遇表示惋惜和同情。这种文学构思到了梁代范云《望织女诗》那里有了更进一步的发挥：

盈盈一水边，夜夜空自怜。不辞精卫苦，河流未可填。
寸情百重结，一心万处悬。愿作双青鸟，共舒明镜前。

诗人以银河为纽带，描绘了两组形象，一是面对宽阔河水心思对面而又一筹莫展的织女，一是辛勤填河却劳而无功的精卫。有意思的是，作者把精卫填海的壮举改为填河，并且让精卫的"河流未可填"成为织女"夜夜空自怜"的原因。作者通过文学的虚构和夸张，把织女和精卫这两个著名神话传说人物组合在一起，让两个悲凄故事相互叠加，使二者的悲凄色彩相得益彰并有了连环效应。这样，一个古老的神话故事种子就被播种在新的文学土壤上，开始绽露新的文学风采。

一种是以文学手法对精卫神话原型进行补充演绎，使其完成从神话到文学的移位过程，如《述异记》记载：

昔炎帝女溺死东海中，化为精卫，其鸣自呼。每衔西山木石以填东海，怨溺死故也。海畔俗说：精卫无雄，耦海燕而生，生雌状如精卫，生雄状如海燕。今东海畔精卫誓水处犹存，溺于此川，誓不饮其水。一名誓鸟，一名冤禽，又名志鸟，俗呼为帝女雀。

"海畔俗说"句之前为精卫神话的原始内容，之后为《述异记》新增内容。有的学者认为这些新增内容意义不大，这应该是人们习惯于把审视神话的重心放在神话原型方面的缘故。从神话移位的角度看，《述异记》的作者在这个古老的神话原型上嫁接出两个新的枝权：一是演绎出精卫的雄雌属性和后代繁衍问题，二是补充了几个精卫的异名。两方面内容均具有文学移位再生的意义。

3.唐宋时期精卫冤魂主题文学移位的强化

唐宋时期是中国文化舞台的主角从秦汉时期的帝王转向文人士大夫的繁盛时段。文学作为文化的主要载体，在张扬士人文化精神方面发挥了主力军的作用。在此背景下，精卫冤魂主题文学移位的内容走向，尽管基本上还是沿袭秦汉六朝时期的三个主题意象的轨迹，但明显彰显出士人文化精神的底色。精卫故事成为唐代文人诗文和其他作品中经常出现的题材，精卫冤魂主题的文学移位也较此前有了较大提升和跨越。

首先，在以文学手法同情精卫不幸遭遇方面，唐宋文人将其发扬光大，颇有后来居上之势。初唐四杰之一杨炯的《浑天赋》堪称其代表。作者利用自己作为弘文馆学士身处"灵台"、稔熟"浑仪"之象之便利，辨析"浑""盖"之说，其深层命意是借"天象"言"天命"，抒发自己身为弘农杨氏之后却不得志之抑郁。而精卫填海溺水的不幸遭遇成为杨炯抒发此情之有效文学意象："女何冤兮化精卫？帝何耻兮为杜鹃？"该赋的文学亮点在于，以赋这种纯粹的文学美文形式论证科技之利，并且融入作者的人生际遇感慨，可谓情文俱佳，而精卫冤魂主题在其中起到重要点睛作用。又如岑参《精卫》借精卫填海不果、溺水而死的不幸遭遇，喻指边塞壮士的壮志难酬，由此，精卫的冤魂主题与现实边塞题材达成了内在贯通。

《公无渡河》（又作《箜篌引》）是从汉代蔡邕《琴操》开始诗人们关注较多的题材，荀勖《太乐歌词》、孔衍《琴操》、刘孝威《公无渡河》中均有记载。唐代，李白、李贺、王建、温庭筠、王睿等人都有关于此题的篇什存世。其中有两位在《公无渡河》中植入了精卫冤魂主题元素。先是梁代刘孝威写下"衔石伤寡心，崩城掩孀袂"句，用精卫衔石溺水之不幸喻指、描写《公无渡河》男主人公子高落水后，其妻丽玉伤心欲绝之状。王睿则在此基础上继续发挥，用精卫冤魂主题元素进一步渲染《公无渡河》的悲伤气氛和丽玉的一往情深：

浊波洋洋兮凝晓雾，公无渡河兮公苦渡。
风号水激兮呼不闻，提壶看入兮中流去。
浪摆衣裳兮随步没，沉尸深入兮蛟螭窟。

蛟螭尽醉兮君血干，推出黄沙兮泛君骨。

当时君死妾何适，遂就波涛合魂魄。

愿持精卫衔石心，穷取河源塞泉脉。

唐代诸多文学大家均对精卫冤魂题材表现出了特有的关注和共鸣，渲染和同情精卫悲冤命运成为唐代很多名家作品的要素。不仅庙堂正宗文体诗文盛宴将精卫冤魂故事当作必备原料，甚至连碑文墓志，乃至衙门判词中都以其作为遣词润饰的手段。流传搬演，盛况可谓空前。

唐人深谙先秦汉晋典籍，对各种神话传说烂熟于心，在各种神话传说的相互联系和对比中施展文学才华，让神话传说的种子再开硕果。除前面所列引文外，那篇让武则天大加赞赏的崔融《嵩山启母庙碑》也值得关注。启母石即为传说中大禹之妻涂山氏化为石和生启处。崔融以此为构思背景，纵横驰骋，大逞文采，把历史神话传说中诸多经典元素荟萃一堂，从穆天子到汉武帝，从屈原到宋玉，从冯夷女娲，到宓妃麻姑，从尧母精灵，到舜妃遗响，各种神话元素如同"大珠小珠落玉盘"，令人眼花缭乱，目不暇接。在如此盛宴中，作者没有忘记把精卫的冤魂主题镶嵌于此：

美人之虹名蟒蝀，仙妇之月作蟾蜍，精卫衔木而偿冤，女尸化草而成㛰。山崩蜀道，台候妇而无归；石立武昌，亭望夫而不及。论乎诞载，群下莫尊于帝王；语乎迁易，凡百无闻于感致。美矣哉！不可得而称也。

由此可见，随着文学迅猛发展的繁荣局面的形成，"精卫偿冤"神话原型中的悲剧元素已经逐渐被日益爆满的文学意象冲淡，其认知价值逐渐被审美价值取代，这也许是神话文学移位的一条重要规律。

在唐代文人中，李白笔下的精卫冤魂故事数量最多，意象也最为

丰富。其中《江夏寄汉阳辅录事》一首采用精卫冤魂主题的一般意象:

> 谁道此水广,狭如一匹练。江夏黄鹤楼,青山汉阳县。
> 大语犹可闻,故人难可见。君草陈琳檄,我书鲁连箭。
> 报国有壮心,龙颜不回眷。西飞精卫鸟,东海何由填?
> 鼓角徒悲鸣,楼船习征战。抽剑步霜月,夜行空庭遍。
> 长呼结浮云,埋没顾荣扇。他日观军容,投壶接高宴。

据詹锳先生考证,该诗应作于流寓夜郎归后。诗中借"西飞精卫鸟,东海何由填"的悲冤遭遇,暗示"报国有壮心,龙颜不回眷"环境下的无奈和凄惨,精卫冤魂主题被用于抒发壮志难酬的郁闷。而《大鹏赋》中的精卫形象,却被视为大鹏反面的渺小事物:

> 尔其雄姿壮观,坱轧河汉。上摩苍苍,下覆漫漫。盘古开天而直视,羲和倚日以旁叹。缤纷乎八荒之间,掩映乎四海之半。当胸臆之掩昼,若混茫之未判。忽腾覆以回转,则霞廓而雾散。……
>
> 岂比夫蓬莱之黄鹄,夸金衣与菊裳?耻苍梧之玄凤,耀彩质与锦章。既服御于灵仙,久驯扰于池隍。精卫殷勤于衔木,鹈鹕悲愁乎荐筋。天鸡警晓于蟠桃,踆乌晣耀于太阳。不旷荡而纵适,何拘挛而守常?未若兹鹏之逍遥,无厌类乎比方。不矜大而暴猛,每顺时而行藏。参玄根以比寿,饮元气以充肠。戏旸谷而徘徊,冯炎洲而抑扬。
>
> ……此二禽已登于寥廓,而斥鷃之辈,空见笑于藩篱。

一面是"雄姿壮观,坱轧河汉"的大鹏,一边是"空见笑于藩篱"的"斥鷃之辈"。李白把被秦汉六朝人讽刺揶揄的精卫,置于逍遥大鹏的渺小对立面,加以嘲戏否定。与此相类,在《寓言三首》(其二)中,精卫冤魂形象的意蕴又变为无能小臣的报国无效:

摇裔双彩凤，婉娈三青禽。往还瑶台里，鸣舞玉山岑。

以欢秦娥意，复得王母心。区区精卫鸟，衔木空哀吟。

元人萧士赟谓："此篇比兴之诗，于时盖有所讽刺焉，彩凤青禽以比佞幸之人。琼台玉山以比宫掖。秦娥以比公主。王母以比后妃。盖以讽刺当时出入宫掖取媚后妃公主以求爵位者。精卫衔木石，以比小臣怀区区报国之心，尽忠竭力而不见知者，其意微而显矣。"李白笔下精卫冤魂文学意象的变异，可谓异彩纷呈。

从数量上看，宋代文人写精卫冤魂意象者不少。如胡宿《咏蝉》借精卫冤魂故事评骘南齐王鸾华失势降位故实，刘弇《伤友人潘镇之失意七十韵》将精卫冤魂故事与杜鹃泣血故事并用，渲染忧思之情，张镃《石首春鱼梅鱼三物形状如一而大小不同尔因赋长篇》用精卫含冤故事解释所见怪鱼现象等，可谓五花八门。

值得注意的是，王安石《精卫》借精卫衔冤不平遭遇暗示自己变法遭遇挫折，并用精卫明知木石无补却待见桑田变更表达自己知其不可为而为之的政治决心，精卫冤魂主题意象被用作政治家的政治抒怀。类似情况还有刘克庄《精卫衔石填海》在以文学手法渲染精卫悲冤遭遇的基础上，又嫁接杜鹃泣血、伍子胥悲壮元素，但作者没有完全陷入对三者的同情描写中，而是在结尾笔锋突转，用勾践卧薪尝胆灭吴典故昭示：悲冤、屈辱和忍耐，应该是大功告成的准备和前奏。这不但丰富了精卫故事冤魂主题意象，而且对于把该主题意象引向积极健康的阅读接受，具有建设性作用。从以上两例来看，宋人对于精卫冤魂主题意象文学移位的思考，似乎更加深入和深刻。

宋人使用精卫冤魂主题的另外一个鲜明特色是，把精卫冤魂主题与宋金以来张扬的民族精神相结合。元好问《壬辰十二月车驾东狩后即事五首》其二：

惨淡龙蛇日斗争,干戈真欲尽生灵。高原水出山河改,战地风来草木腥。精卫有冤填瀚海,包胥无泪哭秦庭。并州豪杰今谁在?莫拟分军下井陉。

本诗为元好问纪乱诗名篇之一。作者把精卫填海和申包胥哭秦庭两个典故并举,将读者带入蒙古军围攻汴京的战乱氛围中,苍凉悲壮的气氛和报国无力的遗恨,跃然纸上,精卫冤魂意象也与战乱中的民族精神实现了成功对接。在《游承天悬泉》一诗中,元好问又用"子胥鼓浪怒未泄,精卫衔薪心独苦"将伍子胥与精卫并举,进一步强化这一文学意象。文天祥《自述》则直接用精卫的冤魂形象自况:

赤舄登黄道,朱旗上紫垣。有心扶日月,无力报乾坤。往事飞鸿渺,新愁落照昏。千年沧海上,精卫是吾魂。

文天祥的民族精神彪炳人寰,震撼人心。受其影响,林景熙又以系列化的精卫冤魂意象强化其民族精神面向:

垂垂大厦颠,一木支无力。精卫悲沧溟,铜驼化荆棘。(《杂咏十首酬汪镇卿》其九)

该诗写于作者入元之后的至元二十六年(1289),这一年谢枋得在燕京绝食而死,林景熙深受触动,写下《杂咏十首酬汪镇卿》。其中第十首系歌颂谢枋得悲壮之死,第九首则赞颂文天祥。诗中以"垂垂大厦颠"隐喻南宋王朝的气息奄奄,并以"一木支无力"和"精卫悲沧溟"隐喻在此环境背景下文天祥势单力薄,无力回天,只能壮怀激烈。精卫冤魂主题意象延伸出的民族精神得到极大强化。在《故国子正郑公(朴翁)墓志铭》一文中,林景熙不仅以"故国"表达对宋王朝的忠贞,还写道:

公学圣贤之学，名其斋曰初心。沈毅直方，自许致泽，至于志不获遂，犹以言语文字扶植纲常，精卫填海，凭霄衔土，其重可悲也。

作者将墓志主人公在宋王朝覆亡之后仍然"以言语文字扶植纲常"视为"精卫填海，凭霄衔土"之举，认为其用心可谓良苦，而且将此举与宋末西域僧人杨琏真伽盗掘宋帝陵寝，宋遗民唐珏等人收藏掩埋宋帝尸骨事相联系、对比。可见林景熙心中的精卫衔土意象也是他本人冒死拾埋宋帝尸骨的重要精神动力。而年仅十八岁的女子韩希孟在被元兵俘虏押解途中自溺身亡，留下自比精卫含冤遭遇的《练裙带诗》："借此清江水，葬我全首领。皇天如有知，定作血面请。愿魂化精卫，填海使成岭。"其感人之深，堪称惊天地泣鬼神！她把精卫冤魂文学意象中的民族元素升华定型，并且在后代产生极大的影响和共鸣。

4. 元明清时期精卫冤魂主题的分化与雅俗分流

元明清时期中国社会发生很多变化，这些变化不仅深刻影响了中国文化的走向，而且对精卫神话冤魂主题文学移位的发展轨迹产生重要制约作用。一方面，封建专制制度经过一千多年的运行，统治机制愈发完善成熟。元明清三朝政治高压之严酷，超越历代。另一方面，元明清三朝中有两个以非汉族为统治主体的政权。这对于传统汉人而言，是一个难以接受的心理重创。这两方面对于文艺心理和审美取向的重要影响就是阳刚豪放取向的淡化和萎缩、感伤和婉约取向的滋长。受到这个潮流影响，精卫神话两大主题中，英雄主题从宋代开始呈消歇态势，而冤魂主题相反，出现沉积和强化的态势。与此同时，元明清时期中国文化舞台的一个重要变化是唐宋时期文人士大夫文化的主角地位让位给市民文化。文化强弱态势的消长使得元明清时期精卫冤魂主题的文学移位出现雅俗分流的局面。

宋末元初社会动荡给文人带来严重冲击，其间文人心态有明显的衔接痕迹。用精卫的冤魂主题意象来诉说内心的伤感和无奈是很多文人的文学表白的组成部分。元初张昱《感事》有一定代表性：

雨过湖楼作晚寒，此心时暂酒边宽。杞人惟恐青天坠，精卫难期碧海干。鸿雁信从天上过，山河影在月中看。洛阳桥上闻鹃处，谁识当时独倚阑？

元顺帝至正十六年（1356），江浙行省左丞相杨完者从张士诚手中夺得杭州后，张昱受聘入杨幕，官右司员外郎。十八年，张士诚重陷杭州，杨完者被杀，张昱从此不仕，流寓城中。如此时局让作者充满惊惧和无奈，"精卫难期"实则是真实感受。清代潘德舆《养一斋诗话》云："元末群盗纵横，时事不堪言矣。诗家慷慨陈词，多衰飒无余地。独爱张光弼《感事》一律云……悲凄婉笃，寻讽不厌。"堪称知音。又如刘因《海南鸟》：

越鸟群飞朔漠滨，气机千古见真纯。纥干风景今如此，故国园林亦暮春。精卫有情衔太华，杜鹃无血到天津。声声解堕金铜泪，未信吴儿是木人。

据《元史·刘因传》，刘因于金贞祐中避乱南徙。作者在诗中自拟为来自朔漠的越鸟，以精卫衔土和杜鹃泣血的典故、声声堕泪的举止抒发对暮春故国的眷恋，其悲凉失落之情，见诸字里行间。

宋末文人用精卫神话冤魂主题表达战乱中遭受不幸的凄惨在元代继续延续。如杨宏道《汴京元夕》：

一朝别鹄动离声，伉俪三年晓梦惊。当日想君应被害，此时怜我不忘情。杜鹃啼血花空老，精卫偿冤海未平。追忆月明合卺夕，何堪灯火照春城。

用精卫偿冤典故表达蒙古入侵后自己和妻子流离失所的不幸悲痛，催人泪下。尤其值得关注的是，宋末节女韩希孟自溺身亡时的绝笔《练裙带诗》中所定型的精卫冤魂意象在元代持续得到传布和演绎，韩希孟连同精卫冤魂意象一起成为文学书写对象。郝经写下《巴陵女子行》，盛赞韩希孟，诗后录有韩希孟《练裙带诗》全文，可见崇敬之重。彭窠《韩节妇》：

恨不生为男，横戈赴三军。栖栖临绝音，耿耿昭人文。练裳纵横四百字，上陈祖宗创业有至道，下斥奸邪误国偷生存。吾辞既毕分已尽，精卫何苦犹衔冤。想当捐珮入不测，幽光上浮白日驭。阴魄下塞珠宫门，湘灵鼓瑟宓妃泣，冯夷长啸群龙翻。

杨维桢《银瓶女》则以精卫冤魂意象纪念与韩希孟如出一辙的岳飞之女：

岳家父，国之城。秦家奴，城之倾。皇天不灵，杀我父与兄。嗟我银瓶，为我父缇萦。生不赎父死，不如无生。千尺井，一尺瓶，瓶中之水精卫鸣。

该诗序称："宋岳鄂王之幼女也。王被收，女负银瓶投水死。今祠在浙宪司之右。"可见元代精卫冤魂意象与爱国民族精神的文学渲染已经融为一体。

虽然在元代，市民阶层成为中国文化舞台主角的大幕已经拉开，但其进程并不均衡。元代的精卫神话冤魂意象大致是对宋代的承袭，虽然其中也孕育着分化的可能，但分化尚未能成为现实。到了明清两代，市民文化取代士人文化成为中国文化舞台主角的态势更加明朗，精卫神话冤魂意象文学移位的分化也有水到渠成之势。具体表现在以下几个方面：

首先是传统雅文化背景下精卫冤魂意象书写的因袭和退化。明清时期传统文学样式的主要走向是复古，所以传统文学样式多在此背景的限定下进行精卫冤魂意象的文学书写。从数量上看，明清两代诗文中使用精卫冤魂意象为典故者不少，无论是绝对数量，还是诗文文体种类的覆盖面，均超过前人。但从取意和境界上看，或平淡无味，或承袭前人，或萎缩退化。此类文字在明清精卫意象书写中占多数，虽然不乏名家之作，但确乎取意平平，索然寡味，乏善可陈。

部分作者在沿袭前人精卫冤魂意象书写时未能将前人可圈可点的胸襟气魄或高远立意发扬光大，境界有所萎缩，这突出表现在精卫冤魂意象与爱国民族精神的融合上。如宋元时期盛传一时并鼓舞激励几代人的年仅十八岁女诗人韩希孟受精卫精神鼓舞而宁死不降的英雄浩气，到了明清时期却落入孝子烈女的俗套。如贝琼《精卫愤》为定海漕户夏文德落水后，其子永庆入水救父溺死事而作。平心而论，儿子因救父身亡，的确值得表彰，但与韩希孟的气贯长虹相比，毕竟相形见绌。高启《温陵节妇行（泉州陈氏妇夫泛海溺死守志）》用精卫志节表现烈女贞烈。作者从烈女角度，以望夫石被动等待与精卫主动填海对比，表达对后者溺死守节的赞美，有一定新意，然仍未脱儿女情长眼界。

当再次遭遇政权危亡时，明清文人们的灵感似乎瞬间得到激活，传统诗文领域中的精卫冤魂意象再次绽放。如李东阳《大忠祠》四首之三、夏完淳《精卫》、顾炎武《精卫》等，均将精卫的冤魂意象引申为坚忍不拔的忠君爱国精神，借此抒发其忧国忧民的感慨，再次彰显精卫冤魂意象在传统诗文领域的价值。

横空出世的市民文化则对精卫冤魂主题意象的文学书写作了一次规模巨大的修正和颠覆，其核心要点就是根据市民阶层的价值观念和审美意趣来重新解读和书写精卫冤魂主题意象。相比传统诗文领域，通俗文学对精卫冤魂主题的演绎有较明显的胜出态势。其中有两部作品尤其值得关注,一部是《镜花缘》,一部是《海上尘天影》。两部小说的共同特点和价值是第一次以完整的叙事文学故事形象描绘和书写精卫冤魂主题意象。

在《镜花缘》第九回,作者通过唐敖和邓九公的对话,把历史上关于精卫形象的争辩和分歧以小说故事人物对话的方式加以综合归纳,并用叙述方式表述,堪称叙事文学对于诗文中相同神话文学意象的吸收、借鉴和发扬光大的典范。尤其是通过唐敖之口表达对精卫形象的正面肯定,反映出市民文化作为新兴文化舞台主角在精卫冤魂主题意象的价值判断取向方面的积极、健康意义。近代邹弢《海上尘天影》中,李汝珍所开的把精卫神话意象嵌入叙事文学情节过程中的叙事化先河更是得到了淋漓尽致的发挥。

《镜花缘》中的精卫故事是作为唐敖与邓九公的对话内容出现的情节要素,而《海上尘天影》的作者把精卫作为小说中一个独立的人物形象加以塑造。这个变化是精卫神话形象在古代叙事文学体裁领域文学移位的一次完美实践。从引子两章对精卫真仙的形象塑造来看,精卫故事已经被吸收整合在精卫真仙这个文学形象中,这为精卫神话原型的文学移位画上了一个完美的句号。

与封建专制背景下精卫英雄意象的发展空间有限不同,精卫冤魂主题意象与专制制度背景下的悲悯、感伤审美情怀具有很多的共鸣之处,因此得到更加广泛的接受和书写,成为精卫神话文学移位过程中的一个亮点。精卫冤魂主题意象在通俗文学领域的成功,展现出市民文化对于士人文化以后浪推前浪的姿态取而代之、后来居上的历史进程,为我们关于中国传统文化从帝王文化、士人文化逐渐过渡到市民文化的理论学说提供了较有说服力的佐证。

第六章　愚公：坚韧不拔还是匹夫之勇？

愚公这个执拗老翁是中国妇孺皆知的神话传说形象。愚公故事作为中国流传最广、影响最大的神话故事之一，伴随着一代代孩童长大成人。愚公形象也从古至今存在两面性。一面是具有坚持不懈、勇于改造自然的优秀品质之人，另一面是不搬家而搬山的有些不自量力的老翁。对此，古代的文学家们在书写愚公的故事时也产生过类似的思考，并且这些思考在古代文学的长河中通过传说演绎的方式不断呈现出来。

第一节　三教辉映下的神话人物

愚公以移山著称，愚公移山的故事最早见于《列子》。《列子》是一本"伪书"，是魏晋时期一位无名氏所作，因假托了春秋时期道家代表人物列御寇之名，而称为《列子》。《列子·汤问》篇载：

太形（行）、王屋二山，方七百里，高万仞。本在冀州之南，河阳之北。北山愚公者，年且九十，面山而居。惩山北之塞，出入之迂也。聚室而谋曰："吾与汝毕力平险，指通豫南，达于汉阴，可乎？"杂然相许。其妻献疑曰："以君之力，曾不能损魁父之丘，如太形、王屋何？且焉置土石？"杂曰："投诸渤海之尾，隐土之北。"遂率子孙荷担者三夫，叩石垦壤，箕畚运于渤海之尾。邻人京城氏之孀妻，有遗男，始龀，跳往助之。寒暑易节，始一反焉。河曲智叟笑而止之曰,……其如土石何?"北山愚公长息曰:"汝心之固,固不可彻,曾不若孀妻弱子。虽我之死,有子存焉;子又生孙,孙又生子;子又有子,子又有孙;子子孙孙,无穷匮也。而山不加增,何苦而不平?"河曲智叟亡以应。操蛇之神闻之,惧其不已也,告之于帝。帝感其诚,命夸娥氏二子负二山,一厝朔东,一厝雍南。自此冀之南,汉之阴,无陇断焉。

根据季羡林先生考证,《列子》的成书年代大约在太康六年(285)之后,也就是说,《列子》被创作出来的时候,佛教已经从印度传入了中国,并被当时的文人士大夫们部分地接受、吸收了。因此《列子》中记载的神话故事有不少来自佛教典籍,愚公移山故事也是其中之一。

我们翻阅佛典,在《大藏经》中能找到《佛说力士移山经》和《佛说末罗王经》两个关于"移山"的故事。这两篇佛经都讲述了高山阻挡人们的去路,众人想搬山而不成,最后依靠佛的神力把山移走的故事。虽然两则佛经故事与愚公故事的情节大致相吻合,但其内涵大相径庭。《佛说力士移山经》把"力士移山"与"世尊移山"二者对比,为的是突出人力有穷、佛法无边的主旨;而《佛说末罗王经》想借助人们对移山的不同态度来说明"愚"和"智"的相对关系,最终回归到人的思维有其局限,唯有佛法能代表无上智慧的主题。

中国本土化的愚公移山故事,就是对这两个佛经故事的彻底颠覆。在佛经中,一方面,人对自然的挑战与改造中所体现出的人的主观能动性得到了承认,但其主旨仍着落在人不能依靠自身的意志与力量实现自我拯救,只能通过信仰佛法得救上,具有一定的局限性。在愚公移山故事的最初形态中,愚公虽身为一介凡人,却渴望如上古神话中的盘古、女娲一般,改造大地的形态。与佛经故事最大的不同是,愚公立下的移山之志不仅没有遭到更高意志的否定,甚至还令高级意志的代表"操蛇之神"十分畏惧,天帝也不得不屈服,帮助他达成移山的愿望,鲜明地体现出以人为本与人定胜天的思想。

《列子》的"作者"列御寇是一位道家学派的先驱,曾在《庄子》中登场,因此愚公移山故事也就不可避免地拥有道家学说的色彩,例如出现"天帝"这一道教中天的意志的拟人化化身。最早对愚公形象进行解读的是东晋时的张湛,他从道家学说出发,认为愚公将自己乃至子孙后代的人生都奉献给了移山事业,故事隐喻了"忘智凝神、寂然玄照"的修行方式。

总而言之,愚公移山故事吸取了佛、儒、道三家的元素,最终形成了一个讲述人依靠着智慧、力量与团结,在与自然的斗争中取得胜利的全新神话。

第二节　文学中的"愚公"形象

《列子》问世之后,愚公移山故事因其传奇性和智愚之论的哲学思辨得到了文学界的广泛关注,文学家们纷纷将愚公这一具有深刻隐喻意味的神话人物移植到了文学作品之中。实际上,愚公故事本身既可向哲学、社会学方向延展,又可根据创作者人生体悟的不同而获得多元化的解释。愚公是否真的痴愚?其移山的壮举是否真的具有现实意义?这不仅诘问着故事中的愚公,也不断在历史长河中诘问着所有在人生的艰险面前伫立的人们,因此成为文学家不断思索演绎的千古命题。

张湛《列子注》中愚公非愚的观点得到了后世大多数文人的认同。但褪去这些哲学的光环之后,单从故事本身的情节来看,愚公移山的行为毕竟过于以小博大,使人难免心生疑虑和质疑:若没有神力的帮助,其移山的壮举是否又真的能够实现呢?在一个没有神仙的现实社会，愚公真的可以成为人们学习的榜样吗？

深入到文学的世界中，我们会发现出现在这里的往往不是智者愚公或道人愚公，而是脱离创作语境用以传情言志的愚公移山典故。人类寿命短暂，力气有限，相比之下，太行、王屋显得无限高大、巍峨，愚公却以一个弱小者的执着使"操蛇之神"心生畏惧，迫使不可思议的神力为自己服务，我们不得不称之为一首人类的赞歌。愚公移山的行为既是人与自然的斗争，也是弱者向强者的挑战。愚公在文学命题中被视为一位永不放弃、永不屈服的斗争者而受到重视。而且，愚公形象体现出的不畏艰难的斗争精神与英雄主义，也在社会的不断发展中渐渐远离了先民改造自然的主题，而与文人士大夫阶层以之自况的儒家"平天下"的最高期许不谋而合。后世的文学家大多身处文人士大夫阶级，他们往往怀抱着改造社会、清朗朝政的愿望而立身行事。阻挡在他们面前的不是有形的高山，而是内有奸党佞臣、外有强敌环伺的严酷政治环境。因此，当这一愿望受阻时，愚公坚持不懈，最终以弱胜强的故事便跃然眼前。

在诗文中，愚公和精卫往往作为一组神话传说意象出现，他们的共同点是有反抗自然的著名事迹；更重要的是，他们虽然身为弱者，但不仅自觉承担着抗争的使命，而且表现出巨大的热情和毅力。北宋陈瓘《进四明尊尧集表》曰："愚公老矣，益坚平险之心；精卫眇然，未舍填波之愿。殁而后已，志不可渝。"以愚公、精卫自比，宣告了他与朝中奸党斗争到底的决心。陈瓘因弹劾蔡京结党营私、误国误民而屡次被贬，蔡京的党羽企图以高官之位收买他，但他丝毫不为所动，最终因蔡京一党的加害而病卒于楚州。《宋史》载蔡嶷称其"谏疏似陆贽，刚方似狄仁杰，明道似韩愈"。文中愚公"平险之心"正对应着陈瓘嫉恶如仇、渴望"平"朝中奸臣恶党之险的毕生心愿。费衮称赞此表气节凛凛，有刚正之气。

与之相似的还有南宋马廷鸾的《饶娥庙记》。诗人在南宋景定年间曾任右相兼枢密使，他的一生都在与当时的权臣贾似道及其政治集团作斗争，因而遭到其党羽的排挤与迫害。当他写下"愚公老矣山为平，精卫藐然海为倾。枕吾戈兮缚尔缨，猛志毅兮妖氛澄"的诗句时，愚公与精卫俨然成为他心目中正义、刚直的贤臣的代表，愚公也正是诗人自身刚直不阿、执着抗争的人格形象的写照。元代任士林用"精卫之志天地不违，愚公之谋鬼神莫夺"之句，来赞美愚公移山的意志连鬼神都不能改变，来歌颂如同愚公一般的仁人志士拥有打动上天、精诚所至金石为开的成功前景。由此可见，后世的文学家们往往可以从愚公移山的精神中汲取力量，通过自比愚公，来张扬自身作为反抗者的坚定信念与强大意志。

明末清初的钱谦益不仅看到了愚公本身的壮举，更以瑰丽的想象描述了后世众人因愚公移山而得到的福祉："又不见太行王屋高万仞，愚公面山苦其峻。子子孙孙誓削平，帝遣夸蛾助除粪。穆满南征从此归，翟道径绝骋八骏。"（钱谦益《乳山道士劝酒歌》）钱谦益支持反清复明运动，是否也是因为看到了百姓在清军铁蹄下的惨状，志愿做一名改造社会、抵抗侵略者的"愚公"呢？

对愚公故事的改造还有一个不得不面对的现实困境，那就是在封建社会中，个人的能力与智慧往往不足以改变现状，为了维护正义，移罪恶之山未必比移土石之山来得轻易。借助愚公这一形象，文学家们一方面质疑着现存的秩序是否能够真正得到改变，另一方面也表达着无论成功与否，自己都愿意像愚公一样坚守本心、不被外界改变的志向。正如唐代宰相张九龄《杂诗五首》说："道家贵至柔，儒生何固穷。终始行一意，无乃过愚公。"正是像愚公一样不问成败，一意耕耘，诗人最终得以实现自己的政治理想，这就是典型的借愚公酒杯，浇自己胸中块垒。五代时道士丘鸿渐在《愚公移山赋》中用极力的夸张对愚公的形象进行了再创造，突出了愚公志向之远大、意志之坚决："止万物者艮，会万灵者人；艮为山以设险，人体道以通神。是知山之大，人之心亦大。故可以议其利害也。"他将人的意志与上天的意志并列，而以愚公作为人类的代表，并不是说人要依靠神力达成目的，而是表示人类本身就拥有不逊于神的智慧和力量。这解答了历史上关于愚公移山故事最大的争议——人力与神力孰重。唐代柳冕在《再答张仆射书》中也从同样的角度重申了愚公移山故事的精神实质——"志欲移山，必能移山"。明代戏曲家屠隆写过一则《祷雨记后》，对愚公移山故事以散文文体极尽铺写，大赞愚公的精诚之心：

> 昔北山愚公不自量，欲移太行王屋二山，聚族而运之。河曲智叟哑然而贻之，愚公不止也，且世世子孙平焉。操蛇之神闻之，惧其不止也，告之于帝，帝感其诚，夸蛾氏二子负二山，遂移之也。又有遭仙人山中者，求其不死之术，仙人畀一木，令穿石焉。石穿，乃仙其人。受教无日夜寒暑饥寒，垂四十年，石穿而仙去矣。夫山非可移也，石非可穿也，精诚之极也。

屠隆将愚公移山与后面的求仙故事并举，强调愚公的"精诚"是打动上天的关键。这一观念与上述众作者是一致的，这也是愚公在中国古代文学作品中复活时的主流形象。

面对难以战胜的敌人、难以完成的目标时，还有一部分文学家看到了这个故事的另一面：愚公移山的成功最终还是要归结于神灵的出手相助，否则愚公可能真的要将子子孙孙的人生都消耗在无穷无尽的搬山之路上了，但现实生活中哪里有救苦救难的神仙呢？所以，一部分文学家通过质疑愚公作为的价值意义，对残酷的现实发出了尖锐的质问和批判。

庾信是最早将愚公移山作为文学形象写入诗歌的文学家，他本是南阳新野人，在南朝梁国的宫廷做官。梁元帝时，庾信在出使西魏长安途中被扣留，从此便再也没有回过故乡。他在异国留下了充满悲伤与失落的词句："盖闻北邙之高，魏群不能削；□洛之斗，周王不能改。是以愚公何德，遂荷锸而移山；精卫何禽，欲衔石而塞河。"（《拟连珠四十四首》之三十九）他又在《哀江南赋》中说："岂冤禽（精卫）之能塞海，非愚叟之可移山。"对照来看，庾信对愚公典故基本表达了一种负面情绪。他认为，愚公何德何能，竟敢靠着小小的锄头铁锹就想将山移走，实在是如精卫妄图填平东海一样不自量力。

在现实中，滞留长安之后，庾信不断尝试返回故乡，但因北魏、北周统治者的阻拦，始终不能如愿。强大的政治压迫与难越的地理阻隔，在庾信眼中就如同愚公面前的高山，让他叫天天不应，叫地地不灵。庾信否认愚公移山成功的可能，就是在诉说孤立无援的自己，完全看不到重获自由的可能。此时，愚公不再是坚韧不拔、勇于挑战的典范，而是渺小的受害者面对注定要失败的命运无力叹息时所嫉妒的对象。

南宋陆游尤爱以愚公自比，他在其诗《霜天杂兴》中自嘲道："少学愚公一味愚，暮年仍似病相如。闲吟寄友惟生纸，草具留僧只野蔬。"陆游认为自己就像愚公一样，一味坚持原则而不懂得变通，导致失去了大好前程，一生潦倒。陆游的另一首七言绝句《独立》也表达了相同的心境："白髯萧飒一愚公，独立濛濛细雨中。羊踏寒蔬新少梦，鱼生空釜久谙穷。"此处陆游直接自称愚公，不仅老得胡子都白了，而且生活困顿孤独，连吃饭都成了问题，显然做"愚公"是没有好处的。《自嘲》最能体现陆游老年的心境："少读诗书陋汉唐，暮年身世寄农桑。骑驴两脚欲到地，爱酒一樽常在傍。老去形容虽变改，醉来意气尚轩昂。太行王屋何由动，堪笑愚公不自量。"少年时的意气风发，更显得老年境况凄凉，只有醉后飘飘然的时候，才觉得自己还有当年的风采，但终究只是如愚公一般不自量力，是个奋斗道路上的失败者。诗人虽有不肯服老、老而弥坚的气势，但在长久的抗争之后终究只能承认自己的失意。

可以明显地看出，陆游笔下的愚公，时而是被戏谑、嘲弄的对象，时而是诗人的自况，更像一个一意孤行，不肯向敌人低头，但是又无可奈何，只能归隐农家聊以自娱的失意者形象。陆游年轻时就因力争收复北方失地而为秦桧所黜，秦桧死后三年才重新开始做官，南宋光宗时又因坚持抗金复国而被弹劾去职，归老山阴故乡。陆游生在一个内忧外患交织的时代，他的一生也是不断反抗而又不断失败的一生，因此难免有心灰意冷的时候。

庾信和陆游是没有得到神力帮助的现实版愚公，他们面对人生的大山时，虽然奋斗与反抗过，但最终还是难以撼动山的一角。他们不是真心要否认或嘲讽愚公，而是借由书写愚公这一仁人志士的代表也只能面对失败的惨痛现实来嘲讽黑暗的社会，抒发心中的不平。

清朝中叶，受到经世致用思想、清政府大兴文字狱与乾嘉朴学的影响，学者们更倾向于实证。乾隆时期的文人赵翼，一生专心著述，晚年在书院讲学，是一位典型的朴学学者，他的《漫兴》中的愚公是这样的："富贵何曾有尽期，胡为行者竟如驰，日虽夸父身能逐，山岂愚公力可移。"赵翼在此用山的高不可摧来比喻世间富贵无尽，而人自身的力量极其有限，何必浪费在追求功名利禄的道路上，进而否定了愚公为一个虚无缥缈的目标不断努力的行为。与之相似的还有著名文史学者、方志学的奠基人章学诚。章在《文史通义·内篇三》中谈论学习经典中的记忆问题时提到了愚公故事，他说："宇宙名物，有切己者，虽锱铢不遗；不切己者，虽泰山不顾。如此用心，虽极钝之资，未有不能记也。不知专业名家，而泛然求圣人之所不能尽，此愚公移山之智，而同斗筲之见也。"章学诚的目的是从经学家、史学家的角度去批判只知道死记硬背、粗浅地追求"圣人之所不能尽"的人，意在指不加以理解的学习就像愚公要去搬两座大山一样，必定辛苦至极却徒劳无功。这一时期，《列子》因内容多为神话传说而被视为荒诞不经之书，愚公移山故事也成了学者们质疑的对象。

进入近代，旧文化、旧传统的势力根深蒂固，列强入侵又给中国人民带来了无限的苦难。因此，革命家需要从旧文学中选择一位英雄，愚公移山故事作为一种新生的革命力量的象征被再次推至舞台中央。1918年11月，傅斯年在《新潮》杂志发表《人生问题发端》时，把《列子·汤问》中愚公移山的寓言故事完整地抄录出来，并进行了深入解释。他总结道："不灭的群众力量，可以战胜一切自然界的。……人类所以能据有现在的文化和福利，都因为从古以来的人类，不知不觉地慢慢移山上的石头土块。"这一新观点超越了古代文学家将愚公移山故事的核心精神集中于愚公一人的传统，而将愚公坚持不懈地反抗自然的壮举与人类社会发展的规律结合起来，盛赞愚公移山的精神正是人类得以发展的原因，将对愚公故事的认识推向新的高度。

1940年，抗日战争进入相持阶段，我国现代著名画家、美术教育家徐悲鸿创作了国画《愚公移山》。正如同愚公从未在太行、王屋面前退缩一样，英雄的中国人民也拥有着抗击侵略者的必胜信念。画作中，愚公作为领导者带领着男女老幼各色民众，面带笑容、充满自信地凿开山石的情景，正是中国人民抗战的决心和信心的写照。《愚公移山》不仅画出了民族的艰辛，更画出了人民对胜利的渴望。可以说，这幅国画的创作让潜伏在中国人民血液中艰苦奋斗、不怕牺牲的精神开始沸腾，是一个苦难时代对愚公移山精神价值的又一次发现。

毛泽东对愚公移山故事的政治内涵和价值意义的努力挖掘，使愚公移山故事与愚公形象真正、彻底地摆脱了自产生以来遭受的各种质疑，脱胎换骨为中华民族伟大民族精神的代表。从抗日战争到中华人民共和国成立,毛泽东多次使用愚公移山的故事说明战争与革命的持久性,借以鼓舞军民斗志。其中影响最大的是在1945年6月11日"七大"闭幕式上,毛泽东以"愚公移山"为标题,把愚公移山的寓言故事正式写进闭幕词。这篇文章后来与《为人民服务》《纪念白求恩》一并被称为"老三篇"。毛泽东不仅发掘了愚公的韧性精神和革命乐观主义思想,更注重将愚公移山故事所体现的敢于牺牲、敢于斗争的价值观在党员群体中传播。这一价值观与为人民服务的思想、国际主义思想相互支撑,构成了一个共产党人的精神境界。愚公移山的故事在中国文学与思想史上最终被定格为坚韧不拔、顽强不屈的民族精神的象征。

第七章　望帝：从杜宇到杜鹃的悲剧命运

望帝，名杜宇，相传是古蜀国的开国君主。他在位时，积极带领蜀地人民开展农耕，使蜀地逐渐走向文明。望帝晚年隐居西山，传说死后化作杜鹃鸟。这一悲剧命运引起历代人们的广泛关注。最早记录望帝故事的传世文献产生在汉代，之后，望帝化鹃这一主题开始进入文学领域，成为文学作品中经常使用的悲剧意象。

第一节　两汉典籍中的望帝形象

西汉典籍《蜀王本纪》记载："有一男子，名杜宇，从天堕止朱提；有一女子，名利，从江源地井中出，为杜宇妻。宇自立为蜀王，号曰望帝，治汶山下邑郫，化民往往复出。望帝积百余岁，荆有一人名鳖灵，其尸亡去，荆人求之不得。鳖灵尸至蜀复生，蜀王以为相。时玉山出水，若尧之洪水，望帝不能治水，使鳖灵决玉山，民得陆处。鳖灵治水去后，望帝与其妻通，帝自以德薄不如鳖灵，委国授鳖灵而去，如尧之传舜。鳖灵即位，号曰开明；奇帝生卢保，亦号开明。……望帝去时子规鸣，故蜀人悲子规鸣而思望帝。望帝，杜宇也。"

故事讲有一个男子，名叫杜宇，他是从天而降的。在朱提有一个女子，名叫利，是从江源井中出现的，她是杜宇的妻子。后来杜宇自立为蜀王，号称望帝，以汶山下的城池郫为治所。杜宇活到一百多岁时，荆地有一个名叫鳖灵的人，死后尸体便消失了，荆地的人无论如何也找不到。结果，鳖灵的尸体随着长江上溯到了望帝治下的城池郫，并且鳖灵在这里活了过来，与望帝见面，望帝任命他担任蜀国的宰相。当时正值玉山发洪水，水势之大就像尧时发的大洪水一样，望帝没有办法治理，便派鳖灵开凿玉山，这才使当地百姓得以安身。可是就在鳖灵去玉山治水时，望帝竟然和他的妻子私通。望帝觉得十分惭愧，认为自己德浅行薄，德行远远不如鳖灵，于是将国家托付给鳖灵后自己离开，就像尧将君主之位禅让给舜一样。鳖灵即位后，号称开明帝；鳖灵的儿子卢保，也号称开明帝。望帝离开的时候子规叫个不停，所以蜀地的百姓听到子规的悲鸣便怀念望帝。而望帝，就是杜宇。

这是最早记录望帝传说的故事文本，虽然文本中的望帝没有化身为杜鹃（子规鸟），但是故事已经明确讲述了蜀人将悲伤的情感寄托在杜鹃鸟身上，杜鹃鸟此时就象征着望帝。

到了东汉，望帝化鹃故事开始出现，《说文解字》中讲道："巂，周燕也。从隹，屮象其冠也。冏声。一曰蜀王望帝，淫其相妻，惭，亡去，为子巂鸟。故蜀人闻子巂鸣，皆起云望帝。"意思是说蜀王望帝与其宰相的妻子淫乱，望帝惭愧，逃亡而去，变成了杜鹃鸟，所以蜀地之人一听见杜鹃鸟叫，就都站起来说"这是望帝"。

李膺《蜀志》也记载了望帝化鹃的故事："望帝称王于蜀，时荆州有一人化从井中出，名曰鳖灵。于楚身死，尸反溯流。上至汶山之阳，忽复生，乃见望帝，立以为相。其后巫山龙斗，壅江不流，蜀民垫溺；鳖灵乃凿巫山，开三峡，降丘宅土，民得陆居。蜀人住江南，羌住城北，始立木栅，周三十里，令鳖灵为刺史，号曰西州。后数岁，望帝以其功高，禅位于鳖灵，号曰开明氏。望帝修道，处西山而隐，化为杜鹃鸟。或云化为杜宇鸟，亦曰子规鸟，至春则啼，闻者凄恻。"

《蜀志》中的望帝故事较之前发生了一些改变，书中说望帝在蜀地称王，有一个人叫鳖灵，他从井中出来。鳖灵在楚地身死，尸体逆流而上，到了汶山之阳后忽然复活，之后见到望帝，望帝任命他为宰相。

后来巫山发生了大洪水，鳖灵凿巫山、开三峡治理洪水，使百姓可以重返陆地生活。蜀人住在江水以南，羌人住在城北，并且立了三十里的栅栏，鳖灵任蜀人居地的刺史。过了许多年，望帝以功高为理由将王位禅让给鳖灵，鳖灵号称开明氏。而后望帝在西山隐居修道，化为杜鹃鸟，其又称杜宇鸟或子规鸟，这种鸟到了春天就开始啼叫，使听见它叫声的人感到凄恻。

很明显，这则故事更强调鳖灵的治水之功，并且删除了望帝与鳖灵之妻私通的部分。另外，由于东汉至魏晋时期道教在蜀地十分盛行，《蜀志》中增加了望帝退隐西山修道，并且羽化为杜鹃鸟的情节。望帝因为修道而成仙，羽化飞升成为杜鹃鸟，这种说法不仅使望帝化鹃故事更加合理，也维护了望帝的英雄形象。

第二节　魏晋南北朝文学中的望帝

魏晋南北朝时期，望帝故事开始进入文学领域。西晋左思的《蜀都赋》写道："碧出苌弘之血，鸟生杜宇之魄。妄变化而非常，羌见伟于畴昔。"前代历史文献都讲望帝化身为杜鹃鸟，从未提到过魂魄之事，而左思却说"鸟生杜宇之魄"，意思是望帝的魂魄寄生于杜鹃鸟身上。由此推测，文人将望帝化鹃故事引入文学作品时，一方面在原本的故事中加入了自己的想象，另一方面又借助望帝化鹃的故事主题表达个人情感。当然这也许是因为魏晋时期佛教传入中国，人们有了灵魂的观念，从而在本土神话中融入了此种元素。

东晋文献《华阳国志·蜀志》记载："后有王曰杜宇，教民务农。一号杜主。时朱提有梁氏女利，游江源。宇悦之，纳以为妃。移治郫邑。或治瞿上。七国称王，杜宇称帝。号曰望帝，更名蒲卑。自以功德高诸王。乃以褒斜为前门，熊耳、灵关为后户，玉垒、峨眉为城郭，江、潜、绵、洛为池泽；以汶山为畜牧，南中为园苑。会有水灾，其相开明，决玉垒山以除水害。帝遂委以政事，法尧舜禅授之义，禅位于开明。帝升西山隐焉。时适二月，子鹃鸟鸣。故蜀人悲子鹃鸟鸣也。巴亦化其教而力农务。迄今巴蜀民时，先祀杜主君。"

　　故事讲道，有一位国王叫杜宇，也有人叫他"杜主"，他教百姓务农。那时候朱提有一个姓梁的女子叫利，从江源中游过来。杜宇很喜欢她，便纳她为妃。而后他们迁徙到郫邑与瞿上这两个地方继续进行统治。七国的君主称自己为王，杜宇就称自己为帝，叫作"望帝"，并改名字为"蒲卑"。望帝认为自己的功德高过其他的王，于是就以褒斜为前门，熊耳、灵关两处为后户，玉垒、峨眉两地作为城郭，江、潜、绵、洛四水为池泽，并以汶山为畜牧的场地，南中之处为园囿。当时这里发生了大洪水，望帝的宰相开明，挖掘玉垒山，控制住了洪水的蔓延。望帝感念他的功劳，便将很多国家大事都交给他处理，后来更是效法尧禅让帝位给舜的做法将帝位禅让给了开明。望帝离开国都去西山隐居，那时正是二月杜鹃鸟不断鸣叫的时候，所以之后蜀地的百姓听到杜鹃鸟鸣叫便会觉得伤心。

　　《华阳国志》是一部专门记述中国古代西南地区历史、地理、人物等的地方志著作。书中记载的望帝故事明确指出，在当时杜宇之所以能够称帝，是因为他教授百姓务农。这一点使他的功德高于其他王君，所以他不仅称望帝，也号杜主。这个版本的故事，第一次提到了望帝教百姓务农的情节，这时望帝已经不是从天而降的蜀地君主，而是因为自己在农事上的能力被百姓认可，才能在蜀地称帝的。并且，望帝不仅大力发展农耕，还为百姓开疆拓土，这些功劳远远高过当时周边君王，所以他称自己为"帝"，其他君主只能称作"王"。这样一来，杜宇的形象大大提升，因此他去西山隐居后，巴蜀人民以祭祀的形式表达对他的怀念和崇敬。值得注意的是，《华阳国志》中的望帝故事淡化甚至抹去了其原有的神话色彩，蜀王从天而降、蜀王妻子从井中出现、鳖灵尸体逆流而上在蜀地复活、望帝修道化为杜鹃等情节皆被省略。在这个故事中，望帝被塑造成了一个古蜀国的伟大君王，他的政绩似乎都是真实可信的。这是由于在当时农业生产水平代表了一个国家的实力，而一个君主有能力带领百姓发展农耕，就足以证明他的伟大。

同样讲到望帝划定领土故事的还有北凉阚骃的《十三州志》，书中说："杜宇称帝，号望帝，自以功德高诸王。乃以褒斜为前门，熊耳、灵关为后户，玉垒、峨眉为城郭，江、潜、绵、洛为池泽，以汶山为畜牧，南中为园苑。时荆地有一死者，名鳖令，其尸亡至汶山，却是更生，见望帝，以为蜀相。时巫山壅江，蜀地洪水，望帝使鳖令凿巫山，治水有功。望帝自以德薄，乃委国于鳖令，号曰开明。遂自亡去，化为子规，故蜀人闻鸣云：我望帝也。"又云："望帝使鳖令治水，而淫其妻。令还，帝惭，遂化为子规。杜宇死时适二月，而子规鸣，故蜀人闻之皆起。"

与《华阳国志》不同的是，《十三州志》并没有删去望帝故事中的神话色彩，而是博采众长，把几种望帝传说都结合在一起。故事讲道，望帝那个时代有七个国家的主君称自己为王，唯独望帝杜宇在蜀地称自己为帝。望帝以褒斜为前门，熊耳、灵关两处为后户，玉垒、峨眉两地为城郭，江、潜、绵、洛四水为池泽，并以汶山为畜牧的场地，南中之处为园囿。那时荆地有一个叫鳖令（即鳖灵）的荆人，他死后，尸体到了汶山，在那里竟然复活了，并且见到了望帝。他见到望帝后，被任命为蜀国的宰相。那时候正赶上蜀地发大洪水，望帝便命令鳖令去开凿巫山以治水，鳖令治水有功，望帝认为自己的德行浅薄，便将国家托付给鳖令，并禅让王位给他。望帝自己离开国土，化为了杜鹃鸟，所以蜀地的百姓听见杜鹃鸟鸣叫，便会说："那是我们的望帝呀。"

还有一种说法，是说望帝之所以让鳖令去治理大洪水，是因为要等鳖令走后与他的妻子私通。但是鳖令治理洪水归来后，望帝想到自己与鳖令的妻子私通之事觉得很惭愧，所以才化为杜鹃鸟离开。望帝死的时候正是二月份杜鹃鸟不断鸣叫之时，所以蜀地的百姓听见杜鹃鸟的叫声会产生怜惜之情。这则故事汇集了两种关于望帝离开的说法：一种是望帝认为自己的德行不如鳖令，所以将王位禅让，自己化为杜鹃鸟离去；另一种是望帝由于对鳖令的妻子行不轨之事，自觉惭愧，化为杜鹃鸟离开。不管是何原因，望帝化鹃故事在蜀地乃至中原地区广泛流传已成为历史事实。神话与历史的不断交融，为后世文人创作提供了源源不断的灵感。

第三节　望帝故事在唐宋的进一步演绎

以上望帝故事都只讲到化鹃而去，并没有说到化鹃之后的事。从唐代开始，望帝故事似乎有了一个新的走向。杜甫首先将望帝化鹃与子鹃啼血传说相融合，在《杜鹃行》一诗中写道："古时杜宇称望帝，魂作杜鹃何微细……声音咽咽如有谓，号啼略与婴儿同。口干垂血转迫促，似欲上诉于苍穹。蜀人闻之皆起立，至今相效传微风……君不见昔日蜀天子，化作杜鹃似老乌……其声哀痛口流血，所诉何事常区区。"在杜甫的诗中，望帝化为杜鹃鸟后口干垂血，仿佛是有冤情要跟上天诉说。另外，"春红始谢又秋红，息国亡来入楚宫。应是蜀冤啼不尽，更凭颜色诉西风"（吴融《送杜鹃花》），"化去蛮乡北，飞来渭水西。为多亡国恨，不忍故山啼"（吴融《岐下闻杜鹃》），"杜宇冤亡积有时，年年啼血动人悲"（顾况《子规》），"断肠思故国，啼血溅芳枝"（李山甫《闻子规》），"蜀魄千年尚怨谁，声声啼血向花枝"（罗邺《闻子规》），"杜宇曾为蜀帝王，化禽飞去旧城荒。年年来叫桃花月,似向东风诉国亡"(胡曾《咏史诗·成都》)等诗句也强调望帝不是自愿禅让王位离开蜀地,而是心有冤屈地离开,并且因为思念故国常常啼血。

唐代诗人写了大量关于望帝化鹃故事主题的诗歌,其中最著名的恐怕就是李商隐《锦瑟》中的那句"庄生晓梦迷蝴蝶,望帝春心托杜鹃。"在这句诗中,李商隐认为望帝虽然肉体消亡,但灵魂保留了下来,并借助万物复苏的春日重生。唐人认为,望帝因被开明王驱逐而化鹃,且望帝和宰相的妻子私通的传说与望帝禅让王位给鳖灵的传说都非常荒谬,所以,望帝被迫离开后不忘故国,日夜啼叫来表达自己的冤屈与思乡之情。自此,望帝从一个古蜀国的伟大君王,变成了一个被驱逐出自己领地的悲情英雄,望帝故事的神异性被大大削弱。诗歌是一种适合抒情的文体,诗人们借助望帝化鹃的故事传说,在为望帝化鹃传说新增出子鹃啼血与血染成花的故事情节,让望帝故事焕发出新的生机的同时,来表达自己的人生感悟。

宋代,望帝故事受前代诗文影响发生了新的转折。宋代乐史《太平寰宇记》的辑文中云:"望帝自逃之后,欲复位,不得,死化为鹃。每春月间,昼夜悲鸣,蜀人闻之曰'我望帝魂也'。"《太平寰宇记》是一部地理志书,它记述了宋朝的疆域版图,并广泛引用各方面的史料。这里记载的望帝故事与以往的都不一样,结合前代望帝的传说和《太平寰宇记》中其他记载望帝故事的文字,大概可以将其梳理为:

鱼凫之后,蜀地有王名杜宇,他已称帝,号"望帝"。杜宇认为自己的功德高过其他地区的君王,并为蜀国划定了新的国土范围。后来荆地有一个叫鳖冷(即鳖令)的人,死后尸体在水中逆流而上到了汶山下面,忽然就复活了。望帝看见后任命他为宰相。那时候蜀地发生了大洪水,鳖冷开凿巫山使得蜀地免于被洪水淹没。之后鳖冷战胜杜宇成为蜀地新的君主,杜宇只能落荒而逃,但是他在逃走后依然筹划重新回到蜀地抢夺王位，可惜行动并没有成功。而后杜宇死，化为了杜鹃鸟。再后来，每每到了春天，杜鹃鸟就昼夜不停地悲鸣，蜀地的百姓都觉得那是因为望帝的魂魄寄生在了杜鹃鸟上。

这里的望帝故事增加了他离开蜀地之后的情节，并明确指出望帝并不是禅让帝位给鳖灵，而是战败而不得已出逃；而且，他第一次战败后没有马上化为杜鹃鸟，再次战败后才死而化鹃。故事中增加的望帝复位失败的情节，给望帝形象增添了一抹悲情色彩，也使望帝化鹃的过程更加复杂。宋代战事不断，且发生国土被他国侵占、君主被他国掳走之事，百姓想念故土，也怀念远走他国的君王，望帝故事更容易引发共鸣。

此外，在宋代文献记载中，对望帝与鳖灵的称呼也发生了一些改变。《路史》中说："杜宇末年逊位鳖令。鳖令者，荆人也。旧说鱼凫畋于湔山，仙去。后有男子从天堕，曰杜宇，为西海君，自立为蜀王，号望帝。……鳖令化从井出，既死，尸逆江至岷山下，起见望帝。时巫山壅江，蜀洪水，望帝令令凿之，蜀始陆处。以为刺史，号曰西州。自以德不如令，从而禅焉，是为蜀开明氏。"又说："后令鳖灵为刺史，号曰西州皇帝。以功高，禅位与灵，号开明氏。"（《太平广记》）

这里指出，杜宇除"望帝"这个称号外，还有一个称号是"西海君"，这也许与他的治水经历有关。更值得注意的是鳖灵的职位与称号，他不是宰相，而是刺史，并且号称"西州皇帝"。在这一时期的望帝故事中，鳖灵仿佛成了主角，而望帝只是一个衬托鳖灵伟大治水功绩的配角。故事讲到鳖灵有治水的本领，对望帝擅于农耕却只字未提，可见望帝的主角地位明显下降，变成了一个平淡无奇的历史符号。此后，望帝故事也出现在明清小说中，但大多是作为一种典故来表现情节中的悲情色彩，望帝故事情节并没有再发生更大的变化。

丙　集

现世烟火，美好寄托

中国神话与西方神话的明显区别是：西方神话的主人公基本是英雄的代表，那些叱咤风云的战神英雄构成了西方神话的主体；虽然中国神话中也不乏这样的英雄和帝王，但最能体现出中国神话精神的还是那些接地气的凡人故事。

在中国神话题材故事中，除赞颂和缅怀帝王英雄创世济世的丰功伟业外，凡人对于理想世界的憧憬向往和想象，也是神话原型及其后代文学书写的重要内容。

贤明帝王和济世英雄克服了各种困难险阻，并传授各种生活技能，为百姓苍生提供了安详生活的正常环境。于是，百姓苍生在此环境中规划美好的生活图景，想象自己可以实现的小康幸福生活场景。先民神话中的这些生活蓝图碎片，在后代的文学演绎中得到充分的补充和渲染，形成一幅幅平民百姓对于自己理想生活的设计图。

描绘构想美好生活情境是中国神话中比较常见的题材类型。在这些五彩斑斓的想象图景中，有千古文人反复书写描绘的女神形象宓妃，有作为自由理想图腾或象征符号的大鹏，有织锦泣珠的东方人鱼形象鲛人，也有消逝于湘江的美丽水神湘君。然而其中影响最大、最为感人的还是流传于世界各地、具有广泛深刻影响的嫦娥神话及其文学书写。

在早期的神话文献记载中，嫦娥作为帝俊的妻子，不仅是十二个月亮的母亲，更是一个因偷吃长生不老药受到责罚的女子。然而从汉代开始，嫦娥的神话形象不断被增饰世俗化、生活化的要素。后羿之妻这个重要的身份变化把嫦娥由上界神女变为一个在家庭中居于从属地位的主妇，对其文学书写也就更加世俗化，也使得她成为后代道学家评头品足的非议对象。这充分反映出，社会环境受封建伦理道德观念影响越深，嫦娥这样充满美好生活理想的形象越是要受到抑制和淡化。

与向往追求美好世界的故事相比，更加具有人间烟火气味、更接地气的是中国古代神话中那些直接描写普通世俗生活的题材故事。这些源自远古先民世俗生活的雪泥鸿爪在后世人们心海中引起强烈共鸣。最引人瞩目的是舜帝早年的不幸遭遇，如此高贵身份与如此悲惨遭遇所产生的强烈对比，似乎在向人们强烈暗示：连舜帝这样的伟大人物都要经历如此坎坷和不幸，那么我们普通人又怎能避免这些人生曲折和坎坷呢？而董永这个仅见于零星材料的神话人物，在后代的文学书写中却被塑造成儒家道德伦理规范下的标准孝子形象，其逐渐累积、强化的教化内涵显然是不言而喻的。

作为中国四大传说之首的牛郎织女故事也在后世演绎中不断引起人们的共鸣。牛郎和织女，这两个互不相干的星辰，在后世人们的美好心愿和各种精彩文学书写的推波助澜下，成为一个具有浓厚人间烟火气息的神话故事及相关文学作品的主人公。这个故事之所以能够引起人们如此热切的关注，是因为它并没有把牛郎织女的生活编织得那么圆满和尽如人意，而是将短暂的幸福欢愉镶嵌于长久的相思期待中。这正是历代人们所体会到的"两情若是久长时，又岂在朝朝暮暮"生活哲理与牛郎织女故事的共通共鸣之处。

第一章　洛神：千古文人的诗意女神

洛神，又名宓妃。从楚辞到汉赋，宓妃形象呈现多元化。至曹植作《洛神赋》，将传说中的洛神与现实里的甄妃结合，构造了一个新的洛神形象。而且这种传说与真人的结合也被后世接受，甄妃、洛妃成为洛神的重要代称。顾恺之精心绘制的《洛神图》、王献之乘兴书写的《洛神赋》，经过不断的临摹和流传，更使得洛神的形象日益深入人心。有关洛神、宓妃、洛妃、甄妃的典故在诗词中频繁出现，散曲也颇多引用，小说、戏曲也对洛神故事表现出特别的关注。直至今天，洛神仍具有较大的影响。

第一节　一身多意的宓妃

洛神的形象首见于楚辞，当时就被人们称为"宓妃"。屈原在《离骚》中说："吾令丰隆乘云兮，求宓妃之所在。"为我们刻画了一个美丽高洁，却又高冷傲慢，不肯侍奉君王的隐者形象。他在《天问》中又说："帝降夷羿，革孽夏民，胡羿射夫河伯而妻彼洛嫔？"其中的"洛嫔"指的也是洛水的女神——宓妃。在故事中，河伯变为白龙，在水里游荡，后羿看见后挽弓搭箭，射伤河伯左目，之后又梦见与洛水神宓妃交合。洛神先嫁于河伯，后羿射河伯并娶宓妃为妻，是得到天帝默许的。这段文字堪称洛神故事的雏形。屈原的《远游》中还说道："祝融戒而还衡兮，腾告鸾鸟迎宓妃。"屈原希望洛神能传话于君王，实现自己的政治理想。

汉代文人对宓妃情有独钟。《淮南子·俶真训》中谈到真人，说他们可以"妾宓妃，妻织女"。在当时人的心目中，宓妃是类似于织女的女仙形象。司马相如《上林赋》中说："若夫青琴宓妃之徒，绝殊离俗。"这里的宓妃，又被人说成伏羲的女儿，因溺死于洛水，成为洛水之神。刘向《九叹·愍命》中说："逐下袟于后堂兮，迎宓妃于伊洛。"在这里，宓妃又成了贤德的妃子。扬雄在《甘泉赋》《羽猎赋》《太玄赋》《反离骚》中都提到宓妃，其中的宓妃或象征祸水，或比喻贤臣。此外，张衡的《思玄赋》、蔡邕的《述行赋》、边让的《章华台赋》也谈到了洛神，或借洛神抒发自己不能施展才华的惆怅，或劝谏统治者勿要大兴土木，而应爱惜民力。汉代"古诗十九首"之一的《凛凛岁云暮》中说："锦衾遗洛浦，同袍与我违。"洛浦也成了洛神的代称。

对于这一时期描写宓妃的作品，刘勰有个言简意赅的评判。他在《文心雕龙》的《辨骚篇》和《夸饰篇》中都指出，洛神的文学化历程，充满了夸张虚构和怪诞想象，这些手法对洛神的文学化起了重要的作用。

综合来看，屈原有仁德美政的理想、忠君爱国的精神，开创了香草美人传统。这一传统又被汉赋发扬光大，从铺张华丽、规谏君主的汉大赋，到抒情言志、刺世疾邪的小赋。这一情形反映了政局变动，即蒸蒸日上的国势逐渐沦于宦官专权、朝政日非的境地，也反映了士人的心态变化。文人们既想要关心时政，积极入世，建功立业，又无力改变现状，甚而有隐居遁世的念头，而其作品仍具有深重的忧患意识，这促成了洛神在司马相如、扬雄、张衡等人心目中具有不同的意象特征。

第二节　美艳悲情的甄妃

洛神形象在魏晋南北朝时期有了较大的发展，曹植的《洛神赋》是洛神流变过程中的重要转折点。在《洛神赋》里，洛神形象被具体化了："翩若惊鸿，婉若游龙。荣曜秋菊，华茂春松。""体迅飞凫，飘忽若神，凌波微步，罗袜生尘。"曹植刻画了一位美艳绝伦、超凡脱俗的洛水女神，并与之深深相恋，依依惜别，而又在心里念念不忘，对人神殊途感慨不已。

曹植笔下的洛神，被后人认为暗指甄妃，这就是广为流传的"感甄说"。甄妃是历史上的真实人物，据《三国志·魏书·后妃传》记载，文昭甄皇后是魏明帝的母亲，她从小饱读诗书，有"女博士"之称，曾劝父母散家财予亲族邻里，广施恩惠，又以谦敬事寡嫂，且劝母亲宽待嫂子，是一位颇具贤德的女子。建安年间，她嫁给袁绍的儿子袁熙，曹操攻破邺城后，让曹丕纳甄妃为妻。甄妃在后宫中谦恭贤惠，但后来郭后得宠，不断谗毁甄妃，导致甄妃惨死。甄妃遇害时头发遮面，口中塞糠，很是凄惨，引起后人的怜悯同情。魏明帝继位后，尊生母甄妃为文昭皇后。曹植本有建功立业之心，无奈曹丕父子猜忌过甚，严密防范，后半生一直郁郁不得志。因此，曹植用美女比喻明君贤臣，借以抒发自己的抑郁哀怨之情。

据《世说新语·惑溺》记载，曹操本人也喜欢甄妃，曹操攻占邺城，只为夺取袁熙的妻子甄氏，这犹如古希腊特洛伊战争一般。甄妃不仅聪慧，而且姿貌绝伦，惹得曹操父子争夺。结果曹丕趁火打劫，捷足先登，抱得美人归。这则记载带有小说的性质，却引得后人议论纷纷。宋代王铚的《默记》中认为，此事是后人编造用来离间父子兄弟的丑闻。现代学者周勋初先生指出："曹氏父子的思想和行为，破坏了汉代正统的社会准则，开启了魏晋南北朝的一代新风。"也正因如此，后人对他们父子多有非议。

不过，依据相关文献留下的蛛丝马迹，集美艳、贤德、才华于一身的甄妃，和曹植相互爱慕，时常歌诗赠答。甄妃所作的《塘上行》中说："众口铄黄金，使君生别离。念君去我时，独愁常苦悲。"曹植在《浮萍篇》中则说："浮萍寄清水，随风东西流。结发辞严亲，来为君子仇。恪勤在朝夕，无端获罪尤。"在后人的想象中，这两首诗表达了两人相恋却又不能相守的凄婉遭遇。

东晋画家顾恺之根据《洛神赋》绘下《洛神赋图》，将洛神形象图像化，使她的形象变得具体而生动。《洛神赋图》生动地描绘了曹植与洛神相遇、相恋、相离这三大情节，塑造了一位气韵生动的女神，充满道教神仙意蕴。画中逼真地传达出曹植与洛神相互之间爱慕而不得的惆怅感情。

在《洛神赋图》中，洛神梳着灵蛇发髻，这种样式的发髻相传也是甄妃发明的。据明代董斯张《广博物志》引《采兰杂志》记载，魏国宫庭有一条绿蛇，口中衔着赤珠，每天在甄妃梳妆时，就盘结为一种髻形出现在甄妃眼前。甄妃觉得奇异，并且受到启发，模仿其形象设计出各式各样的发髻，因为每天的发型都不同，故号为"灵蛇髻"。

魏晋南北朝的文人对洛神表现出了特别的关注，使其成为诗文中常用的典故。曹植在《妾薄命二首》中说："想彼宓妃洛河，退咏汉女湘娥。"太和五年（231）冬季，曹植接到诏书赶赴洛阳，正值魏国皇帝曹叡征发民间少女，以充后宫，并偕同嫔妃登临台榭，泛舟作乐。故曹植以宓妃等水神作比喻，讥刺曹叡荒诞放纵的生活。

西晋陆机《前缓声歌》："宓妃兴洛浦，王韩起太华。"南朝宋谢灵运《江妃赋》："招魂定情，洛神清思。"谢惠连《秋胡行二首》："汉女倏忽，洛神飘扬。"南朝梁江淹《咏美人春游》："行人咸息驾，争拟洛川神。"梁元帝萧绎《玄圃牛渚矶碑》："时度宓妃，桥似牵牛。"北魏温子升《常山公主碑》：奄辞身世，从宓妃于伊洛；遽捐馆舍，追帝子于潇湘。"洛神既是现实中的美女，更是仙界的神女，在诗文作品中成为作者抒发情怀的隐喻和象征。

自汉末政局变动，政权更迭频繁，战乱杀戮不断，社会思潮活跃，经学束缚日益松弛，个人意识逐渐觉醒，世俗化的享乐主义弥漫社会。在文学创作中，文人士子主体意识觉醒，追求独立人格，注重个性，求仙与隐逸的情怀并进。其时，社会伦理对女性的约束尚不严苛，故文学创作对女性形象有相当的着墨。随之兴起的宫体诗关注女性，集中写女性的服饰、容貌、身材、姿态，辞藻艳丽，审美典雅。诚如宗白华先生在《论〈世说新语〉和晋人的美》一文中所说："汉末魏晋六朝是中国政治上最混乱、社会上最苦痛的时代，然而却是精神史上极自由、极解放、最富于智慧、最浓于热情的一个时代。因此也就是最富有艺术精神的一个时代。"洛神故事在诗文、绘画、书法中大放异彩，就是明证。

第三节 与水仙花的结缘

到了唐代，文人们对洛神的偏好有增无减。李贺《宫娃歌》与元稹《代曲江老人百韵》两首诗中的"洛神"都指代幽闭深宫的女子。韦庄《睹军回戈》诗中说："昨日屯军还夜遁，满车空载洛神归。"借洛神故事讽刺官军掳掠妇女，揭示战乱给人民带来的深重灾难。

李商隐有深厚的洛神情结，其诗作《喜雪》《蜂》《袜》《可叹》《如有》《判春》《代魏宫私赠》《东阿王》《涉洛川》都涉及洛神（宓妃）。《无题》中说："贾氏窥帘韩掾少，宓妃留枕魏王才。"借宓妃形象歌颂了青年女子自主追求爱情和幸福。李商隐长期陷于党争，沉沦下僚，他用宓妃的典故，营造了一种深情绵邈的氛围，描绘了朦胧渺茫的情景。诗中对美人既有恍惚迷离的幻觉，又有强烈向往而不得的惆怅，全诗充斥着作者对不幸爱情的感慨，怀才不遇的悲苦，对坎坷际遇的无奈，将丧妻的沉痛心结、情爱的刻骨铭心刻画得淋漓尽致。这些都使得李商隐对宓妃寄寓了一种难以言说的情愫。

在宋代诗词里，洛神的典故继续被运用。尤为重要的是，洛神与水仙花结缘，成为水仙花的女神象征。黄庭坚《王充道送水仙花五十枝，欣然会心，为之作咏》诗中说："凌波仙子生尘袜，水上轻盈步微月。"就现存文献来看，这首诗应该首开洛神为水仙花象征的先河。辛弃疾《贺新郎·赋水仙》中说："罗袜尘生凌波去，汤沐烟江万顷。"高观国《金人捧露盘·水仙花》中说："梦湘云，吟湘月，吊湘灵。有谁见罗袜尘生？凌波步弱，背人羞整六铢轻。"他的《菩萨蛮·咏双心水仙》中又说："云娇雪嫩羞相倚，凌波共酌春风醉。"一首首词作通过化用《洛神赋》，刻画了一个纤尘不染的美女形象，而且，这一形象与水仙花清幽脱俗、仙姿淡雅品格的结合，在后世得到不断深化。

宋元戏文有《甄皇后》剧目，其仅存佚曲一支——《仙吕过曲》："似奇花，肌体温，比玉还滋润。如月莹无尘，如柳更精神。据他国色，回头一笑，嫣然百媚生。天香岂可世间闻？假饶今世有昭君，怎比他鬈绾巫山一段云？人初静，酒半醺，昭阳宫殿闭重门。流苏帐，鸳被温，今宵谁梦楚台云？"从内容来看，这支曲文应是借宫人之口赞颂甄妃的绝色天资。正如《宣和画谱》中说："至于论美女，则蛾眉皓齿如东邻之女，瑰姿艳逸如洛浦之神。"在绘画中，洛神成为美女的代称。

唐诗宋词的兴盛有深刻的时代背景。中晚唐诗人对洛神典故的运用，是诗歌发展中对女性题材的积极开拓成为趋势的侧面反映。安史之乱后，士人心态和审美情趣也有较大变化，从昂扬豪迈、积极进取一变为消沉压抑、悲观咏叹。诗人们面对爱情与政治抱负、仕途前景、现实利益等的冲突时，曹植与洛神的故事恰成为他们抒情的切入点。宋代基本国策是重文轻武，右文政策使得文人士大夫物质生活优裕，精神面貌较之唐人，更为内敛自省。对哲学思辨的偏重，助推文学艺术长足发展，故宋代文人士大夫在诗文书画里的闲情逸致，将洛神意象推向新的高峰。

第四节　情缘未断的女神

明清时期，洛神故事常见于小说、戏曲之中。《三国演义》第三十三回写曹操大军攻破冀州城，曹丕见甄氏玉肌花貌，有倾国之色，便将其收为己有。据记载，明代汪宗姬所作传奇《续缘记》也对洛神故事有所演绎，可惜该剧作已散佚不见。

明代汪道昆有杂剧《陈思王悲生洛水》，又名《洛水悲》《洛神记》，有《盛明杂剧》本。该剧写甄妃属意曹植，曾为其待字十年，无奈因曹丕弄权，未能如愿。甄妃后来受谗而殒，但仍对曹植真情未泯，闻知曹植东归，路经洛水，化身为洛神宓妃等候。日暮时分，两人相会，曹植赠宓妃以玉佩，宓妃则回赠以明珠。最后，两人怅然相离。该剧通过对内心情感、心理活动的描写，演绎了曹植与甄妃的爱情悲剧。

明代白话小说集《七十二朝人物演义·羿善射》中，记述了这样一个故事。黄河内的河伯神道新娶的河伯夫人是宓国之女，名为"宓妃"，小字"嫦娥"。因为嫌水府宫殿狭窄，河伯神想要广建殿宇，宽设苑囿，以便游观作乐。他施展神通，大兴波涛，洗荡堤岸。羿见河伯所为，发怒欲诛之。宓妃在水面上看见羿，对羿十分爱慕，羿也爱上宓妃，两人结为夫妇。河伯兴师问罪，却被羿射杀。后来，宓妃窃得羿从西王母那里得来的灵丹，飞升月宫，被后世称为嫦娥。小说结尾评论："三教同源，非道德优长者，皆不能成正果。嫦娥之得道成仙，由于窃取，其道德安在哉？然有此榜样，所以后世僧家有窃衣钵，儒家有割卷面者，皆宗嫦娥之教耳。"这实际上是以游戏笔墨批判儒、道、佛三教中的模仿剽袭现象。

此外，演绎洛神故事的戏曲还有清初李玉的《洛神庙》传奇，但已失传。清代吕履恒有康熙刊本《洛神庙》传奇，共四十四出，其第六出《遗香》叙述：甄妃生为魏皇后，死列仙班，她因为曹丕薄幸负心，竟遭郭氏毒手摧残，亏得曹植《洛神赋》中将其托名宓妃，且情词哀切，感得上帝见怜，准许她超脱人世间，皈依天界，成为掌管洛神庙中香火的女神，兼司世上姻缘。在剧中，她助何寅与巫友娘、贾绿华结成良缘。

清代黄燮清著有《凌波影》杂剧，又名《洛神赋》或《宓妃影》。该剧的《梦订》一出中说："掌握全川水印，修成一点仙心。作翠水之游，已离几劫；恋红尘之影，未斩情根。因与曹王子建尚有未尽之缘，犹负相思之债。今日闻他驻扎本驿，为此御云而来。"剧中，洛神还是一个未断情缘的水仙。其中《仙怀》一出中又说："（贴、小旦）娘娘既是这般思想，与他成就了好事何如？（旦）痴儿胡说，我们相契以神，不过是空中爱慕，一涉形迹，便堕孽障，千古多情之人从无越礼之事，世间痴男骏女误将欲字认作情字，流而不返，自溃大防，生出许多罪案，就错在这关头也。"该剧叙写恨水浪仙、泪泉童子、愁湖总管、痴錾散人是一群魔障，专与世上有情人作祟，想引曹植入魔道，一世不得干净，故洛神与曹植见面之后即分离，洛神对曹植说："王其作速回，头稍涉流速，便有魔障也。"在这部剧中，洛神身上充满了道学家"存天理，灭人欲"的强烈观念，这也是当时时代的写照。

清代蒲松龄《聊斋志异·甄后》中记述了洛神（甄妃）与刘桢的后身刘仲堪相遇，二人分别后，刘仲堪思念洛神过甚，洛神赠一神女与刘仲堪,却因刘母疑忌,神女隐身归去。故事中说曹丕是篡贼庸劣之子,还有曹操化身为黄狗的情节,实质是在延续拥刘反曹的传统基调。在小说的结尾,蒲松龄批判洛神不能从一而终,这也显示了当时理学兴盛的文化背景。

在《红楼梦》第四十三回中,宝玉说:"古来并没有个洛神,那原是曹子建的谎话。谁知这起愚人就塑了像供着。今儿却合我的心事,故借他一用。"作者借贾宝玉之口否定洛神,暗写宝玉对金钏的追忆。而《红楼复梦》第五十四回中写洛妃奏锦瑟,珍珠(袭人)听得飘飘欲仙。

值得注意的是,清代诗人王士禛有一系列吟咏洛神的作品。顺治十八年(1661)春,扬州女子余韫珠绣仕女图四幅,王士禛为之作《题余氏女子绣浣纱洛神图二首》诗,并填写《解佩令·赋余氏女子绣洛神图》等四首词作,彭孙遹、邹祗谟、陈维崧、彭孙贻都有唱和之作。柳如是作《男洛神赋》,抒发自己对陈子龙的爱慕之情。

近人齐如山为梅兰芳写有《洛神》剧本。台湾地区陈美娥女士创作的南音乐舞大戏《洛神赋》,在海内外演出取得极大成功。这些使得洛神故事在新时期焕发出新的魅力。此外,洛神形象还受到陶艺、年画、剪纸等工艺品的青睐。

洛神诞生于先秦神话,到六朝与真实历史人物结合,文赋、书法、绘画共同确立了其浪漫美丽的形象;经唐宋诗词至明清小说戏曲而大放异彩,洛神成为高雅清纯的圣女。洛神故事在本质上是爱情悲剧的不断生发。从爱情角度来看,洛神故事的演变历程反映了政治格局、社会思潮、作家心态、文学作品四者是紧密关联的。明代商品经济有所发展,市民阶层迅速扩大,作品内容市民化,艺术趣味世俗化,但作为正统儒家思想的程朱理学,仍有深厚的根基和强大的辐射力。文人摆脱不了纲常伦理的约束,在进行创作时,将节欲与贞操观念渗透进作品。清代的洛神故事继承这一传统,洛神成为贞洁的女神,堪与烈女媲美。

中国古代文人士子常有美人情结,其中一个重要表现是人神恋。在忠贞与自由之间,理想与现实之中,洛神作为文人抒发情感的重要载体,其形象既经历了不断的传承流变,也有永恒的艺术魅力。强大的礼教文化始终制约着洛神故事情节的发展,人神虽能相恋,却无法结成终身伴侣。这种意念、精神的寄托与浪漫主义的情怀正表明洛神具有贯穿古今的人性美和充塞天地的情感美。对洛神的青睐,表达了古人对美好爱情的向往、对理想生活的期待、对人生命运的思索、对个人价值的肯定。更为重要的是,其体现了一种纯真、至善、唯美的情趣。时至今日,洛神仍具有强大的生命力。

第二章　鲛人：织锦泣珠的至诚象征

鲛人又称"泉君""泉先"，关于他们的传说，有泣珠、善织、藏宝等。先秦时期的文献中已经出现了鲛人的影子，他们的奇异能力格外引人注意。这些关于鲛人的故事在后世不断发展演变，并逐渐成为诗歌中的典型意象。随着佛教的传入，龙王和龙女的形象传入中国。龙女故事发展成熟之后，鲛人被纳入龙宫故事的书写中，其文学书写主要集中于重宝报恩故事与感伤氛围营造两方面。

第一节　形象误读：泣珠鲛人非人鱼

东汉学者许慎在《说文解字》中解释"鲛"："海鱼也，皮可饰刀。"清代学者段玉裁认为"鲛"即是指鲨鱼。顾名思义，"鲛人"在最初或是半人半鲨鱼的形象，或是具有鲨鱼特征的人。这似乎与我们印象中的月夜泣珠的美人鱼形象大相径庭。那么，鲛人形象是如何演变的？它真的是美人鱼吗？

在历代描写鲛人的文献中，很难找到明确将鲛人与人鱼相联系的证据。最早完整记录鲛人故事的作品应当是托名东汉郭宪的《洞冥记》："昧勒国在日南，其人乘象入海底取宝，宿于蛟人之宫，得泪珠，则蛟人所泣之珠也，亦曰泣珠。"意思是说在南方有一个叫作昧勒国的地方，有人骑着大象到海底寻找宝物，晚上住在蛟人的宫殿里，找到了蛟人的眼泪化成的珍珠。当时虽然将鲛人写作"蛟人"，但泣珠的叙事已经与后世相同。不过，这则故事中并没有明确记述鲛人的外貌。

魏晋南北朝时期，鲛人频繁出现在诗文作品中，曹植的《七启》中说"采菱华，擢水蘋，弄珠蚌，戏鲛人"，但依然没有对其形象进行具体描述。稍后张华的《博物志》中完整叙述了鲛人的居住之地及其泣珠的奇特能力："南海外有鲛人，水居如鱼，不废织绩，其眼能泣珠。"与张华有交游的左思在《吴都赋》中沿用了这种说法："泉室潜织而卷绡，渊客慷慨而泣珠……访灵夔于鲛人。"在左思的描写中，"泉室"与"渊客"显然都是用来指代鲛人的。

此后，泣珠与织绡这两种能力被固化为鲛人的特质，并且成为后来以鲛人为主角的一系列故事的重要线索。但此时并未出现鲛人外貌形象的描述。"织绩"这一能力，似乎也在暗示鲛人作为人的特质，而非鱼的形象。

唐宋时期，诸多涉海诗文作品中也谈及鲛人织绡和泣珠的特质，"鲛人潜织水底居""恨无泉客泪，尽泣感恩珠""客从南溟来，遗我泉客珠"，但不涉及鲛人形象。清代《鲛奴》一文，被认为是鲛人故事的集大成之作，其中描写鲛人外貌的部分也没有提及其具有鱼的特质："见沙岸上一人僵卧，碧眼蜷须，黑身似鬼，呼而问之。对曰：'仆鲛人也……'"这是故事的主人公景生第一次见到鲛人时所见的情景，对鲛人外貌的描述仅着眼于"碧眼蜷须，黑身似鬼"，且明确提出"一人僵卧"，完全没有鱼的痕迹存在。所以，从外形上来说，鲛人有可能是指有鲨鱼纹样文身的人类，而非半人半鱼。

这一猜测是有相关文献支撑的。《山海经·海内南经》中记载："伯虑国、离耳国、雕题国、北朐国，皆在郁水南。"郭璞注解"雕题"称："黥涅其面，画体为鳞采，即鲛人也。"郭注在这里进行了对鲛人形象的明确刻画。"涅"就是黑色的意思，指用黑色的颜料在脸上作画，用油彩在身上作鱼鳞形状的图案，类似于现在的文身。也许是因为这些彩绘的图案中，有些类似于鲨鱼皮的纹路，所以身上有彩绘图案的人被称为"鲛人"。《礼记·王制》中记载："南方曰蛮，雕题交趾，有不火食者。"明代黄佐的《广东通志·图经》中记载："琼州府，本古雕题、离耳二国。汉武帝平南越，遣军往涨海洲上，略得之，始置珠崖、儋耳二郡。"这里明确指出，琼州府（今海南省）由古雕题国与离耳国二国组成。至于"雕题"，《后汉书·南蛮传》中称："题，额也，雕之，谓刻其肌以丹青涅也。"《太平御览》引杨孚《异物志》也说道："雕题国，画其面及身，刻其肌而青之，或若锦衣，或若鱼鳞。"赵逵夫先生在《形天神话源于仇池山考释》一文中，认为雕题或许与黥刑有着密切的关系。所谓黥刑，就是在被罚之人的脸部刺字并涂黑的一种刑罚，即"以墨涅之，使墨迹长入肉中，不得消失"，后来演变成为一种风俗，由西部的氐族逐渐向南扩散。但这种刑罚一般局限于面部，不会涉及身体。雕题国人"身刻其肌"的做法更像是文身。

屈大均《广东新语·鳞语》中称："南海，龙之都会，古时入水采珠贝者皆绣身面为龙子，使龙以为己类，不吞噬。"由此可见，沿海地区有些居民会用丹青在面颊或者身上刻画文身，其有的像锦衣，有的像鱼鳞。雕题作为一种习俗，在我国南部沿海地区广泛分布。《史记》中说生活在吴越地区的人因为经常在水中，所以断发文身，将自己伪装成龙之子的样子，减少受伤的可能。《汉书·地理志》记载帝少康之庶子无余被分封在会稽之后，通过文身断发的方式躲避蛟龙。生活在沿海地区的人们认为，在身上刻画鱼龙的图案，在下水活动时能够躲避蛟龙的攻击。有学者认为文身与宗教活动密切相关，即可以借此获得蛟龙的神勇，防止病痛，治愈疾患。无论如何，以鱼鳞文身与南部沿海地区的生产活动密不可分，这也可以在一定程度上解释鲛人名鲛而为人的原因。

南朝诗人刘孝威诗作中称"蜃气远生楼,鲛人近潜织",唐代刘禹锡也写诗称"市易杂鲛人,婚姻通木客",皆以鲛人来指代海滨居民,因此鲛人为人而非鱼的主张并非空穴来风。鲛人作为有鱼状文身之人的统称,其生计方式应该类似于农耕文明的分工。岭南地区盛产珍珠,先秦典籍中即已记录其珍珠之美,这必然是耕海活动的产品。因此,鲛人中,男子通过捕鱼采珠谋生,女子的生产方式以纺织为主,这分别对应了鲛人泣珠与织绡的本领。

然而,采珠与泣珠是如何联系在一起的呢?除泪与珠形状相似之外,我们也许可以从汉代流传的"珠还合浦"故事中略窥端倪:

(孟)尝后策孝廉,举茂才,拜徐令。州郡表其能,迁合浦太守。郡不产谷实,而海出珠宝,与交阯比境,常通商贩,贸籴粮食。先时宰守并多贪秽,诡人采求,不知纪极,珠遂渐徙于交阯郡界。于是行旅不至,人物无资,贫者饿死于道。尝到官,革易前敝,求民病利。曾未逾岁,去珠复还,百姓皆反其业,商货流通,称为神明。(《后汉书·循吏传》)

秦汉以来,珍珠就作为岭南地区的特产为贵族所追捧,具有特殊的价值:"粤故多珠,蚌、蛤、蠃生珠,鲛人慷慨以泣珠,鲸鲵目即明月珠。"据《雷州府志》记载,有汉一代,仅合浦郡就有上千珠民,当地百姓皆以采珠为生,用珍珠向交阯郡换取粮食。在巨大的经济收益之下,官吏逼迫珠民大肆捕捞,使得合浦的珠蚌迁移至交阯,合浦郡民不聊生,百姓甚至因此饿死。"碧浪曾翻千斛泪,夜光能换几餐炊",《后汉书》中这段对太守孟尝革除弊端、休养生息,使得合浦蚌珠重新繁荣的赞美与歌颂,也从侧面反映了珠民艰辛的采珠生活。"一面哭泣,一面交珠"的情形也许就是鲛人泣珠的现实来源。

第二节　泣珠、织绡的双重特质

鲛人有重宝，无论是鲛珠还是鲛绡，都是世间罕见的宝物。鲛人的这些特质，在魏晋时期一经定型，即进入文人墨客的视野，成为广为流传的文学叙事的一部分。虽说鲛人最开始为人所注意的，是其泣泪成珠的特质，但是，在唐代之前，泣珠并不为鲛人所独有，而其最为人所知的象征是沾水不湿的鲛绡。

《太平御览》引《博物志》载："鲛人从水出，寓人家，积日卖绢。将去，从主人索一器，泣而成珠，满盘，以与主人。"这个故事的情节非常简单，鲛人离海上岸之后，寄居在一户人家，在此期间，以织布的方式维持生计，将要离开的时候，以泪化为的珠赠与收留她的人家。不过，泣泪成珠的情节在六朝志怪小说中并非鲛人故事所独有，《艺文类聚》所引《搜神记》中记载了包括鲛人泣珠报恩故事在内的大量鬼怪赠珠报恩故事：

隋侯行，见大蛇伤，救而治之。其后蛇衔珠以报之，径盈寸，纯白而夜光可烛堂，故历世称隋珠焉。

吴王夫差女名玉，死亡，童子韩重，至冢前哭祭之，女乃见形，将重入冢，遗径寸明珠。

有玄鹤为弋人所射，穷而归哙参，参收养，疗治疮，疮愈而放之，后鹤夜到门外，参执烛视之，鹤雌雄双至，各衔明珠以报参焉。

无论是大蛇、玄鹤还是夫差女之魂，都以"赠珠"表达谢意，这与汉魏时期的珠玉崇拜密切相关。在当时的人看来，珠是生命的保护神。《山海经·东山经》记载"鳖鱼，其状如肺而有目，六足有珠，其味酸甘，食之无疠"，食用鳖鱼六足之珠可以免遭瘟疫侵扰。东晋前秦王嘉《拾遗记》记录凭霄雀衔的青砂珠，"服之不死，带者身轻"，且"珠尘圆洁轻且明，有道服者得长生"。明珠令人长生的说法，使得"珠"成为异物报恩的重要媒介。

这一时期，鲛人区别于其他以珠报恩主体的特质则是织绢。

六朝志怪小说集《述异记》中记载："南海出鲛绡纱，泉先潜织。一名龙纱，其价百余金，以为服，入水不濡。南海有龙绡宫，泉先织绡之处，绡有白之如霜者。"这里的"绡"即是绢的一种。魏晋之际，绢是平纹素丝织物的通称。颜师古注《广韵》"绢"字称："生白缯，似缣而疏者。"《广雅》也称："绡，谓之绢。"绡很早就出现并被应用于日常生活。《礼记·玉藻》中记载了贵族以轻绡罩于青裘豹袖之外的生活习惯。清代《释缯》也记载："竹孚俞薄而脆，亦名曰绡，绡为生丝，其脆薄亦也，卷绡之绡同。"绡因为未经脱胶，所以轻薄透明疏脆。"红绡缕中玉钏光"，隔着衣衫甚至都能看到手腕上的玉钏。《红楼梦》九十二回中，冯紫英给贾政带来四件"做得贡"的宝物，其中就有一种是鲛绡帐。这顶鲛绡帐是广西同知近来引荐的洋货，轻薄透亮，还能防蚊虫，最后开价的时候，鲛绡帐要价五千银。鲛绡之贵重可见一斑。

鲛人又是如何与善织联系在一起的呢？据《山海经》记载，在欧丝之野，有一女子跪据树欧丝，郭璞赞注称："女子鲛人，体近蚕蚌。出珠匪甲，吐丝匪蛹。化出无方，物岂有种。"同时，郭璞认为欧丝之野的女子是蚕类。欧丝之野的女子唼桑呕丝，鲛人所擅长之鲛绡也是以生丝织成，二者有蚕与蚌的特质，却又没有其形态，所以郭璞感叹"物岂有种"。郭璞所赞是针对《山海图》而言，将呕丝女子与鲛人并论，在某种程度上为鲛人善织特质提供了可能的解释。

当然，鲛人的善织特质与当时的社会背景密切相关。魏晋时期北方战乱频繁，士族南迁，带动了江南社会经济的发展，丝织业生产在规模和技术上有显著进步。《三国志·吴志·陆凯传》中记载，当时丝织业生产规模迅速扩大,"自昔先帝时,后宫列女,及诸织络,数不满百……先帝崩后,幼、景在位,更改奢侈,不蹈先迹。伏闻织络及诸徒坐,乃有千数"。短短三十年,宫廷织女数量的激增说明了当时丝织业生产规模的扩大。鲛人"积日卖绢",甚至有高超的织绢技能也不足为奇。唐代丝织业进一步发展,《新唐书·地理志》中记载了绢、绫、锦、罗等25种品种大类,绡因其轻盈挺阔的特质,深受民众喜爱,"鲛绡"也在这一时期成为诗文作品中频繁出现的审美意象。

与此同时,鲛绡与泣珠进一步紧密结合,在报恩主题的基础上不断丰富拓展。唐代李颀《鲛人歌》在前代志怪小说的基础上,进一步摹写了鲛人的生活状态,赞美鲛人织绡不辍的品质:

鲛人潜织水底居,侧身上下随游鱼。轻绡文彩不可识,夜夜澄波连月色。有时寄宿来城市,海岛青冥无极已。泣珠报恩君莫辞,今年相见明年期。始知万族无不有,百尺深泉架户牖。鸟没空山谁复望,一望云涛堪白首。

月色之下,海面上的波光粼粼是鲛人勤奋织绡引起的晃动。鲛绡织成之后,鲛人带来城市中售卖,临走之时,与人家约定明年再来,并泣以明珠报恩。在这里,鲛人织绡之地明确为水底,且织绡的过程会引起海水的晃动,鲛绡也因为鲛人潜居所织而具有了神奇的色彩。

《杜阳杂编》记载了唐代著名的奸相元载家中芸辉堂的装饰,最能表现其极尽奢侈之能事的即是鲛绡制成的紫绡帐和龙绡衣,其轻薄无碍,冬暖夏凉,且隐隐有紫气透出。

鲛绡柔美坚韧但世间难寻,于是诗人将此对照现实生活,将鲛人生活的清苦与鲛绡的珍贵作对比,以讽谏时事:

云供片段月供光,贫女寒机柱自忙。莫道不蚕能致此,海边何事

有扶桑。(吴融《鲛绡》)

鲛人献微绡,曾祝沉豪牛。百祥奔盛明,古先莫能俦。(杜甫《奉同郭给事汤东灵湫作》)

与之一同进入诗歌描写的也包括鲛珠:

客从南溟来,遗我泉客珠。珠中有隐字,欲辨不成书。缄之箧笥久,以俟公家须。开视化为血,哀今征敛无。(杜甫《客从》)

今朝欲泣泉客珠,及到盘中却成血。(施肩吾《贫客吟》)

鲛绡、鲛珠被纳入缘事而发的书写模式中,诗中假借鲛人织绡、泣珠的传说控诉统治阶级的横征暴敛。

虽然如此,泣珠报恩的书写仍然在唐宋诗歌书写中占据主流。李群玉《病起别主人》:

益愧千金少,情将一饭珠。恨无泉客泪,尽泣感恩珠。

全诗化用鲛人为卖绡而寓居人家的典故,在病愈初起之时表达对寓所主人的感激。作者满腔谢意无法言表,恨不能化身鲛人,将泪水尽数化作珍珠以酬谢主人。方干路过古人之宅,时过境迁,物是人非,也说"举目凄凉入破门,鲛人一饭尚知恩",着意强调鲛人知恩图报的特质。

鲛人知恩图报的叙事模式在《鲛奴》中达到高峰。这一作品情节生动,叙事完整。主人公景生由闽地返回茜泾,途中发现了鲛人。鲛人在水晶宫为琼华三姑子织嫁衣,过程中因不小心损坏了九龙双脊梭,被流放而无家可归。他请求景生收留自己:"今漂泊无依,倘蒙收录,恩衔没齿。"景生因为正好缺少一位仆人,就带鲛人一起回家了。但是鲛人"无所好,亦无所能。饭后赴池塘一浴,即蹲伏暗陬,不言不笑"。景生因为他远离家乡,也不忍心驱遣他,于是二人相安无事。直到浴佛节时,景生对陶姓小姐一见钟情,但陶母要他以万颗明珠为聘。景生一时难以凑齐,忧思成疾,鲛人问病,感于景生之言而抚床大哭,泪落为珠。景生得珠而病愈。因珠未及数,鲛人又提议登望海楼,望海思归不得而痛哭,喟然曰:"满目苍凉,故家何在?"鲛人想念家乡又开始哭起来,泪珠变成珍珠迸落下来,他哭到眼泪流尽才停止。景生凑齐了万珠,迎娶陶姓小姐的愿望得以实现,鲛人也回到了大海。

这个故事以鲛人善织能泣的特质串联始末,凸显鲛人知恩图报的品质,同时融入了当时的时代特色。鲛人之所以上岸,是因为损坏织绡物什被流放,鲛人泣珠是因为情动于中而不能自已。鲛人所言"我辈笑啼,由中而发,不似世途上机械者流,动以假面向人",真情流露所以泣泪成珠,这也是这个故事的主旨所在。景生筹齐万颗明珠登堂纳聘之时,陶母亦说"君真痴于情者",却珠归女,这也是对真情的提倡。鲛人、景生之真情可以说是对明清之际浇薄虚伪的世情风俗的辛辣讽刺。

鲛人泣珠织绡报恩之书写与人鱼故事呈现出截然不同的面貌。《述异记》在记录鲛人故事的同时,也提及"懒妇鱼",其不喜织绩的特质与鲛人相异。从唐代《洽闻记》开始,人鱼故事重点强调其风情与诱惑:

> 海人鱼,东海有之,大者长五六尺,状如人,眉目、口鼻、手爪、头皆为美丽女子,无不具足。皮肉白如玉,无鳞,有细毛,五色轻软,长一二寸。发如马尾,长五六尺。阴形与丈夫女子无异,临海鳏寡多取得,养之于池沼。交合之际,与人无异,亦不伤人。

北宋聂田在《祖异记》的一篇作品中也沿袭了海人鱼的特点,强化了人鱼的这一特性:"望见沙中有一妇人,红裳双袒,髻鬟纷乱,肘后微有红鬣。查命水工以篙投于水中,勿令伤。妇人得水,偃仰,复身望查拜手,感恋而没。……此人鱼也。能与人奸处,水族人性也。"南宋《类说》引《稽神录》中则明确描述了人鱼的外貌:"谢仲宣泛舟西江,见一妇人没波中,腰以下乃鱼也。"半人半鱼的美人鱼形象及其所暗含的风情显然与鲛人故事截然不同。虽然如此,鲛人故事还是在一定程度上影响了人鱼形象的塑造。相传造于宋代的人鱼玉雕中,人鱼左手托珠,这一图像创意也许与鲛人特质密不可分。

第三节　鲛人故事中的情感表达

如前文所述,鲛绡与鲛珠很可能是沿海部族男子耕海、女子织布这一生活生产方式的产物。但是,鲛人故事进入文学书写,并与人鱼故事、龙女故事融合后,其女性特质被强化,月下、水边、泣泪等文学意象与绡、珠紧密相连,鲛绡、鲛珠成为情感表达的主要寄托。

佛教自汉代传入中国,经由魏晋南北朝的发展逐渐本土化,在唐代传播得更为广泛。佛教通过说话、俗讲、变文及大型的宗教活动,成为家喻户晓的宗教信仰。中国作为农业大国,自古就有对掌管人间风雨的龙神的崇拜。佛经中典型的龙王、龙女故事以及对海底富丽堂皇龙宫的描绘无疑会引得文人士大夫和百姓的遐想。龙宫藏有丰富的宝藏,鲛人生活在海边,鲛人也被赋予了人伦因素并被纳入水底龙宫的故事书写。

唐代传奇《萧旷》叙述处士萧旷与洛水神女甄后及织绡娘子在月下传觞叙语的故事。织绡娘子虽以织绡为名,但实为洛浦龙君之处女。织绡娘子与萧旷辩龙,其后萧旷"左琼枝而右玉树""缱绻永夕,感畅冥怀"。织绡娘子与萧旷分别之时,劝酒云:"织绡泉底少欢娱,更劝萧郎尽酒壶。愁见玉琴弹别鹤，又将清泪滴真珠。"又以轻绡一匹赠之留念。织绡娘子融合了泣珠与织绡的特质，显然有鲛人的影子在其中，但也融入了人的情感特质。一匹轻绡不仅是龙宫之宝，也是织绡娘子对与萧旷遇合的留恋与不舍。值得注意的还有一点，此时洛神以明珠、翠羽赠予萧旷，鲛人泣珠与善织似乎在与龙女故事的融合中开始分离，所泣之珠单纯指泪珠。

鲛绡珍贵，寻常人很难大量拥有，兼之泣泪与拭泪动作上的连贯性，于是以小面积鲛绡所制成的手帕"鲛帕"便成为寄托情感之物。《全唐诗》中收有李节度使宠姬《书红绡帕》诗，诗前有小传叙述了以鲛帕为媒介，追求爱情与自由的故事：

李节度有宠姬。元夕，以红绡帕裹诗掷于路，约得之者，来年此夕会于相蓝后门。宦子张生得之，如期而往，姬与生偕逃于吴。

李姓节度使的宠妾在鲛帕上以诗歌追求爱情，其诗曰：

囊裹真香谁见窃，鲛绡滴泪染成红。殷勤遗下轻绡意，好与情郎怀袖中。金珠富贵吾家事，常渴佳期乃寂寥。偶用志诚求雅合，良媒未必胜红绡。

绡之所以被染成红色，是因为白绡空有富贵而没有真情，故而以泪染成。如今期待情郎捡到手帕，有良缘遇合。此时，鲛帕作为爱情向往的承载工具，具有了爱情的意味。明代传奇《鲛绡记》也以"鲛绡"作为定情信物贯穿故事始终。《红楼梦》第三十四回中，宝玉挨打之后惦记黛玉，就命晴雯送了两条旧手帕给黛玉，黛玉为宝玉深情所感动，题诗曰"尺幅鲛绡劳惠赠，叫人焉得不伤悲"，手帕成为联结两个人感情之物。

"鲛绡"入水不濡，所以诗文作品常用眼泪浸湿鲛绡渲染爱情的感伤意味。"泪痕红浥鲛绡透""鲛绡裛遍相思泪""鲛绡泪滴鸳鸯冷""熏香绣被心情懒,期信转迢迢。记得来时倚画桥。红泪满鲛绡"等,或表相思,或传诀别,都与爱情的悲伤紧密相关。

这种感伤氛围进一步扩大,使得鲛绡成为诗歌中营造感伤氛围的意象之一。在这种情境之下,鲛人意象常与精卫故事并列使用,"帝女飞衔石,鲛人卖泪绡""龙宫月明光参差,精卫衔石东飞时,鲛人织绡采藕丝"。精卫相传是炎帝的女儿,在东海戏水时不慎溺水而亡,化而为鸟。于是从西山衔石,希望能够填平东海,使人免于水患。但东海何其大,精卫仅凭自己是徒劳无功的,所以这个典故充满了悲情色彩。精卫填海与鲛人织绡连用,使得鲛人典故在爱情之外,也蒙上了悲情感伤的色彩。

鲛珠源自鲛人泣泪,天然就有清寥暗寂的氛围。"又似鲛人为客罢,迸泪成珠玉盘泻""江生魂黯黯,泉客泪涔涔",这里的"鲛人""泉客"并非实指鲛人,而是用以借指眼泪,渲染凄怆惨恻的伤感与悲痛。李商隐"沧海月明珠有泪"更是将这一特质推向顶峰。黄天骥先生认为这一句化用"沧海遗珠"与"鲛人泣珠"两个典故,以珠为媒介,表达自己才华不能见用而只能在苍茫中暗自感伤的悲哀。

同时,鲛人因为远离世俗生活,且与海洋、河流互动,所以在某种程度上契合了文人士大夫对隐逸生活的追慕。如孟浩然《登江中孤屿赠白云先生王迥》:

悠悠清江水,水落沙屿出。回潭石下深,绿筱岸傍密。鲛人潜不见,渔父歌自逸。忆与君别时,泛舟如昨日。夕阳开返照,中坐兴非一。南望鹿门山,归来恨如失。

这是诗人登岛所见的场景:绿竹环绕江畔,渔父唱着悠然的号子,鲛人在水里嬉戏。面对这样静谧闲散的景象,作者回想起与王迥泛舟游水的快意与乐趣,与山水相依的清旷逍遥也跃然纸上。张署《赠韩退之》一诗直接将鲛人与鹏鸟对比,"鲛人远泛渔舟水,鹏鸟闲飞露里天"。在古代诗歌中,有以鹏鸟喻奸佞的传统。张署曾与韩愈一起诤谏君主,却反遭弹劾,此诗即为谪守之时所作。韩愈《答张十一功曹》中也说"吟君诗罢看双鬓,斗觉霜毛一半加",对张署所言深有同感。在此诗中,张署以鲛人自喻,随浪漂泊,既有"道不行,乘桴浮于海"的自持,也暗含着壮志难酬、怀旧伤时的悲愁激愤。这无疑丰富了鲛人暗含的感伤氛围的文化内涵。

综上所述,鲛人故事的发展演变有两条线索:一条是以鲛人为主人公的重宝报恩显真情故事,另一条则是以鲛人之宝寄托情感的爱情故事。鲛人一不具有人鱼风情诱惑的特质,二缺少龙女故事稳固的信仰基础,所以在中国神话的流传谱系中稍显薄弱,但其月夜泣珠、辛勤织绡的形象对中国诗歌审美产生了巨大的影响。

第三章　鲲鹏：自由与理想的图腾

读过《庄子》的人，都一定会对《逍遥游》开篇巨大的鲲鹏留有深刻的印象——巨大的鱼从海中一跃而起，化身为身量无匹的鹏鸟，振翅高飞，在人类无法企及的深海与高空自由翱翔。硕大、高飞、威猛、雄伟的鲲鹏形象深受后世文人的喜爱，并被不同朝代的文人不断临摹，成为中国古典文学意象世界中不可或缺的存在。

第一节　鲲鹏故事的神话渊源与叙事定型

《庄子·逍遥游》开篇描绘了一则壮阔浪漫的变形与旅行故事：

北冥有鱼，其名为鲲。鲲之大，不知其几千里也；化而为鸟，其名为鹏。鹏之背，不知其几千里也；怒而飞，其翼若垂天之云。是鸟也，海运则将徙于南冥。

这是鲲鹏故事最广为人知的情节。在庄子所讲述的鲲鹏故事中，中心角色是形态迥异的鲲鹏，鲲为北冥之鱼，鹏为飞天之鸟，二者互生互化，本为一体。情节则是一次宏大的旅行，在这次旅行中，发生了两件事：首先是鲲鹏自身由鱼而鸟的变化；其次则是从旅行的起点北冥到终点南冥的变化。通过对这几个要素的拆解，鲲鹏故事可以追溯到《山海经》中的神话时代。

对鲲鹏形象的梳理是我们了解鲲鹏神话起源的出发点。庄子称巨鱼为鲲，这是非常值得玩味的。《尔雅·释鱼》解释为"鲲，鱼子"，即鲲是指小鱼或者鱼卵。庄子用之命名巨大无匹的鱼，这种强烈的大小对比产生了解释的空间。"鲲"音同"昆"，异读为"混"，指广大无垠貌。所以有学者根据混沌宇宙的发生论对鲲鹏的形象作出解读。《说文》训"昆"为"同"，二字引申为混同、混合。王力先生总结了古书中大量的训诂学案例，认为"昆掍混浑溷……同源"。"鲲"与"昆""混"的语义联系使人联想到"混沌"。台湾地区吴光明先生认为"混沌"是一种原始的境界，其中包含着孕育生命的力量，同时又是一种朦胧但友善、舒适的态度。

袁珂先生从神话学的角度解读这一形象，将鲲与北海海神禺京联系在一起，同时也为鲲化鹏的过程提出了合理的解释。据《山海经·海外北经》所载："北方禺强，人面鸟身，珥两青蛇，践两青蛇。"庄子描述禺强生活在北极，晋代郭璞注解称禺强是水神。玄冥与北冥、水神与鱼形似乎可以产生一定联系。《山海经·大荒东经》有关于四海海神的记载："东海之渚中，有神，人面鸟身，珥两黄蛇，践两黄蛇，名曰禺䝞。黄帝生禺䝞，禺䝞生禺京。禺京处北海，禺䝞处东海，是为海神。"郭璞注"禺京"时认为"即禺强也"，因为强字和京字古音相近，而京字与鲸字同音。郭象注称："北方禺强，黑身手足，乘两龙。"袁珂先生怀疑"黑"当作"鱼"，因两字字形接近易混，且在《山海经》的流传中确实出现了二者混淆的情况。另外，既然强调了禺强是人身，那么其自然有手足，不需要额外强调手足的存在。此处既然强调，就说明禺强也许并非人身，而是鱼身。也就是说，禺强是生活在北方海洋里的大鱼。

鲲化为鹏是鲲鹏故事的关键因素之一，也是其神话色彩最为浓厚的环节。从神话学角度出发，这一过程可以看作变形神话的反映。鲲与北海海神禺强联系在一起之后，由鲲化鹏的过程也得到了合理的解释。从前文的分析中可见，禺强兼具鸟身与鱼身，这二者如何同时出现呢？兼具鱼鸟特征的生物在《山海经》中并不少见，如"鳎鳎之鱼，其状如鹊而十翼"(《北山经》)，"其状如鲤，而六足鸟尾，名曰鲐鲐之鱼"(《东山经》)。但这都是鱼身与鸟翼、鸟尾的结合。《淮南子》的记录，为禺强的鱼身与鸟身提供了合理的存在场景。禺强不仅仅是水神，还成了风神："隅强（禺强），不周风之所生也。"不周风是从西北方向刮来的风，"主杀生"，类似今天所说的西北风。在古人的想象中，盛行于秋冬季节的西北风是由禺强制造的。《淮南子》又记录尧舜时期一种严重影响百姓生活的"大风"，其实际上是"大凤"。汉代学者高诱注解《庄子·逍遥游》时认为大鹏为风伯，或为鸷鸟。无论是凤、风伯，还是鸷鸟，都具有鸟的属性，与禺强的鸟身有所呼应。禺强兼具鱼身与鸟身，且与北海、大风发生关联，不能说鲲鹏与禺强全然没有联系。所以，袁珂先生在《山海经校注》中认为，当禺强"为海神之时，固'鱼身手足'之'鲲（鲸）'也，固'大不知其几千里也'；然而一旦'化而为鸟'，则又'人面鸟身'之鹏也，则又'背不知其几千里也'"。

　　宇宙混沌角度下的鲲化为鹏的过程更加壮阔宏大。吴光明先生认为鲲化为鹏的过程是由阴向阳转化的过程。他认为，鲲属阴性，鲲化为鸟的过程是阴气积聚向阳气转化的过程，鹏鸟向南飞翔的过程，则类似于太阴向太阳、黑暗向光明的转化。朱任飞先生的猜想也许从另外一个角度佐证了这种混沌宇宙发生论的观点。他从"抟扶摇而上"句中的"扶摇"这一意象入手，分析鲲鹏转化的隐喻。在《庄子》一书中，"扶摇"还出现在《在宥》对云将遇鸿蒙的陈述中，"云将东游，过扶摇之枝，而适遭鸿蒙"。李颐注解为"扶摇，神木也，生东海"。在《山海经》的记载中，东海神木被称为"扶桑"或"若木"，若木为榣木所生，二者合称"扶榣"，写作"扶摇"应在情理之中。一旦这种猜测成立，那么鹏借之而上的就不仅仅是风了，而是神木扶桑。

如此，我们立刻能联想到神话中扶桑木上的太阳。在神话传说中，太阳称为"金乌"，为鸟型，鹏刚好也是鸟型。于是，由鲲化鹏的过程实际上象征着由月亮转化为太阳的过程。这一理解也可以用中国古代阴阳二元宇宙论来理解，《淮南子·天文训》中有"毛羽者，飞行之类也，故属于阳；介鳞者，蛰伏之类也，故属于阴。……火上荨，水下流，故鸟飞而高，鱼动而下"。鸟为阳，鱼为阴，也为上述鲲化为鹏是日月变化的说法提供依据。江苏盱眙县出土的汉代木刻星象图亦可为证明。图中，金乌载日与三尾鱼同时出现，同为早期宇宙模式的重要组成。

这一主张也可用于理解由北冥适南冥的长途旅行。台湾学者杜而未先生在《庄子宗教与神话》一书中将"鱼化鸟"的过程理解为月相的变化，从北到南的旅程即为月亮从冬季到夏季、从北天到南天的变动过程，这个过程需要半年。著名文化人类学专家叶舒宪先生在此基础上进一步解释，鲲化鹏的旅程除了这六个月的上升之旅，还有另外六个月的下降之旅，合起来则是一年四季的循环往复。

至于鲲鹏故事的深层内涵，唐代学者成玄英认为："昔日为鱼，涵泳北海；今时作鸟，腾骞南溟……所以化鱼为鸟，自北徂南者，鸟是凌虚之物，南即启明之方，鱼乃滞溺之虫，北盖幽冥之地，欲表向明背暗，舍滞求进，故举南北鸟鱼以示为道之径耳。"按照古代的方位观念，北方为坎卦，属水，为幽暗之地；南方为离卦，属火，为启明之方。鲲化为鹏，由北而南，即从黑暗走向光明。《黄帝内经》中认为"水属肾"，肾代表着欲望与力量；而"火属心"，代表着智慧和天理。因此，鲲鹏的长途旅行暗示着一场精神驾驭身体、智慧控制欲望的精神修行之旅。

虽说鲲鹏故事具有丰富的神话背景，但是后世的接受仍然是以庄子《逍遥游》中所描画的鲲鹏故事作为起点的。庄子在描述鲲鹏之化及鲲鹏的路程时，还为这一故事增加了两个配角：蜩与学鸠。巨大的鹏鸟飞过天际，却遭到了蝉与小鸟的讥笑："我决起而飞，抢榆枋而止，时则不至，而控于地而已矣，奚以之九万里而南为？"一旁的鹦雀也来凑热闹："彼且奚适也？我腾跃而上，不过数仞而下，翱翔蓬蒿之间，此亦飞之至也。而彼且奚适也？"蜩即蝉，学鸠是小鸟。蝉和小鸟待在灌木低矮之处，嘲笑鲲鹏不辞辛苦高飞远行。

这为故事增添了寓言性质，究其寓意，有两重内涵。一方面，在庄子看来，无论是展翅高飞的鲲鹏还是抢榆枋的蜩鸠，都是有所凭借的，不是真正的逍遥自在。另一方面，则在于反常识的谐谑意味。在通常的生活经验中，都是能者嘲笑不能者，不能振翅高飞的蜩与学鸠反其道而行之，嘲笑鲲鹏远行，这令人深思。这也是后世文学再书写的重心所在，鹏鸟随之成为文人笔下内涵众多的意象之一。

第二节 "化"——逍遥游的前提与基础

鲲是一条大鱼，单鱼背就"不知其几千里"。它似乎不满意自己的状态，在开始长途旅行之前首先改变了自己的形态，变化成为一只非同寻常的大鸟，称为鹏。鲲为什么能够变化，又为什么要变化成为鹏，是鲲鹏故事的文学书写重点探讨的第一个问题。

鲲之化为鹏这一情节应该是在《庄子》中首次完成的。在《逍遥游》一篇中，庄子引用了《齐谐》与《列子》中对鲲与鹏的记录：

《谐》之言曰："鹏之徙于南冥也，水击三千里，抟扶摇而上者九万里，去以六月息者也。"

汤之问棘也是已："穷发之北，有冥海者，天池也。有鱼焉，其广数千里，未有知其修者，其名为鲲。有鸟焉，其名为鹏，背若泰山，翼若垂天之云；抟扶摇羊角而上者九万里，绝云气，负青天，然后图南。"

这两条引文中，前者只提及鹏，没有涉及鲲；《列子》中的叙述虽有鲲有鹏，但并未将二者衔接在一起，也未明确鹏是由鲲所化的。所以说庄子对于鲲鹏故事的重大改变就是明确了"化"这一过程。

鲲为什么要化呢?《周易》中说"穷则变，变则通，通则久"，鲲之所以追求变化，最可能的原因就是对生活现状的不满。按照古代方位的概念，北方被认为是阴冷、沉滞、萧条的，南方则象征着明亮、热情与繁荣。于是，非同寻常的大鱼不满足于在阴冷的水中生活，希望改变。它首先改变了自己的形态，化而为鹏，紧接着改变了自己的生存环境及看待世界的角度。鲲变化为大鸟之后，所看到的世界也是全新的：

野马也，尘埃也，生物之以息相吹也。天之苍苍，其正色邪？其远而无所至极邪？其视下也，亦若是则已矣。

在九万里的高空之上，鹏鸟看到了一个全新的世界，看到了辽阔无际的天空。杨义先生认为，鹏鸟看到生物"以息相吹"，看到了尘世中受到各种牵累、各种限制的蜩、鸠、菌和蛄所组成的热闹场。巨鲲的潜藏之处——北冥、大鹏的目的地——天池和其余诸多生物的生息之所，形成了一个开放的空间系统。在《庄子》一书中，鹏鸟的意象多次出现。简单概括，庄子的大鹏意象构造了一个向外扩散的无限开放的广阔空间，其目的就在于激发人们的联想与想象，使人们的精神活动、认知活动达到一种悠游自在的自由之境。"化"字，将天地万物皆收入囊中，超越了时空的局限，任意地将"小鱼"转化为"不知几千里"的"大鱼"，又将"鲲"转化为"不知几千里"的大鹏。

紧接着，鲲为什么能化呢？鹏又如何能够高飞呢？庄子也为我们提供了答案：

且夫水之积也不厚，则其负大舟也无力。覆杯水于坳堂之上，则芥为之舟；置杯焉则胶，水浅而舟大也。风之积也不厚，则其负大翼也无力。故九万里，则风斯在下矣，而后乃今培风；背负青天，而莫之夭阏者，而后乃今将图南。

在庄子看来，水之积不够厚的时候，无法负载大船，更何况鱼呢？当风之积不厚的时候，鹏鸟也无法图南。所以，鲲之能化、鹏之能飞的原因在于所积之厚。鲲与鹏表面是在说外在的"形"，实际上却可以理解为"心"的问题。鲲不满自己所处的环境，通过不断"积"来虚化自己的内心，摆脱了重滞的现实，化而为鹏。鹏的境界要更加开阔明丽，到达天池。相较而言，纠缠在现实俗事中而骄矜自满之人和事，则无奈又可笑。对于大鹏的高举远游，蜩鸠并不理解，甚至嘲笑。在他们看来，栖息榆枋之间就足够了，何必耗费六个月的时间辛苦跋涉呢？对此，成玄英的注解可以看作后世接受的主流："蜩鸠闻鹏鸟之弘大，资风水以高飞，故嗤彼形大而劬劳，欣我质小而逸豫。"这里提出了庄子哲学中非常重要的命题：小大之辩。鲲之所以能化为鹏，是因为鲲之大，唯有积之大，才能游，所谓"小知不及大知，小年不及大年"。

因此，鲲鹏在与斥鹦的比较中，有了志向高远、自由光明的文化内涵。宋代白玉蟾在《冥鸿辞》中写道"知音鲲鹏击溟渤，娇骏鹦鹉遭牢笼"，以鲲鹏与鹦鹉的对比来凸显自己不甘于与像鹦鹉一样的俗人为伍，宁愿孤身向南飞去，追求自己的理想。明代唐寅《春山伴路图》中写道："风里鲲鹏欺大鸟，雨中雏燕竞轻俊。今朝我欲乘风去，大展雄才高万仞。"借鲲乘风生翼、化鹏图南的雄伟和威猛，表现自己一展雄途的志向。二诗在情感上也许有微妙的不同，但大体上都是借鲲鹏托志。在这一书写中，鲲的意象时有脱落，鲲鹏意象简化为鹏、鹏鸟、大鹏等。

关于此，李白是其中翘楚。李白青年时期即写《大鹏赋》自况；中年在政治理想破灭之后仍有"大鹏一日同风起，扶摇直上九万里。假令风歇时下来，犹能簸却沧冥水"的雄心壮志；晚年仍然自视为大鹏，尽显"大鹏飞兮振八裔，中天摧兮力不济"的傲岸不谐与超脱恣肆。李白为鹏鸟意象注入了新的活力，在庄子强调鹏鸟形体之大的基础上，描摹鹏鸟的精神之大、境界之大与前程远大。明末袁宏道还有类似表达，"莫放大鹏天上去，恐遮白日骇愚蒙"，以鹏鸟比喻超群脱俗的人才；"秋来怒翻天池老，不怕垂天化不成"，象征人才的老当益壮。

这一点被后世文人注意，所以在遭遇人生困厄或感叹岁月流逝、壮志难酬之时，他们就会联想到鲲鹏之化。他们将鲲鹏的变化和个人的追求、命运的多变及时运的变化莫测相结合，融入丰富的人生体验，赋予鲲鹏意象更丰富的层次，以表达对时局的不安和对未来的忧虑。

唐代殷文圭在《和友人送衡尚书赴池阳副车》中写道："鲲鹏变化知难测，龙蠖升沉各有由。"杜甫在《泊岳阳城下》中使用鲲鹏意象写道："留滞才难尽，艰危气益增。图南未可料，变化有鲲鹏。"这首诗创作于安史之乱后，杜甫在困苦的生活和看不到出路的现实面前，感受到了迷茫，因此用鲲鹏之变化来比喻前途的不可预料。但在迷茫中，杜甫仍然保持一种积极精神，满怀着对自己未来实现远大抱负的一种期待与决心。

宋代陆游在《和范待制秋兴》中写道："已忘海运鲲鹏化，那计风微燕雀高。"以鲲鹏的展翅高飞对比自身仕途的黯淡，抒发壮志难酬的惆怅和无奈。辛弃疾也在《哨遍·池上主人》中说："似鲲鹏、变化能几。东游入海，此计直以命为嬉。"这首诗写于辛弃疾屡次上书却未被任用之时，以鲲鹏的变化表达自己对前途的不安和对自己怀才不遇的感慨。不过，词人在《满江红·病中俞山甫教授访别，病起寄之》中又写道："莫信蓬莱风浪隔，垂天自有扶摇力。"仕途的坎坷失意和病痛无法挫掉词人的壮志锐气，他相信一切的艰难险阻都会被自己克服，未来充满着无限的希望。陈亮在《水调歌头（和赵周锡）》中说："安识鲲鹏变化，九万里风在下，如许上南溟。斥鷃旁边笑，河汉一头倾。"将鲲鹏之变化融入对时运之变的感慨，气势纵横，慷慨悲壮。这种"化"也与《庄子》中其他的"化"联系起来，成为一种文化记忆。

另外，在元明清三代的通俗文学作品中，庄子梦蝶故事经过了多重改写。在庄子与蝴蝶的互化中，鲲鹏之化也时常出入其间。

第三节 "游"——自由理想与闲适安逸的争锋

陈鼓应先生经检索得，《庄子》一书中"游"字出现了106次，认为如此高频次的出现说明："'游'之内涵，不仅反映着庄子的一种独特的生活方式，也呈现出一种独特的艺术情怀。"（陈鼓应《〈庄子〉内篇的心学（下）——开放的心灵与审美的心境》，《哲学研究》2009年第3期）在陈鼓应先生看来，《庄子》开篇的鲲鹏之旅，即奠定了"游"的基调。

作为游的主体，鲲鹏给人最直观的印象就是大，大而无边。因此，鲲鹏经常被用来借指一切巨大的事物。风之大、云之大是其最直观的联想，"风积如鹏举""云如鹏翼"等是常见描写。进一步拓展，鲲鹏被用来指代栋梁屋脊，南朝庾信《登州中新阁诗》中称"璇极龙鳞上，雕甍鹏翅张"，表明屋脊与振翅欲飞的鹏鸟有形似之处。及至北宋，黄庭坚《泊大孤山作》将鲲鹏从原有语境抽离，用以刻画湖泊之大,"汇泽为彭蠡,其容化鲲鹏",极言鄱阳湖之大。这种直观的印象在一定程度上导致了对鲲鹏内涵的误读,使鲲鹏成为自由逍遥的象征。李白《大鹏赋》开篇的大鹏振翅石破天惊。"一鼓一舞,烟朦沙昏。五岳为之震荡,百川为之崩奔",傲视天地。"不矜大而暴猛,每顺时而行藏",不受束缚与羁绊,搏击长空,翱翔天地。鲲鹏形象与出入天地、自信超逸又悠然自得的精神内核相契合并广为接受,一度成为身处逆境之时士人群体聊以自慰的喻体。同是李白诗作的《经乱后将避地剡中留赠崔宣城》中则有"我垂北溟翼,且学南山豹"之句,黄庭坚《和范信中寓居崇宁遇雨二首》则称:"何时鲲化北溟波,好在豹隐南山雾。""南山雾豹"典出《列女传》,常用来指隐居避害。诗人们两个典故并用,表明其远离官场、挣脱现实而获得精神自由的人生希冀。

　　只是,"鲲鹏"是庄子"游"的本意的载体吗?这要从前贤对"逍遥游"尤其是对"逍遥"的阐释谈起。成玄英《庄子序》对此作了概括:"所言逍遥游者,古今解释不同。今泛举纮纲,略为三释。所言三者。第一,顾桐柏云:逍者,销也;遥者,远也。销尽有为累,远见无为理。以斯而游,故曰逍遥。第二,支道林云:物物而不物于物,故逍然不我待;玄感不疾而速,故遥然靡所不为。以斯而游天下,故曰逍遥游。第三,穆夜云:逍遥者,盖是放狂自得之名也。至德内充,无时不适;忘怀应物,何往不通!以斯而游天下,故曰逍遥游。"以上三种理解,着眼点都在"逍遥"之意,是对于以何种状态"游"的讨论:或无为而游,或内外两忘而游,或放狂自得而游……

　　除此之外,最富理趣与后世影响力的还有郭象的理解,也许成氏是因为郭象《庄子注》作疏,所以未曾在序中提及之。郭象对逍遥的理解可以通过《世说新语·文学》中记载的支道林对郭、向二人所主"逍遥"义的深化来看。刘孝标为《世说新语》作注时对比了郭象与支道林对逍遥游的不同理解：

向子期、郭子玄逍遥义曰："夫大鹏之上九万，斥鴳之起榆枋，小大虽差，各任其性，苟当其分，逍遥一也。然物之芸芸，同资有待，得其所待，然后逍遥耳。唯圣人与物冥而循大变，为能无待而常通。岂独自通而已。又从有待者不失其所待，不失则同于大通矣。"

向秀、郭象以自得适性解释逍遥，并且讨论了如何统一有待逍遥与无待逍遥的问题。在郭象看来，逍遥是万物自足其性、安于性命的结果，人人都可以逍遥，不需要特殊的修养。出入释老的玄僧支道林则"卓然标新理于二家之表，立异义于众贤之外"，他认为：

夫逍遥者，明至人之心也。庄生建言大道，而寄指鲲鹞。鹏以营生之路旷，故失适于体外；鴳以在近而笑远，有矜伐于心内。至人乘天正而高兴，游无穷于放浪。物物而不物于物，则遥然不我得；玄感不为，不疾而速，则逍然靡不适。此所以为逍遥也。若夫有欲当其所足，足于所足，快然有似天真，犹饥者一饱，渴者一盈，岂忘烝尝于糗粮，绝觞爵于醪醴哉！苟非至足，岂所以逍遥乎！

支道林认为逍遥的必备条件是"至人之心"，至人之心空静，所以逍遥。支道林认为，无论是大鹏高举万里有待于外，还是斥鴳以近笑远矜持于内，都不是真正的逍遥。如果不是心灵空静，是不能自足于性分之内的。这从哲理上深化了向秀、郭象对于逍遥的理解，所以刘孝标称此"为向郭之注所未尽"。

从上述关于逍遥的论争可以看出，鲲鹏并不是逍遥的，甚至因为形体庞大，飞行之时所待之物极多；斥鴳、蜩、学鸠更不逍遥，它们安于现状，自得甚至自负，被已知的东西局限。所以，真正逍遥的只有"乘天地之正，御六气之辩"的圣人、神人、至人。因此，无论鲲鹏这样的庞然大物还是斥鷃等小鸟都非逍遥游的主角。明代高启《芥舟诗》或可看作对此意的阐释：

> 估客海上夸乘风，大舳远戛龙鱼宫。帆如乘云落天外，不假羽翼行虚空。惊涛拍山撼难动，安卧每到扶桑红。回头却笑垂钓子，断沟老荇留孤篷。乌知达人解物表，坐视大块舟航同。风轮昼夜不停转，元气下载浮鸿濛。泰山亦与一尘等，何以巨细论雌雄。君今斋居那苦小，自比置芥坳堂中。将身便欲入无间，险语乍出惊愚蒙。我闻悬珠纳万象，此事尚觉劳神功。万千毫发尽非有，幻相欲别谁能穷。君行莫鼓万里舵，天游闭户随西东。何须更待积水厚，区区往问南华翁。

"自比置芥坳堂中""天游闭户随西东""何须更待积水厚"等句，化用鲲鹏之游批驳溺于外物的世俗思想，以期达到神与天游的逍遥状态。

在这一语境下，鲲鹏故事书写与发展中不可忽视的斥鷃，成为对"游"的内涵进一步深化的切入点。鲲鹏与斥鷃在庄子的哲学体系中是一对相互对照的意象，二者大小各有所适，各得其乐。庄子极度强调个性之德，认为个体之德得自道，具有道的尊严。因此，郭象的"适性逍遥"成为鲲鹏主题文学书写的主流，也成为后世文人书写自身生活境遇、主观情思、怀抱寄托等的学理基础。如《二虫吟》中的"鲲鹏至大兮，形载于庄周逍遥之篇，蟋蟀至小兮，名托于周公七月之雅"，指出不管是大如大鹏或是小如蟋蟀，都有各自的得与失，谁好谁坏并不是轻易能说清楚的，以此表达诗人对人生、对得失的看法。

白居易对鲲鹏逍遥游的接受与书写可以看作这一主张的代表。他在《禽虫十二章》第二一诗中借"蛙跳蛾舞仰头笑，焉用鲲鹏鳞羽多"表达了自己对鲲鹏的独特理解：青蛙、大鹅等生物也可以有自己的快乐，不必都像鲲鹏一样有远大的志向和追求。不仅如此，白居易还进一步将逍遥的境界世俗化，把庄子忘我虚心的逍遥降格成为个人的快活逍遥。在他看来，逍遥也许等同于闲适。"鳞介无小大，遂性各沉浮。""宜遂天地性，忍加刀斧刑。""适性遂其生，时哉山梁雉。"……在白居易的诗中，大量出现的"遂性"就是他所理解的逍遥。这种"遂性"相较于郭象的"适性"，境界进一步世俗化，因为所有的遂性都建立在物质生活的满足及自身处境的顺遂之上，而不用修行，不需努力。"逍遥"的哲学意义进一步被瓦解，成为现实生活中个人物欲的满足，这或许是后来诗人较多书写斥鷃之乐的原因。

有时候，斥鷃与鲲鹏连用，但仅仅表明诗人精神世界的暂时解脱。如黄庭坚有诗《次韵黄斌老晚游池亭二首》其二：

岑寂东园可散愁，胶胶扰扰梦神游。万竿苦竹旌旗卷，一部鸣蛙鼓吹休。雨后月前天欲冷，身闲心远地常幽。杜门谢客恐生谤，且作人间鹏鷃游。

此时，黄庭坚身陷党争，被污"谤史"，被贬黔州。诗中刻画了夏末初秋的晚景，营造了一种哀冷凄清的氛围，最后的"鹏鷃游"似乎暗示愁绪有所缓释，但"且"又表明诗人只是暂时获得精神解脱。

在后世的文学接受中，无论是将鲲鹏视作高远理想的寄托，还是将其作为万物适性的一端，实际上都是对《庄子》原意有意无意的误读。这种误读对于正确理解庄子哲学也许是一重阻碍，但是对于鲲鹏故事在中国文学中的流传乃至于其成为民族文化中自由与理想的象征是别有意义的。

第四章　湘君：一支玉笛吊水神

湘君神话是中国古老神话之一。随着社会和文学的发展，湘君神话移位进入文学，成为文学中的意象和小说中的创作素材。下面分别介绍湘君神话的原始面貌和后代文学演绎过程中的各种面向。

第一节　历代围绕湘君其人的考索

屈原《九歌·湘君》历来脍炙人口，广为传颂。湘君究竟是谁，却扑朔迷离，众说纷纭。关于湘君的来历，较早探讨这一问题的是西汉司马迁，《史记·秦始皇本纪》记载秦始皇乘船至湘山祠，遇上大风，几乎不得渡过时，秦始皇问博士："湘君何神？"博士对曰："闻之，尧女，舜之妻，而葬此。"可见早在秦朝时就流传着湘君的传说，并且湘君身份实为尧之女、舜之妻。

汉代，刘向《古列女传·母仪传》之《有虞二妃》云："有虞二妃者，帝尧之二女也，长娥皇，次女英，……舜陟方死于苍梧，号曰重华。二妃死于江湘之间，俗谓之湘君。"刘向指出娥皇、女英本为尧帝之女、舜帝之妃，舜帝南巡崩于苍梧之野，娥皇、女英赶赴江湘，痛哭流涕，后沉湘水而死，被称为"湘君"。然而，东汉王逸为《楚辞》作注时认为："湘君者，自其水神，而谓湘夫人乃二妃也。"指出二妃为湘夫人，湘君则为水神。

据载，唐代韩愈黜守潮州，因此地有波雾瘴毒，意恐殒命，过湘君祠以祷，最终得神庇佑。元和十五年（820），韩愈以清酌之奠，作

《祭湘君夫人文》祭告于"湘君湘夫人二妃之神前"。可见，在韩愈心中，湘君、湘夫人皆为舜之妃。韩愈《黄陵庙碑》开篇即列刘向、郑玄、王逸、郭璞等人的见解，汇合众说，指出王逸、郭璞之说皆有失，认为："尧之长女娥皇为舜正妃，故曰君；其二女英，自宜降曰夫人也。"即湘君为娥皇。

宋代，高似孙《纬略》之《湘君》详细梳理湘君来历。郭璞认为尧之二女实为江妃二女。刘向、郑玄、韩愈等皆认为湘君即为娥皇、女英二妃。王逸认为湘君者，"自其水神"，湘夫人乃二妃。洪兴祖认为湘君为娥皇，女英为湘夫人。另外，郑玄认为舜有三妃：长妃娥皇，无子；次妃女英，生商均；次妃癸比，生二女宵明、烛光。高似孙认为郑玄之说本于《帝王世纪》，注有所依。不过，高氏并未在此基础上就湘君身份问题有所创获。

明代，王一槐《玉唾壶·湘君考》开篇指出湘君为舜妃之说不知所本，只是始于秦始皇与博士之问答，刘向、郑玄之说皆妄，甚至通过考证"舜定其圹而后乃死"推论出舜未尝南巡。那么，湘君为舜妃则妄矣。他还大胆推测，禹封舜之子商均于虞，虞地距沅湘不远，"商均"极有可能讹而为"湘君"，并以"杜拾遗庙"讹为"杜十姨庙"等为佐证。

清代，文人对湘君究竟是谁兴趣颇浓。顾炎武《日知录》、杭世骏《订讹类编》、卢秉钧《红杏山房闻见随笔》、陆继辂《合肥学舍札记》、王初桐《奁史》、赵翼《陔余丛考》、王棠《燕在阁知新录》、朱亦栋《群书札记》、梁章钜《文选旁证》、王闿运《楚辞释》等皆有对湘君来历的探讨。如顾炎武《日知录集释·湘君》考证湘君并非舜妃，并严厉批评：文人附会其说实为渎神慢圣。陆继辂《合肥学舍札记·湘君》指出湘君、湘夫人并非尧女，并考证屈原《湘君》"望夫君兮未来"中的"夫"当读作"扶"，"夫君"即为"此君"，男女皆可。

他推断湘君、湘夫人为夫妇,亦为湘水之神。赵翼《陔余丛考·湘君湘夫人非尧女》开篇即云:"湘君、湘夫人盖楚俗所祀湘山神夫妻二人,如后世祀泰山府君、城隍神之类,必有一夫一妻。"王闿运《楚辞释·九歌·湘夫人》小注云:"湘以出九疑,为舜灵,号湘君。以二妃尝至君山,为湘夫人焉。"指出舜为湘君,二妃则为湘夫人。

综合以上说法,一是认为湘君为二妃;二是认为娥皇为湘君,女英为湘夫人;三是认为舜为湘君,二妃为湘夫人;四是认为湘君为舜之子商均;五是认为湘君为湘水之神。正如魏炯若先生在《九歌发微》中所说:"二湘之篇,丛疑最甚!""二湘"历来被认为是《九歌》中成就最高的作品,也是争议最多的作品。"湘君"形象的不确定性带给人们无尽遐想,从而也使得湘君形象有着无比的丰富性。

第二节 美丽与哀愁:文艺创作中的湘君形象

1.诗歌中的湘君形象

湘君如《诗经·蒹葭》之伊人、曹植笔下之洛神、达·芬奇名画之蒙娜丽莎,瑰丽神秘,吸引了古往今来的文人吟咏不辍。

在诗歌领域,屈原《湘君》中的"心不同兮媒劳,恩不甚兮轻绝"即为湘君和湘夫人的爱情奠定了哀愁的基调。湘君为尧女舜妃的传说,更让文人赞叹湘君之美丽,慨伤湘君之遭遇。

唐代,李白《陪族叔刑部侍郎晔及中书贾舍人至游洞庭五首》其一云:"洞庭西望楚江分,水尽南天不见云。日落长沙秋色远,不知何处吊湘君。"乾元二年,李白陪族叔李晔游洞庭,日落长沙,水光接天,秋色无际,诗人欲吊湘君而不知何处,缥缈无方,萧瑟满纸。皮日休《悲游》云:"湘君欲出兮风水急,帝子不来兮烟雨微。"皮日休化用屈原《湘君》"令沅湘兮无波，使江水兮安流。望夫君兮未来，吹参差兮谁思？"传神描摹湘君降临的场面：风水急，烟雨微，天地间弥漫着帝子不来的哀愁。陈羽《湘妃怨》云："二妃怨处云沉沉，二妃哭处湘水深。"开篇即在乌云沉沉的氛围中直陈二妃之怨，二妃之哭被比于湘水之深，二妃之悲怨较之武则天《如意娘》"不信比来长下泪，开箱验取石榴裙"更为直白深沉。

宋代，陆游《村社祷晴有应》云："犹胜楚人箫鼓里，《九歌》哀怨下湘君。"此诗于嘉泰四年作于山阴，陆游描绘村社祷晴之景。在喧嚣的箫鼓中，诗人仿佛穿越时光，在迷离中感受到《九歌》中湘君的降临。虽然百姓祷晴有应，但湘君的哀怨萦绕不去，久久未散。杨时《湘君祠》云："鸟鼠荒庭暮，秋花覆短墙。苍梧云不断，湘水意何长。泽岸蒹葭绿，篱根草树黄。萧萧竹间泪，千古一悲伤。"诗歌题为湘君祠，首联选取"鸟鼠""荒庭""秋花""短墙"诸意象，况又兼日暮，使得湘君祠笼罩在一片荒寒冷寂中；颔联与颈联将目光远放，苍梧云行，湘水意长，蒹葭尚绿，草树飘黄，孤冷萧索挥之不去；尾联画龙点睛，由眼前之湘君祠联想到神话之湘君，"萧萧竹间泪，千古一悲伤"将情绪推到极致，湘君之悲伤弥天盖地，动人心魄。

明代，汤显祖的多首诗歌提及湘君。如《送林志和巴陵》："紫坛芳月映湘君。"诗句轻快空灵，尽显湘君之芳洁艳丽。《寄林巴陵》云"澧浦湘君玉佩游"，巧妙化用屈原《湘君》"捐余玦兮江中，遗余佩兮醴浦"，汉西门上，月华流瓦，诗人怀念友人，遥思湘君遗玉佩于醴浦，从而将现实与神话打通。"借问仙凫何处远，白云飞满洞庭秋"，仙凫、白云，使得洞庭秋色隽雅秀逸，怀人之思亦隽永悠长。《送林贵县》云"苍梧猿断泣湘君"，诗歌为送知县林朝钥而作，开篇即将读者带入苍茫神秘的湖湘之境中，苍梧猿断，湘君哭泣，送友人的惆怅与湘君爱情的凄怆绾合在一起，弥久不散。《出松门回忆琴堂更成四绝》云"楚山容易泣湘君",诗人夜晚聆听琴音,演奏者弹至《潇湘》时,诗人思绪飘荡,遥想洞庭碧水接云,暮冷竹寒,湘君悲泣不已,余韵袅袅,愁思绵绵。另外,屠隆《水上闻箫》有"宝月斜沉红烛冷,露华凄断泣湘君"之句,王世贞《湘竹簟》有"不道香汗流,道是湘君泪"之句,刘玉《江行闻鹃》有"何处吊湘君,空林闻杜宇"之句,皆留下湘君的斑斑泪痕。

清代,程瑞祊《雪美人次韵》云:"羽衣缥缈似湘君,雅淡时穿白练裙。"此诗标题别致有趣,将雪呼为美人,首联想象雪美人羽衣缥缈,身着白裙,神似湘君,雪美人之朦胧静美如在目前。清代文人亦借湘君之泪哭人间挚友,发心中之怨。法若真《哭李汉仪十六首》云:"哭尽湘君哭水部,十年流泪满苍苔。"此诗哭李世钿与李海观弟兄,李氏兄弟善饮精书,与诗人交情深厚,可惜在同年先后去世,诗人哭尽湘君哭水部,甚至运用夸张手法,描摹流泪情境为"十年流泪满苍苔"。诗人引入湘君,将悲情渲染得淋漓尽致。清代文人亦喜用湘君意象赞美女子名节。周超《吊武妃》云:"绝胜湘君挥泪死,羞从羊后腆颜生。"诗歌将武妃与湘君、羊后对比,叹息湘君只知哭泣,责备羊后苟且偷生,从而反衬出武妃殉国之壮烈。吴嵩梁《旌表贞烈冯姑诗》云:"冯女十七龄,已字罗氏子。鸳鸯不并飞,愿赴湘江死。湘江之水清且深,惟有湘君知我心。女生有泪无洒处,斑竹萧萧风满林。"冯氏女为苍梧人,年方十七,因未婚夫罗文灿死,衣衰经投湘江而死。诗歌吟咏冯姑事:"湘江之水清且深,惟有湘君知我心。"将湘君自沉湘江与冯女投水而亡对举,古今交错,哀思绵绵,冯氏女之节烈被彰显得淋漓尽致。清代文人亦喜用二妃故事比拟现实婚姻。尤侗《为梁司农挽吴夫人四首》云:"陌上花开人不归,旧巢双燕故飞飞。湘君自挽夫人去,望断黄陵苦竹稀。"此诗为悼念梁司农已故夫人吴氏而作,小注说明吴夫人之姐亦归司农,早亡。"湘君自挽夫人去",巧妙化用娥皇、女英同为舜妃故事,贴切精巧,并以黄陵苦竹收束,得体表达了对吴夫人故去的哀思。

2.戏曲与小说中的湘君形象

在戏曲与小说领域,南朝宋刘敬叔《异苑》记载蒋道支于水侧见一浮楂,取为研制,形像鱼,有道家符谶及纸,皆纳鱼砚中,他常以自随。二十余年后,砚突然消失。蒋道支梦见仙人告知:"吾暂游湘水,过湘君庙,为二妃所留,今复还,可于水际见寻也。"蒋道支旦至水侧,购一鲤鱼,剖而得之。《异苑》为记载浮楂砚的最早文本,湘君庙与二妃的引入不仅使故事完整,而且使得浮楂砚的出现充满了神秘气息。

元代,杨朝英《乐府新编阳春白雪》的小令《阿鲁威十六段》中,列〔相君〕"问湘君何处翱游,怎弭节江皋,江水东流。薜荔芙蓉,涔阳极浦,杜若芳洲。驾飞龙兮兰旌蕙绸,君不行兮何故夷犹。玉佩谁留,步马椒丘,忍别灵修"。此篇实为《九歌·湘君》的缩写,湘君驾龙舟遨游,观薜荔芙蓉,采杜若芳草,但因忽念心上人而遗留玉佩,抽身离去。"步马椒丘,忍别灵修"画龙点睛,平实灵秀。

明代,袁于令《西楼记》为昆曲传统剧目,讲述了书生于鹃与歌女穆素徽的爱情故事。第三十三回结尾:"一年始得一年春,百岁曾无百岁人。独怜京国人南返,不知何处吊湘君?"此回为于鹃听闻素徽讣音,一悼几绝,勉强入试后,星夜驰归。"不知何处吊湘君",将湘君爱情悲剧融入于、穆爱情,言其仓皇无措,深沉凄婉,令人动容。"柳絮填词疑谢女,云和斜抱压湘君。"夸赞王翠翘文才似谢道韫,美艳赛过湘君,湘君成为美丽的象征。如清代孔尚任《桃花扇》第七出《却奁》,生旦对唱收尾,〔生〕"只有湘君能解佩",〔旦〕"风标不学世时妆"。《桃花扇》书写侯方域与李香君的爱情故事,在才子佳人之旖旎中融入晚明风云之诡谲。此处侯方域唱"只有湘君能解佩",化用《九歌·湘君》"遗余佩兮醴浦",表明自己对爱情的忠贞。另外,"香君"谐音"湘君",情人间的旖旎慧黠不禁让人会心一笑。

清代,李百川《绿野仙踪》第一百回大结局《八景宫师徒参教主　鸣鹤洞歌舞宴群仙》列举聚会群仙:"是云英、月花、弄玉、湘君、聂隐娘、范飞娘、红线、袅烟等。"湘君即为众女仙之一。魏秀仁《花月痕》第二十一回《宴仲秋觞开彤云阁　销良夜笛弄芙蓉洲》中,韦痴珠说不喜妇人缠足,然后小岑叙缠足之历史:"上古美人如青琴、宓妃、嫦娥、湘君、湘夫人,必是双双白足。"此处列湘君,即将之作为上古美人的代表,而且称赞其双足白皙。

清代尤侗戏剧作品引用湘君尤多。如《钧天乐》下本第二十三回《水巡》,[老旦上]"九歌何处降湘君",此处引湘君正与回目呼应。第二十五回《仙访》,[前腔]"不知何处吊湘君",魏寒簧天姿国色,却因沈白坎坷,不能成婚,后断肠哀怨,一病而亡。唱词中的"不知何处吊湘君"指魏寒簧孤魂杳然,不可凭吊,湘君典故的运用增加了故事的悲剧性。第二十六回《入月》中,[桂枝香](合)"羡华奢,山鬼将旗结,湘君鼓棹斜",细绘月宫之景,山鬼与湘君意象的引入,使得该场景仙氛飘飘,清丽高华。尤侗《读离骚》第二折中,[杂扮湘君湘夫人引队上坐科][巫]"大夫,这是湘君、湘夫人来也"。《读离骚》描写屈原遭受诽谤,流放江南,幽忧郁结。屈原作《九歌》以抒忧,不果,后沉江身亡。此处巫扮湘君,兰旌横大江,属于《九歌·湘君》开场,推动剧情发展,使得全剧浑融完整。尤侗的另一部作品《吊琵琶》中写:"浑不似江头鼓瑟降湘君。"《吊琵琶》书写昭君出塞故事。此处为昭君弹琵琶自白,将琵琶这一乐器与箫、瑟、箜篌等对比,向观众介绍琵琶的形制与特征。瑟为古老弹拨乐器之一,最早为五十弦，李商隐《锦瑟》开篇即为"锦瑟无端五十弦"。瑟之音悠长伤感，湘君在一片瑟声中降临，悲雾弥漫，令人神伤。

清代郑瑜《鹦鹉洲》中写："我且在湘君庙闲话片时……待我别了湘君，招你同去罢。"《鹦鹉洲》说汉末祢衡故事。故事虚构祢衡死后魂游八极，至鹦鹉洲上遇一鹦鹉，与之共论曹操。此处为祢衡对鹦鹉之言，引出湘君，推动剧情，即他亦即将携鹦鹉而去。郑瑜的另一部作品《汨罗江》中写："我少不得要到湘君处，叫他把锦瑟将我新词弹一遍，看音调可谐，就讨张弦索来，你弹何如？"《汨罗江》虚构屈原死去为水神，与渔父或歌或饮，二人间一派相知之乐。此处已是全剧结尾，曲词用湘君鼓瑟之典，虽为调音，但在高山流水的友情中仍潜藏着失意之悲。

3.书画中的湘君形象

在书画领域，北宋李公麟绘《湘君湘夫人图》，明代汪珂玉评价此画："伯时作画，多不设色，此白描湘君、湘夫人，绾髻作云松雪绕，更细如针芒，佩带飘飘凌云，云气载之而行，真足照映千古。"他认为此图精髓在于白描。湘君与湘夫人之发髻、佩带因为白描而雪松云绕、飘飘凌云，尽显高逸清美。南宋朱熹《题尤溪宗室所藏二妃图》："夫君行不归，日夕空凝伫。日断九疑岑，回头泪如雨。"截取了一个湘君望夫的剪影，在日已黄昏、九疑肠断的氛围中，湘君望夫君不至，泪下如雨，在一片悲凉中充分展现湘君对爱情的忠贞。

元代，贡奎《题董简卿所藏潇湘图》："湘君招不来，明月堕我前。"由《潇湘图》联想到湘君，"明月堕我前"，空灵剔透。

明代，贝琼《书九歌图后》中称："美而后饰，飘飘若惊鸿，欲翔而冲波相荡，石上江竹班班者，湘君。"张渥为元代著名画家，长于山水,可尽自然之性,精于人物,得清畅之风,被赞为"李龙眠后一人而已"。此图中湘君为女神娥皇,贝琼之文详细描摹湘君降临时的姿态:美丽高逸,令人神往。高启《题湘君图》:"怅望南巡竟不还,泪和湘雨暮斑斑。须知竹死愁方尽,莫恨秦人便赭山。"诗歌因《湘君》图生发感慨,运用湘妃竹与神人鞭山之神话,使得湘君的惆怅哀怨深入人心。如文征明《文待诏湘君图》,后有一题跋:"余少时阅赵魏公所画湘君湘夫人,行墨设色,皆极高古,石田先生命余临之,余谢不敢。今二十年矣,偶见画娥皇女英者,顾作唐妆,虽极精工,而古意略尽。因仿佛赵公为此,而设色则师钱舜举。惜石翁不存,无从请益也。衡山文征明记。"时人不懂绘画,绘上古人物而用唐代装束,虽极精工却古意缺失。文征明之湘君图,从行墨设色到服饰装束皆尊重历史,并采用"高古游丝描",细劲缜密,古意淋漓。

清代,刘大绅《空山美人鼓琴图》云:"不见宓妃出洛浦,湘君昨夜来洞庭。"此首为题画诗,诗人将空山美人比于洛浦宓妃、洞庭湘君,空灵清美,深情绵邈,后将美人之幽独与高士之失意相连,怅然若失,余音袅袅。吴其贞《书画记》评《张伯雨湘君湘夫人图纸画一小幅》:"画法简逸草草,多得天趣,盖效马和之。"此篇评点元代张伯雨《湘君湘夫人图》,赞扬其画法简逸,多得天趣,并指出其效法的对象为宋代宫廷画师马和之。

近现代画家傅抱石亦绘《湘君》。1954年,傅抱石综合历代《九歌》图像,绘制《九歌》组图,《湘君》即为其一。他曾专门绘制《湘君》《湘夫人》馈赠郭沫若。《湘君》题识为:"我望着老远老远的岑阳,让我的魂灵飞过大江。魂灵飞去,路太长,妹妹忧愁,更为我悲伤。抱石写湘君。"傅抱石以工笔绘湘君,线条流畅,设色雅丽,湘君目光中透着坚毅,美丽中蕴着忧愁,清旷明妙,风神朗朗。

第三节　竹与花：湘君传说的植物意象

1. 竹与湘君的渊源

舜帝南巡，崩于苍梧之野，葬于九疑山。二妃赶至江湘，泪洒青竹，留下斑斑泪痕，后投水殉情。湘君从此与竹结下不解之缘。

唐代司空曙《送史泽之长沙》云："野蕉依戍客，庙竹映湘君。"此篇送友人赴长沙，诗人选取"野蕉""湘妃竹"两种植物意象，渲染荒凉哀苦，史泽贬谪之酸辛、诗人之怜惜皆溢于诗外，令人叹息。

元代，成廷圭《题南竹》云："洞庭南去竹如云，老叶新梢乱不分。帝子不归风雨恶，深林何处觅湘君。"诗歌题写雨中之竹，想象洞庭竹如云，风雨之中，帝子不归，湘君难觅，深林杳杳，惆怅之情溢于言表。

明代，陆宝《竹凉》云："疏丛映北户，晚色净炎氛。半壁忽飞翠，全身如覆云。诗将洒淇水，梦亦冷湘君。独坐沾余爽，心冰未许分。"这首为五言律诗，诗歌以"竹凉"为题，重点在凉。颔联描写飞翠绕屋的场景，诗人感慨全身如覆云。颈联以《诗经》"淇水"、神话湘君入诗，清冷雅致。尾联结以"独坐""余爽""心冰"，呼应诗题，竹之幽深寒凉沁人心脾。

清代，沈季友《水底竹影》云："凤来栖不得，鱼过触还惊。每日微风起，湘君梦里声。"此诗写水底竹影，凤栖不得，鱼触还惊，想象奇特，新颖别致。诗歌在微风中起笔，在细细竹吟中结尾，附以湘君梦里声，缱绻温柔，清新隽雅。胡天游《新竹》云："谁移千尺雨，带晓别湘君。"诗歌描写雨中新竹，运用夸张手法，并生无理之问"谁移千尺雨"，妙趣横生。由眼前之竹联想到远古之湘君，以带晓作别湘君收束全诗，余音袅袅。清代贺振能《墨竹行》云："醉梦江南渡烟水,魂随明月吊湘君。"此诗题写李姬所绘墨竹,结句想象江南烟水迷蒙,诗人魂梦相随,伴明月,吊湘君,凄婉动人。

2.花与湘君的情缘

除了竹,湘君亦与芙蓉、梅花、水仙、莲花、蕙兰、杜鹃、海棠等结下不解之缘。关于湘君与芙蓉的诗,明代管时敏《修竹芙蓉》:"水仙小队自成双,袅袅霓旗引翠幢。一夜湘君头尽白,西风离思满秋江。"管时敏诗风清俊,此诗吟咏修竹芙蓉,以霓旗引翠幢作比,后以湘君头白、离思满江结尾,愁思渺渺,秋意满纸。清代查慎行《多丽·咏水面木芙蓉花》云:"湘君远,未应遗却,云裳霜珮。"此词咏木芙蓉花,将花拟人,融入湘君遗珮的神话传说,迷离凄美。

关于湘君与梅花的诗,明代刘泰《红梅翠竹图》云:"罗浮仙子访湘君,翠袖娟娟映茜裙。江月半痕归去晚,玉容春透酒微醺。"罗浮仙子出自柳宗元《龙城录》,赵师雄迁罗浮,日暮遇一美人,与之共饮,醒后发现其为梅花。诗歌开篇以美人喻花:"罗浮仙子访湘君,翠袖娟娟映茜裙。"由眼前梅竹想到神话美人,使得静态图画呈现出动态之美,"翠袖""茜裙",香风细细,色彩鲜明,交相辉映,美轮美奂。

关于湘君与水仙的诗,宋代高似孙《水仙花前赋》云:"水仙花非花也,幽楚窈渺,脱去埃滓,全如近湘君、湘夫人、离骚大夫与宋玉诸人。世无能道花之清明者,辄见乎辞。"此为赋前序言,赞水仙高洁脱尘,不类众花。高似孙以《楚辞》诸人作比,湘君即居其一,诗人将湘君与水仙融合,充分展现其幽楚窈渺之性:"亦有帝女兮泣竹,湘君兮鼓弦,神妃兮解珮,冰夷兮扣舷。"赋作融入帝女泣竹、湘君鼓弦、神妃解珮等神话传说,表现水仙超凡脱俗,纯净不染。元代黄庚《水仙花》云:"冰魂月魄水精神,翠袂凌波湿楚云。雪后清闲谁是侣,汨罗江上伴湘君。"诗歌赞叹水仙花冰魂月魄,并将人比花,猜测雪后清闲,谁可为侣,暗思沉吟,只有湘君为伴,湘君之仙品亦使水仙更为澹宕高卓。明代徐渭《水仙》云:"江水拂镜明,江波蹙鲜滑。湘君少侍儿,烦侬步罗袜。"诗歌以江水起兴,以湘君拟水仙,化用《洛神赋》中"凌波微步,罗袜生尘"之典,使得水仙清美绝俗,雅致秀逸。清代杭世骏《题女士赵昭双钩水仙》云:"留得外家残稿在,一丛寒碧写湘君。"赵昭,字德隐,写生工秀,兼长兰竹。此诗题写赵昭所绘水仙,"一丛寒碧写湘君",凸显水仙之清冷高贵。

另外,明代徐媛《采莲曲十二首》其一云:"徐步凌波拾海月,恰疑湘水涉湘君。"海月,蛤类也,似半月,故名。诗歌描摹的采莲女拾取海月的步态,凌波微步,轻盈优美,并以湘君涉湘水类比。元代唐升《题子固蕙兰卷》云:"七泽霜寒悲楚客,九疑云尽望湘君。"诗歌题写蕙兰图,由蕙兰联想至《楚辞》,"七泽"对"九疑","霜寒"对"云尽","悲楚客"对"望湘君",对仗工整,孤寒萧索,"湘君"意象的引入益增其悲。清代高朋《题画兰为郑板桥作》云:"菲菲香气动吟毫,疑是湘君下汉皋。"此诗评价郑板桥所画之兰,诗人感觉香气从笔底生发,并将画中兰花比作湘君,"疑"字不确定中蕴含肯定,兰花与湘君融为一体,芳菲灵动。清代屈大均《杜鹃花》云:"万古春心传望帝,一丛清泪湿湘君。"此诗吟咏杜鹃花,化用"望帝春心托杜鹃",并引入湘君的神话传说,"一丛清泪"亦增加了杜鹃花之悲。清代张鸿庞《一剪梅·白海棠》云:"玉影盈阶映月痕,一片溪云,几点梨云。隔帘风细送香温,猜是湘君,又疑文君。"词人书写月下白海棠,玉影带月痕,隔帘送香温。"猜是湘君,又疑文君",以人喻花,湘君,清冷幽杳;文君,聪慧秀雅。词作"猜""疑"二字,实赋予白海棠双重美质。

湘君为谁扑朔迷离,湘君神话传唱千古。古往今来的文人皆喜吟咏湘君，或叹其美丽，或借其抒怀，她美丽与哀愁的形象成了中国文学史中一颗永恒的朱砂痣。湘君泪染斑竹，从此与竹密不可分。与此同时，文人吟咏芙蓉、梅花、水仙、莲花、蕙兰、杜鹃、海棠等，亦喜与湘君相结合，湘君被簇拥在青竹香花中，在中国文化中留下一个芳馨馥郁的背影。

第五章　嫦娥：升仙与下凡的双重奏

正如赵沛霖先生《先秦神话思想史论》所言，在人类所创造的多样文化中，作为认识的对象，没有什么比神话更难认识的了，"它最单纯也最复杂，最虚幻也最现实，最原始也最永恒，最神圣也最平常，最荒诞也最有道理，它的民族差异性最明显，趋同性也最为突出"。优美写意、启人遐思的"嫦娥奔月"神话，曾经承载着远古先民观察与解释自然的不懈努力、探索与认识自身的深切渴望。然而，随着人类逐渐摆脱蒙昧走向文明的进程，嫦娥神话作为原生神话的精神和内涵越来越衰落，反而是嫦娥的形象和故事不断为历代文学家所青睐和接受，成为文学作品的丰富素材之一，获得了再生，就此衍生出一片新的文学天地。这种从神话走向文学的动态过程，赋予嫦娥神话一片生机，使其有了独特的文学价值。

第一节　嫦娥升仙的传说

1.两汉：奔月化身蟾蜍

最早记录嫦娥奔月神话的传世文献，是汉武帝建元二年（前139）成书的《淮南子》。其中《览冥训》篇有"羿请不死之药于西王母，姮娥窃以奔月，怅然有丧，无以续之"的记载。到了东汉末年，张衡在《灵宪》中对此叙述得更为详细："嫦娥，羿妻也，窃西王母不死药服之，奔月。将往，枚筮之于有黄，有黄占之，曰：'吉。翩翩归妹，独将西行，逢天晦芒，毋惊毋恐，后且大昌。'嫦娥遂托身于月，是为蟾蜍。"袁珂先生经过文献考证之后认为，嫦娥奔月神话不是到了汉代初年的《淮南子》时才产生的，而是早在战国初年就已经形成了。

从神话的内容来看，嫦娥投奔月宫却化身为蟾蜍，这个结局似乎有点儿莫名其妙，其实这其中蕴含着深刻的寓意，即中国许多上古神话都具有一个基本情节——变形，通过冲破生命的原初形态，来实现对时间拘束的挣脱、对空间囹圄的超越、对现实规范的鞭挞，以获得自由与新生。可以说，嫦娥投身月中化为蟾蜍，正是一种变形神话。原始先民以化身为蟾蜍的形式给嫦娥的死亡"化妆"，在虚构中认定嫦娥之死只不过是个变形故事而已。这一方面使嫦娥摆脱了个体死亡的结局，另一方面也补偿了原始先民面对死亡而无可奈何的憾恨。事实上，以嫦娥化为蟾蜍来展现形态的改变和情志的转移，是一种更富有生气的生命再生，其中流动着的是原始先民强烈而执着的生命意识，即他们对生命的不可毁灭有着深沉的、不可动摇的信念，以至于到了可以完全蔑视死亡的地步。因此，嫦娥奔月化身蟾蜍，实际上是在用变形神话中的生命形式的转化实现对生命终结现象的否定。

乐蘅军先生曾就此给出极为精当的评论。嫦娥惧死逃死而不得，仓皇化为蟾蜍，然而反抗死亡的意志和恨心异常强烈。"这种强烈的生死之戏剧，不会自然来去，他要求完全的报偿，要求命运回过来服从自己的意志。于是他死而不死。他超越那本已挫败而死去的原躯，改形托象而再生。甚至，透过变形神话的想象和创造，这一个变形再生，被赋予了永恒性：他超乎先前那受命于现实的脆弱生命，而是更坚执的和绵绵不绝的生。事实是，他已从物质的存在，上升为非物质的存在，从有限的生到达无限。他的生已成了一个永不灭绝的意象"（乐蘅军《中国原始变形神话初探》，载温儒敏《中西比较文学论集》）。原始先民真正用他们的智慧，把不可抵抗的死亡事实化成了一片永不凋谢的生机。

2.魏晋唐宋：仙人身份凡人情性

从战国到两汉神仙思想的兴起与神仙信仰的树立，为嫦娥神话的仙话化提供了契机，催生了嫦娥神话仙话。但是，关于两汉时期嫦娥神话向纯粹的仙话的转变，文献材料是非常有限的，就目前仅可见到的几则文字内容来看，对嫦娥窃药奔月的描述大都停留在只言片语的初创阶段，非常零散、粗糙和简陋，我们只能从"不死之药"中嗅出一点儿得道成仙的意味。一直到魏晋唐宋时期，文人才赋予了女仙嫦娥生气活现的多彩面貌。

其中，外在威势的表现，重在强调嫦娥荣贵的风度和华美的气派：

姮娥扬妙音，洪崖领其颐。升降随长烟，飘飘戏九垓。奇龄迈五龙，千岁方婴孩。（东晋郭璞《游仙诗十四首》之六）

玉兔银蟾争守护，姮娥姹女戏相隈。遥听钧天九奏，玉皇亲看来。（五代毛文锡《月宫春·水晶宫里桂花开》）

嶰管声催，人报道，嫦娥步月来，凤灯鸾炬，寒轻帘箔，光泛楼台。（宋代赵仲御《瑶台第一层·嶰管声催》）

素娥睡起，玉轮稳驾，初离海表。碾破秋云，涌成银阙，光欺南斗。（宋代卢炳《水龙吟·赓韵中秋》）

赤松正与董双成，坐驾云軿穷碧落。素娥海上来相迎，玉笙度曲鸾凤鸣。（宋代陈延龄《恩波桥》）

内在情性的展露，则重在描绘嫦娥欢洽的风神和宴乐的情态，以宋人诗词为例：

广寒已近，嫦娥起舞，天风动，摇丹桂。（韩元吉《水龙吟·夜宿

化城，得张安国长短句，戏用其韵》）

　　半醉凌风过月旁，水精宫殿桂花香。素娥定赴瑶池宴，侍女皆骑白凤凰。（陆游《无题》）

　　昨夜姮娥，游洞府、醉归天阙。缘底事、玉簪坠地，水神不说。（葛长庚《满江红·咏白莲》）

　　仙桂扶疏秋复春，一天风露散氤氲。常娥自有长生药，相伴仙翁住月轮。（姜特立《平原郡王南园诗·清芬》）

　　素娥相望如招手，欲驾神车上月宫。（郭印《宿古峰驿诗四首》之四）

　　相比之下，宋人对嫦娥内在情性的描写，主要是通过嫦娥仙降临凡，主动落入人间并融入到世俗社会中来实现的："碧潭烟敛琉璃滑，素娥乘鸾下天阙"（宋代缪烈《狮子岩》），"广寒宫殿路迢迢。试问嫦娥缘底事，欲下层霄"（宋代高登《浪淘沙·璧月挂秋宵》），"桂华流瓦，纤云散，耿耿素娥欲下"（宋代周邦彦《解语花·风销焰蜡》）。创作主体由此可以平视嫦娥，将她的举手投足、一颦一笑完全视为普通人的举止。此时，仙俗不同的观念已经被打破，嫦娥终于走出了与世隔绝的仙境，进入到凡世与凡人交往。而褪去了女仙光环之后，嫦娥与作家之间的仙凡差距就逐渐消失了，代之而起的是一种可以交往、可以互动的新型关系。

　　当面对这样一个真正的、彻底的人情化甚至凡人化的嫦娥时，宋代作家的创作笔调也发生了重要的变化，不仅运用笔墨多侧面地表现嫦娥的人性人情，甚至将她视作能够戏谑、赏玩的对象："嫦娥无语缩头何处坐，胡不开口走诉上帝旁？立召飞廉举其职，驱除拥蔽扬清光"（孙复《中秋夜不见月》），"谁能飞入月宫去，捉住嫦娥不放回"（郑獬《钱塘观灯》），"长庚初让月先行，不料姮娥也世情。趣驾冰轮渡银浦，乱抛玉李掷长庚"（杨万里《月中炬火发仙山驿小睡射亭》之四）。

在魏晋唐宋文人手中，嫦娥完成了真正意义上由仙向凡的演变，仙的身份背景留给嫦娥的是举止行事上更为自由、更为开阔的空间，而凡的心思意绪带给嫦娥的是情感心性上更为丰富、更为细腻的表现，二者共同建构嫦娥多情而主动的仙性与人性交织的女仙形象。

3.金元明清：清雅端正形象的复归

女仙嫦娥原本可亲可近、温柔多情的面貌到了金元明清时期骤然变为冷然淡然、清雅端正的形象，开始板起面孔来不苟言笑，显得高高在上，不合流俗。《日焰禅师记》里就有一段描写，很能说明嫦娥形象向淑静典雅复归的转变趋向。嫦娥驾乘銮舆莅临人间，是特意现身说法为自己正名而来，没有丝毫的私心杂念。那样耀人眼目的祥瑞光芒和袭人口鼻的奇异香氛把嫦娥的形象烘托得雅丽清绝，而当空伫立、不容近身的细节描写更突显她只可远观、不可亵玩的清姿丽质。嫦娥对世间的文人骚客淫想其婀娜的身姿和娇美的容颜，放纵邪思欲念而全无避忌，深感痛心和不满，想要施加严厉的惩罚，给予严正的警告，以明确表达自己无私无欲的态度和抱道自守的决心。嫦娥这样疾声厉色地赌咒发誓，其实别无他意，就是要从正反两面强调其身之正、其心之端。作为文学作品勾画的人物，如此一个抖落凡尘、断绝俗念而重现素雅端庄品貌的嫦娥，虽然本质上还是世俗的，但已然受到儒家伦理道德的强力影响，在"理"的规定和支配下走向端丽与雅静。

所谓"威人以法不若感人以心，敦信义而励廉耻，此化民之本也"，受到如此强烈的以正人心、厚风俗为根本目的的礼义教化的影响，金元明清文人对唐宋以来嫦娥的人情化和世俗化形象感到极大的不满，于是开始以儒家礼与德的规范为标准，大刀阔斧地对其进行改写和重塑，希望能够恢复嫦娥作为太阴月精的正仙形象。其中最能代表这种努力成果的当首推明朱有燉创作的杂剧《张天师明断辰钩月》。剧作将嫦娥彻底纳入了正统道德意识的范畴中，极力证明嫦娥的清白美名，以至于不厌其烦地、一而再再而三地让嫦娥自己现身说法，来表达她贞静守节的决心。这实际上是朱有燉完全运用主观意志左右笔下嫦娥的感情，使她失去了作为艺术形象的相对独立性和审美性，只能成为作家思想的传声筒，呈现出令人感到乏味的沉闷面貌。

综观《张天师明断辰钩月》杂剧对嫦娥形象的塑造、改写与纠正，可以看出其在金元明清文人笔下由思凡而至庄重、逐渐复归雅正的演变趋向。而在这样的演变趋势中，嫦娥形象以其横向上的独特性与纵向上的关联性，昭示着那个时代越来越紧绷的教化思想。这对女仙嫦娥的重大影响是，使她彻底摆脱唐宋时期多情、主动的女仙特征，转而成为道德化、伦理化倾向明显的女仙。

不仅是杂剧中的嫦娥被改造得愈加典正，在金元明清时期，其他艺术形式创作中的嫦娥也都呈现出贞静娴雅的面貌。明代唐寅绘有一幅《嫦娥执桂图》，水墨设色，画面朗阔，背景全无，嫦娥被置于画卷正中，头盘美髻，身着长裙，裙带飘拂，手执桂花一枝，正微微扬首，稍侧面颊，望向远处，神态和悦而温柔。整幅画作线条圆润流畅，嫦娥的飘然之态毕现，脸面与双手设色，敷白色晕染，如月光般清凝皎洁，给人一种端正典雅、清丽脱俗的美感。由此也可以大略窥见金元明清文人心中所设想的"端"而"雅"的嫦娥形象，与诗文、戏剧中嫦娥形象的演变走向是基本一致的。

第二节　嫦娥"下凡"的传说

1. 与羿结成夫妻

在后世的流传和讲述中，嫦娥神话与羿神话始终是相互交织、难以分割的，二者被视为一个整体，共同构成了完整的嫦娥、羿神话。但事实上，这并不是嫦娥、羿神话的原初面貌，而是在较为晚近的汉代才开始成形的。汉初的《淮南子》中仅是提到羿与不死之药，至于嫦娥与羿的夫妻关系，则是在东汉高诱的注文中才得以明确的："姮娥，羿妻。羿请不死之药于西王母，未及服之，姮娥盗食之，得仙，奔入月中，为月精也。"

嫦娥神话与羿神话既然原本各自独立产生并展演着，为什么到了汉代却突然合流？汉代人究竟是出于怎样的观念要将两个神话合为一体？这恐怕就要从汉代人以阴阳观念对日月神话的整合中寻找答案了。阴阳是我国最古老的哲学观念之一，它萌芽于原始先民对人类自身和自然物象观察、感知后的抽象演绎。原始先民从男女结合的生殖行为的现象中得到启示：既然生殖是男女双方共同行为的结果，那么在自然界和社会生活的各个层次上，一定也存在这样一种既对立又统一的关系。随着人类思辨能力的提高，阴阳概念被抽象出来并用以对具体现象加以概括。老子提出了"万物负阴而抱阳"的命题，就是认为一切事物都具有阴阳对立的属性。而将阴阳观念人格化，把自然界中的阴阳观念类比为社会生活中的君臣、父子、夫妇等宗法关系，同时又为宗法关系体现的尊卑、贵贱赋予阴阳的属性，则是由《易传》来完成的。公羊学大师董仲舒，更进一步提出了"天人阴阳"的观念，并对"贵阳贱阴"的问题作了明确论述，把阳置于阴之"纲"的位置，就是将君、父、夫尊奉为臣、子、妻的天，从而在封建宗法伦理关系领域中将阴阳观念发挥到了极致。

如此系统而又完整的阴阳学说笼罩着整个汉代社会，促使汉代人自觉地以阴阳观念为指导思想来理解和观照日月神话。日与月相合相偶本来就是上古先民对日月关系古老而朴素的认识，《山海经》中已经有不少相关的记载。日为阳主，是阳的象征，乃"众阳之长"；而月为阴主，是阴的象征，乃"群阴之本"。由此，日月便因阴阳之精的相合关系和内在属性体现出两性偶成的状态，日月神话中的主人公也随之呈现出性别上的差异。羿是上古天神，以勇射九日的英雄事迹而成为太阳神话的主人公，嫦娥通过形体变化即奔月化为蟾蜍，自然成为月亮神话的主人公。这样，原本毫无关联的嫦娥与羿，就凭借日月神话所内含的相合之力，又在汉代完备的阴阳学说作用下，以阴阳偶合的夫妻关系最终确定了各自的身份。

嫦娥与羿被完整地纳入以夫妻关系为基础的家庭结构中，并遵循着阳高阴卑、阳贵阴贱的伦理规定，这必然导致嫦娥的地位严重降低。在《淮南子》的记载中，嫦娥获得不死药的手段为"窃"，这个字用得绝妙：嫦娥失去了直接从西王母手中得到不死药的权利，而不死药是羿千辛万苦从西王母那里求来的，羿摇身一变成了不死药的所有者，嫦娥以羿妻身份使用"窃"这种不光彩手段得药并吞服，才能升仙不死。汉代人在伦理色彩浓厚的阴阳观念作用下，将嫦娥与羿置于"妻受命于夫"的"纲常"之上，嫦娥的身份和地位有了明显的从属性。

2.饱受指摘的背夫弃家

汉代人借强烈而独特的时代精神，对远古神话进行了全面的观照和建构。具体到嫦娥神话，其与羿神话的整合，使被框定于夫妻关系架构下的嫦娥更多地受到伦理规范的束缚和道德层面的评价。魏晋唐宋文人在汉代人对嫦娥神话的改造的基础上，将嫦娥与羿的夫妻关系进一步置于家庭结构之中，把嫦娥窃药吞服、独自奔月视为背叛夫婿的行径而予以严厉的谴责。这样的态度在隋代薛道衡的《豫章行》诗中已经初见端倪，"当学织女嫁牵牛，莫学姮娥叛夫婿"。织女以天帝女儿或孙女的高贵血统下嫁牛郎，通过织绢来替夫偿债的贤良举动得到诗人的称许，并被树立为践行妇德的楷模和典范。与之形成鲜明对比的是嫦娥严重失德的弃夫行为，为诗人所不齿。这一行为建立在一己私欲的基础上，就更加显得不可饶恕，所以诗句遣词用语落笔很重，其中的责备意味不言自明。

唐宋文人对嫦娥背夫弃家行为的态度基本沿袭了薛道衡设定的基调，只是更为明确地将嫦娥放置在与羿建立家庭的框架背景下加以表现，而这种角度直接影响到这一时期对嫦娥的塑造，即更加突出了嫦娥因偷药而受到惩罚的月宫中孤栖者的形象。唐袁郊《月》诗："嫦娥窃药出人间，藏在蟾宫不放还。后羿遍寻无觅处，谁知天上却容奸。"把嫦娥描绘成奸佞小人。宋邵雍《恨月吟》诗中"我侬非是惜黄金，自是嫦娥爱负心"，将无情负心作为嫦娥的性格特征。李觏《羿妻》诗："有穷兵死为游畋，惆怅佳人独上仙。试问单栖与同穴，可能云汉胜重泉。"虽无一句批评之语，却字字千钧，一针见血地指出嫦娥是为了满足升天成仙、永生不死的私欲，宁肯背弃丈夫、背叛感情而选择孤居在寒月之中的，可是历尽千年，独饮幽寂的苦酒、一个人寂寞地偷生就真的胜过夫妻共墓同穴、长相依伴吗？这种深切的责问已经将诗人对嫦娥浓浓的谴责和嫌恶之情蕴含其中，贬损之意远比直白的指责来得更为深刻。

而在更多唐宋文人笔下，对嫦娥偷药奔月、抛弃家庭、舍弃夫婿行为的谴责和批判，还主要表现为以思妇的面貌呈现身锁月宫的悲伤和痛苦。"姮娥还宫室，太阳有室家"，韩愈在《月蚀诗效玉川子作》

诗中将嫦娥与太阳并列、宫室与室家同举，太阳有室有家，嫦娥则有室而无家，只能在清冷的月宫中独处。李白《把酒问月》诗："白兔捣药秋复春，嫦娥孤栖与谁邻。"家的存在可以带来内心的温暖，家的丧失却导致内心的孤寂。诗人在描绘思妇闺中的苦闷生活时，常常引入嫦娥意象，"美人情易伤，暗上红楼立。欲言无处言，但向姮娥泣"（韦庄《闺月》）；同样，在表现嫦娥的永夕哀愁时，也往往运用思妇的形象，"嫦娥孤栖宫四寂，倚柱长吟愁永夕。曳裾摇珮渡明河，闲弄银波洗虚碧"（李新《霜月吟》）。无论是被动失家的思妇，还是主动弃家的嫦娥，在力图摆脱无家的凄凉和追求有家的温馨这一点上，达到了情感的一致和形象的整合。

一月解行天一匝，嫦娥犹未免单栖。（宋李觏《戏赠月》）

姮娥守孤月，青女恨连霜。（宋张耒《岁暮书事十二首》之十二）

药杵放闲灵兔懒，镜奁掩却素娥愁。（宋李昂英《中秋无月》）

素娥青女曾无匹，霜月亭亭各自愁。（宋石延年《七夕》）

问嫦娥，孤处有愁无，应华发。（宋辛弃疾《满江红·中秋寄远》）

姮娥应怨孤眠苦，取次为云雨。（宋赵长卿《虞美人·中秋无月》）

素娥不奈冷，凄凉久。（宋王庭珪《感皇恩·羸马怯征鞍》）

画眉未稳，料素娥犹带离恨。（宋王沂孙《眉妩·新月》）

此夕姮娥应也恨，冷落琼楼金阙，禁漏迢迢，边鸿杳杳，密意凭谁说？（宋曾觌《念奴娇·霁天湛碧》）

唤起姮娥，摩云拨雾，驾此一轮玉。桂华澄淡，广寒谁伴幽独。（宋李吕《念奴娇·海天向晚》）

作家以精细、周到的笔触对嫦娥月中孤栖的状态给予了精彩的呈现，从内心感受到现实处境，嫦娥都不能摆脱和克服那阵阵袭来、漫无边际的孤独。诸篇作品以"孤栖"来描述嫦娥居于月宫的情态，这既符合唐宋文人对嫦娥形象和窃药情节的认识，同时又为丰富嫦娥形象的内在情感创造了条件。抛弃丈夫、背弃家庭，完全是为了个人私欲而不顾原则和道义的行为，嫦娥必须为此付出相应的代价。而忍受无尽的凄凉和孤苦，一个人形影相吊、度日如年地煎熬在长生无死的岁月中，无疑就是对嫦娥的最大惩罚。

3.理学下的贞妇重构

嫦娥神话结束其历史使命，转而为文学的素材之后，被设置在夫妻、家庭坐标系上的嫦娥就始终呈现为孤栖的状态和凄苦的面貌。这是在男权社会里男人为天、为纲的道德观念重压下，嫦娥背叛丈夫、抛舍家庭的无德行为所必然带来的不堪结果，已经凡人化了的嫦娥所要接受的正是封建女性难以逃脱的悲剧性命运。金元明清文人当然也是沿着这条情感线索顺承而下，对待嫦娥的态度仍旧以谴责为起点，不同之处在于态度要严厉许多，尖锐许多。

窃药私奔计已穷，橐砧应恨洞房空。当时射日弓犹在，何事无能近月中。（明兰廷瑞《题姮娥奔月图》）

又闻姮娥窃灵药，直欲不死真贪婪。（明徐贲《丙午中秋与余左司王山人高记室同过张文学宅看月》）

一丸灵药少人知，窃去应无再得期。后羿空能残九日，那知月里却容私。（明瞿佑《姮娥奔月图》）

但是，一个很有趣的现象在于，从诗文创作实际来看，金元明清时期的作家并没有刻意强调嫦娥与羿的夫妻关系，反而是将此作为嫦娥之咏的背景，着笔时重点落在由嫦娥的叛夫之举引出的对这一不守妇德行为的无情批判，以彰显惩戒之意。与其说这是针对失德的嫦娥而给予谴责，毋宁说是在以嫦娥失德的后果为教训，告诫所有女性切要谨守为妇之道，否则就会像嫦娥那样自食苦果，只能在哀哀喟叹和悲泣中愧悔不已，终了一生。

而同时，嫦娥在金元明清文人笔端还摇身一变而成为清高自守的贞女洁妇。

步蟾蜍而入月兮，拜嫦娥于桂下。后羿死已千载兮，犹孤眠而不嫁。惟广寒之清光兮，照万古之长夜。（明杨守阯《闵贞赋》）

姮娥在天常独居，倏忽神明敬其偶。（明张琦《郭节妇》）

幽贞合伴月娥独，仙隐如偕商皓四。（清李宗瀚《重阳前一日朱楚亭龙山书屋看桂同邓湘皋孝廉作》）

帝女河桥终寂寞，嫦娥月殿自清高。（清黄爵滋《癸巳中秋次韵答陈润珊并示江南留京诸子四首》之一）

羡煞嫦娥耐岑寂，金蟾银杵自年年。（清许宝云《无题》四首之三）

这是金元明清文人对嫦娥形象的全新创造，吟咏视角发生了从反面向正面的急遽转变，由抛夫弃家而被嫌厌的极端推到守寂耐孤而被赞许的极端，这样猛然激烈的大跨度跳跃，看似反差巨大，背道而驰，实则相反相成，殊途同归。金元明清文人正是借由两面的嫦娥，以儒家传统的伦理规范对妇德妇行作出要求，而这才是嫦娥意象在金元明清时期的诗文中被一再呈现的根本意义。

比诗文中嫦娥形象的变化走得更远的，是明钟惺编辑、冯梦龙鉴定的白话长篇历史神怪小说《按鉴演义帝王御世有夏志传》。作品将嫦娥窃药弃夫、奔月得仙的反面形象彻底推翻，使她摇身一变成为可怜可亲、中规中矩的贤妻良妇。嫦娥顺夫之意，依夫之言，放弃个人的一切欲求，完全遵照丈夫的旨意，听从丈夫的要求，沦为了封建男权社会中男性的从属和道德的附庸。色丽而性贞是小说为嫦娥设定的特质，也是重构嫦娥的基点。正是正统儒家色德观中丽与贞的二元对立在嫦娥身上体现出的一元统合，彰显了封建伦理道德规范下嫦娥对以"贞"为核心的妇德的主动践行。小说的特别之处即在于面对不能掌控的命运和无法选择的处境，嫦娥奋力挣扎，拼尽最后一丝气力以示反抗，只是这种挣扎与反抗是在努力向封建伦理道德对妇德的要求靠拢，极力顺应、迎合着封建礼教对女性必须守贞、从一的苛求。嫦娥自求结束生命而令名节得以保全的残酷结局，看似轰轰烈烈，其实背后皆是为谨守妇德而自我戕害的辛酸血泪。以死亡求得一点儿尊严的抗争方式，服务于作家借颇有典型意义的嫦娥故事广宣教化，倡导并褒赞女性贞节自守的妇德之美的主题。小说以全新的嫦娥形象演绎了全新的嫦娥故事，对那个时代独特的社会文化风貌作了最生动、最真实的呈现。

第六章　舜帝：逆境家庭走出的传奇帝王

舜，姚姓，有虞氏，名重华，又称"虞舜"。舜帝是中国古史传说中的"五帝"之一，同时也是历史上的明君典范。从一介布衣平民到备受崇拜与讴歌的圣王，他的经历颇具传奇色彩。

先秦时期有关舜帝的记载主要集中于《尚书》、诸子论著及《竹书纪年》等典籍中。舜帝传说最早可追溯到《尚书》中的《尧典》篇和《舜典》篇，文中用大量史料刻画了舜帝的一系列功绩。而春秋战国时期诸子著作所载的舜帝故事，由于诸家学说论争，存在多种版本。到了西汉司马迁《史记·五帝本纪》中，舜的故事初次集成并以文本的形式固定下来，舜帝形象由多元走向统一，成为后世对舜帝故事进行再创造的主要依据。

顾颉刚先生在《虞初小说回目考释》中说："舜的故事，是我国古代最大的一件故事，从东周、秦、汉直到晋、唐，不知有多少万人在讲说和传播，也不知经过多少次的发展和变化，才成为一个广大的体系；其中时地的参差，毁誉的杂异，人情的变化，区域的广远。都令人目眩心乱，捉摸不定。"舜帝故事传播之广泛及研究价值之重大可见一斑。

第一节　克谐以孝，孝感动天

舜帝传说中，最突出的一点就是舜孝故事。流传至今的二十四孝故事中，第一个便是虞舜"孝感动天"。孝，是中华民族传统美德。

汉代许慎《说文解字》解释"孝"为："善事父母者。从老省，从子，子承老也。"孝字体现的是子女对于父母应遵守的道德规范。

舜帝行孝的最早记载可以追溯到《尚书·尧典》。舜在家庭中的处境极为艰难，他出身低微，父亲愚钝，母亲嚚悍，弟弟倨傲，他却能始终对父母孝顺如常，对兄弟亲爱有加，以孝德得到了四岳的承认，并被推荐继承帝位。四岳向尧举荐舜的理由就是他能够妥善地处理好复杂的家庭关系，这也从侧面反映了古人"家国一体"的观念。到了战国时期，《孟子》中关于舜行孝道的记载，从故事情节方面来说更加完善了，《孟子·万章上》记述：

万章曰："父母使舜完廪，捐阶，瞽瞍焚廪；使浚井，出，从而掩之。象曰：'谟盖都君咸我绩。牛羊父母，仓廪父母。干戈朕，琴朕，弤朕，二嫂使治朕栖。'象往入舜宫，舜在床琴。象曰：'郁陶思君尔。'忸怩。舜曰：'惟兹臣庶，汝其于予治。'不识舜不知象之将杀己与？"

所谓"焚廪"是说瞽叟让舜去修理仓廪顶部，等舜上去之后把梯子撤掉，同时放火焚烧仓廪，意欲将舜烧死；"浚井"则是指舜父母让舜去疏通水井，等舜下去之后将水井掩埋起来。孟子给《尧典》中的"克谐以孝"四字填充了更为充实的细节，在父母、弟弟都想要谋害自己的艰难处境中，突出舜巨孝的品格。孟子把舜的家庭成员全部划归到舜的对立面上，用家人的恶劣残酷来反衬出舜的仁厚宽容，将舜树立为符合儒家忠孝一体、以孝为本思想的完美典范。孟子称舜之孝为"大孝"，试图通过"崇圣"观念来达成对儒家学派的推扬。

到了汉代，司马迁根据先秦文献而写成的《史记·五帝本纪》，对舜帝形象着墨较多，将其描写成德行高尚、贤明爱民的圣王典范：

舜父瞽叟盲，而舜母死，瞽叟更娶妻而生象，象傲。瞽叟爱后妻子，常欲杀舜，舜避逃；及有小过，则受罪。顺事父及后母与弟，日以笃谨，匪有解。

按照《史记》的说法，舜曾在历山耕种，在雷泽打渔，在河滨制陶，在寿丘做过工匠，在负夏做过小贩。舜早年为了生计颠沛流离，生活十分艰苦，但最凄苦的还是他的家庭生活。舜小时候就没有了母亲，他的父亲瞽叟是个盲人而且性格十分顽固，又给舜娶了个后母。后母所生的弟弟叫象，十分桀骜不驯。后母和象一直不待见舜，甚至要杀掉他。而父亲又偏爱后妻和小儿子，对舜也没有更多的关怀。对于孟子提到的"焚廪掩井"困境，司马迁写出了舜逃生的具体过程：

瞽叟尚复欲杀之，使舜上涂廪，瞽叟从下纵火焚廪。舜乃以两笠自捍而下，去，得不死。后瞽叟又使舜穿井，舜穿井为匿空旁出。舜既入深，瞽叟与象共下土实井，舜从匿空出，去。

在《史记》的基础上，西汉刘向《列女传》又加入了尧之二女辅助舜脱险的情节。后代之变文、戏曲、传奇及少数民族民间故事等，均在不同程度上对"舜帝行孝"故事进行了加工演绎，使之成为一个历久弥新的经典故事原型。

敦煌通俗文学作品中与舜帝行孝相关的内容，主要集中在《舜子变》与《孝子传》。《舜子变》依据唐以前的古籍记载写成，同时又对故事细节进行改造。如变文描写后母为了谋害舜，命舜上树摘桃，自己用金钗刺伤了脚，向瞽叟诬告舜"树下多埋恶刺，刺我两脚成疮"，唆使瞽叟拿大杖打死舜。这个"刺伤脚诬告舜"的情节未见于更早的传世文献记载。变文中还增加了帝释对舜的保护，帝释清楚地知道舜被诬陷的来龙去脉，便化作一位老人下界帮助舜。《舜子变》故事舍弃了周、汉以来相传的二女助舜免难的情节，把"尧嫁二女"放置到故事的结尾。这样的改动一方面削弱了娥皇、女英的辅助作用和尧的观察考验在舜帝行孝故事中的重要性，另一方面，关于感化与报应的叙述也或多或少宣扬了帝释的灵验。《孝子传》与《舜子变》故事大致相同，只是少一些情节，在描写方面比较简略，没有《舜子变》生动。

随着佛教在中国的传播与发展，寺院成为民众一般文化活动的场所、地方文艺活动的中心。（孙昌武《中国佛教文化史》）变文这种体裁形式，与演唱佛经的俗讲文学关系密切，其语言通俗、故事情节具体，为一般人民群众所喜爱。舜帝行孝故事的演变体现出受众由文人士大夫阶层向市民阶层转移的趋势。此外，《舜子变》的叙事内容与表达方式，对明代历史演义小说如《盘古至唐虞传》《开辟衍绎通俗志传》中舜帝家庭传说故事的情节主题和叙事特征，以及清代宣讲小说如《大舜耕田》所采用的说唱结合的叙事方式，都有着深刻的影响。

除以叙事性为主的文学作品之外，诗词中与舜帝行孝相关的作品也不胜枚举，这些作品或抒情，或怀古，或议理。如南宋林同所作诗集《孝诗》，其中记载舜帝孝行的诗曰：

孩提知所爱，妻子具而衰。大孝终身慕，予于舜见之。

诗出《孟子·万章上》"大孝终身慕父母。五十而慕者，予于大舜见之矣"，认为孝顺是人人都应该具备的品德。再如明代诗人方孝孺所作《四箴》，诗曰：

子孝宽父心，斯言诚为确。不患父不慈，子贤亲自乐。
父母天地心，大小无厚薄。大舜日夔夔，瞽叟亦允若。

诗歌讲述孝在父子关系中的作用，落脚于大舜之孝。元代诗人张养浩所作《过舜祠》，诗曰：

太古淳风叫不还，荒祠每过为愁颜。苍生有感歌谣外，黄屋无心揖让间。一井尚存当日水，九嶷空忆旧时山。能令子孝师千古，瞽叟元来不是顽。

诗人每每路过荒芜的舜祠，都不禁感慨舜帝时期淳朴民风的逝去，舜井仍存，但太古盛世早已成为历史记忆，最终点出舜帝孝德的义理。

第二节　雅音舜乐，广行教化

由陶于河滨的草民到圣王，舜成为一个普通人由修身齐家，而治国平天下的内圣外王的典范。（汤一介、李中华主编《中国儒学史·先秦卷》）《尚书》中的《尧典》和《舜典》，用大量的史料记载了舜的功业，集中刻画了舜的帝王形象。其中写道："正月上日，受终于文祖。在璇玑玉衡，以齐七政。肆类于上帝，禋于六宗，望于山川，遍于群神。辑五瑞，既月乃日，觐四岳群牧，班瑞于群后。"这段文字表明，舜摄政以来，在政治上积极作为，重修五礼，举荐贤人，是一个治国有方、文明温恭的贤明君主。而舜帝的执政管理，与音乐有着密切的关系。

先秦典籍中记载，舜时有名乐《韶》，又称《大韶》《九韶》《韶箫》《韶虞》等。《周礼·春官宗伯·大司乐》郑玄注曰："《大韶》，舜乐也。"《竹书纪年》载："有虞氏舜作《大韶》之乐。"《吕氏春秋·古乐篇》载："帝舜乃命质修《九韶》《六列》《六英》以明帝德。"这些材料皆证明《韶》乐是切实存在的，自帝舜时代产生之后，便作为宫廷音乐流传下来，发挥着潜移默化的教化作用。

《韶》乐至季札、孔子时代犹可听闻，《左传》中记载季札观乐："见舞《韶箫》者，曰：'德至矣哉，大矣！如天之无不帱也，如地之无不载也。虽甚盛德，其蔑以加于此矣，观止矣。若有他乐，吾不敢请已。'"季札由音乐感叹舜帝时期至德至美的和谐景象。乐曲中，孔子最为欣赏《韶》乐，认为《韶》乐"尽美矣，又尽善也"（《论语·八佾》），以至在齐国听到《韶》乐的演奏后三月不知肉味。他们的极度赞叹，证明了舜时的《韶》乐取得了很高的成就。以声感人，莫善于乐，《韶》乐尽善尽美的艺术高度对人感化教育的成果更为显著。

战国后期，舜弹五弦歌《南风》的传说开始广泛流传。如《礼记·乐记》中记载："昔者舜作五弦之琴，以歌《南风》，夔始制乐，以赏诸侯。"说是舜创制了五弦琴，用来伴唱《南风》诗。再如《韩非子·外储说左上》云：

宓子贱治单父，有若见之曰："子何臞也？"宓子曰："君不知贱不肖，使治单父，官事急，心忧之，故臞也。"有若曰："昔者舜鼓五弦，歌南风之诗而天下治。今以单父之细也，治之而忧，治天下将奈何乎？"

宓子贱、有若均为孔门著名弟子，单父是春秋时的鲁国地名，即今山东省单县。这段记载讲述了有若借用舜鼓五弦、歌《南风》治理天下的典故来评价宓子贱治理单父县。

《孔子家语》中还记录了两段《南风》歌词，曰：

南风之薰兮，可以解吾民之愠兮；南风之时兮，可以阜吾民之财兮。

舜作《南风》诗赞颂南风温柔、和煦，能够消除百姓忧愁，为万民带来福祉，这体现了舜对百姓生活的关注。从以上来看，通过孔子及后世儒家的阐释，"南风"逐渐有了比兴之意，舜弹五弦歌《南风》

的传说成为帝王体恤百姓的象征意象，诗人也常以"南风"来称颂帝王对百姓的体恤之情和煦育之功。

还有一种观点认为舜歌《南风》意在颂扬父母的养育之恩。《礼记正义》孔颖达疏曰："《南风》，诗名，是孝子之诗，南风长养万物，而孝子歌之，言己得父母生长，如万物得南风生也。舜有孝行，故以此五弦之琴歌《南风》之诗而教天下之孝也。"南风为生长之风，能够长养万物，这里借喻为父母养育孩子，并进一步推论《南风》诗为教化之诗。

这种教化天下的思想与儒家诗乐教化思想一脉相承，如孔子所言"兴于诗，立于礼，成于乐"（《论语·泰伯》），《礼记·乐记》记载："乐也者，圣人之所乐也，而可以善民心，其感人深，其移风易俗，故先王著其教焉。"正是由于音乐有特殊功能，先王作雅乐来引导人内心喜怒哀乐情感的抒发，以使社会上各种关系达到"和"的状态，保持淳朴的民风。

舜歌《南风》作为一个文化代码，对中国文化的发展产生了巨大的影响。对于"风"，既可以将它理解为温和滋养的自然之风，也可以将它理解为解愠阜财的社会之风，即民风。于是舜歌《南风》、施乐教，一方面被以儒家思想为代表的主流意识形态不断强化，另一方面也在文人作品中被反复塑造。

文人在使用这一典故时，较少涉及南风体现孝道的含义，而多用"南风"来指代《南风》诗，并经常和"舜咏""舜琴""舜风"等联系起来，指代舜作《南风》诗之事。如曹植《鼙舞歌五首》其二《灵芝篇》中的"退咏《南风》诗，洒泪满袆抱"；阮籍《咏怀》其六十中的"屣履咏《南风》，缊袍笑华轩"；谢安《与王胡之一首》中的"五弦清激，南风披襟"；等等。

到了唐代，舜歌《南风》的典故在文人笔下运用得更加广泛，表达的内容也更加丰富。如唐太宗李世民《重幸武功》"于焉欢击筑，聊以咏《南风》"，唐太宗重幸出生地武功时，宴饮群臣，共同咏唱《南风》歌，以帝王的身份表达其垂拱而治、教化人心的意愿。再如李白《送杨少府赴选》诗云"吾君咏《南风》，衮冕弹鸣琴。时泰多美士，京国会缨簪"，用舜歌《南风》的典故赞美当今君主弹鸣琴而天下大治的美德，歌颂国君关心国事、国家政治清明。而孟郊《同溧阳宰送孙秀才》写道"废瑟难为弦，《南风》难为歌"，同样运用了舜歌《南风》的典故，但由于诗人生活的时代，是唐王朝日渐衰微，与国力强盛、政治清明的初唐、盛唐不可同日而语之时，所以诗人借此典故抒发自己内心弥漫的伤感和怨愤。《南风》依旧，只是没有了像舜帝那样关心民生、为苍生带来希望的明君。

舜歌《南风》，经过历代文人的使用加工，有了更为丰富的情感内涵，成为一个具有美颂色彩的文化典故，激发了人们对于南风的赞颂和期盼，《南风》诗也逐渐成为诗歌中表达关心国事与爱国之情的文化符号。

第三节　舜帝二妃及其凄美传说

提到舜的妻子，人们通常会想到娥皇、女英姐妹俩。《尚书》中最早记录了舜与尧之二女的婚姻关系，四岳举荐舜为尧的接班人之后，尧将自己的两个女儿嫁给舜，以考察他治内的能力。早期先秦典籍，均是以舜为叙述中心，二妃只是被简单提及，甚至连具体姓名，以及如何协助舜治家等都没有记载。她们仅仅是政治试验的工具，其形象比较单一且不具备独立的人格，没有故事形态，一直到《史记·五帝本纪》中都是如此："舜年二十以孝闻。三十而帝尧问可用者，四岳咸荐虞舜，曰可。于是尧乃以二女妻舜以观其内，使九男与处以观其外。"

二妃的故事发生重大变化是在西汉刘向的《列女传》中,刘向对《尚书》《孟子》《史记》中的材料进行增饰、虚构,重新建构故事情节,并将二妃列于列女首席,作为典范:

有虞二妃者,帝尧之二女也。长娥皇,次女英。

"有虞二妃"开篇便介绍二女的身份、姓氏,嫁给舜之后,二女以智慧帮助舜在焚廪、掩井等谋杀事件中成功脱险。娥皇、女英两姐妹同时给尧帝出谋划策,因此在二女的辅助下,舜顺利继承了尧的帝位。"有虞二妃"中的二妃形象有三个明显的特点:一是以尊事卑,以尧帝之女的身份下嫁平民舜并帮助其操持家庭;二是恪守妇道,并不因天子之女的身份而骄盈怠慢,处事谦和恭俭;三是聪明贞仁,运用聪明才智化解舜与父母之间的矛盾。刘向《列女传·母仪传》小序曰:"惟若母仪,贤圣有智。行为仪表,言则中义。胎养子孙,以渐教化。既成以德,致其功业。姑母察此,不可不法。"由此可以看出刘向重新编纂二女故事时,突出其贤智,目的在于将其树立为女子学习的榜样,赋予其教化意义。

从先秦到两汉,二妃在舜故事中的作用明显增强,除在舜家庭故事中逐渐占据重要的角色之外,她们在舜南巡死于苍梧之后,一路追寻,留下了许多哀痛的传说,《列女传》中记载:"舜陟方死于苍梧,号曰重华。二妃死于江湘之间,俗谓之湘君。"于是"二妃溺湘"成为中国传统文学凄艳故事的代表之一,为后世文人所反复咏颂。魏晋以来,二妃在舜死之后的境遇演绎出越来越多的凄美传说,如:

舜崩,二妃啼,以涕挥竹,竹尽斑。(张华《博物志》)

昔舜南巡而葬于苍梧之野,尧之二女娥皇、女英追之不及,相与

恸哭。泪下沾竹，竹文上为之班班然。(任昉《述异记》)

湖水西流，经二妃庙南，世谓之黄陵庙也。言大舜之陟方也。二妃从征，溺于湘江，神游洞庭之渊，出入潇湘之浦。(郦道元《水经注·湘水》)

娥皇、女英从舜巡狩，行及湘川，闻舜崩于苍梧，泣下，泪洒湘川之竹，皆成斑文。(李冗《独异志》)

舜南巡死于苍梧，他的两位妃子娥皇和女英听闻噩耗相与恸哭，泪水洒落在竹上，于是就有了斑竹，这种竹子也被称为"湘妃竹"。斑竹泣怨，遂成名典。二妃以情殉夫、泪洒斑竹的故事具有很强的感染力，这不仅有着历史和文化的诸多因素，也离不开历代文人墨客的渲染吟诵。

唐代有很多诗人以此为题材表达自己的思绪，如李白乐府诗《远别离》咏舜与二妃事：

远别离，古有皇英之二女，乃在洞庭之南，潇湘之浦。海水直下万里深，谁人不言此离苦？日惨惨兮云冥冥，猩猩啼烟兮鬼啸雨。我纵言之将何补？皇穹窃恐不照余之忠诚，雷凭凭兮欲吼怒。尧舜当之亦禅禹。君失臣兮龙为鱼，权归臣兮鼠变虎。或云尧幽囚、舜野死，九疑联绵皆相似，重瞳孤坟竟何是。帝子泣兮绿云间，随风波兮去无还。恸哭兮远望，见苍梧之深山。苍梧山崩湘水绝，竹上之泪乃可灭。

舜帝南巡葬于苍梧、娥皇女英溺于湘江的历史传说使得潇湘洞庭一带一直被悲剧气氛笼罩着，而在诗人的笔下，流不尽的潇湘之水、泪水染就的斑竹点点、绵绵不绝的哀痛哭声，这些意象构成的画面至今还能与读者产生强烈的感情共鸣。再如刘禹锡的《潇湘神二首》：

湘水流，湘水流，九疑云物至今愁。君问二妃何处所，零陵香草露中秋。斑竹枝,斑竹枝,泪痕点点寄相思。楚客欲听瑶瑟怨,潇湘深夜月明时。

泣怨凄清,秋水迷离,奠定了吟咏二妃溺湘一类作品的共同感情基调。岑参《秋夕听罗山人弹三峡流泉》诗云"楚客肠欲断,湘妃泪斑斑";白居易《江上送客》诗云"杜鹃声似哭,湘竹斑如血";元稹《斑竹》诗云"一枝斑竹渡湘沅,万里行人感别魂。知是娥皇庙前物,远随风雨送啼痕";杜牧《斑竹筒簟》诗云"血染斑斑成锦纹,昔年遗恨至今存。分明知是湘妃泣,何忍将身卧泪痕"。类似的诗句,不胜枚举。

直至20世纪,毛泽东还用此典故创作了《七律·答友人》,诗曰:"九嶷山上白云飞,帝子乘风下翠微。斑竹一枝千滴泪,红霞万朵百重衣。"

这些诗作共同塑造并深化了二妃为爱执着、幽怨悲伤的形象特点,从而使得舜帝二妃泪弹斑竹的凄美传说更加深入人心。

第七章　牛郎织女：从星空走向凡间的浪漫

"牛郎织女"故事是中国四大民间传说之首，也是中国民间许多艺术、文学作品的灵感来源。这个凄美动人的爱情传说在诞生初期，是一个起源于自然的神话。先民仰望星空时，漫天灿烂的繁星便化作了生动的人物和故事。两千年间，文人雅士喜爱这个故事，为它书写了无数灿烂的诗词歌赋；布衣百姓喜爱这个故事，在"七夕"的团聚中享受着喜悦与欢乐，在小说和戏曲中传唱着悲欢离合。正因为牛郎织女故事如此受到各个阶层、背景的人们的喜爱，所以相关文学作品及其文化意蕴也呈现出极为丰富的样貌。

第一节　逐渐人格化的农事二星

牛郎织女神话产生的时间可追溯到没有文字记载的远古时代。彼时，原始先民曾经深受生产力低下的困扰，衣不蔽体、食不果腹，他们对自然的力量有着无限的敬畏。在与大自然不断磨合的岁月里，他们运用自己的智慧，从日月星辰、潮汐四季的周而复始中探索出自然界的运行规律，并将之应用于农耕之中，中华文明中的许多故事便起源于此。星象具有提示时令的作用，在农业科学尚不发达的时代，农业生产活动时间节点都与天上的星宿息息相关。先民们在日复一日的观察中，积累了星宿的隐现运行及其与劳动、生活的关联等方方面面的经验，总结出天文星象的变化规律，并以诗歌传唱的形式将其记录下来。中国最早的诗集《诗经》中有不少诗篇都反映了对天文星象的记录。例如《唐风·绸缪》通过对"三星"位置移动变化的描述来指示时间，说明先秦时期男女成婚时间大约是从黄昏到夜半；《小雅·渐渐之石》中有"月离于毕，俾滂沱矣"一句，意为月亮靠近天毕星时，就会降下大雨，此时星象又成了气象变化的晴雨表。

说到牛郎织女故事主角的原型，让我们先来看看它们在夜空中的模样。织女星是天琴座最为明亮的恒星，在可观测的夜空中明亮度排名第五，且织女星所处纬度较高，即使在光污染严重的如今，一年中大半时间亦肉眼可见。牵牛星隶属于天鹰星座，是夜空中明亮度排名第十二的恒星，天鹰座的河鼓一、河鼓二、河鼓三组成一条线，指向织女星，其中河鼓二即我们常说的牵牛星，其余两个在后世的故事中被视作牛郎织女的两个孩子。牵牛星与织女星在银河东西两岸交相辉映，璀璨夺目，古人往往根据其方位变动辨别季节时令。织女星一般被看作立秋的季节星。《大戴礼·夏小正》中有这样的记载："七月，汉案户，初昏，织女正东向，斗柄悬在下，则旦。""汉案户"意为七月初昏时，天汉即银河正对着家门；"织女正东向"意为织女星于正东方向出现。牵牛星在夜空东方，七月，织女星隔着银河向东朝向牵牛星，就标志着时节进入了秋季。

作为农业耕作"时间表"的组成部分，牵牛星和织女星在先民的心目中有着举足轻重的地位。《诗经》中曾出现过这样的咏唱："维天有汉，监亦有光。跂彼织女，终日七襄。虽则七襄，不成报章。睆彼牵牛，不以服箱。"（《诗经·小雅·大东》）这便是先民对牛郎织女故事最初的想象，但所咏唱的并不是爱情的浪漫，而是生活的疾苦。解读《诗经》的《毛传》认为《大东》主旨在于讽刺当时东国贵族的横征暴敛。东国连年征战，劳民伤财，百姓生活在水深火热之中。此诗使用了比兴手法，指出织女星徒有织女之名，却不能织出真实的布帛让人取暖；而牵牛星虽名为牵牛，却不能拉车劳作，为百姓带来温饱。

农耕文明语境下，耕、织的成果决定着人们生存的基础，织女、牵牛远在天边，饥饿和劳苦却近在眼前，让人如何不悲叹呢？此时人们对织女星、牵牛星的文学想象与后来我们耳熟能详的牛郎织女神话大相径庭，但已经具备了牵牛、织女、天河三个最重要的事象，为后世故事的发展演变打下了基础。

从两颗不相干的星辰到"结为夫妻"，织女和牛郎还经历了不少的磨难。在上古时期，七夕并不是一个有利于男女相恋的好日子。1975年12月在湖北省云梦睡虎地出土的战国秦简《日书》中记载："丁丑、己丑取妻，不吉。戊申、己酉，牵牛以取织女，不果，三弃。""戊申、己酉，牵牛以取织女而不果，不出三岁，弃若亡。"也就是说，当时的人们认为牵牛在七月初迎娶织女并非吉兆，非但喜事办不成，婚后夫妻还会反目。当然，这一认识很难说有什么科学上的依据，现在的学者也无从得知上古先民为何会笃信这种婚姻禁忌，但从牛郎织女神话再生的角度来说，这是很值得注意的。婚姻关系是牛郎与织女在历法中被赋予的原始关系，证明二者的人格化讲述已经开始了。从严格意义上来说，这还不能算作牛郎织女故事成型的标志，但它为牛郎织女故事浓厚的悲情色彩，也就是"天河分隔"埋下了酸辛的伏笔。后世书写牛郎织女传说的文学作品往往不免表现出缠绵悱恻、凄婉动人的艺术风格，讲述的也多是夫妻离散、不能团圆的人间悲辛。

就目前所见，牛郎织女首次以人形出现，是考古学家在昆明池遗址发掘出的牵牛、织女两座石像。元狩三年（前120），汉武帝为了征讨西南诸国，在今天的西安市长安区斗门开凿了用于训练水军的昆明池，以池水譬喻银河，在池的东西两侧分别立了牛郎和织女的石像，二石像隔池相望，正如星辰传说中一般。同出于西汉的《淮南子》中也有言："若夫真人，则……臣雷公、役夸父、妾宓妃、妻织女。"将织女与雷公、夸父、宓妃等神话人物相提并论，由此产生了一个新的故事要素，即牛女身份的巨大差距。司马迁在《史记·天官书》中记载："南斗为庙，其北建星。建星者，旗也。牵牛为牺牲。其北河鼓。河鼓大星，上将，左右，左右将。婺女，其北织女。织女，天女孙也。""牵牛"只是祭祀中献给神明的贡品，"织女"却被附会为天帝的孙女，织女星在历法中较牵牛星更为重要，仙女织女的地位较之牛郎也更加尊贵。织女星、牵牛星在神格化与文学化的初试阶段的地位悬殊也为后世故事中人间牛郎、天界仙女的人物设定埋下了种子。

牛郎织女发展至此，不再是天上的星辰，不再是用来祭祀的牲牛，而是逐渐脱离原始时代的蒙昧，进化为彻底人格化的人形神。这种"人形化"使得牛郎织女故事具备了进入文学世界与大众文化视野的可能，牵牛织女从天上星辰逐渐走向人间。

第二节　离、聚的多维解读和演绎

1. 坚贞爱情的诗意传诵和理学质疑

从先秦到汉魏这数百年的时光内，凄凉惆怅的思绪离愁是文学世界中牛郎织女故事的主基调。究其原因，一方面，正如上文所言，天穹中的织女星和牵牛星遥遥相望，不得聚首，先民便从自身的生活体验出发，将人间夫妻不得团聚的悲伤寄寓其中；另一方面则是这些作品的创作者往往处于人生的困苦与离散之中，一个感伤的故事能够引起他们的共情，激发他们创作的欲望。

诞生于汉代的《古诗十九首》中有一首关于牛郎织女故事的经典诗歌：

迢迢牵牛星，皎皎河汉女。纤纤擢素手，札札弄机杼。终日不成章，泣涕零如雨。河汉清且浅，相去复几许。盈盈一水间，脉脉不得语。

诗人笔下的织女虽然终日纺织，却因思念爱人牵牛，无法完成手中的工作。天河虽然看起来清澈见底，却是那么遥远，让二人无法互通消息，只能孤单垂泪。汉朝末年，社会动荡，战争频繁，反映在文学中，渴望亲人团聚、家庭完整的主题增加，因此，这首诗借用了牛郎织女故事，倾诉了这个时代普遍的离散、悲愁和渴望。《古诗十九首》的作者没有留下名字，可能是来自社会下层的文人群体，这也侧面反映出牛郎织女故事在民间的流传之广和深入人心。

魏晋时期，牛郎织女故事在文学中仍然继承着汉代的主题，即情感的孤独和守候的愁苦。最典型的是晋代清商曲辞《七日夜女郎歌九首》，这是由九首成组诗歌共同讲述的牛郎织女故事，详细写出了牛女相见的过程，抒情与叙事并重。其中，相遇、话思、叹怨、送行、道别、徜望的诗句令人动容，试看其中一首：

春离隔寒暑，明秋暂一会。两叹别日长，双情苦饥渴。婉娈不终夕，一别周年期。桑蚕不作茧，昼夜长悬丝。灵匹怨离处，索居隔长河。

这首民歌以织女为中心，构织了一个离别时盼相见，相见却转瞬离别，始终充满哀怨气氛的遗憾故事，桑蚕吐丝的"丝"与思念爱人的"思"构成了巧妙的双关。这类诗作属于民歌或是下层文人作品，反映的皆是人生无可避免的离愁别绪。

牛郎织女故事也得到了上层文人的熟知与喜爱，以至于他们将自己的人生境遇投射其中。"建安七子"之一阮瑀在《止欲赋》中写下"伤匏瓜之无偶，悲织女之独勤"，其主旨与古诗"迢迢牵牛星"一脉相承。曹植的千古名篇《洛神赋》也表达了近似的情感："叹匏瓜之无匹兮，咏牵牛之独处。"他在歌中又反复诉说了自己的愁绪："望云际兮有好仇，天路长兮往无由。"天河漫漫，人又该去向何方呢？这三首作品都浸透着可望而不可即的彷徨之感，这也是魏晋时期牛郎织女故事的核心主题。魏晋时期大量文人被迫卷进政治斗争的漩涡中，时刻面临着杀身之祸，许多人便借牛郎织女结局的不能圆满来抒发自身政治上的失意与精神上的孤独。如曹丕《燕歌行二首》中的一段：

不觉泪下沾衣裳，援琴鸣弦发清商。短歌微吟不能长，明月皎皎照我床。星汉西流夜未央，牵牛织女遥相望，尔独何辜限河梁。

这首诗既是个人感情的抒写，也透露出曹丕作为魏太子在扑朔迷离的政局之中心怀深忧，多方排解不得，辗转反侧而愁怀难释的处境。夫妇在中国文化传统中常常用以比喻亲密而又难测的复杂君臣关系，牛郎织女故事在这里有了政治上追求志同道合的伙伴而不得的新内涵。再如曹植《九咏》所言："临回风兮浮汉渚，目牵牛兮眺织女。交有际兮会有期，嗟痛吾兮来不时。来无见兮进无闻，泣下雨兮叹成云。"诗中"来不时""进无闻"等牢骚之语，都是在借牛郎织女之事诉说自己遭遇的政治孤立与迫害，就如同牵牛织女各自在天河一畔，无人能够抚慰他们的孤独。诗人无力反抗，最终只能泣涕如雨，空自叹息。

唐人则超越了单纯的感伤，将牛郎织女视为矢志不渝、忠贞不贰的理想爱情守护者，爱情的欢乐与离别的惆怅成为主调：

乍可为天上牵牛织女星，不愿为庭前红槿枝。七月七日一相见，故心终不移。那能朝开暮飞去，一任东西南北吹……

元稹的这首《想和歌词·决绝词三首》赞美牛郎和织女虽只能一年一见，却能够不离不弃，这种痴情与固守，在注定的别离面前更显得坚贞不渝；同时也从反面否定了不以牛郎织女为榜样，对待爱情三心二意的态度。类似的情感在唐人诗赋中随处可见。沈叔安想象牛郎织女在相聚的第二天便要回归孤独，便写下了"虽喜得同今夜枕，还愁重空明日床"(《七夕赋咏成篇》)，似喜实愁，对照强烈。李治《七夕宴悬圃二首》云："促欢今夕促，长离别后长。轻梭聊驻织，掩泪独悲伤。"一句中叠用两个"促""长"，强化了欢乐的短暂与愁绪的漫长，更显得离别无法避免，伤感难以承受。

牛郎织女的悲剧性不仅体现在人们对故事情节的解读中，还体现在人们对故事人物的道德评判上。宋代注重理学的时代精神明显不同于以前的朝代，宋代文人对待牛郎织女故事的态度也与前代不同。宋代理学探讨的中心问题是"性"与"理"，理学家们纷纷提出了"在义为理，在人为性""性即理，在心为性，在事为理"等哲学命题。在社会生活和文学创作中，重视伦理规范、贬斥"性善情恶"，甚至压抑人的基本情感的道德说教深深地影响了牛郎织女故事在这一时段的演变，使得牛郎织女陷入一种新的愁苦境遇之中。

首先，理学思想讲究人性即天理，在理学的拥护者看来，与牛郎织女息息相关的七夕乞巧习俗，就是私心支配下的强求，因此反乞巧类主题的诗词在宋代是很典型的。如这首宋代诗人强至所作的《七夕》：

吾闻朴散形器作，人夺天巧天无余。匠心女手剧淫巧，工与造化分锱铢。荐绅大夫一巧宦，坐取公相如指呼。间乘巧言惑主听，能改荼蘗成甘腴。纤辞丽曲骋文巧，剗刻圣道无完涂。星如有巧更可乞，盖恐薄俗难持扶。我愿星精遗人拙，一变风化犹古初。

诗中对乞巧这一民俗进行了"惑主""剗刻圣道""薄俗"等严厉的道德批判，认为乞巧百害而无一利，不如回到上古星辰神话的时代。再如李廌《七夕》："我嗟儿女愚，勤劳徒尔为。巧拙天所赋，乞怜真可嗤。"从"性""理"乃天定的理学角度认为天性愚拙的人去乞求上天使她变得灵巧，违背了上天赐予自己的本性，乞巧这一习俗在诗人看来竟变成了一件值得嘲笑的事。

宋代文人对牛郎织女故事感到不满的一个重要因素是二人结合的"非礼"性。织女是身份高贵的"天孙"，而牛郎是平民。在强调妇女贞节的理学思想中，一位贵族女子弃君背父、嫁给平民是很难被接受的，所以宋代不少文人的诗词中对民间流传的牛女爱情大加否认。如南宋末年一位气性刚直、信奉理学的隐居诗人于石《七月七日》便说："相传织女星，今夕嫁牵牛。翩翩联鹊桥，亭亭拥龙舟。……谁与倡邪说，诞谩不复收。淫亵转相袭，浸使其辞浮。"诗中指斥民间"相传"的牛女相恋、结合的故事是"邪说""淫亵"之辞。再如高登的《七夕》也说："天道杳难凭，人言殊不经。佳期传七夕，欢事污双星。"诗人认为牛女之间的"欢事"不过是荒诞不经的传闻，是对神圣星辰的玷污。宋代甚至还出现了连织女与牛郎一夕之间的欢乐也要否定的倾向。张耒《七夕歌》便如此劝道："我言织女君莫叹，天地无穷会相见。犹胜姮娥不嫁人，夜夜孤眠广寒殿。"诗人认为比起与丈夫彻底分离的嫦娥，织女已胜百倍，又何必因短暂相见而哀怨？这些诗作文学审美的一面较弱，道德说教的意味较强，诗人站在理学卫道士的立场来否定人正常的情感需求，这是因为牛郎织女故事宣扬自由恋爱和夫妻情深，正与理学思想相悖。

2.七夕节的文学书写与内涵流变

虽然牛郎织女故事有着继承自上古时期浓重而无法免除的忧伤色彩，但追求快乐和自由是人类无法抑制的本性，热爱生活的古代人民想尽各种办法，为这个令人遗憾的故事增添喜悦的色彩。最能体现古人对牛郎织女故事的创新性发展或世俗化转化的是充满喜悦的七夕节的出现和演变，关于七夕节的文学书写也成为牛郎织女故事的重要组成部分。

为了让牛郎织女在七夕节这天更好地相会，古人"请"来喜鹊（乌鹊）为二人架起一座可横渡天河的桥梁。鹊桥情节在西汉初就已流行开来，喜鹊是架桥的能手、筑巢的巧匠，是百鸟中的鲁班，在重视农耕与家庭的中国古人眼中，喜鹊的善于筑巢、默契配合令人联想到夫妻共同经营和谐幸福的家庭生活。《诗经·召南·鹊巢》就是一首新婚诗，以鹊巢暗指新房，把新婚夫妇比作同居一巢的雌雄鹊鸟，鹊鸟彼此专一，犹如人类的君子之德。基于这种思维，喜鹊被赋予了家庭保护神的角色。当牛郎织女难得相见的时候，这种象征着家庭幸福的鸟儿便带着人们美好的祝愿为牛郎织女故事增添了动人的情节。

七夕节最初与乞巧有关。中国古代的女性长期生活在严格的妇教约束中，缝纫、针线的活计也是妇教的要求之一，因此是否能向织女乞得巧技，直接关系到女性自身幸福与否。南朝梁、陈时期出现了大量以女性乞巧、娱乐为主题的七夕诗。如齐梁时刘遵《七夕穿针诗》："步月如有意，情来不自禁。向光抽一缕，举袖弄双针。"女子在七夕时喜悦的情态和穿针引线时灵动的身影跃然纸上。再如陈后主《七夕晏宣猷堂各赋一韵咏五物用得帐屏风案睡壶履》："蕴仙此还异，掌漏翻非役。侍臣乃执捧，良宾乃投掷。"讲的是七夕时宫廷宴饮上玩耍游戏、宾主尽欢的情景。江南地域的奢靡悠游之风催生了南朝统治阶层玩赏文学的雅兴，这类七夕诗与梁陈的宫体诗相映成趣。

唐代繁盛的经济文化和对道教的重视为牛郎织女故事带来了新变化。在唐代文人的认知中，织女"帝子""天孙"的高贵身份很容易令人联想到帝王家华贵豪奢的生活与仙界的神奇瑰丽。表现这一新变化的诗句有"凌风宝扇遥临月，映水仙车远渡河"（何仲宣《七夕赋咏成篇》）；有"云衣香薄妆态新，彩軿悠悠度天津"（刘言史《七夕歌》）；有"驻麟驾，披鸾幕，奏云和，泛霞酌"（王勃《七夕赋》）；更有"向云迎翠辇，当月拜珠旒"（杨衡《他乡七夕》）。軿是由动物牵引的一种车，传乃女子所乘，而辇是由人共挽的车，只有皇族才能乘坐。织女由只身过桥到众仙女簇拥过桥，场面愈发隆重盛大、富丽堂皇，织女所乘之车上的动物也是高贵吉祥的鸾凤，车驾是织女所织的彩云，织女与牛郎一年一会的哀怨被繁华富丽的庆典冲淡了。

金元之际，出现了一首专写七夕的长篇套曲《商调·集贤宾北·七夕》，其出自一生未出仕做官的散曲家杜仁杰之手，其中妙句如下：

天阶夜凉清似水，鹊桥图高挂偏宜。金盒内种五生，琼楼上设筵席。今宵两星相会期，正乞巧投机。……金钗坠、金钗坠、玳瑁整齐。蟠桃宴、蟠桃宴、众仙聚会。彩衣彩衣，轻纱织翠。禁步摇，绣带垂。但愿得同心宴，团圆到底。……人生愿得同欢会，把四季良辰须记。乞巧年年庆七夕！

我们仿佛置身于当时人们庆祝七夕佳节的盛况之中。人们挂起"鹊桥图"，在金盒中种植"五生"乞求多子，妇女们盛装打扮，犹如王母蟠桃宴上的仙女，宴会沉浸在喜庆团圆的气氛中。七夕节的盛大宴会在金元时的其他诗作中也有反映，如金代路铎《七夕与信叔仲荀会饮晚归有作》写道："秋香泻月笑谈香，饮散归来夜未央。"再如元代郝经《牵牛》中说："处处乞巧筵，家家喜相庆。"还如赵孟頫《七夕二首》之一云："初月纤纤照露台，柱将瓜果闹婴孩。"诗中一个"闹"字尽显七夕节的喜庆之情。此时，人们对牛郎织女故事的关注点已经不再是凄凉伤感的长久别离，而是长久别离后愈发欢乐、值得大肆庆贺的团圆喜悦。相关的庆祝活动和文学创作也不再局限于对妇女群体乞巧的描绘，家庭的欢聚成为新的主题。

到了明清时期，关于七夕和牛郎织女故事的文学创作比以往更多，其主题大多承袭前代，从创作主体上来看却有所不同，作者多来自东南地区。明清时期东南一带经济富庶，经济的繁荣推动了当地人文化水平的提升，也就带来了文学创作的繁盛。明中叶以后，东南地区成为中国文化最活跃的地区。东南一带的七夕节，全家在七月七日晚上欢聚一堂，宴饮作诗，其乐融融，七夕的诗歌作品中也表现出浓郁的地域特色。值得注意的是，明清时期的女性作家开始致力于七夕和牛郎织女故事相关的创作，共有60位来自东南地区的女性文人留下了相关诗句，这些作品中流露出她们在宴饮、乞巧等活动中的所思所感：

嗔他儿女不知愁，又处处巧筵铺设。（吴永和《鹊桥仙·七夕》）

但穿针乞巧，把酒当筵。（王惠《忆旧游·闰七夕》）

绮席铺深院，秋河近曲屏。烛光防睡鹊，扇影怯流萤。（梁霭《七夕》）

想穿针楼掩，愁损双蛾。应有西堂小宴，倾下若、浅酌红螺。还又怕、夜深人稀，独对铜荷。（王昶《凤凰台上忆吹箫·七夕和叶芳宣》）

王晫《今世说》中记载："顾若璞尝于食顷，作《七夕诗》三十七首。"关于这位女诗人，《全浙诗话》称："若璞，字和知，钱塘人。明上林丞友白女，少参黄汝亨长妇，副榜茂梧东生配。有《卧月轩稿》。"可见七夕是才媛吟咏的重要主题。

在清代，不少七夕作品的主题不是牛郎织女的爱情，而是女性之间的姐妹之情、女性长辈与晚辈间的亲情。如周翼枕《夜飞鹊·七夕怀诸姊妹和茹馨姑母原韵》。张恒少《鹊桥仙·七夕忆金沙长姐于夫人》："玉漏频催，金尊懒对，忆共穿针欢笑。慵携小妹上楼看，怕惹起、离愁多少。"写尽了女子婚后不得不与姐妹别居的遗憾。七夕本是"女儿节",但长久以来,牛郎织女故事的讲述中缺乏女性的声音,明清时期女性作家的活跃丰富了人们对七夕意义的理解,与亲人团圆的喜悦与对亲人的思念之情成为七夕节的新内涵。七夕的欢乐从牛郎织女这对终于相聚的夫妻开始,其福泽惠及了凡间的人们,为人间带来了一个浪漫幸福而又生机勃勃的节日,在文学中,七夕节庆的欢乐虽生发于牛郎织女故事,但到了金元时期,便脱离牛女的原型而独立存在,因为这喜悦的背后是无法阻挡的对美好生活的无限热爱,体现出中华民族积极向上的民族精神。

第三节　故事再创作及其雅俗合流

牛郎织女故事的文学化始于诗歌,在先秦到唐宋的这段漫长时光中,诗歌也一直是牛郎织女故事的主要载体。诗歌作为雅文学的代表,在文人群体中传播更盛,民间视角的牛郎织女故事相对而言较为罕见。进入明朝,市民阶层的兴起与印刷术的发展加速了小说、戏剧等民间通俗文学的发展,牛郎织女故事中动人的爱情与各种充满趣味的传说自然受到新兴的小说作者的青睐,由此出现了一系列受到平民百姓欢迎的相关作品。

1. 雅俗共赏再创作的初尝试

有明一代描写牛郎织女故事的民间写本共有四篇:小说《新刻全像牛郎织女传》、杂剧《渡天河织女会牵牛》、传奇《鹊桥记》、传奇《相思砚》。但因种种原因,三部戏曲的剧本都已佚失,只有小说文本完整地流传下来。《新刻全像牛郎织女传》(以下简称《牛郎织女传》)

是目前所见最早的以牛郎织女为题材的中篇小说,综合了前代文献中的牛郎织女故事,加以颇具想象力的再创作,翻开了牛郎织女故事的新篇章。《牛郎织女传》的作者朱名世大约生活在明朝万历年间,生平不详,但从小说全文皆为文言文、大量运用各种历史典故,又在其中创作了大量诗文来看,作者应是一位学识颇高的传统文人。《牛郎织女传》的故事情节基本以《荆楚岁时记》中的相关记载为蓝本,并加以扩写。在小说中,牵牛是天河西边的星神,负责为天庭养牛;织女是天帝之女,在天河西边负责织布缝纫。最初,两人都忠于职守、勤劳负责,为嘉奖他们,天帝为二人赐婚。但二人婚后沉溺于夫妻恩爱,反而荒废了工作,天帝于是大怒,强迫二人分居河东、河西两地。牵牛织女知错即改,得到天上其他星神与七仙姑的保奏,才得以在每年七夕相会。最后,天帝下旨褒奖二人,赐他们再次团圆,永不分离。

《牛郎织女传》的问世在牛郎织女故事流传中有着非常重要的作用,这是自先秦以来文学作品第一次对牛郎织女故事作全面完整的记叙。一方面,小说体裁的通俗性、小说刻本的流通性对牛郎织女故事在当时社会中下层群众中的传播起到了很大的作用;另一方面,《牛郎织女传》本身的文学价值也不可忽视。

小说基本按照前朝流传的框架创作,除在细节刻画上更为充实之外,还有一大创举,就是改变了牛郎织女必然相隔两地、一年只能相聚一次的命运,将结局重塑为暂时分离后的永久团圆,这便是文学中牛郎织女从长久别离、短暂欢聚的凄楚中挣脱出来的第一步,在牛郎织女故事发展的历程中具有重大的意义。但是,《牛郎织女传》虽使用了俗文学的体裁,却仍不能算作市民文化中牛郎织女故事的文学演绎文本的代表。一方面,小说中大量诗文的创作及其他相关记载的糅合使得小说仍具有较强的文人案头属性;另一方面,《牛郎织女传》中主要人物与情节的刻画都体现出浓重的道德说教意味。在小说中,牛郎织女耽于新婚的燕婉，被贬银河两岸，造成了婚姻的悲剧。但小说同时将织女塑造成一位深明大义的贤女子，把牛郎塑造成了格守其职、克己复礼的君子形象，因此二人在遭到拆散后并不悲伤幽怨，而是幡然悔悟，重新以劳作为重，投入到本职中去。他们的再次团圆也不是主动抗争的成果，而是天帝满意于二人的顺从而给予的恩赐。《牛郎织女传》中，玉皇大帝这一角色的叙事作用和创新成分都是很大的，代表了文人所期待的圣主明君。玉帝先是将公主织女下嫁牛郎，满足二人的互相爱慕，显得通情达理；后获悉牛女耽乐废职，便铁面无私地将两人拘捕贬斥；了解到两人幡然悔悟，又经众神祈请之后，才允许相见，又显出了帝王仁慈的一面。实质仍是将天帝当作人间的圣君来描写的。《牛郎织女传》的矛盾冲突不是牛女爱情与天庭的清规戒律，而是牛女对幸福生活的追求与天庭对他们本职的严格要求，其主题也转化为歌颂勤劳、维护封建伦理纲常。

　　清宫廷月令承应中的《七夕承应》代表着牛郎织女故事在统治阶层与御用文人笔下的流传演变方向——庸俗化与娱乐化。王芷章《清升平署志略》对清宫廷七夕及演戏情况曾作说明：首先由内监祭拜织女神的神位，然后进献《仕女乞巧》《七襄报章》《双渡银河》等剧目，演毕，演员扮金母及所率八名瑶池仙子，在台上跪进巧果八盘一场。

　　戴不凡的《小说见闻录》中提到了七夕承应戏曲中《七襄报章》《仕女乞巧》两出，其主要情节为圣皇之世，织女带着玉女们渡银河，寻找人间聪明而有福德的女子，把能织出彩云的龙梭传授与她。渡河时玉女说："想来渡也由人，不渡也由人。"织女却说："非也，……毕竟渡也由天，不渡也由天。"最后仙女们走过鹊桥，向下望去，只见人间才子们三三两两饮酒赋诗，织女赞道："此是文明极盛之世。"最后是"拙妇、丑妇"假扮的织妇上场，想拉住仙女们上天去游玩，几人打闹一场便完。从这段材料我们可以了解到，承应戏中的牛女故事同西王母瑶池庆寿等其他传说交融在了一起，且以追求祥瑞、粉饰太平为主旨。

应承戏中的牛郎织女故事与以往的创作差异很大，剧中没有出现牛郎，连牛郎的名字也没有提一下，织女渡河过鹊桥的目的不是去会牛郎，而是去人间赐福。没有了牛郎，就没有了牛女爱情；没有了牛女爱情，牛女传说也就失去了主线。可见，牛郎织女故事完全被御用文人篡改为以热闹、华丽、谐谑为主，为封建皇帝歌功颂德的庸俗剧目。这种情况在清宫应承戏中十分常见，是封建皇权发展到极致后对文学艺术产生的负面影响。

2.走上舞台中央的成熟化演绎

清代舞台上涌现出了大量以牛郎织女故事为题材的戏曲作品，歌颂牛女之间矢志不渝的真情成为这一时期民间创作的主题。《双星图》是目前存世最久的编演牛郎织女故事的戏曲作品，作者邹山在顺治时成为举人。《双星图·小引》引述了历代典籍中有关牛女传说的史料后说："此正天上一大欢喜部头，胜于月中霓裳羽衣曲多多矣。"可见作者认为牛郎织女是更胜于唐明皇与杨贵妃的经典爱情故事人物，因此致力于这一题材的创作。作者结合了时代因素与个人感悟，使得这部传奇不仅是牛郎织女故事的再次书写，也成为身处特定历史时期的人们的自我表达。《双星图》将故事发生的背景设置在蚩尤反叛天庭的战乱之中，用三十出的篇幅细腻地展示了牛郎织女一见钟情、结为夫妇、沉溺私情、被迫分离及织女受困、牛郎立功、夫妻团圆的全过程，歌颂了他们久经考验始终坚贞不渝的爱情。

《双星图》对自古以来各版本牛郎织女故事的突破体现在两个方面。其一是将对牛女荒废耕织的批判转为肯定二人爱欲的正当性，重新阐释了牛女爱情的意义，体现了进步的思想价值观念。这同明末的时代氛围有密切关系。明代中叶以后，涌现了以李贽为代表的反理学学者。受其影响，在戏曲创作领域，出现了以汤显祖《牡丹亭》为代表的戏曲作品，它们热情歌颂了青年男女反抗封建礼教、追求爱情幸福的期待。其二是剧作将故事舞台放在了蚩尤、石尤造反的背景下，影射了明王朝瓦解、清入主中原时百姓的苦难。明清易代使汉族士大夫文人的思想受到极大震动，他们的恐惧与伤痛在清代的文化高压政策下又无法直接抒发，戏曲便成为文人借历史故事影射现实、抒兴亡之感的渠道。《双星图》在极力渲染、描摹牛女爱情的同时，隐晦地将清军比作蚩尤，将其暴行隐藏在字里行间。人间有无数夫妻像牛郎织女一样被残酷的战争生生拆散，剧作主题也上升到了以男女悲欢离合写历史兴亡的高度。

　　清代还出现了两部非专写牛郎织女主题，但牛女爱情在其中也颇为重要的戏曲，分别是尤侗的《钧天乐》和洪昇的《长生殿》。当牛郎与织女以配角的身份出现在别人的故事中，他们自身的故事也得到新的叙述。《钧天乐》讲的是书生沈白、杨云才高学富，科举考试时却因他人舞弊而双双落榜，二人哭诉于项王庙。项王神灵奏闻于文昌帝君。帝君召试，沈白、杨云分别为状元、榜眼。帝君命乐部奏钧天广乐，予以庆贺。其中第二十八出《渡河》写的是牛郎织女七夕相会之事，剧中的织女、牛郎成婚后荒废职责，上帝不悦，只许两人每年七月七日过鹊桥相会，今限期已满，上帝下旨，赐牛郎永居织室，两人永远团圆，主角之一杨云写催妆诗祝贺。其基本情节仍与白话小说《牛郎织女传》相似，其文辞优美动人，多改编历史上的诗词作为唱词，艺术水平较高。剧作写到两人不得相见的痛苦时，织女唱道：

　　此际一相逢，未审是甚时结煞，曲子云："两情脉脉，一水盈盈。

七夕迢迢,空劳。支机轧轧,嫁衣裳为他人作。漫学得扶风锦织,南阳砧捣。"

此处化《古诗十九首》中"迢迢牵牛星"句为己用,不得相见的苦苦思念、不能主宰自己命运的无奈,都清晰地表现了出来,保持了牛女传说的哀婉古朴本色。剧中沈白、杨云科场失意是作者经历的缩影,两人在天界的飞黄腾达则是作者不平之气的宣泄。牛女被生生拆散的遭际在作者看来也是一种不平之事,牛女大团圆的结局,也融入了作者渴望弥补世间种种遗憾的心愿。

洪昇《长生殿》是清代传奇的扛鼎之作,此剧主讲唐明皇与杨贵妃超越了生死界限的爱情,剧中牛郎、织女成了李隆基与杨贵妃爱情的保护神,牛女传说与李杨爱情结合在了一起。七夕之时,长生殿中,牛郎、织女见证了李、杨的山盟海誓,见他们"恋比翼,慕并枝,愿生生世世情真至",决心为之绾合。杨玉环命丧马嵬坡后,织女知道了杨妃的冤情,上奏天庭,让杨玉环归蓬莱仙境。李隆基第一次往见杨玉环受阻,牛郎向织女为李隆基说情,织女答应李如有悔心,便允许他再证前誓。李隆基派道士杨通幽四处觅杨魂魄,织女又为之指点路径,并请杨玉环至璇玑宫中,了解她的心思。得知两人依然固守盟誓,织女便请旨让他们在月宫重圆,永居天宫之中。将牛女塑造成爱情的保护神,并使之为了人间男女的爱情四处奔走,是对牛郎织女故事和李杨爱情故事浪漫而温情的想象,此时牛郎织女不是与人类关系遥远的星神,而是充满人情味与同情心的同病相怜者。牛女在剧中仍是长年分离,仅七夕一会,他们饱尝爱情带来的痛苦与折磨,但与人间恋人的悲欢离合、生离死别相比,他们又为自己爱情的长久、稳定而庆幸。通过作者这样的安排,牛女形象、牛女爱情在唐明皇与杨贵妃的对比下焕发出了新的生命力。

在中国封建社会的末期，对牛女爱情的歌颂与对人间真情的渴望在社会上愈发不可抑制。1910年左右，出现了一部由上海大观书局印发的通俗白话小说《牛郎织女》，全书十二回，不知作者姓名。戴不凡先生认为此书出于古本，经当时人填补完书。这部《牛郎织女》小说吸收民间牛女传说的内容，将其与文人阶层流传的情节合二为一，第一次完整地展示后人所熟知的牛郎织女故事的基本面貌。

至此，在传统社会上层和下层流传的牛女传说终于糅合在了一起，因此，《牛郎织女》成为牛女故事传播历史上的里程碑式的作品。在这个版本中，牛郎本为玉帝身边第十二金童，因调戏天孙织女被贬下人间，降生在河南省洛阳府洛阳县牛家庄牛员外家，名"牛金郎"。牛家父母早逝，金郎与兄嫂一起生活。哥哥常外出经商，嫂嫂为霸占家产，处处折磨金郎，甚至欲置其于死地。太白金星得知，奏明玉帝，派金牛星下凡保护。金郎十三年受难期限满后，经太白金星点化，与金牛星一同升天。牛郎、织女得配为夫妻，但二人不思感恩，贪图享乐，玉帝大怒，派天兵天将捉拿，将他们分离在银河两岸。后经太上老君和太白金星帮助，天帝遂允许两人每年七月七日相会一次。与前代相比，小说《牛郎织女》中的牛女身份变化较大。

在明清时代文人重述的作品中，牛郎织女俱是天上星神，属于二十八宿。而此书中，他们变成了道教神仙谱系中的神灵，牛郎成了侍候玉帝的金童，织女成了张天君的女儿，俗称"张七姐"。牛女的离散与重聚被纳入了道教仙话思凡—惩罚—重归天庭的经典模式中。在此前的小说、戏曲中，牛女一直在天上，而民间作者渴望讲述自己阶层的故事，于是牛郎从天上来到了人间，成为淳朴善良的放牛青年，星神的身份则被赋予牛郎牵着的牛。民间还流传着牛郎盗衣的故事，《牛郎织女》将这一情节作了部分修改。牛郎升天后偷至天河边，盗取了正在天河中洗浴的织女的衣裳，与织女私自相会，互相倾诉相思之情。玉帝允许金童、织女成婚，但两人婚后，贪恋私情，忘记向瑶池圣母、玉帝谢恩。瑶池圣母大怒，上奏玉帝，玉帝命托塔天王带领天兵天将捉拿二人，并欲斩之。幸得太上老君、太白金星保奏，两人才得苟活，被分离在天河两岸。后又经太白金星、太上老君的保奏，两人得每年七月七日相会。通俗小说《牛郎织女》不仅继承了从古至今受到重视的牛女故事文献，还吸取了今日难以再见到或听到的民间说书、曲艺中的新创作，最终将牛郎织女故事定格为一对青年男女勇于挣脱旧家庭的束缚、主动追求爱情和幸福生活的成熟文本，完美反映了清末民初这一巨大转型期的时代之声。

牛郎织女故事饱含深情，它以星辰为载体，不断诉说着人间种种悲欢离合，它从萌芽阶段开始，在不断的文化积淀中吸收着我国文人士子和劳动人民的智慧，与民间文化的精华一同，折射出我国自远古农耕时代至清代市民社会进程中的世间百态，最终成为深深植根于每个人心中的文化记忆。

第八章　董永：孝子楷模的美满人生

在中国古代的神话传说之中，董永故事，或说董永遇仙故事最受到民间创作者的喜爱，尤其是董永与七仙女那动人的爱情，在民间传唱的广度远远胜于文人之中，而且很早就进入了说唱文学的领域。在下层民众的心中，董永的生活理想与他们别无二致。董永出身贫苦，为厚葬父亲而卖身为奴，他的孝行打动了上天，因此天帝派遣美丽的仙女下凡与他结为夫妻，助他恢复自由，甚至大富大贵。董永故事中鼓励追求自由爱情、反抗豪强压迫、积极争取幸福人生的思想对普通人而言具有极好的鼓舞效果。

董永故事在古代的画像石、变文、话本、传奇与宝卷等载体中迭经改编，并借其传播。在近现代，一出黄梅戏《天仙配》将董永与七仙女那"你耕田来我织布，我挑水来你浇园"的美满爱情传唱全国，使董永故事在新时代焕发了新的生机。不同时代背景、不同文体特征下的董永遇仙故事均有自身特点，存在一个从历史现实演变为浪漫传说的过程。

第一节　董永故事的原型和初步形成

董永在历史上确有其人。不仅如此，我们在史书中共可看到三个董永：第一位出现于《汉书·景武昭宣元成功臣表》中，为高昌侯董永，此人的生活年代和侯爵身份决定了故事的大致时间和董永大富大贵的结局；第二位出现于《新唐书·孝友传》中，是一位出身不详、生活于河间地区的孝子，强化了董永的孝子形象；第三位是《宋史·董槐传》中董槐的父亲，董槐之"槐"为后世董永故事中的重要道具——大槐树提供了灵感。这三个董永都参与了董永故事的生发和演变，其中，第一位董永的贡献最大。

董永故事是在汉代到晋代之间基本成型的，在中国历史上，这是"以孝治天下"的一段时期，也是将"天人感应"的信仰发挥到极致的一段时期。孝子是董永在故事中恒久不变的形象，董永的孝感动天，包含了"孝"与"感"两个不可忽视的文化要素。

孝是儒家最具代表性的道德要求，孔子、曾子、孟子、荀子都将孝置于人伦的核心位置，《孝经》进一步将孝观念理论化与经典化，在重要性上可与《论语》《诗经》并列。时至汉代，"以孝治天下"的政治诉求顺势产生，孝观念逐步脱离亲子、家人间自然的情感而成为统治者管理社会的政治工具，传说中的孝子故事得到了由上至下的大力宣扬。

山东嘉祥汉代武梁祠石刻画像群中，董永行孝故事位于武梁石室第三石第二层第三个画面。图上有两个人物，坐在车上的是董永的父亲，站立着回头看的则是董永，画面中央有一列文字：董永千乘人。出现在画像中的董永的原型即为上文提到的汉高昌侯，其父董武在元寿二年被褫夺了侯位，失去了经济来源，因此只能靠儿子躬耕奉养；但后来董永再次受封多出于政治上的考量，应该与他的孝行无关。有关这幅画像石的解释有很多，但公认的是这幅画像提供了将董永的籍贯定于"千乘"的依据，后世董永故事多延续此说。图中董永父亲尚健在，与世传的卖身葬父一事不合，可能在讲述另外一段今日已经失传的董永故事。此时，董永故事中的行孝、封侯两个要素已经出现并在艺术重现时稳固了下来，唯有遇仙这一主题还未出现。

天人感应理论成熟于西汉时期，孝感动天这一观念也是到那时才得到世人的认可的。天人感应思想在东汉发展为更加神秘的阴阳五行学说与谶纬迷信，为董永遇仙这类神异故事的发生提供了相应的文化土壤。两晋南北朝是道教神仙体系发展的黄金时期。刘向《列仙传》录成仙者七十余人，至葛洪《神仙传》又增百余人，给神仙故事创作提供了丰富的资源。随着东汉太平道和五斗米道的全国性扩张，神仙信仰在世家大族与百姓民众之中都存在相当深厚的受众基础。董永故事最主要的原型——《汉书》中的高昌侯董永生活于两汉之间，受刚刚成熟的孝道文化影响，可能有行孝之事实，天人感应之说和神仙信仰又为他增设了遇仙之良缘。可见，因孝行而遇仙的美丽传说无疑是对东汉时期流行的社会风俗观念的再创造。

汉末三国时期，曹植的诗歌《灵芝篇》中有四句提及董永遇仙的故事，这是我们在文学史中能读到的董永故事的第一次文学化再生：

董永遭家贫，父老财无遗。举假以供养，佣作致甘肥。责家填门至，不知何用归。天灵感至德，神女为秉机。

曹植作为文学家的大名无人不知，他的《灵芝篇》专门记录孝子故事，用以缅怀亡父曹操。诗中的董永与画像石中所体现的内容有相合之处，即董家贫穷，董永辛勤劳作供养父亲；但值得注意的是，曹植诗中只提到了神女相助的情节，并未提及封侯，这与曹植本人的贵胄身份有关，人间富贵对他来说，吸引力远远不如缥缈难寻的神仙。曹植对神仙的追慕集中体现在千古名篇《洛神赋》中，神女这一浪漫符号折射出他企图借求仙排解政治失意的复杂心理，故他对董永遇仙的情节产生了共鸣。《灵芝篇》的出现证明了董永故事中的孝感文化与遇仙文化已经结合，但遇仙的具体情节还较为模糊。

晋代干宝所编《搜神记》中所记载的董永遇仙故事已经发展出较为完整的故事形态。《搜神记》的故事里不仅提到了董永父子，还有主人、织女（妇人）形象的加入，大大丰富了故事情节，同时也形成了新的故事主题：

> 汉，董永，千乘人。少偏孤，与父居肆，力田亩，鹿车载自随。父亡，无以葬，乃自卖为奴，以供丧事。主人知其贤，与钱一万，遣之。永行，三年丧毕，欲还主人，供其奴职。道逢一妇人曰："愿为子妻。"遂与之俱。主人谓永曰："以钱与君矣。"永曰："蒙君之惠，父丧收藏，永虽小人，必欲服勤致力，以报厚德。"主曰："妇人何能？"永曰："能织。"主曰："必尔者，但令君妇为我织缣百匹。"于是永妻为主人家织，十日而毕。女出门，谓永曰："我，天之织女也。缘君至孝，天帝令我助君偿债耳。"语毕，凌空而去，不知所在。

在《搜神记》董永故事中，我们可以看到后世改编中董永最著名的行孝之事——卖身葬父。与行孝、遇仙一样，为了埋葬亲人而不得不卖身为奴的情节也由当时的厚葬之风催生。汉代人为了厚葬亡者，甚至有倾家荡产的情况，《后汉书·崔胭列传》是这样记载的："卖田宅，起冢茔，立碑颂。葬讫，资产竭尽。"《搜神记》中董永葬父的花费为"一万钱"，这绝不是个小数目。两汉时期富者蓄奴之风盛行，董永没有资产，唯一的选择只有出卖人身自由。其实厚葬未必出于孝道，只是为了显示生者的富贵而已，但董永对父亲生能恭养、死能厚丧，确实是真正的"至孝"了。

对于这样一位在道德上完美无缺、遭遇又令人同情的青年男子，天帝兑现了命运应给予他的奖励。董永守丧三年后，在去往主人家的路上遇到了天帝派遣来的仙女，仙女为主人"织缣百匹"，完成工作后自表身份，凌空离去。《搜神记》是一本干宝为了证明鬼神之事并非虚言而搜集改编的故事集，创作缠绵动人的爱情故事并非他所致力，故仙女只需完成这一项任务即可复命，从此与董永再无瓜葛。

《搜神记》董永篇的遇仙情节虽已包含了凡人对仙界浪漫的幻想以及凡俗男子对理想配偶的渴望，却与现代意义上的爱情相距甚远。仙女固然是凡间男子所恋慕的，但《搜神记》中董永与仙女之间例行公事般的夫妇结合只是为了让董永偿还主人的恩情罢了。向主人报恩这一新情节的产生巧妙地串联起了董永和仙女，为他们的相遇相离创造条件。仙女"天之织女"的身份设定与主人索要布匹的情节相互配合，"十日而毕"的夸张情节的用意也在于突出仙女那凡人所不能及的纺织本领。仙女的离去也标志着神异故事的结束，行文至此，作者也精准传达了证明鬼神之事并非虚言的创作意图，至于董永之后是否封侯，也就不在志怪小说的视野之中了。可以说，《搜神记》中董永故事的起承转合还稍显粗糙，仅仅是一个等待后人填补血肉的骨架。

第二节　孝子事迹的世俗化演绎

　　自东汉中叶之后，董永遇仙的故事在民间经久不衰，但是其形态已不可考。民间口头传说没有固定的文本可以依恃，在漫漫历史长河中，它的各种精彩之处时而被文人定格下来，凝结成新的文学作品，但更多的时候，历史的烟尘掩埋了董永故事在传播过程中的种种形态。出于敦煌石室的《董永变文》是我们今天能看到的有关董永故事的最早讲唱文学文本，又称《孝子董永》《董永董仲歌》等。《董永变文》现今共留存134句，全为七言韵文，而且保存情况较为完好，是一个完整的故事讲唱底本。

　　唐代僧人宣扬佛教旨意时，流行使用大众能接受的俗语讲解佛经，即"俗讲"，变文即俗讲的底本。敦煌变文以颂扬佛法无边的佛经故事为主，但佛教作为由异域传入的新事物，想要在中原站稳脚跟，除讲唱佛经之外也会讲些本土的历史、民间故事，如由昭君出塞故事改编的《昭君变文》在唐代一直讲唱不衰。董永故事被重塑为变文，一方面是因为董永因行孝而获得富贵可作为因果报应的说教，有着劝人向善的作用，另一方面则是因为董永遇仙的传说趣味丰富，遇仙的浪漫情节引人遐想，能够吸引民间听众的注意。

《董永变文》开头是针对听众的：

人生在世审思量，暂时吵闹有何方（妨）？大众志心须静听，先须孝顺阿爷娘。好事恶事皆抄录，善恶童子每抄将。

很明显，宣讲《董永变文》的目的是教导俗众要孝顺父母，弃恶从善。但是随着故事的铺开，孝道的宗旨渐渐为生动的情节所掩盖，最后一句"因此不知天上事，总为董仲觅阿娘"，反而落脚在了寻仙访道的神异之事上。可以想象，变文在生动的宣讲中，故事本身的跌宕起伏渐居主导地位，着迷于情节的俗众在听完故事后，有可能对开头所宣称的"孝顺阿爷娘"之劝说不甚在意。这是说唱这一文学形式在思想趣味上主流的演变方向，董永故事不是特例。

董永变文保留了"孝感"和"遇仙"两个基本情节单元，董永卖身葬父、路遇仙女、织锦还债等情节继承自《搜神记》，但变文在原有的孝感—遇仙—分别基础上增加了董永之子董仲的故事。仙女离去之前嘱咐董永照顾好"小孩子"，则是新的创作，只是孩子的来历在变文中尚且不得而知。董仲因没有娘亲而被欺凌，董永带着董仲在天池旁找到了正在洗浴的仙女，母子相认，一家团圆。育儿与寻母情节的添加无疑为故事增加了温情的色彩，减少了旧传说结尾留给受众的遗憾。若从宣扬孝道的宗旨来看，后两个情节的增设也是符合主题的。董氏有后，这是天下之大孝；失去母亲的儿子去寻找母亲，也符合人伦。在寻母情节中，仙女虽然只有"助君偿债"一个任务，却在离别时对董永这个被安排给她的夫君和儿子表露出了留恋之情，为后世更加世俗化的作品敷演董永与仙女缠绵悱恻的爱情提供了基础。

时至北宋末年，变文逐渐退出了讲唱艺术的舞台，其体制和表演方式却深入人心。变文的支脉中一门"说话"的技艺在宋元民间讲坛上占据了主流。说话表演讲唱并重，惯用四言、六言和七言交错成文，还加入了不少诗词的句子作为唱词。话本小说是经由文人整理的说话人演出时的底本，宋元年间就有一出话本《董永遇仙传》流传下来，可见董永故事始终未离书场，这也是董永故事在讲唱与小说中的又一次重塑。而且，《董永遇仙传》几乎成为后来其他文体中董永遇仙故事的蓝本与模板。

说话是商业化的表演，因此话本的情节安排、语言风格处处考虑听众的兴趣和反响，在每一篇话本之前，总有一段"入话"，其又称"笑耍头回"或"得胜头回"，来吸引听众的注意，将听众引入故事的世界之中。《董永遇仙传》开篇讲道：

典身因葬父，不愧业为佣。孝感天仙至，滔滔福自洪。

话本小说的主题仍是孝感与遇仙，但因文体的变化，故事的细节大大增加，人物增多，董永所处的社会关系网络更加明了。

在话本小说中，董永有了舅舅，主人有了名字，叫傅长者，还有一个女儿傅赛金，傅家还有管家等人。董永也有了新的身份："东汉中和年间，去至淮安润州府丹阳县董槐村，有一人，姓董名永，字延平，年二十五岁。少习诗书，幼丧母亲，止有父亲……"然而东汉时期，村人"少习诗书"几乎是不可能的，此处描绘的是科举制度推行后宋元时代的情况。董永不再是汉代石壁上凝固的历史人物，而成了时人所常见的贫苦书生，仿佛一个生活在听讲者周围的具体人物，与受众的距离拉近了，一下子生动起来。

话本首先交代董永行孝的细节与始末。先介绍董永平日里与父亲一同生活时的基本情况："家贫，惟务农工，常以一小车推父至田头树阴下，以工食供父。"这是继承自汉代石刻画像的情节，话本原创的部分则更为细致。由于正值荒年，又是十二月半的深冬，外面天寒地冻，家中已无饭食，董永只得辞别父亲，强忍饥寒，去"主人"傅长者家借米粮，但董永的父亲依然因为饥寒苦楚不得不卧病在床，五六日后便病重身亡了。为了办理父亲的身后事，董永先是去娘舅家借钱购置棺木，收敛尸骨后将棺木停在家中，早晚哭泣。过了一年，董永依然无钱安葬父亲，只得卖身于傅家以换来钱财，傅长者将董永的种种孝行看在眼里，也称赞董永为大孝之人。通过以上种种情节，加之环境与人物的衬托，董永行孝的具体细节被逐一展现出来，听众读者便能对董永的孝子形象有更深的了解，接下来董永孝感动天的情节就更容易被接受了。

董永行孝而得的奖励在《董永遇仙传》中也是丰厚而诱人的。傅长者将董永孝感动天的事迹上报府尹，并呈上七仙女织成的绐丝，府尹将此事奏上朝廷。皇帝得知之后龙颜大悦。《董永遇仙传》中出现了府尹、皇上等代表世俗统治阶级的角色，这在以往的董永故事中并未出现。这一系列申呈过程中出现大量与政治相关的内容，层级递进之下，以至后来天子"命近臣修诏书一道，宣董永入朝面君"，通过官方层面的嘉奖肯定董永的孝行，不断增强孝子身份的政治影响。董永的孝行作为一种政治资本为他带来了财富和地位，帮助他从一个普通农民摇身一变成为朝廷命官。朝廷嘉奖孝子，自然是为了推行儒家礼教、稳定江山社稷，而平民百姓也对董永因孝得官津津乐道，可见孝顺父母已经从一种宗教式的道德说教内化为大众认可的美好品德。

早期的董永遇仙故事要么重在宣扬孝道，要么重在搜奇记逸，尚不涉及爱情主题。当市民阶层获得了董永故事的书写权，故事关注的重点便开始向董永与仙女的感情偏移。从唐代《董永变文》开始，董永故事里出现了爱情的萌芽。到了宋元时期，董永遇仙故事中的爱情成分愈加突出，甚至逐渐成为故事最为吸引读者的部分。

《董永遇仙传》中对二人感情的描写着墨不少，首先，二人初遇于董永安葬好父亲返回傅家的路上，话本中对仙女容貌极尽溢美之词："月里嫦娥无比，九天仙女难描。玉容好似太真娇，万种风流绝妙。行动柳腰袅娜，秋波似水遥遥。金莲小笋生十指，羞花闭月清标。"二人互相交代自己的身世后，仙女提出要与董永结为夫妻，董永在面对如此绝色佳人时不仅毫无轻薄之心，甚至以没有媒人为由，拒绝仙女结为夫妻的提议，仙女便说："既无媒人，就央槐树为媒，岂不是好。"此处，槐树再次出现，并且正式成为后世相关改编中不可或缺的经典桥段。槐树早在周代时就被用作祭祀时焚烧祭物的木材，在夏、商、周三朝，槐树还被立于祭祀土地之神的"社"旁，可见槐树在传统习俗上往往与沟通天地、人神之事相关，槐树为媒暗示了董永与仙女的结合亦是人与天的交接。槐树意象第二次出现是在董永与仙女返家途中，二人"行至旧日槐阴树下，暂歇"，仙女说"当初我与你在此槐树下结亲，如今又三月矣"，董永和仙女之间的感情由初识的拘谨到现在的亲密，都由这棵槐树见证。此时二人间已拥有了真正的夫妻之情，所以当董永得知仙女不是凡人、不得不回归天庭时不禁仰天大哭，"哭罢，一径回到坟前，又哭一场，结一草庐，看守坟茔"。槐树是董永与仙女二人爱情的见证者，他们在槐树下相识，又在槐树下分离，他们的感情变化与槐树密不可分，因此槐树意象在某种程度上成为董永与仙女之间的爱情证明，代表着天地自然对二人爱情的认可。

明代唯一有残曲流传的董永戏曲是明末顾觉宇所作的传奇《织锦记》，又名《天仙记》《天仙配》。从目前保留的残余戏文来看，《织锦记》情节主要由《董永遇仙传》改编而来，同时也根据自身文体特性和作者的审美取向，有一定程度的新变化，行孝情节的弱化与神异因素的强化是其最鲜明的特征。《董永遇仙传》将董永行孝情节作为重点描写，《织锦记》中则只是以"母早背，父官运使，引年归家，寻亦弃世。贫无以殡葬，乃自鬻于府尹傅华家为佣"一笔带过。《织锦记》直接以董永至傅家自卖为奴开场，董永为父亲讨要米粮、去娘舅家借购棺木等行孝情节都被删减。孝行的删减意味着在客观上弱化了孝道主题，这对董永故事而言是一种新发展。《织锦记》将董永行孝的艰苦与他的贫困失意转化为董永与仙女相遇的必要背景，突出真正要强调的部分，也就是董永与仙女之间、父母与儿子之间动人的爱情亲情。

《织锦记》选取了董永故事中的董永遇仙、仙女织锦及董子寻母情节进行演绎，这三部分不仅最具传奇特点，而且都重在演绎人、仙之间的互动，角色交替演唱，不仅文本引人入胜，在舞台艺术上亦有匠心。《织锦记》提要中将二人相识相遇的过程概括为"及永诣傅，道遇仙女于槐荫。仙女给以丧偶无依，愿为永室。永坚拒之。太白星化作老叟，力相怂恿，又使槐树应声，为之媒妁。永谓天遣，遂偕诣傅"。相比起《董永遇仙传》中的描述，这里多了一个太白星的角色，他施仙法令槐树应声，这一情节更具奇幻色彩，舞台上更多角色的加入也使这出戏剧的内容更加丰富。仙女织锦的剧情中，增加了傅家儿子对仙女欲行不轨，仙女以"掌雷"将之逼退的情节。仙女使用除纺织之外的仙术，也是《织锦记》的新创造，这就使仙女从一个织布、送子的工具性人物发展为逐渐拥有符合她神仙身份的其他特征的女仙，人物逐渐丰满起来。《织锦记》还将西汉董仲舒与董永故事中的董永之子董仲结合为同一人，并安排西汉著名隐士严君平帮助董氏父子寻找仙女。这一对历史的改动为《织锦记》招来不少非议，《曲海总目提要》批评道："姓名关目，多系增饰。至以董仲舒为永子，系仙女所生。且云仲舒名祀，仲舒前汉人，祀后汉人，相去悬绝。合而为一，又引严君平导仲舒认母，仙女怒其泄漏天机，焚严易卦阴阳等书，荒唐太甚耳。"从历史学的角度来看，让西汉的董仲舒给东汉的董永作儿子的确荒诞不经，但从文学发展的角度来说，《织锦记》对历史人物的改编仍是充满想象力与趣味性的。

董永故事中的两个元素得到了应时的强化，一是故事中因果报应的思想倾向，越是强调董永的孝行，就越是能凸显出遇仙情节奖励与补偿的性质；二是仙女对待董永的态度由最开始的公事公办、完成任务后再无留恋，逐渐转化为近似人间妇女对待丈夫的温柔和眷恋，为下一步董永与仙女的爱情书写的升华奠定了基础。董永从贫贱到富贵的人生经历正符合民间文艺中非常流行的贫寒子弟"发迹变泰"模式。它能满足新崛起的市民阶层对生活美好的期待，也能宣扬掌握一方财富与话语权的地方乡绅乐善好施的美德，但主要目的仍是标榜道德，推动孝道在民间的渗透，以迎合儒家朴素的道德观念。

第三节　爱情主题的文学升华

明清之际，讲唱文学中出现了"宝卷"这一新形式，其从江浙地区发源，并很快流行于全国各地。宝卷与变文不仅在表演形式上一脉相承，主题思想也都以宣传佛法无边、因果报应等佛教教义为主，同时也吸取了儒家礼教中的孝亲、忠君等道德观念。清末民初时江浙地区的宝卷艺人创作了以董永故事为主题的《董永孝子宝卷》。《董永孝子宝卷》（下称《董永宝卷》），又名《小董永卖身宝卷》《董永行孝宝卷》《天仙配宝卷》。《董永宝卷》是董永故事演变过程中的又一个重要阶段，它与《董永变文》同属讲唱文学这一表演形式，但经过时间的积淀，《董永宝卷》中的人物形象更加丰富。《董永宝卷》除主要人物董永、仙女芝云和儿子董震（振）清外，还增加了许多配角，人间角色有为董永引见王员外的陈氏、王员外一家、知县胡文卿、当朝皇帝等；天上神仙中增加了六仙女、鬼谷仙师、太上老君、观音菩萨、玉帝等；除此以外还有判官、土地、祝州府台等一干小配角。《董永宝卷》中的人物形象可以说涉及了董永与仙女生活中的各类群体，足以支撑起一个不同于以往的详细完整而生动感人的故事，舞台不再局限于董永个人的家庭生活，转向更多重的天、人空间。

尤为重要的是，《董永宝卷》为女主人公创造了"芝云"这个具有独立意义的名字。仙女虽然是董永故事的女主人公，但在《董永变文》中只有"娘子"代称；在《董永遇仙传》中则自称"织女"，与牛郎织女故事中的女主角难以区分，难以体现出独特的个性；《织锦记》中的仙女终于有了自己的名字"七姑"，但行七的女儿都可称为七姑，这未免有些敷衍。仙女拥有名字后，性格也立体丰满起来。在宝卷唱词中，听众可以感受到芝云仙女不再是天帝为了奖赏董永而赐给他的织锦工具，而完全化为一位出身民间、勇敢善良、活泼机智的年轻女子。《董永宝卷》不仅保留了仙女主动提出与董永结为夫妻、在董永拒绝时请出土地爷做媒、夜织绸绫十八匹为董永还债等情节，还为芝云仙女塑造了俏皮可爱的另一面。芝云先是看上了董永"才貌双全""十分行孝"，后又得知自己与董永有天定姻缘，于是芳心暗许，私下凡间与董永结为夫妻。当她追求董永不得时，便故意在董家花园后门"假做啼哭"，还说了不少"花言巧语"，哄得董永这个耿直的小伙子不得不被她收服。显然《董永宝卷》里的芝云仙女是个性情中人，勇于追求自己所爱。这一系列机灵幽默的举动使新的形象从以往疏离清冷的仙女中脱颖而出，赢得了平民大众深深的喜爱。

《董永宝卷》对次要人物的性格塑造也别具匠心，尤其是王百万员外这一人物，他的身份对应着《董永变文》里的长者。在以往的董永故事文本中，这是一个善良又精明的乡绅富户，还有着为董永与仙女的相遇创造条件这一作用。到了《董永宝卷》里，长者的形象有了进一步的丰富，且承担了宣传宝卷主旨的任务。一开始王员外收留董永是出于私心，想要做善事积攒功德，因此在他得知董永私自回家，坏了他的如意算盘后便恼羞成怒，开始刁难董永和芝云。看到芝云能一夜之间织完十八匹绸绫，王员外才意识到她并非凡人，于是转而提出要赠与董永夫妻房屋钱财，对他们极尽友善和奉承。最后在芝云的引导下，王员外意识到世间的功名利禄不过是虚幻，于是决心拜董永为师，走上修行的道路。王员外修行这一情节很显然是宝卷作者特意设置的，宝卷的主要目的就是宣讲佛理、劝人向善，希望听众能如王员外一样，不再执着于人间的名利，将人生投入到对神佛的敬奉之中。

董永因卖身葬父，孝行感动上天，故而得到仙女下凡帮助，这是董永故事中最不可或缺的基础情节。到了明清时期，这一情节背后的文化意蕴更为复杂，既有中国儒家传统的遗存，也融合了佛家因果报应的思想。《董永宝卷》一开始就讲述了董永家道中落之事：祝州府万阳县普州村之董山春，此人前世做恶事，杀人放火，无所不为。幸得孝顺爹娘，故今世先甜后苦，果报生之果。董永父亲董山春晚年贫苦多病只因前世作恶。孝道在故事中也成了因果报应中的重要一环，董永父亲董山春由于前世孝顺父母，所以前半生过得比较富足，儿子董永继承了这种孝道精神，于是才有了董永卖身葬父的情节，董永的孝行又传承到了儿子董振清身上，衍生出董振清寻母的故事。最终董氏一家因为自己的至孝感动上天，得到了人人艳羡的丰厚回报。一方面，孝敬父母、夫唱妇随、忠君爱国、敬奉上天也是平民百姓所认可的道德标准；另一方面，追求家庭幸福、夫妻欢乐，最好能加官进爵、富贵无限，也是下层群众对生活的美好期盼。这种欲望是完全正当而无法抑制的，所以自民众中产生的文学和艺术必然反映着这些朴素的追求。宝卷这一文体的特性决定了《董永宝卷》必然担负着传播佛教思想的任务，必须紧扣劝人修行这个主题来创作和宣讲，因此不免出现大量以悲观消极的态度叙述人生虚幻、命运无情的内容。《董永宝卷》里有这样一段太上老君的唱词："人生在世是虚浮，光阴迅速度春秋。日月如梭容易过，三岁孩童易白头。命里有来终须有，命里无来莫强求。争名夺利成何用，世事奔波一笔勾。……才得方圆人不在，劝君念佛早回头。念得弥陀终身受，田园产业总是丢。但看世情都是假，全身威光七笔勾。"我们可以从中品味出《董永宝卷》在思想上的矛盾所在，即本能地为人性中自然流露的真情所打动，却因强大的传统束缚而抛不下其中因果轮回、道德说教的落后部分。

董永故事由一幅石刻画像和史书中的只言片语发端，最终定型为以董永与七仙女的爱情故事为中心，歌颂底层人们反抗压迫、追求自由和幸福的长篇舞台艺术。其间，先是文人的艺术精神和美学理想塑造了故事基础，但董永故事能够打动人心并广泛流传，最重要的推动力还是普通人对幸福生活的渴望。在《董永变文》之前，董永不知去向的结局显然不能满足受众的心理期待，而最令人遗憾的就是董永与仙女"门不当，户不对"，穷小子如何配得上天宫的仙女，而不食人间烟火、不染人间情欲的仙女又怎会对一个凡人产生感情？从董永与仙女的互动情节在不同时代的演变情况来看，很容易感受到民间作者是如何一步一步将董永与仙女的关系拉进，在他们之间努力创造产生爱情的条件的。

对董永故事今存各种文本进行通读之后，我们会产生非常明显的感受，那就是故事中男女主角的身份或个性不断沿着相反方向发展。这个饶有兴味的"双向奔赴"十分有趣，首先，要让董永配得上仙女，仅仅品德高尚是不够的，还必须抬高他的社会地位。董永在汉魏时代还是赤贫的奴仆，经宋话本《董永遇仙传》改编，由务农为业变为躬耕自给的书生，甚至是皇帝亲自拔擢的科举状元。科举考试为贫寒学子打开了一条改变命运的道路，读书人无不热衷于此。话本、戏曲的作者大部分是科举不第的下层文人，他们将自己对成功的渴望投射到了笔下的人物身上，因此贫寒子弟通过科举走向成功是宋代以后俗文学普遍热衷的情节，宋元话本、元杂剧中有大量以此类模式编创的作品。董永在民间说唱和戏曲的舞台上终于完成了"发迹变泰"的任务，成了一个知书识礼，又善良至孝的状元郎，简直是凡间男子最理想的形象了，这样的人物才正好与仙女相配。

但是，毕竟仙凡有别，董永是贫民也好，是状元也罢，若仙女还是像《灵芝篇》《搜神记》中那样完成任务后便毫不留恋地回到天上，就无法和董永结成姻缘了。为了改变这一点，历代作者对女主角仙女的形象进行了大量世俗化的改编。

起初，仙女的身份十分高贵，她在曹植的笔下被称为"神女"，神女在唐代之前的文学中是一个浪漫而缥缈的符号，她是世人，主要是文人骚客，倾慕和幻想的对象。战国宋玉《高唐赋》中的巫山神女虽然对楚王"愿荐枕席"，但最终还是要消失得无影无踪。曹植笔下的洛神是神女最经典的形象，她不仅美丽无比，最重要的是还对凡人与人间毫无留恋，只能让人"遗情想象，顾望怀愁"。最初，董永故事中下凡的仙女完全符合这两个特征，她虽与董永以夫妻相称，但绝不对他有稍许动情。在唐变文中，仙女的不染俗情和处于世外的两大特征并没有被突破，虽然仙女为董永生下了儿子董仲，但从她淡漠的情感来看，很难相信二人曾有夫妻之实，仙女对儿子毫不留恋的态度也与凡间最难割舍的母子亲情大相径庭。

到了宋话本《董永遇仙传》中，仙女竟然对凡间的人情世故非常熟稔，她下凡与董永相遇时，自称是个无依无靠的寡妇，这样不仅善良的董永会对她产生恻隐之心，因世俗对于再嫁寡妇的贞节要求远远低于未婚女子，更免去了董永这个志诚君子在道德上的疑虑。在话本和往后的戏曲、曲艺中，仙女的性格、语言、思想、行为和情感都全方位地向世俗喜闻乐见的方向靠拢，使她在故事中越来越像一个朴素、勤劳、机智、泼辣的民间少女。在地方戏曲舞台上，这个故事演到哪里，她都会带上当地妇女的特质。最重要的是仙女从冰冷无情逐渐变得有情有义，甚至情根深种，她对董永和儿子的感情逐渐变得和凡间女子对丈夫、子女别无二致，只有她的出身仍是高贵的。有了董永和仙女在身份和情感上的门当户对，这对仙凡之恋的主角间产生美好动人的爱情更能令人信服。

　　无论如何，青年男女追求自由爱情这一主题最终在董永故事中成为改编力度最大、最受作者和受众关注的重要部分，甚至在发展至后期的董永故事里，爱情主题的展现取代了道德主题，成为故事传递给观众的核心主旨。1953年陆洪非改编的黄梅戏《天仙配》，更是极力突出董永和仙女共同冲破封建枷锁的斗争精神，将二人塑造成新时代勇敢打破枷锁的榜样先锋，因此留下了脍炙人口的名句："你耕田来我织布，我挑水来你浇园。寒窑虽破能避风雨，夫妻恩爱苦也甜。"至今传唱不衰。董永故事最终也定格在了"你我好比鸳鸯鸟，比翼双飞在人间"的幸福画面中。

丁　集

刀兵不祥，用之有道

人类社会一个难以回避的问题就是社会矛盾。在各种各样的社会矛盾中，有些可以通过某些人为努力来化解和消除，但终究有些社会矛盾无法彻底解决，从而导致战争。在早期原生性神话文献中，就不乏战争和社会矛盾催生出来的战神题材神话故事。不过中国神话中的战神故事与西方有明显的区别差异，它不像西方神话那样对战争狂人给予热情的赞美和褒奖，而是往往数落战神们的种种不是，暗暗批评他们与主流安定社会价值观的违和。这正是中华民族骨子深处向往和谐社会、反对战争、反对以强力取得话语权的和平心态的反映。

中国俗语有云："成者王侯败者贼。"那个与黄帝撕破脸皮、兵戎相见的蚩尤，尽管本身并非全无正义性可言，历代都有为其翻案的一些主张，但在黄帝的强大声望和既定社会秩序背景下，人们宁愿把蚩尤定格在恶神的位置上，而不愿意面对为其翻案可能带来的社会不安定因素。与之相类，另一位与黄帝为敌的战神刑天，尽管被割去头颅，却依然"猛志固常在"。他留给后人的主要是那种不屈不挠的顽强精神，至于他和黄帝之间的谁是谁非问题，也无人在意关注了。古代神话恶神形象中影响比较大，同时争议性也比较大的是共工。后人根据现存零星的文献材料，大致梳理出共工神话故事的基本脉络：共工因为与颛顼争帝失利，愤怒之下将不周山撞断，引起山河的巨大动荡（也是女娲补天的起因）。这一破坏性行为对国家、苍生都造成巨大不利影响，共工因此被定格在负面恶神的位置上。后代关于共工的文学书写，主导方面也是从反面来否定和鞭挞他的罪孽行为。这些都反映出以儒家治世理念为核心的传统文化主流心态对于有违安定和平局面的行为必然表现出来的拒斥和反对。但另一方面，受到传统主流政治和文化压抑而产生出来的反权威、反皇权意识往往又把共工作为表达自己政见的历史论据来为共工翻案。

战神中比较具有正面形象的是玄女。原生性神话文献中关于玄女的记载比较零散，但能显示出她明确的神祇属性和至高地位。她最骄人的辉煌事迹是以兵书传授黄帝而使黄帝取得战胜蚩尤的伟大胜利。正因为这个王牌事迹，玄女在后代不断被各个方面的思想和社会集团用来装点门面，以展示自己的权威和正义属性。比较有代表性的就是唐代杜光庭将其奉为道教女神，而《水浒传》中宋江起义之所以能够节节胜利、所向披靡、无往不胜，就是因为宋江得到了九天玄女所赐的神秘天书。神话原典和后世文学书写中玄女形象的出现和重生，表现出人们对于以超现实力量迅速改变社会现实这种虚幻情形的执着和憧憬。

第一章　蚩尤：难以翻案的叛神、恶神形象

蚩尤是谁？他最有名的事迹就是与黄帝之间的战争。由于他的对手是华夏民族的祖先黄帝，且蚩尤在战争中不择手段以求胜利，加之"成者王侯败者寇"思想的影响，蚩尤逐渐成为恶神。但由于他的对手是黄帝，蚩尤自身也非常孔武勇猛，所以他也被后人誉为战神。随着蚩尤神话的历史化、政治化及道教化，蚩尤的形象逐渐固化，成为封建统治者眼中的叛神、恶神。

第一节　黄帝战蚩尤神话的历史化

成书于战国时期的《归藏·启筮》较早地记载了黄帝与蚩尤"战争的雏形"：

蚩尤出自羊水，八肱八趾疏首，登九淖，以伐空桑，黄帝杀之于青丘。

其中，蚩尤的形象非常怪异："八肱八趾疏首。"也就是蚩尤有八条胳膊、八趾脚，长着分叉的脑袋。

成书于战国时期的《山海经·大荒北经》则详细记载了蚩尤与黄帝的战争：

有系昆之山者，有共工之台，射者不敢北乡。有人衣青衣，名曰黄帝女魃。蚩尤作兵伐黄帝，黄帝乃令应龙攻之冀州之野。应龙畜水，

蚩尤请风伯雨师，纵大风雨。黄帝乃下天女曰魃，雨止，遂杀蚩尤。魃不得复上，所居不雨。叔均言之帝，后置之赤水之北。叔均乃为田祖。魃时亡之。所欲逐之者，令曰："神北行！"先除水道，决通沟渎。

较之《归藏·启筮》，《山海经》中的记载在人物上有增加，除蚩尤、黄帝外，还有风伯雨师、女魃、应龙。蚩尤一方有风伯雨师助战，而黄帝一方有女魃助战。情节上也一波三折，蚩尤挑起战争，黄帝命应龙应战，蚩尤请风伯雨师，黄帝又派天女魃，最后黄帝取得胜利，蚩尤失败。袁珂先生认为《山海经》中记载的蚩尤与黄帝之间的战争是原始部落间的战争。可以看出，神话记载中的蚩尤并不是叛神、恶神。

在以上记载中，蚩尤与黄帝都是敌对的你死我活的关系。但先秦时期也有一些蚩尤和黄帝和睦相处的记载。《韩非子·十过》中说，从前黄帝在泰山上会合鬼神，驾着六条蛟龙拉的象牙车，毕方神站在车的旁边，蚩尤在前面开路，风伯在前面清扫道路，雨师洒水清洗道路，虎狼在前面守卫，鬼神在后面扈从，腾蛇匍匐在地，凤凰飞翔于上，黄帝广泛会合鬼神，创作出了清角乐调。《管子·五行》则说，蚩尤"明于天道"，黄帝使其为"当时"，为六相之一。

汉代，蚩尤与黄帝交战的神话被司马迁整合为历史。据《史记·五帝本纪》记载：

轩辕之时，神农氏世衰。诸侯相侵伐，暴虐百姓，而神农氏弗能征。于是轩辕乃习用干戈，以征不享，诸侯咸来宾从。而蚩尤最为暴，莫能伐。……蚩尤作乱，不用帝命。于是黄帝乃征师诸侯，与蚩尤战于涿鹿之野，遂禽杀蚩尤。而诸侯咸尊轩辕为天子，代神农氏，是为黄帝。

从上文可以看出，在人物身份上，与原始神话相比，蚩尤成为神农氏诸侯,"最为暴,莫能伐""作乱,不用帝命。"而且,黄帝和蚩尤的战争有了真实的历史背景,有了具体的时间,即在神农氏的末世。在情节上,轩辕征师诸侯,与蚩尤战于涿鹿之野,并擒杀之,完全是人类社会战争的描写。与《山海经》中的记载相比,《史记》中的记载没有了"风伯雨师""应龙"和"天女魃"的踪迹,没有了神话色彩,完全是人类社会战争的反映,成为史学家眼中的历史。

另一方面,汉代纬书《龙鱼河图》中关于黄帝与蚩尤战争的记载依然具有神话色彩。书中提到黄帝摄政时,有蚩尤兄弟八十一个人,都长着野兽的身体,说着人类的语言,铜头铁额,吃沙和石子,制造兵器刀戟强弩,威势震动天下,他们喜爱杀戮,不仁不慈。百姓想让黄帝当首领,但是黄帝因为打不过蚩尤,于是仰天长叹。天帝就派遣玄女下来,授予黄帝兵法和神符。最终黄帝制伏了蚩尤,让蚩尤主管军事以管束天下。蚩尤死后,天下又产生混乱,黄帝就画蚩尤的形象用来威慑天下。天下人都说蚩尤没死,于是天下和周围的邦国就都顺服了。

晋代虞喜的小说《志林》记载:"黄帝与蚩尤战于涿鹿之野,蚩尤作大雾,弥三日,军人皆惑,黄帝乃令风后法斗机,作指南车以别四方,遂擒蚩尤。"王嘉《拾遗记》提到一种伤魂鸟,这种鸟是黄帝杀蚩尤时貀虎误噬的一妇人的魂灵所变。

梁代任昉《述异记》中记载了关于蚩尤的神话:

轩辕之初立也,有蚩尤氏兄弟七十二人,铜头铁额,食铁石,轩辕诛之于涿鹿之野。蚩尤能作云雾。涿鹿今在冀州。有蚩尤神,俗云人身牛蹄,四目六手。今冀州人掘地得髑髅如铜铁者,即蚩尤之骨也。今有蚩尤齿,长二寸,坚不可碎。秦汉间说:蚩尤氏耳鬓如剑戟,头有角,与轩辕斗,以角抵人,人不能向,今冀州有乐名"蚩尤戏",

其民两两三三，头戴牛角而相抵。汉造角抵戏，盖其遗制也。太原村落间祭蚩尤神不用牛头。今冀州有蚩尤川，即涿鹿之野。汉武时，太原有蚩尤神昼见，龟足蛇首，首疫，其俗遂为立祠。

李剑国先生在《唐前志怪小说史》中评价这段文字："自有特色，一是集不同说法，二是叙其遗迹影响。"在《述异记》中，蚩尤的形象非常怪异——"铜头铁额""人身牛蹄，四目六手""耳鬓如剑戟，头有角""龟足蛇首"，还保留了神话的怪异色彩。蚩尤的品性也比较怪异，食铁石。本领也是了得，能作云雾。在冀州有他的遗骸：蚩尤骨、蚩尤齿。民俗中的"角抵戏"大概以蚩尤"以角抵人"为原型。太原村落间将其作为神进行祭祀，汉武时还因为"龟足蛇首"的蚩尤神出现造成多疫而为之立祠。

唐代李冗《独异志》有两则关于蚩尤的记载：

蚩尤是古之帝者，兄弟八十一人。皆铜头铁额，食沙啖石，然卒为黄帝所灭也。

黄帝斩蚩尤，冢在高平寿长县，高七丈。时人常十月祠之，有赤气如匹绛，时人谓之"蚩尤旗"。

据李剑国先生《唐五代志怪传奇叙录》考证，前一条记载来自《龙鱼河图》，后一条记载出自《皇览·冢墓记》。其中李冗的记载中不同于本事来源的地方是他视蚩尤为古代的帝王。

总之，随着自战国以来三皇五帝说的确立、尊奉黄帝为中华民族的祖先及蚩尤神话的历史化，尤其是司马迁《史记》中对蚩尤神话的改造，蚩尤就成为与黄帝作对的恶臣，成为叛神、恶神。这种对蚩尤的定位影响了明清时期的历史演义小说《列国前编十二朝传》《开辟衍绎通俗志传》《盘古至唐虞传》《精订纲鉴廿一史通俗衍义》以及神魔小说《历代神仙通鉴》《蟫史》。然而在演变的过程中，蚩尤的传说依然充满了神异的色彩。

第二节　道教自神其教下的各路神仙战蚩尤

《山海经》有女魃助黄帝战胜蚩尤的记载，道教人物助黄帝战蚩尤的传说就是在此基础上发展而来的。

东汉中叶以后，道教产生。道教为了自神其术并且向社会上层渗透，开始对蚩尤神话进行积极的改造。纬书《黄帝出军诀》就是蚩尤神话道教化的例子。其中，黄帝伐蚩尤时，梦西王母遣道人传授兵符，并以谶语"太一在前，天一备后。河出符信，战即克矣"相告。

其后，道教继续对蚩尤神话进行改造，在六朝时期成书的《黄帝问玄女兵法》中出现了"人首鸟形"的玄女形象，这应该是道教兴起之后出现的新形象，与早期道教中人着羽衣的观念有关。（邢东田《玄女的起源职能及演变》，《世界宗教研究》1997年第3期）同时，西王母派遣九天玄女传授黄帝兵法，西王母在道教中的地位已经上升，而这与道教本身的发展变化有关，即神仙道教为了适应社会，融入了尊卑等级观念。（张庆民《西王母神话沿革阐释》，《齐鲁学刊》1998年第2期）该书对于授予黄帝的兵法也有了详细的描绘，"三宫五意阴阳之略，太乙遁甲六壬步斗之术，阴符之机，灵宝五符五胜之文"，具有明显的道教色彩。

唐代奉行崇道政策，道教的社会地位大为提高，道教进入了兴盛时期，蚩尤神话得到进一步的改造。唐代道教人物李筌《神机制敌太白阴经》中认为天帝授予黄帝"天乙遁甲式"兵符，助黄帝战胜蚩尤。蚩尤的身份为炎帝之后，与少昊同治西方。与以前记载不同的是，李筌认为蚩尤兄弟为十八人，而不是八十一或者七十二人。唐末五代道士杜光庭著有道教神仙传记《墉城集仙录》一书，其中有《金母元君》《九天玄女传》，明确将西王母、九天玄女作为道教女仙加以记录，而且将西王母和玄女的关系明确化，玄女成为西王母的属下，这样，蚩尤的神话也彻底道教化了。

宋元明清时期，道教中的蚩尤传说脉络分为两支：一支为道教人物助黄帝战蚩尤的传说；一支为"关羽战蚩尤"传说。

宋代，道教人物助黄帝战蚩尤的传说见于《云笈七签》中的《轩辕本纪》，《云笈七签》还收录了杜光庭的《西王母传》《九天玄女传》。在其后出现的道教中人助黄帝战胜蚩尤的故事中，这些道教人物或为广成子（《广成子传》），或为西王母（《黄帝阴符经》），或为老子（《混元圣纪》）。金元时期的人延续了广成子（《阴符经三皇玉诀》）、西王母、玄女（《历世真仙体道通鉴》）助黄帝战蚩尤的说法。清代助黄帝战胜蚩尤的人物有了变化，屈大均《广东新语》记载斗姥化身玄女，帮助黄帝战胜蚩尤，此记载还见于李调元的《南越笔记》。

"关羽战蚩尤"的传说形成于宋代，与宋王朝的圣祖崇拜、道教的发展有关系，这一传说的基础是黄帝战蚩尤的神话。此传说最早见于话本《大宋宣和遗事》，其情节是崇宁五年夏，解州有蛟在盐池作祟，帝诏天师张继先治之。继先入朝，帝经询问，知是蚩尤作祟，关羽和另外一位神祇制服蚩尤。于是帝封赠二神，并赐继先封号。其中，蚩尤成为祸乱盐池的恶神，对百姓、国家都造成了危害。此传说在后来的小说和戏曲中也获得再生，小说如《新编连相搜神广记》《关帝历代显圣志传》，戏曲如杂剧《关云长大破蚩尤》。清代蒲松龄《聊斋志异·西湖主》中陈弼教与西湖龙君的女儿成婚后，问及龙王的去向时，龙女回答："从关圣征蚩尤未归。"从中可以看出此传说流传之广。

另外，明中叶崇道的氛围非常浓厚，这对历史演义小说和神魔小说的创作均有影响。历史演义小说《列国前编十二朝传》《开辟衍绎通俗志传》《盘古至唐虞传》《平妖传》均把蚩尤作雾视为法术,尤其是神魔小说《历代神仙通鉴》,完全把蚩尤塑造成恃法物作恶的道教人物,该小说在创造主旨、情节和人物形象上都表现出了道教化倾向。

总之,原始神话中的蚩尤并不是叛神、恶神,但因为尊黄帝为祖先的观念,以及蚩尤神话的历史化和道教化,蚩尤就被历代文人改造,成为封建统治者眼中的叛神、恶神。其在秦汉至明清时期诗文作品中作为反叛意象的再生更加固了这种形象,难以翻案。

第二章　刑天：挥舞干戚的不屈灵魂

先秦时期刑天挥舞干戚的神话最早见于战国时期成书的《山海经·海外西经》中：

奇肱之国，在其（按：一臂国）北，其人一臂三目，有阴有阳，乘文马，有鸟焉，两头，赤黄色，在其旁。形天与帝至此争神，帝断其首，葬之常羊之山。乃以乳为目，以脐为口，操干戚以舞。

袁珂先生在《山海经校注》中解释道："刑天盖即断首之义。意此刑天者，初本无名天神，断首之后，始名之为'刑天'。"干戚，郭璞注解《山海经》称："干，盾；戚，斧也。"在神话中，刑天是个叛神的形象，争帝失败后继续挥舞干戚。这就奠定了刑天神话在后代文学作品中再生的两个主题：争帝、挥舞干戚。本章内容主要是刑天挥舞干戚在文学作品中的再生。

晋代，刑天舞干戚的形象在诗歌中再生。如郭璞为《山海经图》中的刑天作图赞曰：

争神不胜，为帝所戮；遂厥形天，脐口乳目。仍挥干戚，虽化不服。

陶渊明《读山海经十三首》第十首诗夸赞刑天：

精卫衔微木，将以填沧海。刑天舞干戚，猛志故常在。同物既无虑，化去不复悔。徒设在昔心，良晨讵可待。

可见，郭璞和陶渊明都注意到了刑天挥舞干戚不屈服的猛志，表示了对其不服输的"猛志"的赞赏。

唐代，刑天舞干戚的神话在小说中再生。段成式在小说集《酉阳杂俎·诺皋记》中记载：

> 天山有神是名浑澈，状如橐而光，其光如火六足，重翼无面目，是识歌舞，实为帝江。形天与帝争神，帝断其首，葬之常羊山，乃以乳为目，脐为口，操干戚而舞焉。

段成式在《诺皋记上》序中说："成式因览历代怪书，偶疏所记，题曰《诺皋记》。"可见他笔下的刑天是其阅览《山海经》后的记录。他认为帝江和刑天有相似之处，就是二者都能"舞"。

宋代刑天舞干戚的神话继续得到再生。邢凯《坦斋通编》记载：

> 洪内翰语靖节诗："刑天无千岁"当作"刑天舞干戚"，字之误也。周益公辨其不然。按段成式《杂俎》天山有神名刑天，黄帝时与帝争神，帝断其首，乃曰吾以乳为目脐为口，操戈戚而舞不止。则知洪说为是。

可知邢凯记载的刑天的本事来源是段成式的《酉阳杂俎》，但是他把"以乳为目脐为口"作为刑天的突出特征。

宋元明清时期，刑天挥舞干戚的神话继续在诗歌和小说中再生。诗人们在其作品中赞扬刑天舞干戚中透露的不屈的精神。如薛季宣《读书三首寄景望》之《山海经》："形天断厥首，操干意岑崟。"冯琦《送伯桢侍御之川中宪副》："刑天舞干亦自豪，精卫填海空复劳。"李炜《彭仲谋出其太仆公遗像并虔州殉难诸札感赠》："精卫难填空怨魄，刑天终舞作强魂。"陈瑚《丁未春孟和宋菊斋六十自序诗二首》："刑天猛志昔干云，去国曾成誓墓文。"曹寅《铜鼓歌》："刑天独舞猛志在，一于腐朽求精灵。"

与宋元明清时期诗歌中不屈的形象相比，这一时期小说中的刑天舞干戚的形象仅仅作为大禹治水过程中的插曲，用来衬托大禹治水的功德。明代无名氏所作历史演义小说《有夏志传》之《西王母迎觞禹王　常羊山形天神怪》中，禹带领治水的队伍至奇肱之国，其部下章亥遇到争帝失败后以乳为目、以脐为口，在常羊山舞盾斧的刑天。刑天误以为章亥是帝，欲杀章亥。章亥解释，禹为民治水至此，与争帝事无干，于是刑天远避。清代沈嘉然撰的神魔小说《大禹治水小说》中也有刑天形象。此小说已经亡佚，但是其大致情节还可以从后人笔记中得知。清俞樾《茶香室三钞》引清朝徐承烈《燕居续语》云："沈滕友先生名嘉然，山阴人，以能书名。后入江南大宪幕中，尝陋《封神传》小说俚陋，因别创一编，以大禹治水为主，按《禹贡》所历，而用《山海经》敷衍之，参之以《真仙通鉴》《古岳渎经》诸书，叙禹疏凿遍九州，至一处则有一处之山妖水怪为梗，上帝命云华夫人授禹金书玉简，号召百神平治之，如庚辰、童律、巨灵、狂章、虞余、黄魔、太翳，皆神将而为所使者也。至急难不可解之处，则夫人亲降，或别求法力最巨者救护之。邪物诛夷镇压，不可胜数，如刑天、帝江、无支祁之类是也。功成之日，其佐理及归命者，皆封为某山某水之神。卷分六十，目则一百二十回，曹公楝亭（寅）欲为梓行，滕友以事涉神怪，力辞焉。后自扬反越，覆舟于吴江，此书竟沉于水。滕友亦感寒疾，归而卒。书无副本，惜哉！"据此可知，在这部小说中，刑天作为大禹治水中遇到的"邪物"，是一个重要的反面角色。惜书已经亡佚，否则这有可能是刑天舞干戚神话的一大发展。

综上所述，刑天挥舞干戚神话被记载的初期，是帝王文化占主导地位的时期，所以它是个与帝争神的恶神形象，但是在魏晋以来的诗文中，它一直作为不屈的典型被歌颂，是因为魏晋到唐宋时期是士人文化时期，而士人文化不同于帝王文化，具有独立性。明清时期小说虽然也宣扬刑天的不屈斗志，但是是把刑天形象作为反面角色塑造的，这是因为元明清时期虽然市民文化具有追奇尚怪的审美兴趣，但是"帝王文化一直伴随中国古代专制制度和宗法观念贯通和影响制约整个中国古代文化"（宁稼雨《中国传统文化"三段说"刍议》，《求索》2017年第3期），所以刑天在明清小说中是反面的形象。总之，刑天在古代文学中再生为挥舞干戚的不屈灵魂。

第三章　共工：触不周山、折天柱、绝地维

共工是中国古代的洪水之神，共工神话包含了三个母题：共工触不周山、折天柱、绝地维。袁珂先生在《中国神话通论》一书中认为共工神话属于"推原神话"，即古人用来解释地势东南低、西北高的成因的神话。共工神话在后代文学作品中的再生，又融入了后世的文化，从而对于神话母题的内涵都有改造和创新，反映了不同时代的社会文化精神。下文分别描述和介绍共工触山神话三个主题的原始面貌及其在后世文学作品中的再生过程。

第一节　触不周山神话的文学再生

先秦时期共工神话的记载主要见于《山海经》和《楚辞》。《山海经·海外北经》中记载了共工的祖系传承及禹杀共工臣子相柳的神话。《楚辞·天问》记载："康回冯怒，地何故以东南倾？"东汉王逸《楚辞章句》注曰："康回，共工名也。《淮南》言共工与颛顼争为帝，不得，怒而触不周之山，天维绝，地柱折，故东南倾。"

共工触不周山的神话见于《淮南子》：

夫善游者溺，善骑者堕，各以其所好，反自为祸。是故好事者未尝不中，争利者未尝不穷也。昔共工之力，触不周之山，使地东南倾。与高辛争为帝，遂潜于渊，宗族残灭，继嗣绝祀。越王翳逃山穴，越人熏而出之，遂不得已。由此观之，得在时不在争，治在道不在圣。

(《淮南子·原道训》)

　　天受日月星辰，地受水潦尘埃。昔者共工与颛顼争为帝，怒而触不周之山。天柱折，地维绝。天倾西北，故日月星辰移焉；地不满东南，故水潦尘埃归焉。(《淮南子·天文训》)

　　"不周之山"即不周山，《山海经·大荒西经》记载："西北海之外，大荒之隅，有山而不合，名曰不周负子，有两黄兽守之。"郭璞注解此段称："《淮南子》曰：'昔者共工与颛顼争帝，怒而触不周之山，天维绝，地柱折。'故今此山缺坏不周匝也。"袁珂先生在《山海经校注》中提到："郭注引《淮南子·天文篇》文。今本云：'昔者共工与颛顼争为帝，怒而触不周之山，天柱折，地维绝。天倾西北，故日月星辰移焉；地不满东南，故水潦尘埃归焉。'今本作'天柱折，地维绝'(《论衡·谈天篇》《列子·汤问》篇并同)为异。"

　　由上述记载可以看出，争帝、触山、天柱折、地维绝等情节成为共工神话的重要组成部分。值得注意的是，《淮南子》中记载的这两则神话，虽然都有共工争帝、触山的情节，并且有共工争帝不成的共同结局，但二者还是有差别的。首先，共工与之争帝的对象不同，一为高辛，一为颛顼。其次，触山的原因不同。《原道训》所载是共工为了显示力气，造成了"地东南倾"的后果；《天文训》中则载共工因为与颛顼争帝失败而触山。再次，争帝、触山的次序不同。在与高辛争帝的神话中，共工是先触山，后与高辛争帝；与颛顼争帝的神话则是争帝不成，后怒触不周山。最后，这两则神话要阐述的道理不同。《原道训》共工的结局是悲惨的："宗族残灭，继嗣绝祀。"作者是把共工当成一个好事者、争利者来写的，贬斥之意不言自明，阐述了"好事者未尝不中，争利者未尝不穷也""得在时不在争，治在道不在圣"的道理。《天文训》中共工触不周山的神话，是用来解释地势西北高、东南低的成因的。

到了东汉,王充在《论衡·谈天篇》中极力否认共工触山及女娲补天神话的可信度:

> 儒书言:"共工与颛顼争为天子不胜,怒而触不周之山,使天柱折,地维绝。女娲销炼五色石以补苍天,断鳌足以立四极。天不足西北,故日月移焉;地不足东南,故百川注焉。"此久远之文,世间是之言也。文雅之人,怪而无以非,若非而无以夺,又恐其实然,不敢正议。以天道人事论之,殆虚言也。

这说明神话离开了它自身生长的土壤,就开始走向衰亡,其存在的合理性遭到了质疑,这就为其向文学的移位奠定了基础。不仅如此,王充还为这两个神话作出了贡献,那就是在二者之间建立了因果联系,即共工触山是女娲补天的原因。《论衡·顺鼓篇》中也持同样的观点。唐代司马贞《三皇本纪》中的记载也认为这二者之间有因果联系:"当其(女娲)末年也,诸侯有共工氏,任智刑以强,霸而不王,以水乘木,乃与祝融战,不胜而怒,乃头触不周山崩,天柱折,地维缺。"总之,王充和司马贞为共工神话作出的贡献就是在共工触山和女娲补天之间建立了因果联系,这为后者在文学作品中的再生奠定了基础。

共工触山神话在文学作品中的再生发生在魏晋南北朝时期。张华《博物志》中记载:

> 天地初不足,故女娲氏炼五色石以补其阙,断鳌足以立四极。其后共工氏与颛顼争帝,而怒触不周之山,折天柱,绝地维。故天后倾西北,日月星辰就焉;地不满东南,故百川水注焉。

张华指出"天地初不足"是女娲补天的原因,而共工触山是补天之后发生的事情。也就是说,女娲补天与共工触山是两个独立的事件,具有时间上的先后关系，并无因果关系。至于文学性，《淮南子》作为诸子著作，是用共工触山的神话来阐述道理的，这点在前面已有说明；而作为"粗陈梗概""丛残小语"的六朝志怪的典型，《博物志》展现了共工触山故事的精华部分，为其后来向文学的移位迈出了重要的一步。

诗文中最早运用共工触山题材的是南朝梁代江淹的骚赋《遂古篇》：

闻之遂古，大火然兮。水亦溟涬，无涯边兮。女娲炼石，补苍天兮。共工所触，不周山兮。

江淹以文学家的笔法使共工触山神话在文学中获得了再生。和共工触山的神话记载相比，《遂古篇》的文字去除了神话记载中对残酷的权力之争和触山所造成的惨烈后果的描写，有的只是对远古的追忆，而共工也不再是被批评和贬斥的对象。

到了唐代，共工触山神话的文学故事在诗文中再生，灾难的色彩继续被淡化，另一方面，其多用来状物或者说明道理，暗含了对共工触山的赞美和讴歌，甚至表达了对共工的同情。李白《崇明寺佛顶尊胜陀罗尼幢颂（并序）》中说："共工不触山，娲皇不补天，其洪波汩汩流。伯禹不治水，万人其鱼乎？礼乐大坏，仲尼不作，王道其昏乎？而有功包阴阳，力掩造化，首出众圣，卓称大雄，彼三者之不足征矣！"李白通过否定共工触山、女娲补天来说明佛教的力掩造化，而且在共工触山与女娲补天之间建立因果联系。陈山甫《五丁力士开蜀门赋》中说："旋闻五丁死而蛮党移，一径通而秦人至，虽共工之勇，将触也非雄，项籍之力，将拔也宁同。"也是以否定共工触山的英勇行为来衬托五丁力士的勇猛。张友正《钓鳌赋》中写道："欲出不出，腾跃非一。万川倒流，八气旁溢。血吞琼田之草，波陷鲛人之室。轻共

338　涅槃：中国神话的文学之路

工之触山,小夸父之逐日。"同样也是以轻视共工触山来形容巨人钓鳌时与鳌争执不下的惊心动魄之场景。柳宗元《问答》中写道:"其响之所应,则溃溃湎湎,汹汹蔎蔎,若骞若崩,若螭龙之斗,风霆相腾。其殊而下者,札嶭挡杀,摧崒块扎。霞披电裂,又似共工,触不周而天柱折。"用共工触山之典写出伐异材时的巨大声势。在这些赞美和讴歌共工触山的声音中,也有同情的声音,如胡曾咏史诗《不周山》中说:"共工争帝力穷秋,因此捐生触不周。遂使世间多感客,至今哀怨水东流。"胡曾通过哀叹东逝的流水,表达了对"捐生触不周",即舍弃生命触不周山的共工这个失败英雄的同情。

可见,与汉代人对共工触山的贬斥和怀疑态度相比,唐代人对共工触山的态度出现了变化。虽然有否定的声音,但这是文学上采用的反衬手法,带有明贬实褒的意味,也就是说,唐代出现了赞美甚至同情共工触山的声音。之所以出现这种变化,是因为魏晋到唐中叶"这个时期一个重要的社会变革是,随着门阀士族经济实力和政治实力的崛起,士族文人的人格独立成为必然要求。而这些是任何一个社会的文学艺术从社会政治功利的附庸变为独立的审美活动的必要前提。正是士族文人的人格独立,才导致士人文化背景下的文学在各种文体领域都获得更加自觉的发展。诗歌、散文、辞赋、骈文、小说等文学样式,都取得了从实用性文学走向审美性文学变革的突出成就。"(宁稼雨《中国文化"三段说"背景下的中国文学嬗变》,《中原文化研究》2019年第2期)在这种背景下,唐代文人对共工触山的认识自然不同于汉代淮南王刘安之类的皇族统治者的认识。

宋代,诗文作品中更多地用共工触山典故来状物,神话中的灾难色彩被进一步弱化,赞美的声音也有所增强。如薛季宣《雁荡山赋》:"圆度于规,直中于缗,望之者目极,倚之者惊神,疑共工氏之不作,不周未触而今存。"薛季宣依然如唐代的文人一般,以否认共工触山来描写天中山的陡峭高峻。刘辰翁《古山楼记》："何厚何高，何颉何颃，于是有共工者触之于是，有五丁者凿之于是，有愚公者移之。"刘辰翁正面运用共工触山的典故来写古山之高、历史久远。当然，也有一些文人表达了自己对共工触山的理性认识。如梅尧臣《饮酒呈邻几原甫》："天地不争行，日月不争明。昼夜自显晦，冬春自枯荣。夸父逐日死，共工触天倾。二子不量力，空有千古名。"梅尧臣认为共工没有如天地、日月、昼夜、冬春一般顺应自然的规律，触山是"不量力""空有千古名"之举。又如胡仲弓《感古·共工触不周》："共工触不周，荆卿悲易水。所遭虽异时，等为血气使。争帝力已穷，报怨反害己。一为狂夫愚，一为刺客靡。二者俱无成，三叹而已矣。"由此可见，胡仲弓对共工触山的评价是，其与荆轲刺秦一样，"为血气使""抱怨反害己"，是"狂夫愚"，落得"无成"的结局。之所以出现这种理性的声音，是因为"在宋代理学影响下，注重理趣成为宋代诗歌的新趋势。"（宁稼雨《中国文化"三段说"背景下的中国文学嬗变》，《中原文化研究》2019年第2期）

元代，文人依然用共工触山来描写事物，而且也发表了对共工触山的评论。如方回《秀山霜晴晚眺与赵宾旸黄惟月联句》："一峰何峥嵘，万象悉匍匐。……娲皇不能补，共工多事触。"方回用共工触山的典故写秀山的不凡来历，而且在唐代以来众多对共工触山的赞美声中，发出了不一样的评价——"多事触"。

明清时期，诗文作品中的共工触山典故多被用来描写山的历史悠久或者水势之大，延续了上一时期赞美的色彩。如何乔新《石钟山赋》中写道："爰有洪声，发于水中，殷殷喤喤如游舜庭而听镛钟之撞，锵锵鏦鏦如入周庙而闻无射之声，填兮若雷，飒兮若雨，又如却至使楚而金奏作于下。予乃恍然而惊，悄然而思，问王子曰：'是何声耶？岂灵鳌奋首而三山颓耶？抑海若惊起而号风雷耶？无乃共工氏触不周而天柱摧耶？胡为乎有是声也？'"何乔新用共工触山的典故来形容石钟山的水势水声之大。陆深《水声赋》中写道："逢逢乎周庭鼍鼓何桴之不绝也，呓呓乎萧寺凫钟而楚又无节也，闵闵乎共工之首抵触天柱与？隐隐乎穆王之骏复道驰掣与？"陆深用共工之首抵触天柱来写河水的声音之大。明清小说、戏曲中的共工触山典故也大多用来描写山的历史悠久或者水势之大，兹不赘述。

明清时期，共工触山神话在文学作品中再生的高级境界，表现在叙事文学作品的题材选择和整体构思上。如小说《封神演义》《海上尘天影》将共工触山作为故事展开的背景。小说《列国前编十二朝传》《开辟衍绎通俗志传》《盘古至唐虞传》《廿一史通俗衍义》《历代神仙通鉴》则将共工触山神话作为题材来源。这些小说的作者均继承了王充、司马贞的观点，认为共工触山与女娲补天之间有因果联系，其情节大都依据司马贞《补史记·三皇本纪》，而且均将共工触山神话与振滔洪水的神话联系起来。

与神话相比，上述大部分小说中共工触山的相关内容也可以说是只言片语，但可喜的是对共工这个艺术形象的塑造特色，表现为共工具有了一些人的特点：荒淫、残暴。《列国前编十二朝传》中共工"虞于湛乐，淫佚其身"，自从杀败女皇之兵后，"自料天下无敌，朝夕取民间美女宴乐淫佚不休"，是一个非常好色、荒淫无度的角色。《盘古至唐虞传》中共工也是非常荒淫的角色，"日夕残虐百姓作乐，兼淫纵女色不休"。《历代神仙通鉴》中的共工也是好色的形象，"终日湛听，淫佚其身"。

可以说，明清小说中的共工形象一如神话中的共工，是个反面角色，而且是个世俗化的反面角色。这种变化跟明代以来的宗教信仰是有很大关系的，正如任继愈在《中国道教史》中所说："朱氏起于民间，其信仰也带有民间信仰的传统。享国后，于各种神祇敬奉依然，尤重佛道之祈祷与方术。由于帝王之信奉，民间信仰越加广泛与丰富，祈祷与方术之流行也完全趋于社会化。帝王以下，王公、大臣、官吏、太监、百姓皆信佛道诸神及民间杂神，致使宗教生活至明代成为人们社会生活的重要部分。"可见，明代的宗教信仰有着明显的世俗化和民间化倾向，这与明代帝王的倡导有关。这种世俗化的宗教信仰影响了明清小说对共工形象的塑造。尤其值得注意的是，神魔小说《历代神仙通鉴》，以共工触山之事大做文章，进行了文学化的创造想象，使共工的故事情节更为曲折生动，共工形象也更为丰满鲜明。

第二节　折天柱神话的文学再生

共工折天柱神话的记载见于《淮南子》。其在诗文中的再生见于成公绥《天地赋（并序）》："若乃共工赫怒，天柱摧折。东南俄其既倾，西北豁而中裂。断鳌足而续毁，炼玉石而补缺。岂斯事之有征，将言者之虚设？何阴阳之难测，伟二仪之夐阔！"赋中"借对神话传说的怀疑与否定，进一步赞颂了天道不息，宇宙的无穷，大自然的伟大"（赵逵夫主编《历代赋评注（魏晋卷）》）。折天柱神话在小说中的再生发生在魏晋南北朝时期，见于张华《博物志》。而刘孝标《辩命论》发表了对折天柱神话的评价：共工折柱，虽然英勇，但不足道。其中的原因是："命也者，自天之命也。定于冥兆，终然不变。鬼神莫能预，圣哲不能谋，触山之力无以抗，倒日之诚弗能感。"刘孝标用共工折柱的神话表达天命不可改变的道理。梁简文帝《七励》也描写了共工折柱："公子曰，夫氛氲构象，纯杂不同。共工折柱，虽播英风，自古而然，曾何足道？但吹沙役寇，抑自牺年，吐雾藏妖，闻之尧日，至于今者，昌运天启，握历宝年。"此处用共工折柱的典故来说明"氛氲构象，纯杂不同"的道理。值得注意的是，这一时期共工在文人的印象中是英勇但不足称道的。

南北朝时期，折天柱神话因为其具有的破坏性，在诗文中代指社会的动荡，与政治叛乱联系在一起。如何元之《梁典高祖事论》："世祖聪明特达，才艺兼美，诗笔之丽，罕与为匹，伎能之事，无所不该，极星象之功，穷蓍龟之妙，明笔法于马室，不愧郑玄，辨云物于鲁台，无惭梓慎，至于帷筹将略，朝野所推，遂乃拨乱反正，夷凶殄逆，纽地维之已绝，扶天柱之将倾，黔首蒙拯溺之恩，苍生荷仁寿之惠，微管之力，民其戎乎？"文中的"天柱之将倾"指侯景之乱。沈炯《劝进梁元帝第三表》"陛下日角龙颜之姿，表于徇齐之日，彤云氛气之瑞，基于应物之初，博览则大哉无所与名，深言则晔乎昭章之观，忠为令德，孝实动天，加以英威茂略，雄图武算，指麾则丹浦不战，顾盼则阪泉自荡，地维绝而重纽，天柱倾而更植，凿河津于孟门，百川复启，补穹仪以五石，万物再生"中的"天柱倾"也指侯景之乱。北周庾信《和张侍中述怀》诗"奔河绝地维，折柱倾天角"中的"折柱"比喻社会遭到极大破坏。除指社会的动荡外，折天柱神话还被用来描写政治上重要人物的去世。如江总《陈宣帝哀策文》"望蜃绋而攀标，拜龙輴而恸绝。变五统而凄凉，回三辰而惨切。感川岳而地维倾，号穹苍而天柱折。千秋茂德，万世鸿名。爰诏掌礼，式序英声"中的"天柱折"指陈宣帝的去世。

隋唐时期，折天柱神话在诗文中依然代指社会动荡。文章如薛道衡《隋高祖颂（并序）》"高祖龙跃凤翔，濡足授手，应赤伏之符，受玄狐之箓，命百下百胜之将，动九天九地之师，平共工而殄蚩尤，翦獯鬻而戮凿齿。不烦二十八将，无假五十二征，曾未逾时，妖逆咸殄，廓氛雾于区宇，出黎元于涂炭。天柱倾而还正，地维绝而更纽，殊方稽颡，识牛马之内向，乐师伏地，惧钟石之变声"中的"天柱倾"指隋建立之前的割据力量。唐中宗《即位赦文》"高宗天皇大帝上圣御图,大明司契,手调元气,心运洪炉。齐五纬而平太阶,应三神而登日观。纲罗开辟,包冠羲胥,大猷备阐,能事斯毕。仙驾不返,逆臣开衅,敬业挺灾于淮甸,务挺潜应于沙场。天柱将摇,地维方挠,非拨乱之神功,不能定人之危矣"中的"天柱将摇"指徐敬业叛乱。杨炯《大唐益州大都督府新都县学先圣庙堂碑文(并序)》"年当晋宋,运距周隋。泰山覆而昆仑倒,天柱倾而地维绝"中的"天柱倾"指唐建立之前的割据力量。类似的还有独孤及《风后八阵图记》、徐浩《唐尚书右丞相中书令张公神道碑》、徐寅《首阳山怀古赋》、李昊《创筑羊马城记》。诗歌如卢纶《纶与吉侍郎中孚司空郎中曙、苗员外发、崔补阙峒、耿拾遗湋、李校书端,风尘追游向三十载,数公皆负当时盛称,荣耀未几,俱沉下泉。畅博士当感怀前踪,有五十韵见寄,辄有所酬,以申悲旧,兼寄夏侯侍御审、侯仓曹钊》"官曹虽检率,国步日夷平。命蹇固安分,祸来非有萌。因逢骇浪飘,几落无辜刑。巍巍登坛臣,独正天柱倾"中的"天柱倾"指朱泚之乱。

除了代指社会动荡,折天柱神话在唐代诗文中更多地代指重要政治人物的去世。文章如薛元超《孝敬皇帝哀册文》"瀛区有变,天柱终飞。怀苍梧而日远,望白云而不归,沉沉陇树,漠漠泉闱。竭庸音而载笔,蔼千祀而腾徽。呜呼哀哉!"中的"天柱终飞"指唐高宗第二位太子李弘的去世。杜甫《祭故相国清河房公文》"二圣崩日,长号荒外;后事所委,不在卧内。因循寝疾,憔悴无悔;夭阏泉涂,激扬风概。天柱既折,安仰翊戴?地维则绝,安放夹载?岂无群彦?我心忉忉"中的"天柱既折"指相国房琯的去世。卢度《御史中丞晋州刺史高公神道碑》"大历七年冬十有二月辛酉,御史中丞前晋州刺史高公薨。呜呼!天柱折,地维缺,岂止梁木其坏,泰山其颓乎?"中的"天柱折"指御史中丞、晋州刺史高武光的去世。李茂贞《请加赠郑畋表》"由是埋牲誓众,衅鼓出师。飞羽檄于四方,会诸侯于万里。擎回地轴，决惊波而尽入东溟。抽转天关，驱列宿而咸尊北帝。雷喧鼙鼓，山蠹旌旗。五兵才入犬牙，一阵尽涂龙尾。值大憝建瓴之势，在元臣反掌之间。不间天柱朝摧，将星夜殒"中的"天柱朝摧"指郑畋的去世。诗歌如崔融《哭蒋詹事俨》"镇国山基毁，中天柱石颓。将军空有颂，刺史独留碑"指蒋俨的去世。

　　唐代的文人们更多地用折天柱典故来状物。如王勃《九成宫颂（并序）》"前旌逐日，夸父断洪河之流；后骑超山，共伯挟昆仑之柱"用此典故写演武场面中后骑的高大威猛；杨炯《少室山少姨庙碑铭（并序）》"少室山者，山岳之神秀者也。凭河图而括地，用遁甲以开山。发挥宇宙之精，喷薄阴阳之气。壁立而千仞，削成而四方。北临恒碣，犹如聚米；南望荆衡，才同覆篑。共工触皇天之八柱，未足拟议；龙伯钓溟海之三山，无阶想像"用"共工触皇天之八柱，未足拟议"来形容少室山的陡峭高耸；杜甫《自京赴奉先县咏怀五百字》"群冰从西下，极目高崒兀。疑是崆峒来，恐触天柱折"用折天柱的典故指泾渭水势之大之险；李华《灵涛赞》"踣逃夔魖，窜蛰龙黑。共工折柱，武安行师。群源委会，祥怪丛滋"用共工折柱的典故来比喻波涛的气势凶猛，磅礴浩大；柳宗元《问答》"其响之所应，则溃溃瀰瀰，汹汹蘛蘛，若骞若崩，若螭龙之斗，风霆相腾。其殊而下者，札嶭挏杀，摧崒块圠。霞披电裂，又似共工，触不周而天柱折。"用折天柱的典故写出伐异材时的巨大声势。皮日休《太湖诗·游毛公坛》"两水合一涧，漈崖却为浦。相敌百千戟，共攦十万鼓。喷散日月精，射破神仙府。唯愁绝地脉，又恐折天柱"用此典写毛公坞的水声之大。

　　宋代，折天柱的神话在诗文及词中也获得了再生。或者用来指代社会动荡，如陈与义《刘大资挽词二首》："天柱欹倾日，堂堂堕虏围。遂闻王蠋死，不见华元归。一代名超古，千年泪染衣。当时如有继，犹足变危机。""天柱欹倾日"指靖康之变。或者更多地用来状物,如薛季宣《送郑景望赴国子丞诗二首并序》:"虽共工氏折不周之柱,左伯母弹恒山之目,拔山如项羽,驱石若始皇,未足以拟其壮。"用共工折不周之柱等一系列典故来写钱塘江的波涛拍打江口之山的雄壮气势。何梦桂《拟古五首》其五:"杞国天柱倾,哀我鞠子疚。苍鹅飞冲天,妖星大如斗。"用此典描写流星的灾异现象。何梦桂《希有鸟吟》:"万里不足飞,千载始一鸣。远之不可疏,即之不可亲。地维缺不震,天柱折不惊。安得以宠辱,而能累其身。"用此典描写稀有之鸟。何梦桂《愚石歌》:"大块初分生怪石,曾与不周山作骨。山崩地缺天柱摧,片石耆姿转奇崛。"用此典介绍愚石的来历。宋代,折天柱的神话在词中也获得再生,如辛弃疾《归朝欢·题赵晋臣敷文积翠岩》:"我笑共工缘底怒,触断峨峨天一柱。补天又笑女娲忙,却将此石投闲处。野烟荒草路,先生柱杖来看汝。倚苍苔,摩挲试问,千古几风雨。"用共工触山及女娲补天的典故,写出了积翠岩的不凡来历。

  元代的文人依然用折天柱的典故来描写政治人物的去世,如萨都剌《宣布同知自燕京来报国哀,时文皇晏驾》:"天柱倾,天不晴,白髯使者东南行。"用此典指元文宗去世。文人还用此典故来状物或者写人。状物的如张仲深《严景安壁上尽松次韵》:"当年触石夸共工,天柱夜折嵩高中。大材不作栋梁用,祇恐斤斧终难容。"用此典写严景安墙壁上的松树的高大挺拔。胡奎《神石》"共工一触天柱折,孟姜一哭长城崩"用此典来说明神石的来历。写人的如杨维桢《题高邮何将军老山图》:"小夫移山良自愚,将军一怒天柱折。"用此典来写高邮何将军的威猛。

  明清时期,折天柱神话在诗文中的再生体现在不但被用来状物,而且被用来写人间社会的变动。用来状物的如刘基《长相思》其四:"长相思,在玄冥。寒门六月天雨冰,天关冻折天柱倾。"以此典故来描写玄冥之境。刘基《戏为雪鸡篇寄詹同文》:"忆昔康回触折天柱时，女娲扶天立天维。坤维太白作天骨，万古至今长积雪。"用此典来写雪鸡的历史悠久。沈愚《鸿门会》："天柱崩摧地维裂，日月无光乌兔缺。"用此典故描写鸿门宴上剑拔弩张的场面。朱成泳《上邪》："上邪！我欲与君相知，永久无休期。马生角，慈乌头白，天柱折，地维缺，华岳兀，天地无日月，乃敢与君绝。"用此典故写爱情的坚贞不渝。戴冠《和唐愚士会稽怀古诗三首沃州山次韵》："又疑天柱折，遗此数千尺。"用此典故描写沃洲山的陡峭。李东阳《长江行》："是时共工怒触天柱折，遂使后土东南偏。女娲补天不补地，山崩谷罅漏百川。"用此典故描写长江所处地势的险峻。宋琬《新滩歌》："疑是共工怒，头触昆仑折天柱。又似樊将军，毛发冲冠皆倒竖。"用此典故描写新滩水流的声势。杨绍基《惠山寺听松石歌》："坐听松风石床上，忽然动地声如雷。惊涛怒卷沧溟来，琳宫贝阙恍摇撼。山鸣谷应愁崩摧，此时股战胆寒裂。坐使耳聋神气夺，得毋共工战斗酣，头触不周天柱折。"用共工折柱典故写松声声势之大。

除状物之外，共工折天柱的典故还被用来写政治动乱或者人间社会的变动。如袁华《白头母歌次韵徐孟岳》："万骑云趋当要路，马前鹰犬亦遭时。门下桃李自成蹊，共工一触天柱折。舞衫歌扇都分携，放还仍饮邻妪茶。"诗中以"共工一触天柱折"比喻白头母嫁入权豪门后突遭变故，家道败落。郭登《庞公》："君看天柱折，非是不可补。"用此典指东汉末年的混乱局面。尹台《巧拙对》(馆课)："尔时奸诡俶畔，神人失纪，谋诈用作，兵戈由起，蚩旗张于阪泉，共柱折于蒙汜。"(《洞麓堂集》)用"共柱"指战乱。明诗人王跂《从子汝绍哀词(有序)》："天柱凶颓折，沧溟劫火燔。"用此典指明朝被清朝取代的政治变乱。同坤翁于一作《海棠引》："海棠引。天柱折。泰山崩。海水竭。苍梧迷。九嶷缺。娥皇骖斑竹。抉句陈隳前星灭。五伦之内三纲裂。九垓闻之八音遏。君克艰。臣盗贼。崇墉紫禁坚如铁。开门迎降豺舐舌。蚩尤出旗白昼冥。凤雏龙子肝肠别。撞钟齐朝不盈列。雷恳恳。电轰掣。升煤山。诉帝阙。呜呼国君殉社稷。至今江南大寒食。宫中不忍伤心碧。花乱飞。海堂血。"用此典指清朝取代明朝时的政治变乱。清人纪迈宜《雨后夜凉读明史偶感用介亭倡和韵》:"国脉势将绝,卢扁岂能续。奈何天柱倾,自作共工触。"用"天柱倾"写明朝衰败的无力回天。丘逢甲《杂诗三首》:"共工触天柱,西北遂倾坠。重烦五色石,复得天定位。神娲抑何心,补天不补地。东南大海中,遂令日生事。"用此典故来写甲午中日战争的爆发。共工折天柱的神话还被用来写政治人物的去世,如李梦阳《乙丑除夕追往愤五百字》"俄传天柱折,忽若慈母丧"中的"天柱折"指明孝宗的去世。

　　明清时期,折天柱的神话在小说中获得再生,或是描写重要人物的去世,或者用来状物。如《三国演义》第八十一回中,关羽被害,刘备欲兴兵伐吴,秦宓劝阻,惹恼刘备,刘备在众人劝解下因禁秦宓。诸葛亮上表救秦宓,其略曰:"臣亮等切以吴贼逞奸诡之计,致荆州有覆亡之祸;陨将星于斗牛,折天柱于楚地。此情哀痛,诚不可忘。但念迁汉鼎者,罪由曹操;移刘祚者,过非孙权。窃谓魏贼若除,则吴自宾服。愿陛下纳秦宓金石之言,以养士卒之力,别作良图,则社稷幸甚!天下幸甚!"诸葛亮用"折天柱"指关羽的被害。《三国演义》第八十六回中,吴使张温出使蜀国,秦宓讲共工触山的故事,讲天轻之理,使得张温折服:

　　此时秦宓语言清朗,答问如流,满座皆惊。张温无语,宓乃问曰:"先生东吴名士,既以天事下问,必能深明天之理。昔混沌既分,阴阳剖判。轻清者上浮而为天,重浊者下凝而为地。至共工氏战败,头触不周山,天柱折,地维缺。天倾西北,地陷东南。天既轻清而上浮,何以倾其西北乎?又未知轻清之外,还是何物?愿先生教我。"张温无言可对，乃避席而谢曰："不意蜀中多出俊杰！恰闻讲论，使仆顿开茅塞。"

《后西游记》第三十四回中，不老婆婆因小行者离去，万念俱灰，伤心万分，因而头触大剥山崖，书中用共工典故说明她撞山自杀发出的巨大声响："哗拉一声响亮，几乎象共工一般，连天柱都触倒了。"《野叟曝言》第十一回中，文素臣思念母亲，作古风诗："祝融怒逐共工逃，头触不周天柱挠；鸿蒙元气缺西北，女娲炼石补不得。"以表达思母之情。

明清时期，折天柱的神话在戏曲中也获得了再生。如康海《中山狼》第一折"【那吒令】只见那忽腾腾的迸发，似风驰电刮。急嚷嚷的闹喧，似雷轰炮打。扑剌剌的喊杀，似天崩地塌。须不是斗昆仑触着天柱折，那里是战蚩尤摆列着轩辕法，却怎的走石飞沙？"用此典故指赵鞅带着随从打猎的壮观场面。朱鼎《玉镜台记》第十二出《新亭流涕》："〔忆多娇〕国破裂，君难急，青衣之耻犹未雪，逋臣此恨何时竭？〔合〕壮怀激烈，甘为嵇侍中血。〔末〕天柱折，地维缺，一江南北乾坤别，遥看朔漠心如噎。〔合前〕"用此典故指石勒入侵中原。李渔《巧团圆·争继》："【浆水令】好争殴颇妨嘉誉，气膀胱易坏尊躯。些儿家产不堪予，（怎值得）龙争虎斗，触翻天柱！"用此典故指尹厚的表姊丈与尹厚的邻居伊大哥为过继孩子给尹厚而争吵打闹。

第三节　绝地维神话的文学再生

共工绝地维神话的记载见于《淮南子》。桓谭《桓子新论》发表了对此神话的见解："谭见刘向《新序》、陆贾《新语》，乃为《新论》。庄周寓言，乃云'尧问孔子'；《淮南子》云'共工争帝，地维绝',亦皆为妄作,故世人多云短书,不可用。然论天间莫明于圣人,庄周等虽虚诞,故当采其善,何云尽弃邪?"从中可以看出,桓谭认为地维绝是"妄作",但也有可取之处,不当尽数抛弃。这说明东汉时人们已经认为神话不可信。这种对神话的质疑为其在文学中的再生奠定了基础。

魏晋南北朝时期,绝地维神话在诗文中的再生或者代指政治变动,或者用来说明道理,或者用来状物。代指政治变动的,如郭璞《客傲》"乃者地维中绝,乾光坠采。皇运暂回,廓祚淮海"。又如阙名《又为王太尉答贞阳侯书》:"僧辩顿首顿首:曰席威卿至,奉今月五日海。披函伸纸,号耻交哀,天未悔祸,地维重绝,九县沸腾,四海悲愤。"文中"地维重绝"指梁元帝萧绎为西魏所杀。何元之《梁典高祖事论》:"世祖聪明特达,才艺兼美,诗笔之丽,罕与为匹,伎能之事,无所不该,极星象之功,穷蓍龟之妙,明笔法于马室,不愧郑玄,辨云物于鲁台,无惭梓慎,至于帷筹将略,朝野所推,遂乃拨乱反正,夷凶殄逆,纽地维之已绝,扶天柱之将倾,黔首蒙拯溺之恩,苍生荷仁寿之惠,微管之力,民其戎乎?"文中"地维之已绝"指侯景之乱。沈炯《劝进梁元帝第三表》:"陛下日角龙颜之姿,表于徇齐之日,彤云氛气之瑞,基于应物之初,博览则大哉无所与名,深言则晔乎昭章之观,忠为令德,孝实动天,加以英威茂略,雄图武算,指麾则丹浦不战,顾眄则阪泉自荡,地维绝而重纽,天柱倾而更植,凿河津于孟门,百川复启,补穹仪以五石,万物再生。"文中此典故指侯景之乱。

魏晋南北朝时期,地维绝神话在诗文中的再生还代指重要政治人物的去世。如江总《陈宣帝哀策文》"望扆绋而攀标,拜龙蕝而恸绝。变五统而凄凉,回三辰而惨切。感川岳而地维倾,号穹苍而天柱折。千秋茂德,万世鸿名。爰诏掌礼,式序英声",指陈宣帝的去世。

隋唐时期,地维绝神话在文学的再生依然代指社会动荡,或者代指重要政治人物的去世，或者用来状物。用来代指社会动荡的诗歌如李白《上崔相百忧章四言时在浔阳狱》："共工赫怒，天维中摧。"指安禄山之乱。用来代指社会动荡的文章如薛道衡《隋高祖文皇帝颂（并序）》："高祖龙跃凤翔，濡足授手，应赤伏之符，受玄狐之箓，命百下百胜之将，动九天九地之师，平共工而殄蚩尤，翦猰㺄而戮凿齿。不烦二十八将，无假五十二征，曾未逾时，妖逆咸殄，廓氛雾于区宇，出黎元于涂炭。天柱倾而还正，地维绝而更纽，殊方稽颡，识牛马之内向，乐师伏地，惧钟石之变声。"文中用此典指隋建立之前的割据力量。唐高宗《即位赦文》："高宗天皇大帝上圣御图，大明司契，手调元气，心运洪炉。齐五纬而平太阶，应三神而登日观。纲罗开辟，包冠羲胥，大猷备阐，能事斯毕。仙驾不返，逆臣开衅，敬业挺灾于淮甸，务挺潜应于沙场。天柱将摇，地维方挠，非拨乱之神功，不能定人之危矣。"用此典指徐敬业叛乱。虞世南《孔子庙堂碑》："于时天历寝微，地维将绝，周室大坏，鲁道日衰，永叹时艰，实思濡足，遂乃降迹中都，俯临司寇。"用此典指周朝末年的混乱局面。李百药《皇德颂》："彼独夫之肆志，何汨典而乱常？固违道而灭德，实罔念而作狂。始结怨于庶黎，终自绝于彼苍。八荒九有，山溃川竭。天轴且回，地维将绝。文章咸荡，风雅咸缺。""地维将绝"指群雄逐鹿的隋末。杨炯《大唐益州大都督府新都县学先圣庙堂碑文（并序）》："年当晋宋，运距周隋。泰山覆而昆仑倒，天柱倾而地维绝。"此典指晋宋时期混乱的政治局面。独孤及《风后八阵图记》："物不终静，必受之以动。当纯坤用事，阴疑于阳，则飞龙战；大朴已散，圣盗并起，故戎马生。乃有力吞八荒，争截九有。大者天柱折，地维绝；小者作匿卢山，负阻中冀。"用此典指一般的叛乱。阴庭诫《大唐陇西李府君修功德碑记》："属以贼臣干纪，勃寇幸灾，磔裂地维，暴殄天物。东自陇坻，旧陌走狐兔之群；西尽阳关，遗邑聚豺狼之窟。折木夜警，和门书扃，塔中委尘，禅处生草。"文中"裂地维"指吐蕃入侵河西。除代指社会动乱外，绝地维还代指重要政治人物的去世，如前文所引杜甫《祭故相国清河房公文》和梁镇《御史中丞晋州刺史高公神道碑》文，以"地维则绝""地维缺"指房琯、高武光的去世。隋唐时期，绝地维神话在诗文中被用来状物。如李白《饯副大使李藏用移军广陵序》："我副使李公，勇冠三军，众无一旅。横倚天之剑，挥驻日之戈，吟啸四顾，熊罴雨集。蒙轮扛鼎之士，杖干将而星罗，上可以决天云，下可以绝地维。奋振虎旅，赫张王师，退如山立，进若电逝，转战百胜，僵尸盈川，水膏于沧溟，陆血于原野。一扫瓦解，洗清全吴，可谓万里长城，横断楚塞。"用此典来夸赞李藏用的军队士兵力气大。张友正《钓鳌赋》："乃有龙伯之国，巨人攸处。谓天生之神物，可以充乎鼎俎。壮图方启，高足云举。曾移十步之余，已淹五山之所，于是载揭长竿，别纶巨缁。俯沧溟其流如带，垂芳饵有肉如坻。既投之以潜下，果食之而不疑。其肉未入于口，而钩已贯于颐。争心既愤，勇气相持。崩腾渤澥，磅礴嵎夷。蹴天柱，裂地维。地虽广兮振矣，天虽高而殆而。欲出不出，腾跃非一。"用"裂地维"形容巨人钓鳌与鳌争执不下的惊心动魄之场景。

宋元时期，地维绝神话在文学中的再生或者用来状物，或者用来代指社会动乱。状物的如何梦桂《希有鸟吟》："万里不足飞，千载始一鸣。远之不可疏，即之不可亲。地维缺不震，天柱折不惊。安得以宠辱，而能累其身。"用"地维缺不震"描写稀有之鸟。用来代指社会动乱的如元好问《崔府君庙记》："呜呼，祀典之坏久矣！惟祀典坏，而后撤淫祠之政举。丧乱以来，天纲弛而地维绝，人心所存唯有逃祸徼福者在耳。"

明清时期，绝地维神话在文学中的再生被用来状物或者说明道理。如沈愚《鸿门会》："天柱崩摧地维裂，日月无光乌兔缺。"用此典故描写鸿门宴上剑拔弩张的场面。朱成泳古诗《上邪》："上邪！我欲与君相知，永久无休期。马生角，慈乌头白，天柱折，地维缺，华岳兀，天地无日月，乃敢与君绝。"用此典故写爱情的坚贞不渝。梅鼎祚《杂怀六首》其二："共工遇其敌，一怒绝地维。"意在说明"物兴常于会，至至各有宜"的道理。明无名氏《郊居生金铜仙人辞汉歌》："青天为客惊晓别，天籁啼声地维裂。"用"地维裂"描写郊居生铜仙辞汉歌的不同凡响，惊天动地。赵执信《蓬莱阁望诸岛歌》："君不见不周崩摧地维裂，东南海溅共工血。千山万山皆平沉，鳌撑无力海水深。女娲拣石炼天色，余块累累向空掷。落处蓬莱浅且清，看当霜雪寒逾碧。"用"地维裂"写出蓬莱诸岛的神奇由来。

明清时期，绝地维的神话在戏曲中也获得了再生。如朱鼎《玉镜台记》第十二出《新亭流涕》："〔忆多娇〕国破裂，君难急，青衣之耻犹未雪，逋臣此恨何时竭？〔合〕壮怀激烈，甘为嵇侍中血。〔末〕天柱折，地维缺，一江南北乾坤别，遥看朔漠心如噎。〔合前〕"用"地维缺"指石勒入侵中原。

综上所述，共工触山神话在文学的再生经历了由最初的怀疑贬斥到唐代的赞美甚至同情，到宋元明清赞美的声音逐渐增加的过程，这与魏晋以来士人文化占主导地位是有关系的。而折天柱、绝地维神话在文学中的再生更多地承接了共工触山神话的破坏性功能，更多地用来指代社会的动荡。

第四章　玄女：从天而降的上古战神

玄女，亦称"九天玄女""九天圣母""玄女娘娘"，乃是上古传说中一位主管战争的女神。传说中，玄女曾授天书给黄帝，助黄帝打败蚩尤。因此，她的地位很高，仅次于女娲和西王母。最早记录玄女下凡授书的文献，是汉代纬书《龙鱼河图》。之后，玄女授书这一主题的神话故事开始进入文学领域，在后世文人的不断运用和改编下，产生了一系列玄女下凡传授兵法的故事。

第一节　玄女神话的两大渊源

关于玄女神话的起源，大致有两种说法：

其一，女魃说。《山海经·大荒北经》中记载："有系昆之山者，有共工之台，射者不敢北乡。有人衣青衣，名曰黄帝女魃。蚩尤作兵伐黄帝，黄帝乃令应龙攻之冀州之野。应龙蓄水，蚩尤请风伯雨师，纵大风雨。黄帝乃下天女曰魃，雨止，遂杀蚩尤。魃不得复上，所居不雨。叔均言之帝，后置之赤水之北。叔均乃为田祖。魃时亡之。所欲逐之者，令曰：'神北行！'先除水道，决通沟渎。"在大荒之中有一座系昆山，山上面有一个共工台，射箭的人都因为害怕共工而不敢朝北方射箭。有一个穿着青色衣服的人，名字叫黄帝女魃。蚩尤制作了许多兵器来攻击黄帝，黄帝于是派应龙去冀州平原攻打蚩尤。应龙积蓄了很多水，蚩尤则请来风伯和雨师，让他们纵起大风大雨。然后黄帝就派遣一位名叫魃的天女来助战，雨被止住了，于是黄帝杀死蚩尤。

这位天女魃因神力耗尽而不能再回到天上，这导致她所居住的地方没有一点雨水。叔均将此事禀报给黄帝，后来黄帝就把女魃安置在赤水的北面。叔均于是做了田祖。女魃没有总是待在赤水北面，而是常常逃亡到其他地方，其所到之处即出现旱情。这个地方的人要想驱逐她，便会祷告说："神啊请向北去吧！"并且会事先清除水道，疏通大小沟渠。在《山海经》的记载中，女魃是一个类似旱神的女神，只要是她经过的地方就会遭受旱灾，百姓深受其苦，想方设法赶走她。可见，这时的玄女虽然已经下凡授书帮助黄帝打败蚩尤，但并不像后世故事中描写的那么受人欢迎。

其二，玄鸟说。《诗经·商颂·玄鸟》中记载："天命玄鸟，降而生商，宅殷土芒芒。"上天命玄鸟降临人间，让简狄生下了商的始祖契，他们所在的殷地又广又宽。这段文字简短地叙述了商朝的起源，而从天而降的玄鸟似乎就是商人的始祖。另外，《史记》中也记载了玄鸟生商的故事：契的母亲简狄吞下了玄鸟之卵而怀孕生下契，契长大后因为辅佐大禹治水有功而被封于商地。显然，这段故事丰富了《诗经》中玄鸟降而生商的细节，让商朝的始祖契被分封于商地的情节更加合理化。

这两种有关玄女神话起源的传说，一个讲女魃助黄帝打败蚩尤，一个讲玄鸟受天命而下凡，两个故事分别具有后世玄女神话传说的两种情节要素，即"助战"和"下凡"。到了汉代，此两种要素开始结合，产生了玄女下凡助黄帝打败蚩尤故事的雏形。

《龙鱼河图》中记载："黄帝摄政，有蚩尤，兄弟八十一人，并兽身人语，铜头铁额，食沙石子，造立兵仗刀戟大弩，威振天下，诛杀无道，不仁不慈。万民欲令黄帝行天子事，黄帝仁义，不能禁止蚩尤，遂不敌，乃仰天而叹。天遣玄女下授黄帝兵信神符，制伏蚩尤，以制八方。"《龙鱼河图》是汉代的纬书，书中记述了一些神话传说及巫术等内容，正是在此书记载的故事中，第一次出现了"玄女"的名字。书中讲述黄帝摄政之前，蚩尤总是作乱，他有兄弟八十一人，个个都长着野兽的身体，说着人类的语言，不仅拥有铜头铁额，而且吃沙子和石头，制造出刀戟大弩这样厉害的兵器，威势震慑天下。他们滥杀无辜，一点都不仁慈。百姓都想要黄帝来治理天下保护万民，可是黄帝太讲仁义，无法与蚩尤匹敌，只好仰天而叹。上天感应到之后，就派遣玄女下来授黄帝兵信神符，这才将蚩尤制伏。

此时的玄女是一个符号性的形象，她只是上天的使者，既没有具体的外貌特征，也没有任何与职位有关的身份说明。并且，玄女代表上天授予黄帝兵信神符的情节也非常简单，她和黄帝之间没有互动，只是把兵书交给了黄帝并助黄帝打败了蚩尤。玄女如何介绍自己的来历，如何教授黄帝使用兵书，又如何被黄帝感谢，在这个故事里都没有体现。显然，这一时期玄女在黄帝大战蚩尤的故事中只是一个配角。

自汉代女魃与玄鸟的故事结合后，魏晋时期女魃与玄鸟的形象也发生了结合，这时玄女第一次有了具体形象，是一个人首鸟身的神女。《帝王世纪》上讲："黄帝与蚩尤对，力战九不胜，黄帝归于太山，三日三夜，天雾冥冥，有一妇人，人首鸟形，黄帝稽首再拜，伏不敢起，妇人曰：'吾所谓玄女者，子欲何问。'黄帝曰：'小子欲万战万胜，万隐万匿，首当何从起。'"《帝王世纪》是西晋时期的一部专述帝王世系、年代及事迹的史书，所叙上起三皇，下迄汉魏。作品内容多采自经传图纬及诸子杂书，载录了许多《史记》及两《汉书》阙而不备的史事。书中说黄帝与蚩尤大战九个回合都以失败告终，而后他归于太山，祈祷三天三夜，到了第三天，于晨雾中见一妇人，人首鸟身，黄帝赶紧低头拜了又拜，伏在地上不敢起来。这时妇人开口说："我是玄女，你有什么想要问我的吗？"黄帝回答说："我想要万战万胜、万隐万匿，该怎么办呢？"

在《帝王世纪》所记载的这则故事中，玄女的身体是人类和动物两种形态的结合。魏晋时期志怪小说盛行，大量精怪故事产生，人头鸟身的外形并不奇怪，这可以看作玄鸟向人形过渡的反映。黄帝面对玄女的现身诚惶诚恐，在她面前恭敬自称"小子"。故事发展至此，黄帝与玄女之间终于有了互动。并且，玄女不再是上天派遣的信使，更像是一位有个人意志的女神，她主动现身帮助黄帝，让黄帝对她感恩不已。从此，玄女成为黄帝大战蚩尤神话故事中的主角，并开始脱离此故事框架，以玄女为中心的神话故事体系逐渐形成了。

第二节　助黄帝胜战的道教女仙

最早为玄女立传的是唐人杜光庭，他的《墉城集仙录》是中国道教史上最早的一部女仙传记。其中的《九天玄女传》一篇，结合前代典籍与传说中的玄女神话改编创造而成，详细讲述了玄女下凡授书的故事。

传说九天玄女是黄帝的老师、圣母元君的弟子。上古之时，黄帝刚刚继位二十二年，他礼贤下士，修身积德，是一位称职的君主。但是蚩尤和他的八十一个弟兄十分残暴，他们长着野兽的身体，说着人类的语言，铜头铁额，吃砂石，不吃五谷，并且化作五虎迫害人民。为了拯救人民，黄帝奋起讨伐蚩尤。黄帝与蚩尤大战于涿鹿，虽得风后和力牧两位圣贤的帮助，但仍九战而不胜。蚩尤凭借妖术吹烟喷雾，三日三夜大雾冥冥，令军士们不见天日。黄帝被困在太山之下，数日后西王母派遣玄女下凡，玄女穿着九色彩翠之衣，乘丹凤、御景云而来，说："吾以太帝之教，有疑，可问也。"黄帝拜玄女并说："蚩尤暴横，毒害烝黎，四海嗷嗷，莫保性命，欲万战万胜之术，与人除害，可乎？"黄帝问玄女如何能战胜残暴的蚩尤，玄女即授六甲六壬兵信之符、灵宝五帝策使鬼神之书、制妖通灵五明之印、五阴五阳遁元之式、太一十精四神胜负握机之图、五兵河图策精之诀。黄帝有了这些兵符宝物，又与蚩尤大战于冀州，最终灭蚩尤于绝辔之野。

在这则神话故事中，玄女有了新的身份，并且其下凡授书的情节也变得具体。玄女此时不再是人首鸟身的神女，而是西王母驾下的一位人形女仙，名为"九天玄女"。她身穿九种颜色制成的彩翠之衣，乘坐着丹凤，驾驭着景云来给黄帝授书。值得注意的是，玄女此次授书的内容非常具体，以往的玄女授书故事从未提到过所授之书为何书，而此次她所传授的东西是明确的兵信之符、策使鬼神之书和五明之印等一些带有道教色彩的神物。这是因为唐代道教盛行，道教徒广采民间传说并在其中注入道教元素，创造了属于道教的女仙传说。

此外，唐人还将玄女授书的故事引入到诗歌中，"读得玄女符，生当事边时"（刘禹锡《和董庶中古散调词赠尹果毅》），"心开玄女符，面缚清波人"（孟郊《献汉南樊尚书》），"九天玄女犹无圣，后土夫人岂有灵"（罗隐《后土庙》）。唐代后期边关战事不断，文人以玄女典故入诗也属自然。在此之后，九天玄女下凡授书的神话故事正式进入小说。有趣的是，小说中的玄女不仅授书给黄帝，也开始授书给民间英雄。

宋代开始，玄女授书题材大量出现在文学领域。宋代诗人梅尧臣有诗《观何君宝画》云："坐中吾侪趣已异，又喜玄女传兵符。"文言小说总集《太平广记》记述玄女授书黄帝的故事，内容大致与前代类似，只是增加了一个角色，即西王母的使者。在玄女与黄帝见面之前，西王母先派遣了一名使者授符给黄帝，使者披着玄狐之裘跟黄帝说："太一在前，天一在后，得之者胜，战则克矣。"这个符宽三寸，长一尺，青莹如玉，上面写着红色的字。使者给黄帝佩戴上此符后，才令玄女来给黄帝授书。后又补充说，西王母之所以先派一名使者来给黄帝佩戴玉符，是因为玉符能通天达诚，是黄帝跟上天沟通的媒介，黄帝通过玉符感动天地之后，西王母才能命玄女教其兵机。最重要的是，"赐帝九天六甲兵信之符，此书乃行于世"，天上的兵信神符自此开始流传世间。

讲史话本《宣和遗事》首次讲述了玄女授书给宋江的故事。书说宋江被追捕而躲到九天玄女庙里，那王成跟捕不获，只能将宋江的父亲抓走。宋江见官兵都走了，便拜谢玄女娘娘，这时香案上一声响亮，打开一看是一卷文书，宋江认得是天书，上面写着三十六个姓名，又题着四句诗曰："破国因山木，兵刀用水工。一朝充将领，海内耸威风。"这里的玄女不再是西王母的使者，而是被百姓供奉的九天玄女娘娘。

玄女的地位在宋代得到了提升，她可以自主地选择要帮助的对象。这恐怕是因为宋代帝王把黄帝认作祖先，玄女作为黄帝的老师，地位自然被提升，这点可以在道教典籍中得到证明。《古文龙虎经注疏》记载："玄女乃天地之精神，阴阳之灵气。神无所不通，形无所不类。知万物之情，晓众变之状。为道教之主也。玄女亦上古神仙，为众真之长。"可知玄女无所不知又能变幻万物，俨然成为道教神仙谱系中地位最高的女仙。

第三节　象征胜利的玄女授书

明代白话小说《水浒传》丰富、发展了玄女授书宋江的故事，讲宋江被梁山好汉从法场救下之后，担心老父和弟弟，因而下山去寻，不幸被官兵发现，便逃到还道村玄女庙中。官兵一路追捕宋江到庙里，玄女显灵吹起一阵怪风，"吹的飞砂走石，滚将下来。摇的那殿宇吸吸地动，罩下一阵黑云，布合了上下，冷气侵人，毛发竖立"。官兵因此都被吓跑了。而后玄女派两个青衣女童引宋江相见，授予三卷天书。只见天书被黄罗袱子包着，长五寸，阔三寸，厚三寸。玄女对他说道："宋星主，传汝三卷天书，汝可替天行道，为主全忠仗义，为臣辅国安民，去邪归正。他日功成果满，作为上卿。"又嘱咐他："此三卷之书，可以善观熟视，只可与天机星同观，其他皆不可见。功成之后，便可焚之，勿留在世。"宋江就此受命，后果然成为梁山泊义军的领袖。

这则玄女下凡授书的神话故事被极大地丰富了。玄女有法力，身边有两个青衣女童当助手，玄女还有具体的样貌服饰："头绾九龙飞凤髻，身穿金缕绛绡衣。蓝田玉带曳长裾，白玉圭璋擎彩袖。脸如莲萼，天然眉目映云环；唇似樱桃，自在规模端雪体。犹如王母宴蟠桃，却似嫦娥居月殿。正大仙容描不就，威严形像画难成。"这些大概都是根据《九天玄女传》里玄女的形象而衍生刻画出来的。

后来宋江归顺朝廷后，领兵征辽，为辽军太乙混天象阵所困，正是寝食不安之时，玄女又来帮助宋江。她再次令两个青衣女童接引相见，授宋江以破阵之法。最后宋江用玄女所授的破阵之法，大败了辽军。这里玄女的服饰又发生了变化，她"头戴九龙飞凤冠，身穿七宝龙凤绛绡衣，腰系山河日月裙，足穿云霞珍珠履，手执无瑕白玉珪璋"。玄女头戴凤冠，与之前只是把头发梳成凤髻不同，明显地位又有了提升。在《水浒传》中，玄女授书神话故事被极大地改编，玄女不仅两次现身帮助宋江，而且详细指导宋江如何作战。这里的玄女精通兵法，已经是名副其实的战神，不只是传递天书的使者。

此外，在明代白话神魔小说《三遂平妖传》中，玄女授书的神话故事再次发生复杂的演变。周敬王时代发生了吴、越战争。在这场战争中，九天玄女化作处女帮助越国讨伐吴国，并且收了云梦山的白猿作徒弟。后玉帝命白猿掌管九天秘书，白猿却利用职务之便偷盗天书"如意册"，并将册中的道法刻在白云洞的石壁上。而白猿之所以能顺利偷出天书，就是因为玄女授书于他。起初白猿无法打开装有天书的玉筐，他跪下向玄女磕头祷告，玉筐随即打开。结果，白猿神所得的天书内容，被一些妖人利用，这些人发动了贝州叛乱。叛乱惊动了玉皇大帝，玉帝即令白猿神负责此事，白猿只能焚香向玄女求救。玄女传授兵法给蛋子和尚，最终帮助文彦博率领的官军平定了贝州叛乱。

　　清代白话小说《荡寇志》延续了玄女授书宋江之事，故事中玄女地位极高，宋江不仅专门为玄女建庙，还派人专司香火。这一时期玄女授书的题材被不断运用。白话历史小说《女仙外史》写明代的农民起义领袖唐赛儿与燕王朱棣斗争的故事，其中，唐赛儿得九天玄女天书；但是使用天书的情节发生了一些改变，天书被四个猛将看守，并且需要玄女不断传授，这里的天书更像是一部军事教材，而玄女像是一位军事指导。另有白话英雄传奇小说《说唐后传》讲薛仁贵在东征途中遇见地裂形成的窟，他下洞见到玄女娘娘，玄女赐他五件宝物：白虎鞭、水火炮、震天弓、穿云箭、无字天书。薛仁贵将这五件宝物带到高丽，经过十二年，终于平服东辽，凯旋回朝后受封平辽王。

　　明清时期白话小说盛行，玄女授书故事作为情节被加入到白话小说中后，扩充了许多细节以加强可读性；并且由于神魔小说的影响，此时的玄女故事也增加了更多奇幻内容。值得注意的是，无论是发动叛乱的一方，还是平定动乱的一方，都因得到了玄女授书而成功，这就说明得玄女天书者得天下，相应地，玄女地位也不断提升。其实从《水浒传》开始，使用兵书就有了规则，而最重要的一条就是不能被其他人看见，这就说明玄女对兵书是有绝对的控制权的，只有她能选择兵书的使用者，也就是战争的胜利方。换句话说就是，只要能得到玄女授书就能战无不胜，这无疑让人们更加崇拜这位上古战神。

编写告白

俗话说：岁月是把杀猪刀。它不仅能"割"去人们秀美的容颜，也更能渐渐磨灭各种实体器物和隐形文化的外貌和内质。为此，人们想尽各种办法，延长和赓续那些人们认为有价值的东西的生命长度。对付容颜，人们有护肤品；对付实体器物，人们研究探索各种修复和保护办法，如维修长城、故宫，古籍、艺术品修复等。这些延长和赓续的共同特点就是对已经存在的具体实物进行修补复原。相比之下，像神话这样连实体也没有，甚至连原貌情况也难搞清楚的非实体历史文化遗产，其修补复原工作就要难上加难了。

历史长河，悠悠万事。大浪淘沙，优胜劣汰。神话是一个民族历史文化遗产的重要组成部分，是一个民族的根。它也是民族历史文化遗产的重中之重，我们应对其倍加珍惜。但神话的特殊情况，使得它的保养复原工作愈加艰难。

神话的特殊性在于，它产生于没有文字的人类远古时代，只能以口耳相传的方式流传。我们今天所能见到的神话均非原貌，而是进入文明社会之后人们根据口耳相传的故事留下的记录。这些早期记录神话的文献本身不能反映神话原貌，而且散佚严重。但它毕竟是距离原始神话年代最近的记录，所以还是弥足珍贵。我把这种文献称为"原生性神话文献"。后代的相关神话材料也都是在此基础上衍生和丰富起来的。这些衍生和丰富的材料我称之为"再生性神话文献"。"再生性神话文献"的重要价值在于，它不仅保留、继承原生性神话文献中的原始神话元素，而且在原始神话元素的基础上，将原生性文献材料中支离散乱的故事和情节尽量整合完整，更能展现神话的完整形态。从这个意义上看，"再生性神话文献"还有一个重要特征：它不是一个封闭的系统，而是一个带有延展性和开放性的系统。所谓"再生"，不仅是指它过录传承了之前的神话文献，而且包括它在过录传承的过程中将原本断裂分离的部分加以弥补和整合，使其更加完整和充分。

随着岁月的推移，"再生"又在不断生成新的含义。生成于古代、用古代文言写成的神话文献，无论是原生性文献，还是再生性文献，在当代社会都存在一个与普通读者之间有阅读障碍的问题。所以，对于新的神话"再生"工作来说，还要负责向社会普通读者诠释。

以上几个方面，似乎已经构成本书需要承担的基本工作任务：在阅读和吸收前代原生性和再生性神话文献的基础上，根据当代读者的文化水平和阅读习惯，对中国古代神话重新做一次"再生"工作。

如果说我们这次"再生"工作有什么特色或者是目标，大约可以从以下几点来考察：

首先是追求创新性学理的支持。神话学其实不是一个与其他学科绝缘的绝对独立学科，而是在与其他学科的交叉中去体现、实现自己的作用价值的。如同本书前言所言，神话学实际是若干学科均可借力的万金油。历史学家用神话材料来补充没有文字记载的历史；宗教学家用神话材料去探索早期宗教起源、成因和过程；文化人类学家则从神话材料中去追寻人类文化起源的踪迹。这些角度虽然不同，但共性是"溯源"。我们这本书的工作没有沿"溯源"的路子继续走下去，而是另辟蹊径，努力在"探流"上探索新路。这个"探流"工作将西方主题学的方法移用于以故事类型为主体的中国古代叙事文学研究。因为很多神话母题及其在后代叙事文学故事类型的演绎情况本身就构成故事类型，所以对中国古代神话的文学移位研究同时也就是以故事类型为研究对象的中国叙事文化学研究。

其次，本书是继《诸神的复活：中国神话的文学移位》（下称《诸神》）之后，作者第二部采用中国叙事文化学故事类型研究方法研究中国神话的著作。与《诸神》一书有所不同的是：彼书侧重打深井，集中对10个神话原型故事进行深入学术挖掘；本书侧重覆盖广度，遴选27个中国古代神话原型，对其在历代文学园地的演绎再生情况进行梳理和介绍。因为角度不同，本书在编写体例上力求简洁明确，避免过多书证式考证和繁琐注释，引文也采用随文注的方式，方便读者顺畅阅读。因此本书的目标是采用简洁明快的方式，对中国古代神话的文学再生情况作系统梳理和分析，带领读者走出传统神话学著作的"溯源"窠臼，去游历、享受一个繁花似锦的中国神话文学新世界。

再次，本书所收27个神话故事，其原始文献材料和历代文学再生演绎材料的多寡情况有较大出入。为尊重历史原貌，避免强行平均分配单元字数，本书各个神话故事文学再生的介绍文字体量长短各异，有话则长，话少则短，不强求一致。

参加本书编写工作的作者除我本人外，均为高校教师和部分在读博士硕士研究生。他们的共同特点是接受过系统扎实的中国叙事文化学研究方法的训练，不仅对叙事文化学研究方法有系统深入的了解，而且有比较深入的科研实践。从他们的研究生课程学习，到博士、硕士学位论文的写作，乃至于诸多已经发表的研究，大多围绕采用中国叙事文化学方法的故事类型研究。所以，尽管他们每个人的行文方式和语言风格会有所不同，但从总体上看，他们对于神话原始文献和历代文学演绎再生文献的挖掘掌握，乃至于阅读这些文献后对其系统梳理和分析解读的方法能力，都具有基本的学术保证。而且年轻人所固有的思想敏锐和及时接受新事物的优点，使得他们更能熟悉了解社会和普通读者的阅读要求。从这个意义上看，他们承担这项工作或许还有更加有利的优势特点。

参加本书编写的作者分工情况如下：

宁稼雨：全书策划与组稿，审稿，总论、后记，女娲、精卫两章全文，西王母一章部分；

赵红：嫦娥、羿两章；

颜建真：蚩尤、刑天、鲧、共工四章；

孙国江：大禹一章，并对全书文字统稿润饰处理；

雷斌慧：祝融、湘君两章；

宁稼雨、杜文平、姜乃菡：西王母一章；

王林飞：洛神一章；

张慧：炎帝、黄帝、夸父三章；

徐竹雅筠：牛郎织女、董永、愚公三章；

杨沫南：望帝、玄女两章；

任卫洁：鲛人、鲲鹏、神农三章；

祖琦：盘古、伏羲、舜帝三章。

这项工作带有摸索性质，加上编写人员能力所限，缺点问题在所难免，欢迎读者批评指正。本书在从选题到书稿编写全过程中一直得到责任编辑张洁、吴楠楠二位的支持和帮助，她们为此付出大量工作和心血，谨向她们和广西师范大学出版社表示衷心感谢！

宁稼雨

2023年10月25日改定